rororo

Carlo Schäfer wurde 1964 in Heidelberg geboren, wohin er nach Kindheit und Jugend in Pforzheim zum Studium zurückkehrte. Er jobbte als Hilfsgärtner, Nachtportier, Cartoon-Texter, war Lehrer für deutsche Spätaussiedler und Mannheimer Hauptschüler aus vielen Ländern. Schäfer wohnt mit Frau und Kind in der Heidelberger Altstadt und ist mittlerweile Hochschuldozent.

2002 erschien im Rowohlt Taschenbuch Verlag sein Romandebüt «Im falschen Licht». «Der Keltenkreis» ist der zweite Fall des Theuer-Teams.

Carlo Schäfer

Der Keltenkreis

Roman

Rowohlt Taschenbuch Verlag

2. Auflage Januar 2004
Originalausgabe
Veröffentlicht im Rowohlt Taschenbuch Verlag,
Reinbek bei Hamburg, Oktober 2003

Umschlaggestaltung any.way, Andreas Pufal
(Foto: VISUM/Dirk Reinartz)
Gesetzt aus der Minion PostScript bei
Pinkuin Satz und Datentechnik, Berlin
Druck und Bindung Druckerei C. H. Beck, Nördlingen
Printed in Germany
ISBN 3 499 23414 9

Die Schreibweise entspricht den Regeln
der neuen Rechtschreibung.

Der zweite Roman um den Ersten Hauptkommissar Johannes Theuer bietet dem Autor die Gelegenheit, seine Dankbarkeit gegenüber der realen Heidelberger Polizei, dem wirklichen Polizeidirektor, der echten Staatsanwaltschaft zum Ausdruck zu bringen. Alle Genannten und viele andere, die hätten beleidigt sein können, waren in der Lage, Fiktion und Wirklichkeit zu trennen, und haben nobel reagiert – nämlich gar nicht.

Denen, die sich mit solcher Zurückhaltung schwerer tun, sei versichert, dass alle Lebewesen, ihre Namen, Tätigkeiten, Gebrechen und Handlungen in den Theuer-Romanen ausschließlich erfunden sind, dass Ähnlichkeiten mit realen Ereignissen oder Personen, am Ende Hunden, rein zufällig sind.

C. S., Mai 2003

Für Dorit und Robbi

Er besaß im Übermaß die Fähigkeit, sich in andere hineinzuversetzen. Ihm war manchmal, als kröche er in eines anderen Haut, schaute durch dessen Augen, hörte dessen Stimme, wie man seine eigene hört, vertraut, nah. Aber auch, als spräche er diese Stimme, als wäre sie also ganz seine. Er fand im Anderen seines.

Wenn er sprach, versuchend, er selbst zu sein, ging es ihm nicht so. Er verfehlte dann die beabsichtigte Bedeutung um ein Winziges, das ihn dennoch schmerzte. Das eigene Wort, mit dem er täuschen wollte, erzählte stattdessen – zumindest fürchtete er das immer – genau das, was er zu verbergen versuchte.

Wenn er jemanden hasste – und er hasste viele –, dann konnte es geschehen, dass ihm die gespielte Freundlichkeit gänzlich misslang, dass der blanke Hohn schon in der Begrüßung zutage trat. Wenn er jemanden mochte – das gab es auch einmal –, dann gerieten ihm die Worte triefend, sentimental, wirkten unterwürfig und kindisch.

Das passierte nie, wenn er in der Rolle eines anderen war, sich in einen fremden Leib geschraubt hatte. Dann gelang ihm Satz um Satz, saßen die Pointen, lasteten die Pausen schwer, perlten die Sentenzen des beiläufigen Gesprächs dahin. Er konnte er selbst sein, wenn er nicht er war.

Für ihn war sicher: Das verband ihn mit allen anderen Menschen. Die Lüge, was konnte sich mit der Lüge messen? Einen Satz, der wahr sein will, kann man interpretieren, zerlegen, zermahlen. Die Lüge ist nur sie selbst.

Ob er sich nun irrte oder nicht, was das Verhältnis anderer zur Wahrheit betraf – mehr als die Lüge verband ihn nicht mit der Welt, das war schon richtig.

Als er klein war, vor Unzeiten, dachte er sich einen Jungen aus, den er Laurent nannte. Einen Jungen, den er sich in ständig wechselnder Gestalt, an den verschiedensten Orten, in immer völlig anderen Zusammenhängen vorstellte. Nur der Name hielt diese Figur zusammen, hinreichend, dass er sogar von ihm träumte. Dann war Laurent klein, altbacken gekleidet und hatte einen frechen grünen Blick unter struppigen Haaren.

Die Türglocke läutete.

Sie kam herein.

«Wir haben telefoniert?»

«Ja, guten Tag. Ich bin Laurent.»

Sie hatte inseriert, sie stehe für phantasievolle Rollenspiele zur Verfügung. Da hieß es, sich keine Illusionen zu machen. Das Äußerste an sexueller Kreativität war vielfach, sich in Latex einzuschnüren und bessere Faschingsmasken zu tragen. Er konnte sich andere, unerhörte Szenarien vorstellen. Aber er war ja nicht er, sondern Laurent, und der war scheu, nervös und ein wenig geil, schaute verstohlen auf den Busen der Besucherin.

«Ich bin die Chris, hallo.»

Sie gab ihm die Hand.

«Hab das noch nie gemacht», sagte er leise.

«Kein Problem», sie lächelte mechanisch. «Wir können alles besprechen. Was du willst und was ich anbiete. Es soll dir Spaß machen.»

Er betrachtete sie lange. Sie lag nackt vor ihm, halb abgewandt. Ihr Arm bewegte sich rhythmisch, fuhr auf und ab, Teil einer Maschine.

«Ich möchte nicht, dass du das tust.»

Er legte verhaltene Verzweiflung in seine Stimme. Fast war er über sich selbst gerührt. Es gelang ihm, augenblicklich zu weinen.

«Gefällt es dir nicht?»

«Nein, das ist es nicht … Ich habe gedacht, es bringt mir etwas zurück. Etwas, das ich verloren habe … Es kommt nicht zurück. Ich missbrauche dich nur …»

«Du darfst ruhig sagen, was du haben möchtest. Ich mach sowieso nichts, was mir zu arg ist. Willst du es anders? Willst du, dass ich tanze?»

Das merkte er sich. Da lugte doch hervor, dass sie sich möglicherweise zur Kunst, zu Höherem berufen fühlte. Er musste sie ganz erkennen. Und er würde erfolgreich sein – bei ihr, bei der Nächsten, bei irgendeiner.

«Ich will …» Er brach kalkuliert ab, jeder, die dümmste Kuh würde kapieren, welch schlichtes Alltagsglück er wünschte. Sein Zustand machte es den Menschen so herrlich einfach, sich sensibel zu fühlen.

Durch den Schleier wohldosierter Tränen sah er, wie sie sich mit angezogenen Beinen an die gegenüberliegende Wand setzte, nackt wie sie war. Er verfügte über die Erfahrung, dass es einen winzigen Unterschied machte, ob sie sich gleich wieder anzogen oder nicht, sogar bei ihnen.

«Ich war einmal anders», keuchte er schließlich. «Es ist dieses Gefängnis, in dem ich stecke.

Es tut mir Leid.

Vielleicht können Sie mir noch ein wenig Gesellschaft leisten?

Ich habe doch niemanden zum Reden.»

Sie stand auf und griff nach ihrer Wäsche, aber nicht wie eine, die gleich gehen will. Mehr als Slip und BH, beides künstlich glänzende Spitzenmodelle der eher niederen Klassen, zog sie nicht an.

Er sah Schneeflocken vor dem Fenster tanzen. «Hier ist es so dunkel, es ist so kalt draußen. Ich bin immer alleine.»

Herrliche B-Film-Prosa. Sie trat zu ihm und lächelte. Jetzt aus der Nähe war er sich sicher, dass sie noch älter war, als sie auf ihrer Homepage behauptete. Also log sie. Natürlich log sie.

«Na, was willst du denn loswerden? Hier drin ist es ja jedenfalls nicht kalt.»

Der Anfang war gemacht, schon beim fünften Versuch.

Eine hatte vor ihm ausgespuckt.

Eine hatte versucht, ihn mütterlich zu masturbieren – er hätte nicht sagen können, was ihn mehr anwiderte.

Nummer drei war zu dumm und trostlos gewesen, hatte folgsam die Beine gespreizt und gezeigt, dass sie genau das gerne machte, wofür er bezahlte, und die vor zwei Wochen hatte gelacht und gemeint, er müsse zufrieden sein mit dem, was er bekäme.

«Ich heiße nicht Laurent», sagte er wie unter großem Schmerz. «Laurent war ein kleiner Junge mit schwarzen Haaren und frechem grünem Blick. Er wäre heute sechzehn. Ein Nachbarsjunge, er ist gestorben.»

Er überlegte, ob das eine zu kühne Wendung war, aber es schien schon richtig so.

«Erzähl ruhig, wenn dich das erleichtert», sie nahm sich einen Hocker und setzte sich neben ihn. Er schaute wie betreten zu Boden und musterte ihre Füße. Sie war mindestens zehn Jahre älter als angegeben, so knotig, wie die aussahen. Er stellte sich vor, wie sie nach etlichen wüsten Nummern mit müdem Becken an der Aldi-Kasse anstand. «So viele wollen doch eigentlich nur reden.»

Das entsprach nicht ganz der Wahrheit, er wollte mittelfristig keineswegs nur ein Gespräch von ihr.

In der nächsten Woche war sie wieder da. Sie unterhielten sich lange. Er hatte Kaffee gemacht. Sie hatte gelächelt, strahlend diesmal, als sie die schrundig getöpferte französische Riesentasse mit beiden Händen zum Mund führte. Diesmal hatte sie viel erzählt. Das war genauso geplant. Ihr gütiges Statement, dass viele reden wollten, hatte ihn bewogen, so weiter zu verfahren. Die Art, wie sie es gesagt hatte, diese Nuance, Überzeu-

gung und Wunsch in winziger Mischung, die bedeutete, dass es ihr nicht anders ging. Sie sprachen, bis tief in die Nacht. Jede Stunde legte er einen neuen Schein auf den Tisch. Sie nahm alle, aber beim dritten zögerte sie.

Sie erzählte die übliche Soße. Menschliche Biographien, die verworfenen zumal, erinnerten ihn manchmal an das Stakkato eines Technostroboskops.

Nicht – so – geboren – Vater – früh – tot – kein – Geld – Schulabbruch – dann – die – Mutter – krank – kein – Geld – Party – Gevögel – Spaß – am – Sex – Mutter – tot – Spaß – am – Sex – kein – Geld – Party – Gevögel – einer – fragt – für – Geld?

Darüber brach die fünfte Stunde an und mit sicherem traurigem Ton sprach er es aus.

«Ich gebe dir jetzt kein Geld. Nicht, weil ich keines mehr habe» (er hatte keines mehr), «sondern weil du es nicht verdienst, eine zu sein, die bezahlt wird.»

Sie blieb noch zwei Stunden, einfach so, wie eine Freundin, sagte sie.

So hatte er sie schon gezähmt.

Jetzt begann die Dressur.

Die Kunst der Dressur besteht darin, zu erkennen, welches Kunststück im Vieh angelegt ist. Der gute Dompteur hält den Löwen thronend auf Abstand und lässt sich vom Hündchen durch die Manege begleiten.

Der schlechte probiert es genau einmal umgekehrt.

I. Plasma

1

Der Erste Hauptkommissar Johannes Theuer ging müde den Kiesweg entlang. Ein großes Rind, nur durch den Stacheldraht von ihm getrennt, trottete neben ihm her. Die Weide des Bauern war zwanzig Meter vom alten Fachwerkhaus entfernt, wo er und seine Freundin Renate Hornung sich für zwei Wochen eingemietet hatten. Ein Ort, wie für Theuer gemacht: Der Weg, auf dem er gerade spazierte, gehörte zum Grundstück. Allein achthundert Meter waren es vom Gatter zum Haus, das man von der Straße aus nicht sehen konnte. Allein sein, wirklich allein, in einem riesigen Garten, gemischt aus Alt und Neu, verwunschen und gepflegt, wie sich der Heidelberger Ermittler die ganze Welt wünschte. Gelegentlich brach ein Kalb aus und rannte verwirrt übers Grundstück. Nach erster Angst davor war dem Kommissar aufgefallen, was man sich ohnehin hätte denken können: Für ein beschränktes Kalb war er ein großes drohendes Wesen, vor dem man abhaute.

Für das Rindvieh im Dämmer seiner schlichten Rasse war er das nicht. Noch immer lief es an seiner Seite, groß, dumm und treu.

Jetzt kamen sie zur kleinen Baumgruppe, die Kuh blieb stehen. Es war mild. Der Abendhimmel dunkelte ein, fast türkisfarben. Der Kommissar hatte gesagt, er brauche Bewegung, aber eigentlich wollte er nur alleine sein.

Alles war schön, nicht nur das Quartier: Die Normandie, von der er keinerlei Vorstellung gehabt hatte, erwies sich als vollkommen für ihn: warme Tage, kühle Nächte, kleine Fachwerkflecken mit billigen Gasthäusern, in denen man ständig damit rechnete, Jean Gabin käme von der Toilette. Aber dem Kommissar wollte sich kein Glück einstellen.

Seine Freundin und er hatten sich viel von der gemeinsamen Zeit versprochen. Letztes Jahr waren sie durch eine große Krise gegangen. Im Zuge einer Ermittlung, die den Anfangsfünfziger, der eigentlich davon ausgegangen war, bis zur Pensionierung mehr oder weniger nichts mehr zu tun, ums Haar das Leben gekostet hätte, gelang es ihnen, wieder zueinander zu finden.

Aber auch, so dachte er zunehmend, weil halt was los gewesen war. Das kurze wilde Leben hatte sie aneinander geschubst.

Und nun: alle Tage Alltag, was ihn doppelt deprimierte: erstens sowieso, zweitens die zunehmende Erkenntnis dessen: Selbst Mörderjagd wird Alltag, und der würde ihn immer weiter bedrücken.

Reife Leistung eines halben Jahrhunderts.

Sie hatten an Ostern drei herrliche Tage im Piemont verbracht und in den Wochen bis zum Sommer davon gezehrt. Dann Herbst – großes Rumoren in der Welt, das ihn schon wieder wenig erreichte. Winter und die Hoffnung auf danach. Winterliche Gefühle im Frühjahr und die wilde Zuversicht: Wenn wir verreisen und mal so richtig Zeit haben, wird das wieder anders.

Da waren sie. Einsam zwischen zwei Städtchen, Cormeilles und Beuzeville, inmitten strotzender Natur und zugleich auf einem letzten Vorposten der Galaxie, irgendwo in der Dunkelheit und Kälte des Pluto.

Sie bekamen schnell Streit. Hornung kannte jede Pflanze im Areal und fand es ersprießlich, ihn zu belehren. Das Stadtkind Theuer konnte gerade noch Obst- von Nadelbäumen unterscheiden und wollte es damit belassen. Seine Freundin verlangte gotische Gemäuer zu besichtigen, er genoss es, im Wind zu sitzen und sich einen kleinen Schwips nach dem anderen zu gönnen. Wenn ihm nächtens das

Fleisch wuchs, schlief sie schon, und wenn sie wollte, konnte er nicht.

Theuer lehnte es ab, sich in all dem Dumpfen auch noch von der Natur unter Druck setzen zu lassen, das erschien ihm gleichsam unfair, zwei gegen einen. Trotzdem: Im Frühling hatte es zu knospen und zu sprießen, allüberall. Stattdessen welkte es zwischen ihnen, und er war ein letzter schrumpliger Apfel, vom Baum plumpsen und verfaulen, auch eine Perspektive.

Alles machte ihn melancholisch: der kleine tote Maulwurf nach dem Regen am dritten Tag, das verrostete Kinderfahrrad, dem die Tochter der Besitzer entwachsen war. Wenn er nachts deutsche Sender über Satellit sah, belämmerten ihn sogar die Berichte von den Verletzungssorgen der deutschen Nationalmannschaft. Die würden in Asien ganz schön Senge kriegen. Er musste dazu nur ins Nachbarland verreisen.

Johannes Theuer war am Gatter angekommen. Verstohlen nahm er den kleinen Armagnac-Flachmann aus der Jackentasche und lehnte sich auf das Tor wie ein Rentner auf seine Fensterbank. Gegenüber, jenseits des kleinen asphaltierten Sträßleins, erstreckte sich ein Acker. Dahinter sah man den Schatten eines Getreidesilos, dieses wiederum hatte er auch vom Parkplatz am Marché in Beuzeville gesehen, demnach lag das Örtchen in dieser Richtung. Für ihn eine beachtliche Orientierung nach sechs Tagen, und er ärgerte sich trotzdem, denn er wollte nichts wissen, nichts lernen und möglichst nicht der Theuer sein.

Schatten von hinten rechts, er fuhr herum, die Kuh stand da und glotzte ihn an.

Er steckte den Schnaps wieder ein, kurioserweise schämte er sich vor dem Tier. Er kehrte um.

Immer ersehnte er sich eine Art Erholung, da er aber gar nicht genau wusste, wovon – um die Arbeit konnte er sich normalerweise ganz gut drücken –, fand er auch kein Wodurch.

Wieder passierte der Kommissar das kleine Waldstück. Es war fast dunkel, und so sah er seine Freundin nur am Glimmen der Zigarette entgegenkommen. Eigentlich rauchte sie selten, keineswegs täglich, in diesem Urlaub war es mehr. Hier konnte ja eine Analogie zu seinen recht gewissenlos eingenommenen Anisdrinks im hellen Mittagslicht vermutet werden, aber auf solch einen feinen Gedanken kam der Kommissar nicht. Wenn ihm düster zumute war, vernachlässigte er seine Mitmenschen. Das wenigstens wusste er, und es machte ihn noch trüber gestimmt. Weiter auf der nach unten offenen Theuer-Skala, einer, um das Nichts zu messen.

«Dir ist aber schon klar, dass du spinnst, Johannes?» Hornung klang heiter, aber man ahnte, dass es eine flüchtige Heiterkeit war, die es nun einzufangen und zu bewahren gälte. Das machte der Ermittler prompt ganz ausgezeichnet: «Du rauchst ja schon wieder.»

Hornung blieb stehen. In der Dunkelheit konnte er ihren Gesichtsausdruck nicht lesen, aber die Stimme klang sehr eindeutig: «Hundert Punkte, Theuer. Wir sitzen beim Abendessen. Ich habe gekocht. Vielleicht nicht umwerfend gut, aber immerhin. Dann frage ich dich etwas, was ich gar nicht wiederholen möchte, nur so viel: Als Dreizehnjähriger wird man rot, wenn man ein solches Angebot erhält. Du aber hörst nicht zu, stehst auf, gehst zu deinem Waschbeutel, der seit unserer Ankunft zu meiner Verwunderung auf der Kommode neben der Eingangstür steht – aber man lässt seinem Partner, dem reiferen zumal, ja gerne seine Macken – nestelst senil herum …»

«Na, na», rief Theuer, «ich bin gerade erst 53 geworden! Im März.»

«Im Februar, du weißt nicht einmal deinen eigenen Geburtstag. Ich wiederhole daher und ohnehin: senil. Und ich kann das begründen. Du bemerkst nämlich nicht, dass an der Wand ein Spiegel hängt und ich also genau sehe, dass du deinem Beutel ein Schnapsfläschchen entnimmst. Dann sagst du irgendetwas von frischer Luft und gehst raus. Ich höre dich die Außentreppe hinunterstapfen, und vor allem höre ich, dass du das Laternenlied singst.»

«Welches Laternenlied?» Theuer war ehrlich entsetzt.

«Na, ‹Ich geh mit meiner Laterne und meine Laterne mit mir …›»

«Ra bimmel, ra bammel, ra bum», ergänzte der blamierte Kommissar in unbegabter Intonation. «Ich hab doch gar keine Laterne …»

«Macht die Sache nicht verständlicher … ach, Mann», sie drückte sich an ihn. «Schau mal die Sterne …»

Theuer blickte nach oben, sah eine tiefblaue, wenn nicht schwarze Fläche mit jeder Menge kleinen weißen Löchern.

«Umwerfend», versuchte er es. «Und dahinten schimmert noch ein Rest von der Sonne …»

«Das ist Le Havre, du willst doch nicht sagen, dass dir bei keinem der aberwitzigen Sonnenuntergänge, seit wir hier sind, auch nur der Ort am Horizont aufgefallen ist … Schlaf mit mir, hier im hohen taunassen Gras, wie verstohlene Teenies, und dann trinken wir deinen Schnaps und kriegen Blasenentzündung und lassen uns von einem kettenrauchenden Landarzt krankschreiben und bleiben noch drei Monate …»

Aber es ging nicht. Theuer schämte sich vor der Kuh.

2

Die wenigen, viel zu wenigen Zeugen hatten jeweils eines ganz genau gesehen: Gestern Nacht war ein Mann durch einen Schuss ins Gesicht getötet worden. Das war geschehen in der an sich belebten Mittermaierstraße in Nähe des Bahnhofs, aber am späten Abend ist Heidelberg dann doch eine kleine Großstadt, viel zu wenige, viel zu wenige Zeugen.

«Gesehen haben sie einen Mann, also noch einen, außer dem Opfer. Viel exakter wird's nicht. Unser erster Zeuge berichtet von Mündungsfeuer. Ein dunkel gekleideter Mann sei weggerannt. Die zweite Aussagende hat ebenfalls den dunklen Mann gesehen, ist sich aber nicht sicher, ob er geschossen hat. Auch der dritte Zeuge nennt diesen Mann, der habe geschossen. ‹Tausend Prozent.›

Der Verdächtige sei Richtung Ernst-Walz-Brücke weggerannt. So viel wissen wir und nicht viel mehr. Tatzeit: Donnerstag, 16. 5. gegen 23 Uhr. Der zu Suchende ist verwahrlost, langhaarig und bärtig. Haarfarbe schwarz, aber nachts sind alle Katzen grau.»

Der leitende Oberstaatsanwalt Wernz ließ seine Manufactumkladde sinken und blickte seine beiden Untergebenen an, als habe er soeben einen letzten Aufruf aus dem Führerbunker verlesen.

Bahar Yildirim, einzige Staatsanwältin Heidelbergs mit türkischer Abstammung – weckte man sie nachts um drei, sie würde ihren Namen mit diesem Zusatz herunterrasseln –, schwieg. Das war erfahrungsgemäß die beste Methode, ihren Chef vom hohen Ross zu stoßen. Aber sie war nicht allein.

Neben ihr saß der neue Kollege, Dr. Frank Momsen, der neue, DER neue Kollege. Seit ersten April war er da, Mitte April waren sämtliche Akten auf alphabetische Linie gebracht, seit dem Einzug in die damals neuen Räume das erste Mal. Und der Umzug hatte während der Ölkrise in den Siebzigern stattgefunden.

«Eigentlich ja gar nicht unsere Aufgabe, aber Momsen, am Wochenende …»

Ende April hatten die Heidelberger Justizbehörden nach langer Zeit wieder einmal einen Betriebsausflug unternommen. «Der gute Wille war ja jedes Jahr da, aber es fehlte eben einer, der die Dinge auch mal in die Hand nimmt, so wie Kollege Momsen jetzt …» (Sie hatten die Karlsruher Kunsthalle besucht, und Yildirim war gegen die perspektivische Darstellung eines langen Ganges gerannt, als sie schnell aufs Klo musste.)

Jede Woche erschien plötzlich ein Artikel über die verschiedenen Abteilungen des Rechts in der «Rhein-Neckar-Zeitung»: *Das Familiengericht – Gerechtigkeit ohne Urteil, das ist unser Ziel – Wirtschaftskammer: Schwarze Schafe fressen Arbeitsplätze – Jugendgericht: Überzeugen statt Strafen.*

«Seit Momsen die Öffentlichkeitsarbeit macht, sind wir ja die reinsten Popstars. Und er macht das zusätzlich, in seiner Freizeit …»

«Der Typ ist schon in mehr Arschlöcher gekrochen als Mick Jagger in Groupies.» Dieser letzte Satz war so nicht im Amt gesagt worden, der stammte von Yildirim, ins Allein um sie herum gemurmelt, frustriert am Küchentisch vor sich hin rauchend, gestern Abend.

Zusatz: «Und zwar kopfüber.» Dann hatte sie schweigend dem Pfeifen im linken Ohr gelauscht, das wieder mehr geworden war, seit der Neue die Preise verdarb.

«Frau Yildirim», der Chef lächelte sie an. Im Licht der unnötig funzelnden Schreibtischlampe sah man ein singuläres Haar seinem Nasenrücken entspringen, fontänenhaft nach vorne. «Eigentlich wäre das Ihr Fall, und es steht Ihnen selbstverständlich frei, die Sache anzugehen. Herr Kollege Momsen zeigt allerdings großes Interesse, nun mal eine richtig große Geschichte zu bearbeiten …»

«Nicht, dass ich etwas gegen Stammtischprügeleien hätte», knödelte der Junge dazwischen, «da trifft es nie den Falschen, und man kann schöne Anklagen zimmern», er lachte herzlich, «letzte Woche sperrte einer im *Gilberts* in Handschussheim seinen Kumpel ins Klo, bevor er ihn durchbläute. Der wird Augen machen, wenn er auch noch eine Freiheitsberaubung fängt.»

Meckernd stimmte Wernz ins neuerliche Gelächter Momsens ein. «Köstlich, ja, Freiheitsberaubung, wenn nicht, wenn nicht», spaßhaft dozierend hob er den Finger, «Entführung!»

Allein schon für das windige Präteritum hätte Yildirim dem Bubi gerne die Hosen strammgezogen. «Der Stadtteil heißt ‹Handschuhsheim›, nicht ‹-schussheim›, manches ist friedlicher, als man denkt.» Sie hörte selbst, wie genervt sie klang. «Ich suche eigentlich nicht nach besonders originellen Anklagen, mir reicht es, wenn sie angemessen sind.»

Momsen hob eine Augenbraue himmelwärts. Er war ein ganz prächtiger Einserjurist, das heißt, unter normalen Menschen sah er aus wie eine Wachsfigur aus der guten alten Zeit. Grauer Anzug, blütenweißes Hemd, diffus zwischen allerhand Grautönen changierender Binder und obendrauf ein bleicher Knabenkopf mit mistfarbener Tolle und Franz-Schubert-Brille. Er war nicht sehr groß, die schwarzen Halbschuhe erinnerten Yildirim verdächtig an die Sonderanfertigungen, die früher immer auf der Rückseite von Fernsehzeitschriften angepriesen wurden: *Zehn Zentimeter größer in zwei Sekunden.*

«Vor sechs Monaten war Heidelberg für mich nichts weiter als ein Postkartenmotiv, das man selbst in Berlin gelegentlich im Angebot hatte, in der Abteilung: ‹Deutschland ist schön›, hier beuge ich mich gerne der Ortskenntnis der waschechten Kurpfälzerin», dabei schaute der Streber sie an, als sei sie eine zugehängte Taliban-Mieze. «Ich denke, ich lasse ansonsten aber schon das richtige Augenmaß walten, Frau Kollegin. Wenn einmal nicht, dann können Sie mir das aus der Warte Ihrer größeren Erfahrung sicher aufzeigen.»

Yildirim lächelte, als wollte sie ihn verspeisen. «Da Sie schon selbst Ihre geringe Erfahrung in den eigentlichen Aufgabenfeldern unseres Berufes erwähnen, fände ich es nicht gut, wenn gleich einer Ihrer ersten Fälle ein Tötungsdelikt wäre. Tut mir Leid, Herr Wernz, ich möchte das behalten.»

Ihr Chef war sichtlich verblüfft, irgendwie hielt er es bei einer Frau für der Ehre genug, wenn sie einen Beruf hatte; sollte dann auch noch mitgeredet werden, kam ihm das unpassend vor.

«Tja dann», war somit das Äußerste, was er seinen Gedanken zunächst an Ausdruck abringen konnte. «Tja dann, Herr Momsen, vielleicht lassen Sie uns dann nochmal ein wenig alleine reden, Frau Yildirim und mich, Sie könnten ja auch», er schaute zur Uhr, «eine Ihrer sagenhaft vielen Überstunden …»

«Oh, Arbeit gibt es massenhaft!», lachte Momsen. «Ich werde mich mal an ein paar Fälle machen, wo sonst die Verjährung droht. Das wären dann allerdings auch ein paar von Ihren, Frau Kollegin.»

«Nur zu», zischte Yildirim, «auch ich kann ruhiger schlafen, wenn ein paar Falschparker zwei Tage in den Bau einfahren.»

Momsen wandte sich schulterzuckend zum Gehen.

«Wenn einer seinen Strafzettel nicht bezahlt, macht das die Welt nicht schlechter, aber wenn solches Tun so schamlos und lange praktiziert wird, dass es unsere Rechtstradition in den Rang einer Straftat aufrücken sieht, würde es uns schwächen, wenn wir dem nicht Ausdruck verliehen. Und ein schwächeres Rechtssystem macht die Welt schlechter.»

«Er kann druckreif formulieren», sagte Wernz wie zu sich selbst. «Diesen Satz könnte man drucken.»

Die Anklägerin studierte angewidert den perspektivischen Verlauf einer Weststadt-Straße Richtung Rohrbach. Rohrbach war ihr scheißegal, aber: Fluchtpunkt. Da wollte sie hin.

Als sie alleine waren, änderte sich Wernzens Körpersprache vollkommen. Ohne dass er es bemerken mochte, schob sich sein Becken aus den Untiefen scines Sessels, beschleunigte sich sein Atem in ein verstohlenes Hecheln. Bahar Yildirim war es mittlerweile gewöhnt.

«Sie wissen aber schon noch, dass einer Ihrer ersten Fälle letztes Jahr diese Wasserleiche war? Wir haben Ihnen da doch auch vertraut!» Wernz legte schelmisch den Kopf schief. Seine greisenhaft große Ohrmuschel wetzte am Hemdkragen.

«Ja, ich weiß», entgegnete Yildirim und bemühte sich, ein wenig zerknirscht zu wirken, aber es kam nur die Wahrheit heraus, sie war müde und man sah es. «Ich weiß auch, dass ich damals ein paar Böcke geschossen habe. Ich weiß nicht …»

«Na ja», nickte Wernz, «Momsen macht ja genug, und er macht ja auch eine ganze Menge richtig, hervorragend, muss er halt warten, bis der nächste Mord im schönen Heidelberg passiert. Wenn er Glück hat, dauert's nicht wieder ein Jahr …»

«Glück», echote die Anklägerin verächtlich, aber Wernz bemerkte ihren Unterton nicht.

In ihr Büro zurückgekehrt, was immer etwas dauerte, da sie ins Familiengericht ausgelagert war, ärgerte sie sich über sich selbst. Erstens: Ins Zentrum der Abteilung aufzurücken und Momsen auszusiedeln, hatte sie großmütig ausgeschlagen, was sich zunehmend als falsch erwies. Und zweitens hatte sie genug um die Ohren. Warum hatte sie sich diesen Fall aufgehalst? Purer Trotz, natürlich. Der Trotz, mit dem sie es geschafft hatte zu werden, was sie war, trieb sie ständig weiter. Nur dass dieses Weiter kein Ziel mehr hatte. Sie schüttelte zornig ihre schwarze Mähne. Das war wie bei einem Superreichen, der nur immer reicher werden wollte, der Unterschied zu so einem zeigte sich allerdings auf ihrem Girokonto.

Die bisher vorliegenden Akten zu studieren, fehlte ihr

jetzt jedenfalls die Zeit, alternativ konnte sie sich ihrer freundschaftlichen Beziehungen zu Theuer und seinem seltsamen Team bedienen. Mit den Jungs spielte sie seit der Turnergeschichte manchmal Lift, eine Rohform des Skat, die auch Kommissar Haffner kapierte. Sie griff nach dem Telefon.

«Also du willst heute schon nach Hause.» Hornung schaute an Theuer vorbei. Irgendetwas am kleinen Froschteich, hundert Meter hinter dem schweren Ermittler, schien sie brennend zu interessieren. «Es ist sehr nett, dass du mir das immerhin sagst, bevor du den Motor anlässt. Kleinigkeiten, wie dass die Vermieter zur Abnahme erst morgen in einer Woche wiederkommen, interessieren dich da nicht besonders.»

Theuer zählte Grashalme. «Ich kann mit dem Zug fahren, dann hast du noch ein paar Tage für dich – so ohne mich, also …»

Hornung nahm ihre Brille ab, als wollte sie ihn nicht mehr sehen, gar nichts mehr sehen, nicht einmal den Teich. «Ein paar Tage? Morgen ist Samstag, ich werde die Hälfte der Zeit alleine sein.

Was ist denn eigentlich los?», fragte sie leise. «Jetzt verlieren wir uns wieder, was sind wir denn für zwei?»

«Wir sind halt zwei», sagte Theuer traurig. «Mal näher, mal weiter … ich meine, wenn wir uns gerade voneinander entfernen, dann heißt das ja auch, dass wir uns wieder annähern, ich denke, das ist sogar sehr wahrscheinlich, statistisch. Seltmann hat am Telefon gesagt, dass gestern Nacht jemand erschossen wurde, einfach so, in Bergheim, ganz in der Nähe von deiner …» Er erschrak, aber es war schon gesagt.

«In Bergheim wohnt die junge, temperamentvolle Staatsanwältin Yildirim», Hornungs Stimme hätte zum Rasieren getaugt. «Die alternde, frustige Mittelbaudozentin, die gerne Pflanzen bestimmt und Dome betrachtet, wohnt in

Dossenheim. Und mit Seltmann telefoniert man also auch neuerdings, muss es dir dreckig gehen, dass du deinen Intimfeind anrufst.»

«Da war so ein ungutes Gefühl, Bulleninstinkt», log Theuer. In Wirklichkeit hatte er in aller Herrgottsfrühe das Handy gepackt, aus dem spontanen Entschluss heraus, irgendeinen Grund für die Heimkehr zu finden, und sei es, dass Seltmann berichtete, der Gummibaum im Theuer-Team-Zimmer habe Läuse. Und nun ein Mord – also das war doch wohl wirklich nachzuvollziehen.

«Ein ungutes Gefühl. Immerhin: ein Gefühl. Du machst dich.» Sie stand auf. «Ich rufe die Vermieter an. Wir fahren nachher. Und heute besauf ich mich noch. In meinem herrlichen Dossenheimer Wohnzimmer, über den herrlichen verkehrsberuhigten Straßen. Ja, genau, ich könnte ja so richtig das Saufen anfangen. Vielleicht verwechselst du mich dann mit deinem gesunden jungen Kollegen Haffner. Da spränge für mich einiges mehr an Zuwendung heraus.»

Yildirim seufzte. Der Ton war jetzt im ganzen Kopf und pulste, Morsesignal zwischen zwei Hirnhälften, die gegeneinander Krieg führten. Keine raschen Informationen: Der Esel von Theuer machte Ferien, und noch nicht einmal sein Team war vollzählig. Stern hatte frei, weil er um ein Reihenhaus steigerte, Haffner hatte sich krankgemeldet, was bedeuten dürfte, dass er gegen neun Russen angetrunken hatte, nur der Leidig war im Dienst, aber irgendwo unterwegs oder schon zu Hause, seiner Furcht einflößenden Mutter die dritten Zähne polieren. Unklar, wie die Struktur der Polizei, waren auch die Unterlagen zum Fall zusammengetragen. Sie würde sich reinhängen müssen.

Um 18 Uhr hatte sie den Termin auf dem Jugendamt, es war fünf, sie überflog jetzt doch die wenigen Seiten, die schon vorlagen. Gestern Nacht also, entgegengenommen vom Kollegen, der Bereitschaft hatte. Fast jeden Abend nach zehn war Elmar Reister, freier Journalist, ein wenig spazieren gegangen, die Mittermeierstraße Richtung Neckar, über die Ernst-Walz-Brücke und dann durch ein paar Straßenzüge des Villenviertels Neuenheim gebummelt.

Er hatte immer von einem Haus dort geträumt, berichtet seine gefasste Witwe. Aber so eines war nie für ihn drin gewesen, er schrieb fürs Anzeigenblatt und nicht besonders gut. Und das war's auch schon, was man bisher über ihn wusste.

Der Zeuge, der, der den ominösen schwarzen Mann «tausendprozentig» als Täter nannte, konnte laut seinem Hausarzt eigentlich gar nicht aussagen, bei Aufregung würden ihm die Adern wie Seifenblasen platzen, das Herz bliebe stehen, die Bandscheiben flögen heraus. Aber er wollte seiner Bürgerpflicht nachkommen. Die weibliche Zeugin war zwar nicht geschwächt, sie konnte nur eigentlich gar nichts Großartiges beisteuern, und der Herr, der es mit dem Mündungsfeuer hatte, war ein schwieriger Kandidat: renitent und bereits jetzt genervt, da er doch «alles» schon «zweimal» gesagt habe.

Also hing das Ganze gleich zu Beginn. Die Spurensicherer und Gerichtsmediziner waren noch am Werk und hatten ebenfalls auf den nächsten Tag verwiesen beziehungsweise – Pfingstwochenende – auf Dienstag. Staatsanwältin Bahar Yildirim ließ die Akten Akten sein und schaute knurrend zur Uhr. Sie probierte es nochmal bei der Polizei. Jetzt war immerhin einer da. Leidig ging ans Telefon. Wenn das kein guter Tag war.

Nach den verbindlichen Floskeln, in die man ein Dienstgespräch human einbettet – dieser Teil missriet Yildirim gewöhnlich, und so war es auch diesmal –, kamen sie auf das Delikt zu sprechen.

«Ich glaube ehrlich gesagt nicht, dass wir den Fall kriegen, unser Team bin ja im Moment nur ich.» Leidigs Stimme klang am Telefon immer ein wenig schrill, als habe er eine kleine Sünde zu beichten, dabei war eher das Gegenteil sein Problem. Sie konnte ihn sich vorstellen, wie er im knappen Anzug auf seinem Schreibtischstuhl lümmelte, traurigkenntliches Imitat eines lässigen Profis.

«Was im Moment läuft, ist ja eine reine Routinekiste. Das ist so eine Untersuchung, die sich von alleine abwickelt, da werden jetzt Spuren gesammelt und ausgewertet … das könnten dressierte Affen.»

«Ich weiß», entgegnete Yildirim etwas spitz, «ich bin einer der dressierten Affen. Und das Schlimme ist, ich muss die Akten auf Knien lesen. Wissen Sie, Herr Leidig, Sie kennen doch die wunden Schimpansenärsche, und das im Staatsdienst. An welches Team soll ich mich jetzt wenden? Ihr habt doch noch diese Gruppenstruktur?»

Fast wäre der Hörer rot geworden, Leidig war so leicht zu beschämen, dass es der Anklägerin gar keinen rechten Spaß machen wollte. Außerdem war die Frage nicht ohne weiteres zu beantworten. Anfang letzten Jahres hatte der neue Polizeidirektor Dr. Ralf Seltmann die Heidelberger Kriminalpolizei in der unscharfen Vision einer effizienten, modernen, quasi businesskompatiblen Behörde in teilweise pikant besetzte Vierertrupps aufgeteilt. Nun war aber schon einiger Kredit nach oben hin verspielt, und man bekam den Eindruck, als wollte der wendige Chef heimlich, still und leise wieder zu den alten Organisationsformen zurückkehren – so recht zugegeben war's freilich auch noch nicht.

Theuer und die Seinen, eigentlich charakterlich so homogen wie eine Käfiggemeinschaft von Würgeschlangen und Nagetieren, hatten sich gegen jedes soziologische Theorem lieb gewonnen. Andererseits war die Dummheit der derzeitigen Strukturierung unübersehbar – also niemand wusste, ob er sich freuen sollte oder ob Unheil drohte im Herbst.

Plötzlich war die Leitung tot. Yildirim schüttelte ungläubig den Kopf, so was kannte sie nur aus Filmen. Sie bezog es schnell auf sich und stellte sich vor, irgendein Knecht, der in den Eingeweiden der Justizbehörden Kabel lötete, hätte feixend eines durchgeknipst: «Drehen wir der Türkin mal den Saft ab.» Gleichzeitig wusste sie, dass das Quatsch war. Der Umgang mit ihrer Abstammung wurde dann doch subtiler praktiziert. Sie versuchte es nochmal – besetzt.

Wie viel Zeit hatte sie noch? In einer Dreiviertelstunde war ihr Gesprächstermin in der Altstadt, vom Büro bis zum Bismarckplatz waren es keine zehn Minuten, mit ihrem Stechschritt schaffte sie es dann also in einer knappen halben Stunde bis ans Ende der Unteren Straße. Noch ein Versuch. Leidig war wieder dran. Er klang etwas verlegen:

«Der Chef, also Seltmann, ist reingekommen, da hab ich irgendwie instinktiv aufgelegt. Ich weiß auch nicht … war ja eigentlich nichts dabei, war ja ein Dienstgespräch.»

Yildirim schüttelte spöttisch den Kopf. Das passte zu dem Knaben, solche wie er fühlen sich anlasslos ertappt wie andere nicht beim Röntgen mit fünf Heroinkondomen im Wanst.

«Also, es ist so», fuhr Leidig fort. «Haffner hat sich wieder gesundgemeldet und wollte sogar für eine Stunde noch kommen, das hat Seltmann aber abgelehnt. Und Stern hat auch angerufen. Er hat das Haus nicht, und irgendwie hat er auch versprochen, demnächst nicht mehr wegen so was zu fehlen. Als ob es nötig wäre, der Administration private Eide abzulegen», das Altkluge, Leidigs zweite Seelensäule, auf dass er nicht zusammenfalle und nur noch ein wimmerndes Bündel sei, trat hervor, «und schließlich hat sich sogar der Theuer gemeldet, vorher sogar mit Seltmann telefoniert, er kommt schon am Dienstag wieder in den Dienst, gleich nach dem Feiertag. Demnach bearbeiten wir den Fall doch. Die anderen Teams sind anscheinend alle beschäftigt oder ebenfalls im Urlaub … Ich muss mich jetzt allerdings erst mal einarbeiten …»

«Da gibt es möglicherweise noch einen Grund, dass ihr

herrlichen Burschen das macht», unterbrach ihn Yildirim. «Euer dämlicher Seltmann hält euch bestimmt für rechte Teufelskerle seit der Turnergeschichte und will so einen spektakulären Fall seinen besten Leuten geben.»

«Dafür muss man doch nicht dämlich sein», protestierte Leidig, aber er lachte dabei.

Dann ging sie. Sie schmiss sich in ihre Jeansjacke, sie rannte die Treppen hinunter. Während sie dieses angesichts ihrer asymetrischen Absätze lebensgefährliche Manöver absolvierte, zwängte sie sich ihren Rucksack mit Bewegungen, die an einen schlechten Rückenschwimmer erinnerten, aufs Kreuz. Wenn man schnell läuft, wird man weniger angesprochen. Wenn man rast, gelingt es einem nicht einmal, an sich selbst zu denken. Es war sonnig, ein kleiner, kaum warmer Wind spielte in ihrer schwarzen Mähne, wie sie da die Kurfürsten-Anlage Richtung Adenauerplatz entlangjagte. Umgeben von Bauwerken, für deren jedes einzelne man den Architekten verdreschen sollte. Nur nach vorne hin boten die ersten Häuser der Altstadt etwas Trost. Sie kämpfte sich nach links durch die Straßenbahn-Bus-PKW-Geschwulst am Bismarckplatz, hechelte am Darmstädter-Hof-Zentrum vorbei, überholte einen bummelnden Fahrradfahrer und war endlich am Neckar. Jetzt ging sie langsamer. Flussaufwärts lag die alte Brücke im Licht. Man musste schon sehr stumpf sein, um nicht doch immer wieder ein Gefühl der Heiterkeit geradezu zu erleiden, so putzig, so schön, so Heidelberg.

So spät schon?

Ihre Absätze knallten auf den Asphalt. Rechts passierte sie das Kurfürst-Friedrich-Gymnasium, den orangen Klinkerbau, in dem Babett, die kleine Ziehtochter, das Ihre zum deutschen Abschneiden bei der Pisa-Studie beitrug. Babett Schönthaler, die sie aus Motiven, über die sie sich unsicher war, auf dem Jugendamt zur Pflegetochter bekommen wollte. Na, jetzt waren Pfingstferien, da konnte man wenigstens keine Sechser schreiben.

Dann, vielleicht weil im Fluss links neben ihr im Frühjahr die Wasserleiche gefunden worden war, ihr erster Mord, die Turnersache, an die sie heute schon zweimal gedacht hatte, fiel ihr die gestrige Tat wieder ein. Sie schämte sich. Da war ein Mann erschossen worden, einfach so, zwei Ecken von ihrer eigenen Wohnung entfernt. Geradezu exekutiert, und sie war schon routiniert genug, das zu vergessen, für minder schwer zu halten, wenn Feierabend und ein paar private Sorgen zusammenfielen. Allmählich näherte sie sich der alten Brücke. Warum erschießt ein Mann einen anderen? Notfalls gänzlich grundlos. Sie bog rechts Richtung Heilig-Geist-Kirche ab.

3

«Wissen Sie, es geht nicht um Gut oder Böse», die Frau vom Jugendamt mit dem schönen Namen Krafft sah tatsächlich aus wie jenseits von beidem, eine dralle Matrone mit hart zurechtfrisiertem, rot getöntem Dickkopf, nur durch die Intellektuellenbrille ohne Rand nicht an der Supermarktkasse denkbar, aber weich und wolkig, quasi indisch gekleidet. «Es geht einzig und allein um das Wohl des Kindes.»

Yildirim nickte, sie biss sich dabei allerdings fast eine Plombe aus den Zähnen. Um was eigentlich sonst als um Gut und Böse ging es ihr? Um sich selbst, musste sie zugeben, und sie war schon fast so weit, das Böse zu finden.

«Es ist für ein Kind immer wichtig, Kontakt zu seinen leiblichen Eltern zu haben, soweit das möglich ist. Wir wissen inzwischen aus einer Vielzahl von Studien, dass Kinder in der Adoleszenz schwerste Identitätsprobleme bekommen, wenn sie nicht sehen, aha, die haben mich auf die Welt gebracht, aus denen, verstehen Sie, bin ich. Stellen Sie sich vor, Sie wüssten nicht, aus welchem Land Sie stammen!»

Jetzt musste die Staatsanwältin um ihr ganzes Gebiss fürchten: «Nun, zum Glück weiß ich, dass ich aus Heidelberg stamme und somit Deutschland meine Heimat ist. Das Land, wo ich gerne an den Küsten spaziere oder im Bodensee plansche, auf der Zugspitze jodle und mich in der Moschee wegen unverschleierter Auftritte auspeitschen lasse. Können wir jetzt über Babett reden, Frau Krafft?»

Ihr Gegenüber rückte pikiert irgendwelche Papiere zurecht. Yildirim war klar, dass eine so gut gepunktete Runde durchaus auch einen K.o.-Schlag der Gegenseite herausfordern konnte.

«Na ja, Frau Yildirim … Sie möchten also Pflegemutter für die kleine Babett Schönthaler werden. Sie wohnt bei Ihnen im Haus beziehungsweise jetzt schon ein paar Monate mit Duldung des Jugendamtes und der Mutter bei Ihnen. Frau Schönthaler ist wegen schwerer Alkoholprobleme in stationärer Behandlung. Einer dauerhaften Pflegschaft steht sie allerdings ablehnend gegenüber. Wir haben auch noch nicht über den Sorgerechtsentzug befunden …»

«Wissen Sie», Yildirim versuchte möglichst höflich zu klingen, «Frau Schönthaler hat nicht einfach Alkoholprobleme. Sie säuft sich tot. Niemand kümmert sich um Babett, überhaupt niemand. In wachen Momenten beschimpft die Mutter das Kind. Sie empfängt Männer für Geld, das kann ich nicht beweisen, aber es spricht vieles dafür. Man glaubt es ja nicht, aber manche zieht es wohl an, sich so ein Wrack zu unterwerfen, oder am Ende bedient es die niedersten Triebe, ihr zu gehorchen und weniger als nichts zu sein. Einfach, weil sie geboren hat, hat sie Rechte, aus keinem anderen Grund. Babett ist zu mir gekommen, immer öfter. Sie hatte Hunger, sie wollte reden, in den Arm genommen werden. Lauter so Sachen, worum Kinder, die Eltern haben, eigentlich nicht bitten müssen. Ich habe sie lieb gewonnen, allmählich. Gar nicht gleich. Sie ist keine kleine Prinzessin, die einen um den Finger wickelt. Sie hat Pickel. Einen dicken Kopf. Sie schreibt ‹Mathe› ohne ‹h› und verwechselt in Erdkunde Ecuador mit dem Äquator. Sie kommt leider in manchem ganz schön nach ihrer Mutter.»

«Es ist für ein Kind immer wichtig, Kontakt zu seinen leiblichen Eltern zu haben, soweit das möglich ist. Wir wissen inzwischen aus einer Vielzahl von Studien, dass Kinder in der Adoleszenz schwerste Identitätsprobleme bekommen, wenn sie nicht sehen, aha, die haben mich auf die Welt gebracht, aus denen, verstehen Sie, bin ich. Stellen Sie sich vor, Sie wüssten nicht, aus welchem Land Sie stammen!»

Yildirim wurde unwirklich zumute.

«Das haben Sie doch gerade eben schon gesagt!»

Sozialpädagogin Krafft schaute ein wenig ratlos drein.

«Ja, stimmt. Das habe ich gerade eben schon gesagt. Wissen Sie, wir sagen das immer. Jetzt fällt's mir auch ein, Sie kommen aus Heidelberg, also Deutschland.»

Yildirim nickte und schaute aus dem Fenster. Das Jugendamt lag zu einem gepflasterten Innenhof hin. Das hektische Treiben der Unteren Straße hörte man kaum, und dass dreißig Meter hinter ihr eine der frequentiertesten Touristenmeilen Europas, Heidelbergs Hauptstraße, lag, hätte man nicht geahnt. Es war gerade einfach sehr still.

«Also gut», nahm sich Frau Krafft schließlich zusammen. «Vielleicht ist es für das Kind wirklich das Beste, wenn Stabilität in die Sache kommt. Nur – es gibt auch einige formale Hindernisse, Gesetze, es gibt nun mal Gesetze.»

«Das ist mir bewusst», sagte Yildirim, «ich bin Juristin.»

«Ja eben», Krafft blickte auf eine schlechte Kinderzeichnung an der Wand, als sähe sie sie zum ersten Mal. «Sie sind beispielsweise berufstätig. Da ist eine Pflegschaft problematisch.»

«Ich kann für Babett eine Hausaufgabenbetreuung organisieren, wenn es endlich Klarheit über den weiteren Verlauf der Angelegenheit gäbe. Außerdem», jetzt log sie, «trage ich mich mit dem Gedanken zu reduzieren.»

Krafft war nun da, wo Pädagogen gerne öfters wären, am längeren Hebel. So ließ sie sich mit einer Antwort Zeit.

Schließlich aber lächelte sie. «Einerseits ähneln sich unsere Metiers, wir müssen beide Paragraphen kennen, aber im Familienrecht wird andererseits doch vieles auf einen Kompromiss zugunsten des Kindes ausgerichtet. Und Sie sind eine starke Bezugsperson für Babett ...» Sinnend schaute die Beamtin aus dem Fenster. Dann entnahm sie in unerwarteter Eile ihrer Schreibtischschublade zwei Puppen, blumig berockte Stoffsäckchen, ein großes und ein kleines.

«Nehmen wir mal an, das ist ein schönes großes Spielzimmer für Sie und Ihre Babett», energisch schob Krafft Stempel, Unterlagen, Slim-Fast-Riegel und was nicht alles da lag, mit den Unterarmen von der grünfleckigen Schreibtischunterlage.

«Wie würden Sie sich auf den Boden setzen und richtig miteinander kuscheln? Stellen Sie es mal mit den Puppen nach.»

ÜBER DIESER STADT WÖLBT SICH EIN HIMMEL | DER SEINE FARBE ÄNDERT | ABER NACHTS STETS DUNKEL IST | ZWISCHEN DIE HÄUSER HAT SICH EIN FLUSS GELEGT | VOM LANGEN FLIESSEN SCHON GANZ HART | HÜGEL VERHINDERN STETS EINE EBENE | SIE SIND BEWALDET | DORT | WO DAS NICHT SO IST | NICHT | DORT WECHSELN BÜSCHE | BÜSCHE WECHSELN MIT GRAS AUF DEN UNBEWALDETEN FLÄCHEN | ANSONSTEN HÄUSER | KIRCHEN | UNIVERSITÄTEN | EIN SCHLOSS | STETS DER GANZE DRECK | IM HAUS DA DRÜBEN WOHNT EIN MANN | DER EINEN SELTSAMEN ZEITVERTREIB PFLEGT | IN SEINER WOHNUNG STEHT EINE SCHLACHTBANK | NACHTS HOLT ER DIE KINDER | DIE FÜR IHRE VÄTER BIER UND ZIGARETTEN HOLEN | WIE UNEND-

LICH ELEND IST STETS DAS ENDE DER STADTKINDER AUF DER SCHLACHTBANK DES MÖRDERS | WENN SIE ABER TOT SIND | WIRFT ER IHRE LEICHENTEILE IN DEN FLUSS | DA DER ABER HART IST | HART IST WIE STEIN | GLEITEN DIE ABFÄLLE STETS ÜBER DIE OBERFLÄCHE | EIN NICHT ENDEN WOLLENDER STROM VON FÜSSCHEN | HÄNDCHEN | IN ENTSETZENSSCHREIEN ERSTARRTEN MÜNDERN | MAN SUCHT DEN MÖRDER | ABER MAN FINDET IHN NICHT | DER ANBLICK DIESES GRAUENS MACHT DIE BEWOHNER DER STADT KLUG | AM BAHNHOF | VON DEM AUS STETS ZÜGE IN VIELE WELTEN GEHEN | STEHEN SIE | DIE SCHMUTZIGEN JUNGEN | SIE TRAGEN STETS DIESELBE KLEIDUNG | ROSA JACKEN ÜBER IHREN WEISSEN OBERKÖRPERN | GELBE PUMPHOSEN UND AZURBLAUE SANDALEN | OB ES WARM IST ODER KALT | SEIT DEM LETZTEN KRIEG MÜSSEN SIE SICH SO KLEIDEN | EINE VERORDNUNG | DIE IN DEN WIRREN DER SCHLACHTEN EINEN BEGRENZTEN SINN GEHABT HABEN MAG | DIE NUNMEHR ABER VÖLLIG SINNLOS IST | MAN SIEHT FREILICH NICHT EIN | DIESEN JUNGEN ZU WILLEN NEUE VERORDNUNGEN ZU ERLASSEN | SO BLEIBT ES DABEI | WENN MAN SIE WILL | GEHT MAN ZUM BAHNHOFSKIOSK UND KAUFT SICH STETS DIE LATERNE | EINE ZEITUNG | DEREN DECKBLATT | ZU EINEM SCHIFF GEFALTET | DAS ZEICHEN FÜR DIE JUNGEN IST | ALSO BESTEHT DIE ZEITUNG NUR NOCH AUS DIESEM DECKBLATT | AUF DAS STETS DIESELBE ÜBERSCHRIFT GEDRUCKT WIRD | DER MÖRDER NACH 1000 JAHREN NOCH NICHT GEFASST | DER VERFASSER DIESES ARTIKELS | EIN JETZT NATÜRLICH ARBEITSLOSER JOURNALIST | HAT SICH DEM VÖLLIGEN TRUNK ERGEBEN | MAN FINDET IHN IM GASTHAUS ZUM ESEL | ZUM PFERD | ODER IM GASTHAUS ZUR FLEDERMAUS | DORT IN DIESEM DÜSTEREN | SEIT JAHRZEHNTEN NICHT MEHR VERPUTZTEN HAUS LIEGEN IM ZWEITEN STOCK DIE ZIMMER ANEINANDER GEREIHT | IN DENEN DIE BUBEN DEN MÄNNERN FÜR 100 SILBERLINGE DIE STUNDE BEFREIUNG UND FRIEDEN GEBEN |

DIE STRICHJUNGEN SIND ZÄRTLICH UND VERSCHWIEGEN |
SIND DER STOLZ DER STADT | | |
UNTEN ABER ISST MAN GÄMSEN UND STEINBÖCKE | | |
PLASMA | DIE STÄDTE IN DENEN WIR LEBEN WERDEN | KENNEN KEINE WEGE UND STRASSEN MEHR |
PLASMA |
WAS WIR IN DER BEBAUUNG NOCH IN EINZELNE ELEMENTE DIFFERENZIEREN | IN HÄUSER | STRASSEN | PLÄTZE | DAS WIRD EIN GEWÖLBE WERDEN UND WIR WERDEN SPÄTER AUCH DIESES GEWÖLBE SPRENGEN |
PLASMA |
KEINE BLÜTE | DIE AUS EINER KNOSPE TREIBT | EIN SCHLEIMIGES KÜKEN | SCHAMLOS NACKT WERDEN WIR SEIN | WEIL WIR DANN EINS SIND | NACHGEBURT DER EVOLUTION | ENDLICH OHNE ORDNUNG | SYSTEM | SOMIT OHNE ÜBERTRETUNGEN | KEINE STRAFEN |
PLASMA UND SPRACHLICHE EVIDENZ |
STETS VORWÄRTS UND RÜCKWÄRTS BUCHSTABIERT
GLEICH |
TOT AUCH |

Yildirim hatte die Püppchen herzzerreißend ineinander gezwirbelt, dabei musste sie etwas richtig gemacht haben, denn Krafft schaute milde. Vielleicht war es auch die erfolgreiche Demütigung, eine Erwachsene mit Puppen spielen zu lassen, die die Pädagogin das Humane ins Auge fassen ließ? Yildirim jedenfalls schien es so.

«Sicher, Sie könnten Betreuungsmöglichkeiten für das Mädchen finden. Und als Staatsbeamtin können Sie ja reduzieren. Nur», Sorgen durchfurchten die Miene der Entscheiderin, «eigentlich machen wir das nicht … Was sagt Ihr Partner dazu? Ich unterstelle mal, Sie haben einen, denn wissen Sie, sonst … Zieht der da mit? Das wäre uns schon wichtig!»

Yildirim wurde es eiskalt. Sie kam sich unheimlich doof

vor, mit so einer Frage nicht gerechnet zu haben. Wer kam schon darauf, dass eine hübsche Frau in den Dreißigern die engste Bindung zu einem Maskulinum mit dem Staubsauger hatte?

«Na ja», log sie verzweifelt, «er weiß natürlich, dass auch auf ihn etwas zukommt … also, er steht aber schon dahinter. Also er ist dabei. Er mag die Kleine auch gerne …»

«Sie sind verheiratet?»

«Nein», da saß ein Mädchen in zu großen Jeans, die Jacke zu schwer, die Haare von einer Hexe an den Schmusekopf gezaubert, ich bin's, die kleine Bahar, aber jetzt muss ich heim, ich muss noch baden. «Das heißt, wir haben das vor, das heißt, er kann nicht, er muss erst … aber bald …»

«Die Männer sind alle gleich», nickte Krafft. «Ich sollte halt einen Namen eintragen. Also, wie heißt der stolze Ritter?» In allem Verständnis doch irgendwie verschlagen griff sich Krafft einen Kuli. «Damit wir auch mal mit ihm sprechen können.»

«Johannes Theuer», sagte Yildirim und hörte ihr Herz pochen. «Erster Hauptkommissar bei der Kriminalpolizei. Und die Adresse …»

«Na, die haben wir ja», nickte die Beamtin, «Bergheimer Straße …»

«Ja», Yildirim war zum Sterben. «Die haben Sie. Sie haben meine Adresse. Logisch.»

Als sie wenig später die Untere Straße zurückging, konnte sie ihren üblichen Schritt nicht halten. Die Knie waren zu weich.

Sie hatte gelogen. Sie hatte sich den schweren alten Bullen als Bräutigam angedichtet, genauso gut hätte sie behaupten können, ihre Eltern stammten aus Finnland. Zwanghaft fixierte sie ihre braune Nasenspitze, die Welt lag unscharf weit weg. Was würde seine Freundin sagen? Das machte ihr mindestens so viele Sorgen wie die Reaktion des seltsamen Theuer, die war ohnehin schlecht vorherzusehen. Sie mochte Hornung, das war nicht so eine, die sich an der Jugend festkrallte, nur damit ihr die Männer zu Füßen lagen.

In diesem Moment landete ein Mann vor ihren spitzen Stiefeln mit einem satten, klatschenden Geräusch auf dem Kopfsteinpflaster.

«Alles klar», tönte es von unten, «ist nichts passiert. Kein Problem, gestolpert. Alles bestens.» Es war Kommissar Haffner. Mühsam richtete er sich auf, noch auf dem Boden fingerte er nach seinen Revals und steckte eine in Brand. «Ach Gott, die Yildirim, und wie?»

Wenn ihm an ihrer Begegnung irgendetwas peinlich war, dann merkte man es ihm nicht an.

«Gut», sagte Yildirim. «Und selbst?»

«Ach, geht so», mühsam rappelte sich der Betrunkene hoch. «War heute ein bisschen krank und hab mich krankgemeldet. Das hier ist aber vollkommen egal.» Sein unscharfes Attribut erläuterte er mit einem Handzeichen zu den vielen Kneipen um sie herum, das an eine Umarmung erinnerte.

«Egal», wiederholte Yildirim ratlos.

«Legal», korrigierte sich Haffner. «Legal, mein ich. Ich hab mich nämlich schon wieder gesundgemeldet, aber jetzt ist Feierabend. Deshalb feiern wir. Weil Feierabend ist.» Zuletzt war seine Stimme immer leiser geworden, als ahnte er schon, dass seine Erklärungen etwas bemüht wirkten.

«Das ist Jan!», rief er dann und zog einen kleinen, kugelrunden Blondschopf neben sich, der Yildirim bisher gar nicht aufgefallen war. Auch er war sturzbetrunken.

«Jan ist aus Flensburg und kennt sich nicht aus. Ich zeig ihm alles.»

«Scharfes Luder», sagte Jan, «geile Tante. Heiße Else.»

«Kleiner Scheißer», zischte Yildirim und ging weiter. Sie hörte noch, wie Haffner auf seinen Freund einteufelte, er habe es sich gerade eben mit der härtesten Staatsanwältinnen «der Republik» verdorben. Wie lange sich die Herren wohl kannten? Ob das schon eine Stunde war?

Sie musste nach Hause, irgendwo noch irgendwas einkaufen, Babett was zu essen machen, zuhören, was wieder alles passiert war, so tun, als ob sie das interessiere, so tun, als ob sie ihrem Mündel das Abi zutraue. Und dann eine rauchen, Scheiß aufs Asthma. Auf jeden Fall aber dem Theuer schreiben.

4

«Ja, Plasma, meine Damen und Herren, Plasma! In den Zentren, die sich bilden werden, den gebildeten Zentren, den gebildeten Zentren der Gebildeten der plasmatisch gebildeten Zentren, neu gebildeter Gebildeter, ein neues hypernormales Bewusstsein, Plasmabewusstsein, wird sich bilden, da wird Ruhe Illusion, Ruhe ist Illusion, Plasma stets Informationsfluss, ist Info-Plasma, und das Ereignis zerrinnt zur Anekdote, da tot, da stets. Es stehen die Knaben bereit und pludern ihre Hosen …»

Jeder kannte den Irren, und niemand wusste viel über ihn. Der Plasmamann gehörte zur Fußgängerzone. Seit Jahren kam er für einige Zeit, wanderte zwischen Karlstor und Bismarckplatz hin und her und halluzinierte wortstrotzend von einer entfernt an Heidelberg erinnernden Stadt und von der demnächstigen globalen Verbackung alles mit jedem. Yildirim wollte schnell an ihm vorbei, sie war kaum über den Uniplatz hinaus, hatte es ja eilig und außerdem, manchmal, wenn sein wahnsinniges Auge aus der Masse ein Wesen destillierte, folgte der Plasmamann dem beträchtlich lange und erging sich in persönlicher Ansprache.

Ansonsten galt er als harmlos und schien auch einigermaßen über die Runden zu kommen. Hauptsächlich war er in der Altstadt, er missionierte aber auch von Zeit zu Zeit in den anderen Stadtteilen, tauchte sogar in Darmstadt und Frankfurt bisweilen auf, und in Freiburg wollte ein Kollege ihn ebenfalls mal angetroffen haben. Noch immer hörte man seinen voluminösen Bass: «Plasmahafte Verdickungen sind schon jetzt in den Dichten der Atmosphäre …»

Dann änderte sich etwas, was war es? Sie blieb stehen. Schnell wurde es ihr klar: Entweder der Plasmamann hatte all die Jahre zu Recht gewarnt, und unschönerweise war er als Erster ins Gegenuniversum verdampft, oder aber er tat etwas kaum weniger Unwahrscheinliches und schwieg. Denn das tat er nie, in der Konsequenz des Wahnsinns wirklich nie.

Die Staatsanwältin wandte sich um. Sie sah einen Mann, der einmal schön gewesen sein musste. Hinter dem verfilzten Bart und den wild ins Gesicht hängenden Locken waren ebenmäßige Züge zu ahnen, jetzt, da dieses Gesicht endlich einmal ruhig war. Aber seine Augen waren schreckensgeweitet, und er begann in Entsetzen zu zittern. Das erbärmlich lose am mageren Leib schlotternde Kleidersammelsurium würde er verlieren wie Bäume ihr Laub im Wind, so schien es. Langsam entnahm er seiner Hosentasche einen gefalteten Zettel und hielt ihn einer großen rothaarigen Frau hin, die ebenfalls bewegungslos dastand und ihn anschaute. Niemand außer Yildirim schien das starre Paar zu bemerken, die Einkäufer und Touristen fluteten um sie drei wie Wasser um fallen gelassene Flusskiesel.

Vorsichtig näherte er sich mit dem Schreiben in der ausgestreckten Hand der Frau, als wollte er ein wildes Tier füttern. Yildirim versuchte das Gesicht der Roten zu erkennen, aber sie stand halb abgewandt von ihr, und es schwante der Anklägerin, sie starrte schon schamlos genug auf die Szene.

Schließlich ließ der Plasmamann das Papier fallen und

rannte Richtung Bismarckplatz davon. Die Rothaarige nahm den Zettel rasch auf und bog selbstbewusst in die Sandgasse ab, kein wenig schneller, als man geht, wenn man seine Pflichten erledigt hat, aber keineswegs erschöpft davon ist.

5

Nach einem Anruf Seltmanns begann Theuers Woche am Samstag.

«Wir brauchen Sie, Herr Theuer, jetzt, heute, hic et nunc, alle sind in Urlaub!»

«Ich auch.»

«Ja, eben. Ihr Team wartet. Es brennt, uns reicht das Wasser bis zum Hals, und gleichzeitig stehen wir im Moment ziemlich nackt da …»

Das war so niederdrückend typisch: Wenn sich der Erste Hauptkommissar Johannes Theuer entschloss, eine Woche früher aus dem Urlaub heimzukehren, dann bestimmte jemand anders, dass es eine Woche und zwei Tage sein sollen, gerade für den Pfingstsonntag hatte er sich ein noch unscharf geplantes frühlingshaftes Singleritual vorgenommen. Seufzend betrachtete er den wie detoniert auf dem Wohnzimmerboden verteilten Inhalt seines Koffers und verließ mit einem kleinen Schrauben hinter der Stirn seine Dachwohnung am Neuenheimer Mönchhofplatz. Den leeren Deidesheimer Riesling nahm er mit und entsorgte ihn in den Container, fast hätte er sich verstohlen umgedreht wie bei einer lästerlichen Tat.

Er fuhr mit dem Ersatzbus der Straßenbahn zum Revier. Im Zuge einer städtischen Kraftanstrengung, die im idyllischen Heidelberg schon wieder übertrieben erschien, wurde die ganz Brückenstraße auseinander genommen wie eine geschlachtete Sau am Haken: Rohre, Schienen, alles musste auf einmal raus. Der Einzelhandel heulte, Theuer, der sich in seiner Wohnung fast nur nach dem Feierabend der Straßenbauer aufhielt, fand es eigentlich prima, denn das nächtliche Schienengeschwirr der Bahnen fiel weg, und er schlief daher insgesamt gemütlicher.

Letzte Nacht allerdings hatte er Hornung träumend betrachtet, auf einem nordischen Deich ging sie entlang, und er war das Meer, konnte nur tropfenweise zu ihr züngeln und sah sie verschwommen. Er wusste in diesem Traum, dass er riesig, unverwundbar, vielfach belebt und unsterblich war, aber ganz allein. Dann war er aufgewacht, unbelebt, verwundbar, sterblich, wirklich ganz allein, immerhin im menschlichen Maß einigermaßen riesig, wenn schon nicht konsequent in die richtige Richtung. Warum dieser Traum? Er war nur einmal im Norden gewesen, auf einer Fortbildung in Kiel, und hatte dort während einer Mittagspause das Meer nicht gefunden.

(Die Normandie schlug er souverän einem nicht weiter zu bezeichnenden Westen zu.)

Das Schloss, das über den lauen Neckar grüßte, fast hätte Theuer huldvoll von der Brücke genickt, war zu Teilen eingerüstet, hinten, die alte Brücke wurde ebenfalls erneuert. Was war los? Und warum war er von allen Restaurierungen ausgenommen? Der erste Hauptkommissar klöpfelte den Rhythmus eines Popsongs gegen die getönte Busscheibe, bis ihn das Seufzen einer alten Dame auf dem Sitz gegenüber davon wieder ablassen ließ.

Es wurde langsam heiß, so richtig Heidelberg-heiß. Nachts würden Zikaden brüllen, älterer Teerbelag stank, die Studis legten sich rammdösig aufs Neckarvorland, man begann das ruppige Kurpfälzisch für drei Monate einzumotten und fiel in den Gassen in einen breiten, gefährlichen sizilianischen Dialekt. Nein, Letzteres stimmte überhaupt nicht. Theuer begann zu schwitzen.

DER MÖRDER | DER DIE STADT SEIT VIELEN JAHREN NUN SO ENTSETZLICH UND ENTSETZEN | DAS ENTSETZEN ZEUGT | ERZEUGEND ENTSETZT HAT | NACHDEM ER STETS DAS GLEICHE TAT | DIE GLEICHTE TAT TAT | DIE TOTEN KNABEN DEN GLÄSERNEN FLUSS HINABZUSTÜRZEN | HAT NUN ETWAS ANDERES GETAN | DER MÖRDER HAT EINEN DER MÄNNER | DIE SICH BEIM GÄMSENSPEISEN ÜBER DIE TOTEN KNABEN UNTERHALTEN ODER SICH DER VERSCHWIEGENHEIT DER LEBENDIGEN KNABEN STILL FREUEN | STETS | EINEN DIESER MÄNNER HAT ER TOT GEMACHT | TOT MACHT MACHT | ES WAR DER NACHTWÄCHTER |

DAS IST DER BEGINN DES PLASMAZEITALTERS |

DAS IST DER BEGINN DES PLASMAZEITALTERS |

DAS IST DER BEGINN DES PLASMAZEITALTERS |

IN DEM UND INDEM SICH DIE WAHRHEITEN VERÄNDERN UND ZUEINANDER SCHIEBEN | BIS ES IRGENDWANN DIE GROSSE TOTALE WAHRHEIT IST | DIE DANN ERSTE NEUE UNTERWAHRHEITEN GEBIERT | STETS VERLIERT SINN | DA STETS AUSDRUCK VON ABLAUF UND DA PLASMA STEHT | WAHRHEITSMEER | WAHRHEIT IST | MEHR TOT |

BALD |

Im Büro fand der schwere Ermittler Johannes Theuer ein wenig vorpfingstliche Freude. Die Jungs: Der Haffner qualmte, Leidig steckte in seinem Konfirmandenanzug wie Falschgeld im Münzschlitz und Stern, ein I-love-Heidelberg-T-Shirt stramm in die Woolworthjeans gestopft, goss die kümmernde Pflanze.

«Chef!» Haffner lächelte weich. Mehr war nicht zu sagen. Männer genießen Vollzähligkeit andächtig stumm. Nur dass sich Leidig nie so recht bis zum Mann hatte entwickeln dürfen.

«Wie war's denn im Urlaub?»

«Prima», sagte Theuer giftig, «deshalb bin ich ja früher nach Hause gekommen. Frohe Pfingsten allerseits.»

«Frohe Pfingsten», erwiderte Stern artig.

Sie instruierten ihren Chef über den Fall.

«Also ein verlotterter Mann», seufzte Theuer. «Da haben wir vom aufrechten Heavymetal-Gitarristen bis zum Indologieprofessor prächtig Auswahl. Kann ich die Aussagen mal lesen?»

«Wir haben die Zeugen einbestellt, wir dachten, Sie wollen die vielleicht kennen lernen», wie immer, wenn Leidig zu berichten hatte, dass sie etwas für ihren Chef getan hatten, erwartete er ein Lob. Theuer nickte ihm also gütig zu. Wenn Leidig etwas vermurkst hatte, war ihm Kritik allerdings gar kein Anliegen. Theuer schüttelte daher über sein Nicken den Kopf.

Es entstand eine dieser Theuer-Team-Pausen.

Einige Momente, in denen die große Gefahr für jeden Menschen, durch eine geringfügige Verschiebung neuronalen Gebritzels plötzlich ein Gespräch mit einem Hydranten zu führen und dem amerikanischen Präsidenten zu vertrauen, der Wahnsinn also, in der Leere spürbar wurde. Haffner hielt sich seine Armbanduhr ans Ohr.

«Hört ihr auch schlechter, wenn ihr einen Kater habt?»

Babett weckte Yildirim vorsichtig. Die Staatsanwältin blinzelte aus verschlierten Augen und sah zunächst nur ein Wesen mit einem Kürbis statt Kopf. Dann wurde das Bild schärfer, der Tag drang in sie wie Wasser in einen Schwamm. Das Mädchen hatte sich zum Spaß einen orangen Eimer über den Kopf gestülpt. Ihre Stimme klang dumpf.

«Du hast gesagt, ich soll im Haushalt mithelfen, aber kaum dass ich mal putzen will, passiert mir so was!»

Lachend zog Yildirim ihr Mündel ins Bett.

«Aber», schwungvoll nahm das Mädchen den Eimer ab. «Ich hab Frühstück gemacht.»

«Das sind ja Nachrichten», Yildirim umarmte sie kräftig, eigentlich, weil sie dachte, dass Mütter angesichts solcher

Sensationen ihre Kinder liebkosten, in Wirklichkeit musste sie pinkeln und spürte leichten Nikotinentzug, in letzter Zeit waren es entschieden zu viele Zigaretten gewesen.

«Du kannst ruhig rauchen», sagte Babett gemütlich, «aber danach tust du so, als wärst du eine vorbildliche Mama.» Versonnen schaute sie Yildirim an und drehte ihr Schnecken ins Haar. «Du hast immer nur Unterwäsche im Bett an, warum hast du kein Nachthemd?»

Die Pflegemutter streckte sich und es knackte an vielen Stellen. «Wenn ich meine Tage habe, trage ich einen wollenen Schlafanzug mit Bärenmuster, weil der wärmer ist. Sonst ist es ja eigentlich egal, guckt ja niemand, ob ich nackig oder im Taucheranzug schlafe. Also», sie tippte Babett an die Knubbelnase, «bis jetzt war es egal.»

Babett trug einen völlig verwaschenen Frotteeanzug in kläglichen Brauntönen, Yildirim kam sich schäbig vor. Sie musste es eben zugeben, Mutter Schönthaler, die sie bekämpfte, aus deren tatternden Entzugspranken sie das Mädchen schon ein gutes Stück herausgewunden hatte, war einmal an einem Wühltisch gestanden und hatte für ihre Babett einen Schlafanzug gekauft. Wenn die Anklägerin Mitleid mit der leiblichen Mutter bekam, wurde ihr ihre Rolle unheimlich.

«Ich nehme mir nächste Woche ein paar Tage frei», hörte sie sich sagen, «dann kaufen wir uns die geilsten Nachthemden.»

«Und Taucheranzüge», kicherte die Kleine und gab ihr einen muffigen Morgenkuss. «Musst du heute ins Büro?»

«Ich fürchte schon», die Staatsanwältin stemmte sich aus dem Bett und betrachtete ihre gespreizten Zehen, als müsste sie sie nachzählen. Der Ton im Kopf war besser, viel besser, nur noch ein wolkiges Rauschen, kein scharfkantiges Metallband mehr.

«Vorgestern ist doch ein Mann erschossen worden. Und wir haben noch gar keine Spur, da muss ich schon schauen, wie's läuft. Das ist halt die Pflicht einer deutschen Beamtin.»

Sie schlappte zum Klo.

«Na ja, du nimmst dir ja frei», klang es kindlich froh durch das Plätschern ihres Morgenurins.

Die Anklägerin registrierte missmutig, dass dieses Urlaubsgesuch Momsen dann wohl den Fall einbringen würde. Ohne rechte Begeisterung sah sie diese Prioritätensetzung als eine ihrer neuen Pflichten an.

Schon das zweite Mal, dass sie es heute mit diesem blöden Wort hatte, sie drehte aus ihrer Mähne genervt eine Haarwurst über die rechte Schulter.

Erschauernd fiel es ihr ein: Da war ja noch eine Pflicht. Mit dem Ersten Hauptkommissar zu sprechen.

«Also», Theuer ging auf und ab, hatte irgendwas im Schuh, überlegte sich, ob das doof aussehe, während einer Zeugenbefragung den Schuh auszuziehen, ja, ob er denn überhaupt intakte Socken trug? Welche Socken hatte er angezogen? Seine Sockenbestände wurden knapp. Er musste Socken kaufen. Nur 100 Prozent Baumwolle, sonst schwitzte er. Wo sollte er hingehen? Vielleicht zum Kaufhof, der hatte ja bis 20 Uhr offen, aber morgen, und übermorgen war ja Feiertag. Hatte er überhaupt genug im Haus bis Dienstag? Vielleicht ein Grund, Hornung anzurufen, nach dem Motto: Du hast doch bestimmt auch nichts mehr da, gehen wir essen? Okay, der Urlaub geht auf mich, aber wir sollten jetzt, wir könnten doch, vielleicht müssten wir, ich muss, du darfst, wenn du willst, nichts übereilen, verlass mich nicht, wo kaufst du deine Socken?

«Bekommt man bei einer Befragung eigentlich auch Fragen gestellt?», wagte sich der vierschrötige Zeuge gereizt hervor.

«Lass den Chef denken, du Hinterlader», fuhr ihn Haffner grob an.

Theuer wurde es heiß: «Ihr Name?»

«Rudolf Göbele.»

«Aus dem Schwäbischen?», fragte der Ermittler herzlich und setzte sich hinter seinen Schreibtisch, er würde ganz unauffällig den Schuh ausziehen …

«Nein», sagte Göbele.

«Was sind Sie von Beruf?»

«Student.»

«Pfeife», murmelte Haffner gut hörbar.

«Adresse?»

«Karlsruher Straße 20. Hochsouterrain, damit man mehr verlangen kann als bei ‹Keller›. Dank sei dem Haus- und Grundbesitzersyndikat.»

«Geboren?»

«Ja.»

«Wir können auch anders!», brüllte Theuer. Es war schon wieder zum Weinen blöd gelaufen.

Danach ging es besser. Göbele war 43 und – ungeachtet der halbjährlichen 500 Euro Bummelstudentengebühren – seit zwanzig Jahren Studiosus der Fächer Politik und Soziologie. Ja, er hoffe sehr wohl, das noch abzuschließen, und bis dahin halte er sich mit Internetgeschichten über Wasser.

«Was für Netzkram?», fragte Haffner schneidig dazwischen. «Porno? Sauereien, Kinder? Tiere?»

«Was soll denn das?», fragte Göbele fassungslos. «Ich bin Zeuge, ihr Bullen seid doch wirklich übel drauf.»

«Das kann teuer werden, das ‹Bullen›», fasste Haffner eisig nach. Aber Stern zog ihn sanft am Arm und er ließ wieder ab.

Der Student war ganz in Leder gekleidet, aber dabei etwas auseinander gegangen. Er wirkte wie eine große Wurst in engem Darm. Seine Haare trug er kurz, ein buschiger Schnurrbart konnte das Mopsige nicht restlos aus dem Gesicht zaubern. Am Kragen seiner Rockerjacke funkelte ein kleiner Leninstern.

«Haben Sie nicht früher so einer studentischen Anarchistenpartei angehört?», fragte Leidig. «Ich kenne Sie doch, Sie haben immer Ihre Zettel vor der Mensa verteilt. Ich bin Altstädter, ich frag nur deshalb.»

Leidig war wohl der einzige Polizist Nordbadens, der sich für seine Fragen entschuldigte.

Göbele nickte. «Wir haben uns aufgelöst. Mein Partner hat sich das Hirn ziemlich weggekifft.»

«Und der Rest der Partei?»

«Das war die Partei.»

«Kommen wir zur Tatnacht», ging Theuer professionell dazwischen. Er hatte das konzeptionslose Gespräch seiner Jungs genutzt, das Steinchen aus dem Schuh zu schütteln, und war plötzlich guter Laune.

«Ich war am Bahnhof, um Tabak zu kaufen», Göbele schien erleichtert, dass es endlich losging. «Ich wollte danach in der Bar im Haus der Druckmaschinen noch was trinken. Ich hatte sechzehn Stunden am PC gesessen und war hundemüde, aber halt auch irgendwie drüber. Ich war dann an einem Tisch an der Glasfront.»

Theuer dachte, er könnte vielleicht Hornung zu einem mondänen Drink in diese Bar überreden. Die Druckmaschinen hatten mit diesem gläsernen, von gewaltigen senkrechten Röhren im Inneren gegliederten Bau einen großstädtischen Akzent neben den Bahnhof gewuchtet. Die Bar dort weckte Urlaubsgefühle, Theuer ging seit einiger Zeit manchmal dorthin, um sich eine Städtereise zurechtzuphantasieren, zwei Pils lang.

Alle schauten ihn an. War er wieder seltsam geworden vor lauter Gedanken?

«Was habe ich gemacht?», fragte er in gezwungener Heiterkeit. «Gesungen?»

Stern deutete unglücklich ein kleines Nicken an.

«Gesungen», sagte Theuer leise. «War's gut?»

«Spitze», meinte Göbele freundlich, «New York, New

York. Coole Nummer. Ich fand die schon immer klasse. Sinatra, dieser Mafioso.»

«Ein schöner Anarchist sind Sie», unterband der Erste Hauptkommissar streng weitere private Faseleien. «Sie saßen also in der Bar und haben durch die Glasfront geschaut.»

«Ja, genau. Und dann hab ich halt zwei Leute gesehen. Einen Mann, der was Dunkles anhatte, und den, der dann erschossen wurde. Hatte was Helles an. Und dann gab's so einen Blitz, so Mündungsfeuer. Gehört habe ich gar nichts, in der Bar lief ja Musik.

Der dunkel Gekleidete ist weggerannt. Mehr weiß ich nicht.»

«War die Bar voll? Haben da vielleicht noch mehr Leute zugesehen?», fragte Leidig.

Göbele schüttelte den Kopf. «Zwei knutschende Pärchen und ich. Sonntagabends ist nicht viel los.»

«Ist auch überprüft», warf Stern ein. «Weder die vier anderen Gäste noch der Barkeeper haben was bemerkt. Der Barkeeper ist übrigens Analphabet.»

«Und?», fragte Theuer.

«Steht da drin», sagte Stern und deutete auf eine gelbe Mappe.

Theuer fühlte sich alt. Mühsam machte er weiter: «Herr Göbele, Sie haben sechzehn Stunden auf eine Mattscheibe gestiert, dann unter Alkoholeinfluss aus einer beleuchteten Bar durch getönte Scheiben in hundert Meter Entfernung bei Nacht einen Mord beobachtet.» Er schwieg einen Moment und stellte sich die Bar vor. Nach einigen Momenten intensiver Versenkung sagte er leise: «Von da aus kann man die Mittermaierstraße doch gar nicht sehen, schon gar nicht die Seite, wo der Mord geschah!»

Göbele ließ die Augen sinken.

«Also gut», sagte er leise. «Als ich gegangen bin, habe ich gemerkt, dass Polizei da war. Dann bin ich aus Neugierde hin, und da hat gerade eine Frau ausgesagt. Ich konnte mithören. Und dann hab ich gesagt, dass ich auch was gesehen habe. Ich weiß auch nicht genau, warum.»

«Idiot», sagte Theuer sachlich. «Das ist außerdem strafbar, das wissen Sie.»

«Ich hab gedacht, ich komm ins Fernsehen. Ich will so gern mal ins Fernsehen.» Göbele klappte den Kopf weit nach vorne, die Lederjacke knarrte.

Theuer schaute Haffner an. Der packte den gebrochenen Zeugen am Kragen und zog ihn wortlos aus der Tür.

«Lassen wir den Depp laufen», seufzte der Erste Hauptkommissar, «spart ein paar Formulare. Wie konnte der eigentlich überhaupt so lange als Zeuge durchgehen? Warum hat denn in der Bar niemand auch nur aus dem Fenster geschaut?»

«Aristoteles hat geschrieben, Insekten hätten acht Beine. Erst im achtzehnten Jahrhundert hat dann jemand nachgezählt.» Leidig lächelte, es war ja so schön, etwas zu wissen.

«Nur würde ich Aristoteles mehr vertrauen als einem Bummelstudenten», Theuer konnte seinen Schlaumeier in solchen Momenten gar nicht anschauen.

«Wer ist Aristoteles?», fragte Haffner. «Ein Ami?»

Bei der nächsten Befragung, der der Zeugin, gingen die vier Polizisten beklommen vor. Ihr Gesicht war unter einer dicken Mullbinde weitgehend verborgen, ein Auge zugeklebt, sie sprach nuschelnd. Natürlich war sie die Treppe heruntergefallen. Christiane Kielmann, Hausfrau, wohnhaft in Heidelberg-Rohrbach, Am Rohrbach 25. Als Stern sie direkt und empört darauf hinwies, dass sie am richtigen Ort sei, um zu erzählen, wenn sie doch anders zu diesem Gesicht gekommen sei, schüttelte sie stumm den Kopf.

Theuer wollte irgendetwas Nettes sagen und deutete auf das klobige Teil, das die Frau an einem Lederriemen um den Hals trug. «Was ist denn das für ein interessanter Schmuck?»

«Das ist ein Glücksbringer, ein Kraftsymbol.»
«Ach so, aha, ach was.» Schon fiel ihm nichts mehr ein.

Schließlich las er ihr die protokollierte Aussage vor:
«… ich stand auf der anderen Straßenseite, ich konnte das Geschehen daher nur von hinten verfolgen, ich glaube, da war ein dunkel gekleideter Mann. Ich hatte das Gefühl, ich hätte ihn in der Stadt schon mal gesehen. Aus der Haustür trat der später Erschossene, ich hatte nur zufällig hingeschaut und mich auch schon wieder abgewandt, als ich den Schuss hörte. Ich fuhr herum und sah den dunkel gekleideten Mann weglaufen. Ich bin dann über die Straße Richtung Bushaltestelle gerannt, ich war in Panik. Nach einigen Minuten kam ich aber wieder zu mir, ging zurück an den Tatort. Dort war ein Streifenwagen, und ich stellte mich als Zeugin zur Verfügung.»
«Stimmt das so?», fragte Theuer. Kielmann nickte.
«Ja, dann», der Hauptkommissar gähnte enttäuscht. «Sie haben uns sehr geholfen.»
Als sie gegangen war, meinte Stern noch, man habe gar nicht gefragt, was die Frau dort um diese Zeit zu tun hatte. Theuer zuckte mit den Schultern: «Mir fallen ein paar Gründe ein, warum die nicht gerne zu Hause ist.»
Seufzend schaute er in seine Unterlagen: «Bleibt der Zeuge, der hundertprozentig, Verzeihung, tausendprozentig den Mord gesehen hat. Ist der da? Da steht, es gebe medizinische Probleme …»
Leidig schaute in seine Notizen. «Er hat seinen Arzt dabei. Nein, keinen Arzt … seinen Anwalt.»
«Die spinnen doch alle!», schrie Theuer. «Wir tun denen doch nichts! Wir sind ja wohl der harmloseste Trupp seit den Jüngern …»
Als er gerade schön in Fahrt kam, flog die Tür auf. Seltmann.
«Herr Theuer! Herr Theuer. Ich platze ungern in die in-

vestigativen Abläufe. Aber nun platze ich doch, also, sozusagen ‹Bumm!›, meine Herren!»

«Guten Tag, Dr. Seltmann», in Theuer kochte schon wieder der Hass auf den nicht mehr ganz neuen Polizeidirektor auf. Am Telefon ging es inzwischen, aber wenn er ihn sah, war es aus.

«Herr Göbele!», rief Seltmann und hob pathetisch die Arme.

«Ist gegangen», sagte Haffner freundlich.

«Ja, gewiss», wahrhaftig, Seltmann stampfte auf, das sah dann wirklich kümmerlich aus. «Und zwar zu mir ist er gegangen. Und jetzt, Herr Haffner, nach eineinhalb Jahren Rauchverbot im gesamten Gebäude, jetzt, Herr Haffner, auf der Stelle, machen Sie Ihre Zigarette aus.»

«Nein», sagte Haffner.

Fassungsloses Schweigen. Schließlich, keuchend, unternahm der Direktor einen weiteren Versuch.

«Löschen Sie diese Zigarette, Kollege. Ersticken Sie die Glut. Aus. Es ist eine dienstliche Anweisung.»

Haffner klang nur für die, die ihn gut kannten, etwas ängstlich: «Ich mach's nicht, Herr Doktor.»

«Gut», sagte Seltmann. «Ich werde diesen Raum erst verlassen, erst dann wieder sprechen oder mich bewegen, wenn Sie diese Zigarette gelöscht haben.» Er setzte sich auf einen freien Stuhl und erstarrte in dieser Pose. Haffner schüttelte stumm den Kopf und rauchte unter allgemeinem Schweigen die Zigarette zu Ende. Theuer hatte den Eindruck, er lasse sich dafür so viel Zeit wie noch nie, aber das mochte sich der schneidenden Atmosphäre im Raum verdanken.

Irgendwann musste Seltmann niesen.

«Eben haben Sie sich bewegt», rutschte es Stern heraus. «Entschuldigung.»

Schließlich drückte Haffner die Zigarette, den winzigen Rest, der noch da war, in seinen randvollen Aschenbecher.

«Na, also», sagte Seltmann, «bravo, Kollege. Heute ist der erste Tag vom Rest deines Lebens.»

Haffner nickte freundlich. Der Polizeidirektor schüttelte sich. «Puh, solche Konflikte kann ich gar nicht leiden. Aber es muss eben mal sein, es menschelt überall. Ich sag immer ...»

«Was ist jetzt eigentlich mit diesem Göbele?», fragte Theuer grob dazwischen.

«Ach, der», Seltmann winkte souverän ab. «Der fühlte sich wohl etwas hart angefasst, aber wenn er uns hier aufhält: Schwamm drüber.»

«Das sehe ich ganz genauso», pflichtete Haffner freundlich bei.

«Da draußen ist noch ein Zeuge», sagte Seltmann leiser. «Mit seinem Anwalt, ein etwas schwieriger Charakter, wenn ich das sagen darf, war wohl mal etwas Hohes an der Uni ... Man sollte ihn jetzt nicht mehr lange warten lassen, der bringt es fertig und klagt!»

Theuer nickte ergeben. «Wir sind halt ein bisschen aufgehalten worden. Von Ihnen.»

«Alles klar, alles klar ... viel Erfolg, meine Herren!»

Er war noch gar nicht ganz draußen, als sich Haffner die nächste Reval ansteckte.

6

TOT | TOD | EIN MÖGLICHER ÜBERGANG INS PLASMA | ODER IMMERHIN MÖGLICHKEIT IMMER IM INDIVIDUELLEN TOT ZU SEIN | STETS | UM NICHT AUSSER DER ZEIT AUSSER SICH BLEIBEN ZU MÜSSEN | TRITT TOD EIN UND MAN AB | AB TOD IST EINES KEINES | DENNOCH | IMMERHIN | DER MÖRDER IST NUN NICHT MEHR NUR BEI DEN KNABEN | WELCHE AUF GLÄSERNEM FLUSS ABWÄRTS FLUSSABWÄRTS TREIBEN

| TOD MACHT JETZT MÄNNER TOT | MACHT MACHT | FLUSSABWÄRTS NUN DIE RICHTUNG DER GESAMTEN STADT | IN DEN SCHÄNKEN KEIN SCHMATZEN UND SCHMAUSEN | SONDERN DORT | WO ZÜGE IN ALLE NUR DENKBAREN RICHTUNGEN FAHREN | WAREN ZWEI | TATTÄTER UND STERBENTUER | INFORMATION ÜBER TOD DIESER ART HAT STETS ZUR FOLGE | WEITERE UNART UND UNART LÄSST ART ENTARTEN | STETS | NUN ALSO | DAS HEISST | IRGENDWANN AUSGEARTET | WIRD ES WIMMELN UND ZUSAMMENFALLEN UND SICH VERSCHLIESSEN UND SCHLIESSLICH HYPERHUMAN EINS SEIN | PLASMA.

Der dritte Zeuge kam herein, und in jedem seiner schlurfenden Schritte lag eine klare Botschaft: Meine Herren, ich kann zwar, wie Sie sehen, praktisch nicht, aber ich habe den entsprechenden Willen, dennoch zu können. Und Sie, meine Herren, haben diesen Willen nicht. Das Gesicht des alten Dr. Rampe war mit Schmissen verunziert, ein Auge war von einer blaugrauen Linsentrübung verschlossen. Ein halber Augenzeuge.

«Machen Sie die Zigarette aus!», schnarrte er in Haffners Richtung. Der gehorchte sofort.

Mit ihm betrat ein dürrer, missmutig dreinschauender Mittvierziger den Raum, der mit einer vom Alter ziemlich reduzierten Mähne irgendetwas Revolutionäres mitteilen wollte, was er mit seinem kreuzbraven, etwas zu großen Flanellanzug schleunigst zurücknahm.

«Zipp», sagte der Schüttere, «ich bin der Anwalt von Dr. Rampe. Mein Mandant hat mich hinzugezogen, um sicherzustellen, dass diese Befragung im zumutbaren Rahmen bleibt, da mein Mandant erhebliche gesundheitliche Probleme hat.»

Beim Stichwort Gesundheit winkte Rampe ab, erkennbar stolz auf seinen rebellierenden Leib, Zipp verstummte.

«Nun, ich weiß nicht, ob wir in so einem Fall einen Anwalt zulassen müssen», kam es Theuer lahm über die Lippen, denn es war die Wahrheit, er wusste es nicht, was ihn einigermaßen erschütterte.

Rampe fixierte ihn mit dem verbliebenen Auge streng: «Ich falle sofort um», sagte er leise und drohend. «Ich habe einen Blutdruck von 200 zu 120. Und mein Blutzucker könnte eine Mehlspeise würzen, also seien Sie mal friedlich ...»

«Ich bin ganz friedlich», sagte Theuer erschrocken.

«Ich habe Folgendes gesehen», bellte der Alte und musste nach einer Stuhllehne tasten, um sich festzuhalten. «Ein verlotterter Kerl, eine dieser Gestalten vom äußeren Rand unserer Gesellschaft, von denen man viel zu viele in dieser Stadt sieht. Der hat geschossen.» Er schwieg und schien fast Haltung anzunehmen.

«Können Sie das noch etwas präzisieren?», fragte Theuer vorsichtig. «Wann war das? Wo standen Sie?»

«Na, eben zur Tatzeit», konterte der Zeuge geschickt. «Ich wohne in Neuenheim. Über dem Café Kross, das kennen Sie ja wohl?»

Theuer nickte. Dieses Café war ihm unbegreiflich. Es war im wirklich schönen Heidelberg ein beliebtes Ausflugsziel am Sonntagnachmittag, obwohl es in einem wenig einladenden Nachkriegsbau das Erdgeschoss bildete, sein sagenhaftes Innendesign Schmerzen verursachte und der Kuchen gar nichts so Besonderes war. Aber auch der schwere Ermittler ging manchmal hin.

«Was haben Sie denn um diese Zeit am Bahnhof gemacht, angesichts Ihrer angegriffenen Gesundheit?» Theuer gab sich alle Mühe, neutrale Formulierungen zu finden.

«Sie haben kein Recht, das zu fragen!», schnarrte der Alte los und wies seinen Advokaten mit einem herrischen Kinnruck an, aufzustehen, als helfe das.

Äußerst behutsam nahmen sie die Personalien des Alten auf und fragten fast flüsternd weiter. Bald ließ sich schlussfolgern, dass Rampe zum Sexshop in der Kurfürstenanlage unterwegs gewesen war.

«Ich bin Witwer!», schrie der Lustgreis. «Man mag es als Schwäche auslegen, dass ich da manchmal eine Stätte des niedrigen Triebes aufsuche. Aber einen alten Soldaten schert das nicht, was irgendwelche Feiglinge sagen!»

Theuer fiel ein, dass er ja selbst Witwer war, und er fühlte sich schuldig, denn seit einiger Zeit dachte er nicht mehr so viel daran, was ihm jahrzehntelang vorher eine vermeintliche Alltagspflicht gewesen war. Er sah seine Frau, das gelbe Auto auf der Czernybrücke, das, was davon noch übrig gewesen war.

«Wir können rasch zusammenfassen», sagte er, als sie alleine waren. «Unsere Befragten bringen uns fast nichts. Vielleicht fällt der Kielmann noch was ein, aber viel ist da meines Erachtens nicht drin. Wir müssen diesen Mann suchen. Wenn der Richtung Neuenheim gerannt ist, hat ihn vielleicht noch jemand gesehen. Wissen wir schon was von der Gerichtsmedizin?»

Stern kramte in den Akten: «Ja, Walther PPK, die kann man sich leicht besorgen, jeder Jäger hat eine für den Fangschuss, und manche Erben verhökern sie einfach … Ins linke Auge des Toten …»

Er machte eine Pause, das grausige Bild einer hohlen Augenhöhle stand im Raum. «Und etwa aus einem Meter Entfernung nach den Schmauchspuren …»

«Aus einem Meter ins Gesicht», sagte Theuer leise. «Das ist eine Hinrichtung.»

Sie verteilten die Aufgaben. Haffner und Stern würden in Nähe des Tatorts Klinken putzen. Leidig sollte ihre bisherigen Ergebnisse, wenn da denn welche waren, zusammentragen. Theuer würde seine Wäsche sortieren und Yildirim anrufen.

«Schöne Pfingsten sind das», knurrte Haffner. «Heute ist beginnendes Biergartenwetter.»

Yildirim war seltsam. Theuer nahm an, dass sie mit dem Mädchen viel Arbeit hatte. (Wie hieß die Kleine?)

«Also, die Zeugen …», murmelte Yildirim hochpräzise in die Muschel. «Da würde ich mir mal gar keine Sorgen machen.»

«Wir machen uns keine Sorgen», entgegnete der Ermittler verblüfft. «Wir haben nur kaum mehr in der Hand, als dass es wohl Mord war. Immerhin, Notwehr oder einen Jagdunfall können wir ausschließen.»

«Jagdunfall, ja klar, ist keiner. Da jagt ja niemand. Oder hat Heidelberg einen Stadtjäger? So wie die Leute, die am Frankfurter Flughafen Tauben abknallen?»

«Das war ein Scherz, das mit der Jagd», der Kommissar hatte Mühe, die ehrgeizige und präzise Juristin wieder zu erkennen, die er mochte und ein bisschen fürchtete, «wäre auch ein schlechter Jäger, der statt einer Taube jemanden ins Gesicht trifft …»

«Apropos Unfall», setzte Yildirim hilflos an. «Ich hab mir jetzt endlich ein Fahrrad gekauft.»

«Prima», sagte der Kommissar.

«Können wir uns treffen? Ich kann mich hier freimachen, wie ist es bei Ihnen?»

«Ich kann mich im Moment nicht freimachen», erwiderte Theuer. «Wir haben einen Mord zu bearbeiten, eine Hinrichtung auf offener Straße. Da kann ich nicht einfach gehen, Sie eigentlich auch nicht. Was ist denn los?»

Da holte die Staatsanwältin tief Luft. Als sie ihre einigermaßen stringente Schilderung des Geschehens auf dem Jugendamt bewältigt hatte, musste sie husten.

«Also, ich sehe das richtig», stöhnte der Erste Hauptkommissar. «Ich bin jetzt also Ihr Verlobter, weil diese Tante, diese Frau Krafft auf dem Jugendamt, Druck gemacht hat.»

«Ja, ich kann mir ja vorstellen, dass Sie das ärgert, ehrlich. Ist ja auch schlimm genug, wenn man in seinen Dreißigern so was erfinden muss.»

«Warum suchen Sie sich eigentlich keinen Mann?» Theuer versuchte einen väterlichen Ton anzuschlagen, aber mangels Übung klang er mehr wie ein altmodischer Deutschlehrer. «Sie könnten doch ganz normal leben und Kinder kriegen.»

Yildirim stöhnte. «Es war halt noch nicht der Richtige dabei, Herr Theuer. Und was macht Ihre wunderbare Kleinfamilie? Was spielt der Jüngste? Cello, Bratsche, Arschgeige?»

Die Antwort des Ermittlers fiel entsprechend gallig aus: «Sie wissen schon, dass ich verwitwet bin? Und mit meiner derzeitigen Partnerin ist eine Familiengründung biologisch nicht angezeigt.» Zugleich aber spürte der Kommissar, dass das nur die bequeme Seite der Wahrheit war.

«Was muss ich machen?», fragte er daher milder.

«Ach, ich weiß es nicht. Es tut mir echt Leid. Vielleicht müssen Sie mal mit auf eine Anhörung, ich glaub nicht, dass die solche Angaben allzu streng überprüfen, ich hab ja nichts verbrochen.»

Der Gedanke, auf dem Jugendamt irgendeine Show abzuziehen, amüsierte Theuer dann doch.

Nachdem sich die Staatsanwältin noch mehrfach artig bedankt hatte, wandten sie sich dem Fall zu. Es blieb dabei, sie wussten nur, dass es da einen zotteligen Mann gab, der Richtung Neckar gerannt war. Sie wussten weiterhin, dass Elmar Reisters Witwe seinen Tod nicht außerordentlich betrauerte, und dem würden sie selbstverständlich nachgehen, allerdings hätte die ihn wohl kaum vor der eigenen Haustür erschossen.

Theuer wollte über Rundfunk und Presse nach weiteren Zeugen suchen, die einen der beiden gesehen hatten. Den vorsichtigen Hinweis Yildirims, eventuell könnte noch ein weiterer Mitarbeiter der Behörde in die Untersuchungen einbezogen werden, bekam er bereits wieder nicht mehr mit, denn er dachte an den nächtlichen Neckar, seine schwarzen Wirbel. Wie gerne ließe er sich dort in einem sicheren Boot treiben.

7

Am Pfingstmontag erwachte der Erste Hauptkommissar mit dem unguten Gefühl, in einer an sich gar nicht so schweren Mathearbeit restlos versagt zu haben. Auf dem Weg in die Küche noch murmelte er: «Plus mal minus gibt minus, minus mal minus gibt plus …»

Die übliche Erleichterung, wenn man dann feststellt, dass man nur geträumt, dem Papst doch keinen geblasen hat, durfte er nicht empfinden, denn ihm wurde rasch klar, was sein Unbewusstes mit diesem simplen Bild über die Nacht abzuarbeiten versucht hatte: Er würde demnächst zu Hornung gehen, genauer gesagt in einer Stunde, zum Brunch, zum Gespräch, zum Schafott. Gestern hatte sie angerufen, als die vier Polizisten sich endlich darauf geeinigt hatten, es sei genug, wenn sie in Schichten die Hinweise entgegennähmen und dann am Dienstag, wenn die Zeitung raus und das Volk wieder da war, richtig loslegten.

Seine eigene Schicht hatte er familienfreundlich auf den Abend des Pfingstsonntag gelegt. Erst am stummen Telefon hockend, mit dummem Zeug im Kopf, war ihm aufgefallen, dass keiner seiner Jungs so richtig Familie hatte. Mutter Leidig war ein Ungeheuer und Frau Stern, nach Theuers Verdacht, ziemlich beschränkt, die zählten also beide kaum. Und Haffner? War der überhaupt geboren worden oder vielmehr entstanden?

Wie auch immer, ein sinnvoller Anruf kam sowieso nicht herein. Gegen zwei Uhr früh hatte er die Hotline «Bahnhofsmord» der schlecht gelaunten Telefonzentrale überlassen und war nach Hause gegangen.

Müde nippte er jetzt an seinem Kaffee und beschäftigte sich etwas zu intensiv mit dem Problem, wie viele Tassen er jetzt trinken sollte, wenn es dann gleich bei Hornung noch welchen gab. Er wollte nichts Gescheites denken.

Dann machte er sich fast ruppig fertig und fuhr los.

Zwischen Heidelberg und Dossenheim freute er sich an der erwachten Natur, rechter Hand dunkelgrün strotzender Odenwald, links die Ebene mit den Feldern, über denen bald wieder das Licht vibrieren würde. Der Kommissar bemerkte, dass er nun sehr wohl tiefes Naturempfinden genoss, was in der Normandie sicher zu einem anderen Aufenthalt geführt hätte. Er war ein provinzieller Esel. Und gleich parkte er auch schlampig ein, rumpelte über einen Randstein und stand schräg in der Gästebucht wie ein Fahrschüler.

Nein, er mochte dieses Neubaugebiet nicht, die Hornung, wo sie es immer so mit der Ästhetik hatte und von riesigen Altbauwohnungen schwärmte, war schon in den Frauenpfad gezogen, als die meisten der kleinen Ungeheuer, die ihn jetzt auf ihren Tretfahrzeugen umrundeten, noch ihres schwitzigen Zeugungsaktes harrten.

Er klingelte, sie öffnete, ohne gegenzufragen. Im Treppenhaus ging Theuer ein kleines Licht auf: Brachte man zu so einem Anlass nicht eigentlich ein Geschenk mit?

Seine Freundin stand unter der Tür, im schwarzen Kleid, sie mochte es nicht absichtlich gewählt haben, aber es hatte schon etwas Symbolisches.

«Und ich überlege noch, ob ich eine Vase bereitstellen soll», sagte sie beiläufig und entzog sich seiner Umarmung. «Ich hab's aber nur gedacht und sie dann im Schrank gelassen.»

«Es ist ziemlich viel los, dieser Mord am Bahnhof, und die Zeugen erzählen einen totalen Mist …»

«Ach, hör auf, Theuer …»

Sie saßen im Wohnzimmer. Draußen grüßte der holde Sommer, und drinnen war es kalt. Es roch nach Rauch. Der Tisch war reich bestückt. Theuer zählte zwölf verschiedene Wurstsorten, es gab Salate, aus allem Erdenklichen komponiert, Rührei auf Stövchen, verschiedene Brotsorten, Brötchen, Brezeln, Säfte, zweierlei Thermoskannen. Dennoch strahlte der Tisch etwas Bedrücktes aus. Zunächst konnte sich der schwere Ermittler diesen Eindruck nicht erklären, schloss auf sich selbst – aber dann fiel es ihm auf: Die Gedecke waren in größtmöglicher Entfernung zueinander aufgestellt, und alles Essbare war so gruppiert, dass es sich von dem ihm zugedachten Platz – an dem ein breiter Armstuhl stand – problemlos erreichen ließ. Hornung wollte ihn nicht bedienen.

Er setzte sich plump und gedankenlos, während sie noch vor ihm stand.

«Bahar?» Babett stand vor dem Riesenspiegel, der in der dunkelsten Ecke des Flurs hing.

Yildirims «Ja» klang froh aus der Küche. Die Staatsanwältin schmierte euphorisch Nutellabrote, braune Lustziegel. Sie wollten mit den Rädern zum Freibad fahren und, wenn es noch nicht offen war, einfach durchs Feld, bis nach Ladenburg auf die große Wiese am Fluss mit dem Puppenhausblick auf Neckarhausen. Nein, eigentlich wollte Yildirim mit ihrer Tochter weiter fahren, durch die Tabakfelder nach Leutershausen, in Weinheim auf dem Marktplatz Campari trinken, links, volles Rohr nach Mannheim, im Jungbusch türkisch fluchen, in die Innenstadt-Quadrate pesen, drei Runden um den Wasserturm, auf der Augustaanlage einen Sizilianer überholen, rechts in die Schwetzinger Vorstadt, wo die ruhigen, tiefen, blau verschatteten Wohnstraßen waren. Ins Planetarium, ins Kino, dann Babett schonend narkotisieren und mit einem in diesem Moment materialisierten Traumtyp heftig rammeln. Dieses anlasslose Frühlingsglück, gut geschlafen, schön geträumt, selbst echte Sorgen wirkten wie falsche.

«Du hörst mir ja überhaupt nicht zu!»

«Entschuldige, ich werde schon wie der Theuer, ja, aber jetzt …»

Babett setzte sich an den Küchentisch: «Du machst doch Anklagen. Also, du willst, dass die Leute eine möglichst hohe Strafe kriegen, und die haben dann einen Anwalt, der genau das Gegenteil sagt und der Richter …»

«Oder die Richterin … und es gibt übrigens auch Anwältinnen …»

«Ja», das Mädchen verdrehte die Augen. «Was ich meine, ist … Das ist doch wie ein Spiel, jeder hat so seine Rolle … und das soll dann Gerechtigkeit bringen?»

Yildirim dachte nach, bevor sie antwortete: «Manchmal bin es auch ich, die eine besonders kleine Strafe fordert oder gar keine. Es kommt schon auf den Fall an. Aber du hast schon Recht – es ist ein Spiel mit verteilten Rollen …»

«Und ich spiel die Tochter und du spielst die Mama …»

«Stimmt auch irgendwie», zunehmend mutloser, versuchte die Staatsanwältin ihre fabelhafte Laune zu behalten. «Und irgendwie stimmt es nicht. Nicht jede Rolle ist eine gespielte Rolle.»

«Das verstehe ich nicht.»

«Ich auch nicht», Yildirim seufzte und hielt sich kurz die Ohren zu. Das Geräusch war da.

Theuer mampfte an seinem zweiten Brötchen herum. Er aß eigentlich nur, um nicht reden zu müssen. Dabei fiel ihm sein furchtbar dicker Freund Fabry im Schwarzwald ein. Der hatte ihm letztes Jahr eine Karte geschrieben. Die könnte man ja nach 15 Monaten mal beantworten.

«Ich habe nicht mehr so besonders viel Lust auf unsere frustige Zweisamkeit, Johannes.»

Theuer versuchte lammfromm zu gucken und zugleich weiterzukauen. Fast wäre ihm was aus dem Mund gefallen.

«Ich mache dir noch einen Vorschlag, einen letzten.» Hornung nestelte nach ihren Zigaretten und zündete sich eine an. «Du änderst etwas, irgendetwas. Du zeigst durch irgendeine Tat, dass dir was an mir liegt. Sei es, dass du dich täglich rasierst, sei es, dass du anfängst zu joggen. Von mir aus kannst du ehrenamtlich bei der Kirche mitarbeiten oder einen Schrebergarten pachten. Am liebsten wäre es mir natürlich, wenn dein Steckenpferd etwas mit mir zu tun hätte, aber vorerst würde es mir genügen, wenn du dich von einem Felsen in eine Person verwandeln würdest. Das wäre ganz fabelhaft. Eine Person – und ich könnte dann entscheiden, ob ich sie mag oder nicht.»

Theuer fühlte sich wütend werden. Das half.

«Sonst noch Wünsche?», fragte er gallig. «Vielleicht eine Schönheitsoperation?»

«Wieso kommst du auf das Thema?» Hornung stand auf und ging verunsichert zum Fenster. «Gefall ich dir nicht mehr? Ist es das?»

«Das war doch nur ein Spruch.» Entnervt warf Theuer die Serviette auf den Tisch und traf nun leider ausgerechnet in den Krug mit dem Orangensaft, es spritzte beträchtlich.

«Du Arschloch!», schrie Hornung und fuhr herum. Der Kommissar erschrak über den blanken Hass, der ihm entgegenschlug. Und ehe er das so recht verarbeiten konnte – was in seinem Fall zumeist vergessen hieß –, gab ihm Hornung zwei gepfefferte Ohrfeigen.

Er drehte sich um und griff nach seiner Jacke: «Da schießen sie einem Mann das Gesicht weg, und du pflegst deine Dämchengefühle», tat er angewidert. Der Rest des Orangensafts traf ihn als kalte, klebrige Verabschiedung am Rücken.

Er fuhr zornig auf verbotenen Wegen im Handschuhsheimer Feld herum. Sollte man ihn doch anzeigen, den Wisch würde ihm der Haffner notfalls auffressen. Die Stoßdämpfer seines uralten Opels stampften wie Dieselkolben. Widerwillig verlangsamte er sein Tempo, als ihm zwei Radfahrerinnen entgegenkamen. Es waren, wie er peinlich berührt feststellte, Yildirim und die Kleine, Babett hieß sie, jetzt fiel es ihm wieder ein. Da hieß es wohl anhalten.

«Was fahren Sie denn hier herum?», fragte Yildirim verdutzt.

«Gell!», bekräftigte Babett naseweiß. «Radweg, Herr Kommissar.»

«Ist recht, Kind!», schnarrte der gemaßregelte Polizist. «Ist recht, Kind.» Er stieg aus, packte einen Stein und warf ihn zornig in Richtung aufs ferne Dossenheim.

«Dein Rücken ist ganz nass», fuhr Babett ungerührt fort, «und du riechst nach Fanta.»

«Muss das jetzt sein?», brüllte Theuer in Yildirims Richtung.

«Ja, Babett, jetzt sei ruhig», Yildirim gelang der strenge Ton noch nicht so recht, leiser fragte sie: «Krach mit der Freundin?»

«Kann man wohl sagen.»

«Wegen mir? Ich meine, wegen der Sache mit dem Jugendamt?»

«Das weiß sie noch nicht einmal. Da schau an …»

Hundert Meter Richtung Neckar verlief ein paralleler Weg zu dem ihren, dort sah man eine zerlumpte Gestalt hektisch entlanggehen, die Stadt im Rücken.

«Der Plasmamann», sagte Theuer und schaute ihm nach. «Ich hätte nie gedacht, dass es den in die Natur zieht. Und er redet nicht …»

«Komisch», sagte Yildirim, «als ich am Freitag vom Jugendamt gekommen bin, habe ich ihn in der Fußgängerzone gesehen, und da hat er auch auf einmal geschwiegen.»

«Es bleibt halt nichts gleich, nur ich bleib der Theuer», seufzte der Kommissar. «Ich fahre dann mal nach Hause.» Er rief Babett zu: «Nach Hause fahr ich, auf der Bundesstraße und nach den Regeln der Straßenverkehrsordnung!»

Im Laufe des Dienstags kamen Hinweise, die größtenteils nichts taugten. Viel himmelschreiender Blödsinn, auch das obligatorische Angebot einer Mannheimer Wahrsagerin, den Täter vermittels eines Pendels zu stellen, gegen Vorkasse.

Es war acht, man sah im frühen Sommer noch kaum, dass es Abend wurde, und auch die vier Polizisten waren noch recht wach. Der Mord war schrecklich, aber eben auch interessant.

Zeuge Rampe war am Nachmittag noch einmal zurückgekehrt, Anwalt Zipp hatte ihn fast getragen.

Störrisch seinen maroden Gesichtssinn preisend, reichte der Senile nach, der Mann, der da davongerannt war, sei dieser Asoziale gewesen, der in der ganzen Stadt seinen Unsinn über Plasma und ermordete Knaben verkünde, das habe er angesichts der schroffen Art der Beamten am Samstag vergessen. So einen wie diesen Plasmagammler sollte man mal einsperren, beziehungsweise da er, Dr. Rampe, ihn jetzt des Mordes überführt habe, werde das ja geschehen, wenn die Polizei überhaupt noch etwas tauge und nicht nur Erfüllungsgehilfe linker Lumpen in der Landesregierung sei. Ja, er wisse, dass die Schwarzen regierten, die meine er ja.

Dieser Hinweis war eigentlich auch nicht viel wert, es ließ sich leicht vorstellen, dass der alte Narr seinen Wunsch, irgendeinen Obdachlosen zu beseitigen, in das peripher wahrgenommene Geschehen projizierte. Aber eine Stunde später hatte sich ein Neuenheimer Bürger aus der Posseltstraße gemeldet, der um die fragliche Zeit «diesen Plasmaredner» in großer Aufregung in der Berliner Straße angetroffen hatte.

«Ich hab ja von dem Mord gehört und gedacht, vielleicht ist es wichtig.»

«Das ist eventuell ein hilfreicher Hinweis», hatte Stern artig geantwortet und die Personalien notiert, aber dann schmissig aufgelegt, als der Anrufer um eine Belohnung nachfragte.

Theuer sah immer wieder die gehetzte Gestalt des Plasmamannes davoneilen, ein Werbespot für die Suche nach Erkenntnis. Es kam ihm seltsam und bedrohlich vor, dass er dem Tatverdächtigen so nahe gewesen war. Er mochte nichts erleben. Und sowieso – sein Erlebnis hatte keinen Sinn, sie suchten den Mann jetzt sowieso in ganz Heidelberg, der Augenzeuge Theuer brachte keine neuen Erkenntnisse.

Auch Stern, Haffner und sowieso Leidig als Altstädter kannten den Irren. Von Zeit zu Zeit riefen seit Jahren Leute an, was da mit diesem Kerl sei, und immer wieder hatte jeder im Revier versichert, er sei absolut ungefährlich. Jetzt wollte keiner mehr genau wissen, wer diese Harmlosigkeit ursprünglich verbürgt hatte.

«Also», sagte der Erste Hauptkommissar, Mörderjäger Johannes Theuer, und dachte dabei zwanghaft an ein Wurstbrot auf Rädern, «Punkt 1, wir müssen jetzt mal ausführlich mit der Witwe sprechen. Ich würde dich bitten, das zu machen, Leidig. Haffner, du gehst nochmal an die Medien und haust die Sache mit dem Plasmamann so richtig raus. Bisher berichten die ja nur allgemein von Mord. Radiosender, «Rhein-Neckar-Zeitung». Geh zu denen am besten persönlich in die Neugasse, nicht dass da aus Versehen der falsche Altstadtirre ausgerufen wird. Das muss jetzt alles möglichst schnell gehen. Scheißpfingsten. Stern, du schaust, ob wir irgendwas über den Plasmamann haben, ich fände es geradezu albern, wenn wir schon wieder jemand Namenloses hätten, der Willy letztes Jahr reicht mir noch. Ich probier mal, dass ich die Yildirim erwische und ihr das Neueste mitteile, die wird ja sicher schon von der Presse gelöchert.

Mensch, sie und ich, beide haben wir den gerade erst gesehen … Und dann gehen wir heim.»

«Sollen wir die Kielmann auch nochmal befragen?», fragte Leidig im Aufbruch.

«Sie hat ja gesagt, er sei ihr bekannt vorgekommen – es kann ja auch mal jemand den Plasmabubi nicht kennen, aber sicherheitshalber …» Theuer telefonierte mit den Kollegen in Rohrbach und bat sie, die Zeugin kurz abzuchecken. Bald kam der Rückruf: Ja, genau, der Plasmamann.

PLASMA | PLASMA IN DEN HÄNDEN | HÄNDE HALTEN STIFT | STIFT BERÜHRT PAPIER | PAPIER WIRD VON LINIEN VERÄNDERT | STIFT STIFTET LINIEN | STETS VERÄNDERT SICH DAS LINIENGEFLECHT | GEFLECHT | MEDIUM UND SATZ | SATZANFANG | SATZMITTE | SATZENDE |

ENDE ALLER SÄTZE IST GEKOMMEN | WENN DER MÖRDER GEFUNDEN IST |

IST GEFUNDEN | HEISST | SUCHEN WIRD ZU FINDEN |

JUBEL STÜNDE IN DEN GASSEN | WIE ETWAS LIEGT | DAS GUT LIEGT | PLASMA STEHT UND LIEGT | MORD MACHT STEHEN ZUM LIEGEN | JETZT NICHT MEHR NUR BUBEN | DIE LIEGEN | LIEGEN BLEIBEN | JETZT MÄNNER | DEREN GLIEDER VOM HARTGEFLOSSENEN FLUSS IN TRANSPORT GENOMMEN | TRANSPONIERT | TRANSFORMIERT |

O SCHRECKEN UND PRACHT DER AUFZIEHENDEN PLASMAZEIT |

Theuer war auf dem Heimweg. Er ging zu Fuß, aber hätte man ihm hinterher versichert, man habe ihn in einem Binsenkörbchen auf dem Neckar treiben sehen, ihm wäre es schwer gefallen zu widersprechen. Er war eingeträumt und gewohnheitsmäßig enttäuscht. Das Leben war die größte Enttäuschung seines Lebens.

Yildirim hatte ihm ausführlicher vom seltsamen Verhalten des Verdächtigen am Uniplatz berichtet. Er hatte es sich vorstellen können. Ein Mann, der vom Wahnsinn getrieben war, über Jahrzehnte seine Gewalt- und Untergangsphantasien in die Welt gebrüllt hatte, so lange, bis sie Folklore waren. Was wusste man denn vom armen Denken solch eines Menschen? Was wusste man vom eigenen?

Und dann sieht der eine Frau und überreicht ihr einen seiner wirren Texte. Wahrscheinlich im nächsten Papierkorb gelandet. Hätte ihn die Dame gelesen, wäre sicher auch nichts herausgekommen: Tote Buben auf glashartem Fluss, Plasma im Anmarsch. Was meinte der Arme mit Plasma? Was war Plasma überhaupt?

Man würde den Wahnsinnigen kriegen, er war nicht raffiniert, er mochte sich verkriechen, aber nicht allzu lange. Schließlich hatte der Plasmamann etwas, was ihn am Verschwinden hindern musste: eine Botschaft. Sollte ihn das auch ans Messer liefern, irgendwie hatte er das dem Kommissar doch voraus.

«Ich sehe es, aber ich sehe es ohne Farben», sagte er laut.

«Was ich nicht verstehe – woher hat der die Waffe? Der kann doch so was nicht organisieren.» Haffner raufte sich die ausdünnende schwarze Vokuhila.

«Das weiß er selber nicht, da bin ich mir sicher. Vielleicht hat er sie einem anderen Berber geklaut … Vielleicht hat er sie im Wald gefunden, beim Jäger aus Kurpfalz, der unter die Wutz gekommen ist …»

«Könnte sein.»

Plötzlich fühlte der Erste Hauptkommissar den Schweiß aus allen Poren stürzen.

«Haffner, du bist da?»

«Aber ja, alla hopp!»

«Aber, aber, Herr Haffner, ich bin doch alleine nach Hause gegangen.»

Jetzt erst nahm Theuer wieder richtig seine Umgebung wahr. Sie standen auf dem Bismarckplatz, Heidelbergs Nahverkehrsknotenpunkt eingangs der Altstadt, inmitten frühlingshaft gekleideter Skater, enttäuschter Spätaussiedler, linkischer Studenten, schwarzfahrender Seniorinnen. Hier standen sie einander fast auf Zentimeternähe gegenüber.

«Ich schlendre manchmal noch ein bisschen in die Stadt, bevor ich heimgehe», sagte der junge Kommissar leichthin. «Und heute war ich ja sowieso in der Neugasse, bei der RNZ, wegen der Presse, war ja Dienst. Und ich hab Sie die da beim Woolworth über die Ampel gehen sehen. Da hab ich gedacht, jetzt nimmst du die nächste Bembel, jetzt wünschst du deinem Chef noch eine gute Nacht.»

«Gute Nacht», sagte Theuer.

Ein junger Punk, von einem sabbernden Mischlingsrüden lose begleitet, trat an sie heran. «Hey, ihr Onkels, für 50 Euro hol ich euch beiden einen runter.»

«An den Euro gewöhn ich mich nie», sagte Haffner resigniert und griff mechanisch nach der Schnauze des Höllentiers, um seine Hundeliebe zu praktizieren. Da erst erschloss sich ihm das Angebot, das für ihn mehr Grauen bergen mochte als eine wüste Schießerei. Sein Schnauzbart begann im oberen Normbereich der Richterskala zu beben: «Der hält uns für Schwule ...»

Theuer fürchtete schon, sein Junger könnte nun das letzte bisschen Kontrolle einbüßen, das er erstaunlicherweise dann doch immer noch hatte. Aber Haffner reagierte – wohl aus Tierschutzgründen – recht professionell und stemmte nur seine Dienstmarke in den Abendhimmel. Theuer beobachtete misstrauisch den Hund, sah ihm in die Augen und sah wie immer nur schiere Mordlust.

«Schwule Bullen, cool. Sagen wir sechzig Euro.»

«Wir sind nicht schwul», sagte Haffner hasserfüllt. «Ich bin normal und mein Chef hier ...»

«Ist gar nichts», ergänzte Theuer. Der Hund schnüffelte an seinem Hosenstall. «Komm, Haffner, wir gehen noch was trinken.»

Sie saßen im *Medoc*, keine dreißig Meter von ihrem blöden Treffpunkt entfernt. Die trendigen Stühle waren rundherum von hartem Holz ummantelt, schön, dass man vorne noch irgendwie hineindurfte. Die schwungvolle Verschalung klemmte den Ersten Hauptkommissar in den Hüften. Er war beim zweiten großen Pils, kaum langsamer als Haffner. Unfassbar angesichts dessen, dass gerade im ganzen Umkreis eine Großfahndung nach dem Plasmamann lief. Der Wald wurde durchkämmt. Unter alle Brücken wurde geschaut. Auf Hinweis eines gewissen Theuer im Feld zwischen Neuenheim und Dossenheim. Am Schloss würden die Taschenlampen der Kollegen im Park die eine oder andere Ejakulatio Praecox auslösen, er aber, der Herr der Ermittlung, saß in einem zu engen Stuhl und tat nichts, außer den in Zukunft noch praller zu füllen. Arschplasmazeitalter.

Haffner war sichtlich glücklich. Theuer wusste, dass ihn der junge Kommissar mochte, aber was es ihm bedeutete, mit seinem schweren Chef einen draufzumachen, war vermutlich nur noch in Stanzen der hohen Minne zu versprachlichen. Solche kannte Johannes Theuer gar keine, und also schwieg er. Schließlich hielt er aber Haffners seliges Grinsen, unterbrochen von vielen kleinen, hektischen, um Kontrolle und Souveränität bemühten Schlucken und einer Prozession von Reval ohne, nicht mehr aus.

«Und bringen sie's morgen? Hast du's deutlich rübergebracht?»

«Wer? Ach, die RNZ. War nur noch einer von der Sportredaktion da, aber der will's machen, hoffentlich bappt er's nicht zur Hallenhockeytabelle.» Haffner hatte schon oft tiefes Misstrauen gegen die Presse verlauten lassen, Theuer vermutete, dass er es aus amerikanischen Filmen zog.

«Aber, Entschuldigung, Chef, ich hätte gedacht, dass Sie das eher fragen … Also, ich hab gesagt: ‹Unter dringendem Mordverdacht wird der so genannte Plasmamann, das stadtbekannte Unikum …›»

Theuer verkniff sich Kommentare zu dieser Formulierung, winkte aber den Rest und was da noch Schlimmes kommen mochte, schnell ab.

«Ach wissen Sie, Haffner, ich hab das Gefühl, dass die Sache sowieso bald vorbei ist …»

Ein müder Tamile offerierte den Herren sein Rosensortiment.

«Was haben die denn mit uns. Ich seh doch nicht schwul aus, verdammt! Geh fort! Ich hab Sie unterbrochen …»

«Na ja, es sieht ja danach aus, dass er's war. Und er spinnt. Morgen oder so finden sie ihn irgendwo, und dann kommt er in die Geschlossene. Ich mag solche Fälle nicht. Es ist so dürftig, einfach einen armen Kerl wie einen Hasen in der Falle zu fangen, und wenn's noch so schlimm war, was er gemacht hat. Es ist nur so eine Fußnote zum Üblichen, die Welt ist nicht in Ordnung.»

«Ich find das manchmal schade, dass Sie immer noch zwischen dem ‹Sie› und dem ‹Du› bei uns herumwechseln.»

Haffner sah aus, als begänne er auf der Stelle zu heulen. Wie hatte man auch davon ausgehen können, seinen ersten Drinks des Tages beizuwohnen, was mochten sich in diesem gepeinigten Gehirn für Gefühlsströme ergießen, einfach so, weil alles am Durchbrennen war?

Theuers Handy klingelte.

«Was gibt's?»

«Stern am Apparat, Herr Theuer …»

«Ach, Sie Guter, kommen Sie doch noch ins Medoc oder gehen Sie zu Ihrer Frau, es ist schon …»

«Nein, nein, gerade vorhin hat Leidig durchgegeben, dass Reisters Frau, also Exfrau, die Witwe hat ihm erzählt, dass ihr Mann so einen doofen Schlüsselbund hatte, mit dem Großen Fass als Anhänger …»

Haffner hatte sein Ohr zutraulich an die Rückseite von Theuers Handy geschmiegt. Jetzt hätte man sie wirklich für Liebende halten können. Unter anderem hiervon etwas betrübt, unterbrach Theuer erneut: «Und wenn er den Zwerg Perkeo in Übergröße herumgeschleift hätte, ich sehe nicht ganz …»

«Ich bin die Unterlagen durchgegangen, der Tote hatte keinen Schlüssel bei sich.»

«Schloss auswechseln, gleich morgen früh in aller Früh», lallte Haffner halblaut.

«Und jetzt kam ein Anruf, ging zu mir direkt, der Rest der Kripo … egal, ein Nachtjogger …»

«Nacktjogger», nickte Haffner verbittert, «das wird nix mehr mit diesem Land.»

«… hat einen Schlüssel gefunden, mit dem Großen Fass als Anhänger, im Wald neben der Thingstätte.»

«Und da ruft der Irrläufer gleich die Bullen an?», wunderte sich Theuer.

«Voller Blut, der Schlüssel.»

«Zahlen!», schrie Theuer. «Und zwei doppelte Espresso. Stern, kannst du den Haffner und mich im Medoc holen – und sag Leidig Bescheid, der ist bestimmt daheim.»

«Der ist schon unterwegs, aber ich kann ihn umleiten, also am Medoc, wo ist das Medoc? Moment, da kommt noch ein Anruf rein …» Theuer hörte Stern leise sprechen, aber er verstand nichts, die Kaffees kamen, er stürzte seinen herunter, verbrannte sich, verhinderte nahezu handgreiflich, dass sich Haffner seinen mit Grappa anreichern ließ.

«Scheiße», Sterns Stimme klang schrill. «Augenarztpraxis in der Rohrbacher Straße 70, Dr. Tannenbach. Die Sprechstundenhilfe wollte noch was holen, der Doktor ist ermordet worden, ins Gesicht geschossen.»

Haffner schaute fragend.

«Zweiter Mord nach selbem Muster», sagte Theuer leise. «Wir kriegen eine Serie. Wir kriegen eine Scheißmordserie.»

Er bekam Angst.

8

Die Blaulichter zerstückelten die Nacht, Theuer und die Seinen stürmten die Treppen hoch. Dem Kommissar fiel qualvoll sinnlos der Putzplan des Hauses ins Auge. Er hielt inne, Tannenbach war grade erst drangewesen, dass es zu allem auch immer so blöde Zeitpunkte waren, zu denen die Finsternis kam. Haffner schnaufte trunken an ihm vorbei die Stiegen hoch. «Ist doch eine Sauerei, wenn ein Arzt im dritten Stock wohnt.»

«Er war Augenarzt, kein Orthopäde», giftete Leidig. «Und außerdem gibt's einen Lift.»

Drinnen waren die Spurensicherer am Werk, im Vorraum der Praxis versuchte eine Beamtin die heulende Sprechstundenhilfe zu beruhigen.

«Fragen Sie sie, wie es sein kann, dass ein Patient in die Praxis kommt, wenn der Empfang gar nicht mehr besetzt ist», sagte Theuer halblaut. «Das geht doch gar nicht …»

«Das hat sie schon erklärt», antwortete die uniformierte Kollegin und streichelte weiterhin mechanisch den Hinterkopf der Heulenden. «Sie sagt, der Arzt sei ein so guter Mann gewesen. Die letzten Patienten hat er oftmals selbst empfangen, weil sie ihre Mutter pflegt.»

«So war er», heulte die Hilfe. «Das war keine Massenabfertigung, er ist immer auf seine Patienten eingegangen!»

Theuer nickte. Es mochte ja sein, dass es gute Menschen gab.

Er wies Stern an, mit Haffner irgendeinen Gerichtsmediziner schnell den gefundenen Schlüssel analysieren zu lassen, wessen Blut daran war. Die Rollenverteilung dabei war klar. Stern würde einen Arzt finden, Haffner den Armen notfalls zwingen, zusätzlich zur diagnostischen Arbeit auf einem Fahrradakku eigenbeinig Strom für die notwendigen Untersuchungen zu erzeugen.

«Ich hab ja mit der Witwe des ersten Opfers gesprochen»,

sagte Leidig leise. «Reister war ein Arschloch, wenn ich mal grob werden darf.»

«Sie dürfen!», krähte ein dicker Beamter, der gerade mit einem großen Koffer voller Spezialwerkzeuge aus der Tür kam. «Und aus dem Weg gehen dürfen Sie auch.»

«Halt's Maul, Spurensau!», schrie Haffner und wankte dem frechen Fährtenleser in die Wohnung nach.

«Wenn du hier rauchst!», brüllte der sonst maßvolle Kollege Scherer aus irgendeiner geöffneten Zimmertür. «Wenn deine Asche gefunden wird und wir sie analysieren müssen, Haffner, dann häng ich dir das an, du Pfeife. Dann kommst du ins Gefängnis und musst für jede Revalschachtel drei Stunden arbeiten, und zu trinken gibt's auch nichts.»

Haffner machte kehrt, nicht ohne demonstrativ einen Aschekegel auf die Schwelle zu schnippen. Stern zerrte ihn treppab. «Ich hab nix für Verbrecher übrig, gar nix», hörte man Haffner leiser werdend, «aber der Stundenlohn im Knast … schon brutal.»

Theuer ging zur Sprechstundenhilfe, die den Scharmützeln der Einsatzkräfte apathisch beiwohnte, er wollte sich den Anblick der Leiche gerne ersparen.

«Entschuldigen Sie, Frau …»

«Böger …» Sie war nicht mehr jung und ein bisschen auseinander gegangen, aber in einem weißen Kittel mochte sie die Mischung aus Mütterlichkeit und Seriosität ausstrahlen, die man sucht, wenn man bei der Sportschau die Bälle plötzlich doppelt sieht. Ihr Gesicht war tränenverschmiert, doch sie war jetzt gefasster.

«Kommen Sie», sagte Theuer freundlich, «reden wir unten.»

Der Kommissar saß mit der Böger auf den Stufen zum Hinterhof. Man sah den Mond über den Weststadtvillen. Die Luft war mild und stimmte Theuer verzweifelt.

«Ich arbeite seit zwanzig Jahren für Dr. Tannenbach. Es ist meine erste Stelle. Es hat mir gleich gefallen. Wissen Sie, er hat nie geheiratet oder so. Hätten Sie mich das nicht fragen müssen?»

Theuer gab ihr Recht.

«Jedenfalls, er war so ruhig. In der Ausbildung bin ich immer gescheucht worden. Als ich bei ihm war, das war wie eine Offenbarung. Damals kam das mit dem Netzthautlasern auf, und alle haben ihre Praxen aufgerüstet. Er hat gewartet und gesagt, er wisse noch nicht genug über die Risiken. Eine Menge Geld ist ihm entgangen, aber er war bescheiden.

Die Patienten hat er immer so bestellt, dass sie nicht warten mussten, manchmal hat er sogar eine halbe Stunde Zeit dazwischen gehabt. Dann hat er gesagt: ‹Brigitte›, also das bin ich, ‹Brigitte, jetzt machen wir unser russisches Viertelstündchen.› So nannte er es, wenn wir beide eine rauchten ...»

«Na immerhin, ein Laster hat er gehabt», murmelte Theuer, dem der tote Arzt ein wenig unheimlich wurde.

«Vor zehn Jahren haben wir miteinander aufgehört», sagte Böger verträumt. «Für mich war das schwer, aber er hat mir geholfen.» Sie schwieg.

Irgendetwas ärgerte Theuer allmählich an ihren Erzählungen, und sei es nur das, dass niemand auf der Welt jemals derartig hochachtungsvoll über ihn sprechen würde.

«Das klingt sehr, wie soll ich sagen, edel, Frau Böger», wagte er sich ein wenig vor. «Aber wenn er so wenige Patienten behandelt hat, wie hat er sich dann die große Praxis und sein Leben finanzieren können, selbst wenn er bescheiden war?»

«Er besaß von Haus aus Vermögen, die Familie ist mit Tabakanbau in der Rheinebene reich geworden. Er hat es immer ‹Teergeld› genannt – er war gar nicht glücklich damit.»

«Aber er hat es genommen», folgerte der Ermittler.

«Um zu helfen», hauchte Brigitte Böger. «Er hat es eben geerbt. Keine Angehörigen. Er war ein einsamer Stern am Himmel, und ich hoffe, dass er da jetzt ist.»

Theuer ließ es, darauf herumzuhacken, ein Stern am Himmel, der jetzt im Himmel ... stattdessen fragte er: «Wo hat er gewohnt?»

«Er hatte unter dem Dach eine kleine Dreizimmerwohnung, er brauchte nicht viel, glaube ich.»

«Glauben Sie?»

«Ich habe die Wohnung nie betreten. So privat waren wir nicht miteinander.»

Theuer schwieg. Mochte ihn die Sprechstundenhilfe etwas genervt haben, nun tat sie ihm Leid.

Unauffällig schaute er nach ihren Händen. Kurze Finger, im Mondlicht kein Ring erkennbar.

«Sie haben auch nie geheiratet?»

«Hat sich nie ergeben», sagte sie leise.

Für seine Verhältnisse taktvoll, zählte der Ermittler innerlich auf zehn, bevor er umschaltete: «Was war heute?»

Böger begann wieder zu zittern. «Ich habe um kurz nach acht bemerkt, dass ich meine Tabletten in der Praxis vergessen hatte. Ich muss dreimal am Tag etwas nehmen, meine Nieren sind nicht mehr die besten. Also habe ich meine Nachbarin gebeten, auf meine Mutter aufzupassen, wir machen das so, wenn etwas Überraschendes passiert, Frau Leidig ist so hilfsbereit ...»

«Wo wohnen Sie?», fragte Theuer ahnungsvoll.

«Friedrich-Ebert-Anlage 51b», Böger nickte, als verstünde sich das von selbst, und fügte dann auch hinzu: «Schon immer.»

Theuer entschuldigte sich rasch und hastete nach oben. Er fand Leidig in der Tür stehen, in Aidshandschuhen mit dem altmodischen Terminbuch beschäftigt, das man ihm gnädig herausgebracht hatte.

«Du kennst die Frau!», fauchte der Erste Hauptkommissar. «Warum sagst du denn nichts?»

Leidig zuckte mit den Schultern.

«Herr Leidig, antworten Sie!»

«Sie ist eine Freundin meiner Mutter», sagte der Schlaue steif. «Ich rede nicht mit ihren Freundinnen. Zum Glück hat sie mich nicht gesehen.»

Das war so unprofessionell, hilflos und dabei auch noch ungewohnt frech, dass sich Theuer fast wieder zur Treppe wandte.

Um aber wenigstens irgendetwas zu tun, brüllte er in die Praxis, wann er denn jetzt endlich mal reinschauen könne. Der Kollege Müller, nur mühsam entsann sich Theuer überhaupt des Namens, der gerade aus einem kleinen Döschen weißes Pulver auf dem Fußboden des Flurs verteilte, blickte auf und wurde ebenfalls augenblicklich laut: «Wir machen das, was dazu führt, dass Nieten wie ihr gelegentlich mal einen Fall lösen, das machen wir. Oder können Sie das? Sie Schreibtischtäter?»

«Selbstverständlich kann ich das!», bellte Theuer zurück. «Jeder Depp kann sein Frühstücksei salzen.»

Müller richtete sich auf und meinte in milderem Ton, so in einer Stunde könnten sie reinschauen.

«Und ihr müsst danach leider noch in die Wohnung von Tannenbach, oben unter dem Dach.»

«Gewohnt hat der auch noch», seufzte der Pulverstreuer. «Das ist jetzt also endgültig kein Skatabend.»

Böger saß immer noch traurig auf den Treppenstufen nach hinten. Irgendwie erinnerte Theuer das Bild an die Aristocats, wie sie da vor dem mondbeschienenen Hinterhausgewirr kauerte. Es fehlte nur noch eine freche Katzenjazzband, aber nein, es war ernst und echt. Er holte tief Luft.

«Wir waren vorhin stehen geblieben.»

«Ich hab ihn ja zuerst überhaupt nicht bemerkt», sie begann zu schluchzen. «Ich habe gedacht, er hat vergessen abzuschließen. Nur stand eben die Tür zum Behandlungszimmer offen. Die wollt ich nur kurz zumachen, und selbst da war nicht mehr als ein Schatten, ich habe aber doch kurz geschaut. Da lag er …» Die Frau weinte wieder heftig. «Das viele Blut, das viele Blut …»

Theuer fiel kein Trost ein. Bei Ehepaaren konnte man wenigstens auf die gemeinsamen Jahre verweisen, die einem niemand nehmen würde, was ja falsch war, denn die Jahre zermalmte noch im friedlichsten Leben die Zeit, aber hier?

«Wann sind Sie gegangen?», fragte er stattdessen. «Also, als er noch lebte.»

Sie dachte nach. «Das muss so gegen sechs Uhr gewesen sein. Der letzte Termin des Tages war um halb acht eingetragen …»

Theuer hörte jemanden zu ihnen treten, es war Leidig.

«Guten Tag, Frau Böger», sagte der gepresst, «schlimm ist das. Wie geht es Ihnen denn jetzt? Wie geht es Ihrer Mutter? Ist in der Wohnung alles in Ordnung? Ein Wetter ist das! Es wird doch alles immer schlimmer, gell? Aber man muss halt, was muss, muss …»

Theuer tätschelte seinem Jungen versöhnlich das Bein. «Das haben Sie wohl gar nicht bemerkt, dass einer Ihrer Nachbarn bei uns dabei ist?»

Böger schaute kalt zu Leidig, der sich unsicher neben ihnen niederließ, Theuer als Schutz in der Mitte. «Ich weiß es ja, dass er bei der Polizei ist. Aber gesehen habe ich ihn vorhin nicht, nein. Er macht seiner Mama viel Kummer.»

«Ja», sagte Leidig zerstört. «Schon immer, weil ich mich erfreche zu existieren.»

Der Mittler zwischen diesen Welten versuchte hektisch das Thema zu wechseln: «Konnte dieser letzte Patient davon ausgehen, dass er mit dem Arzt allein sein würde?»

«Unsere Stammkunden wussten schon, dass der Doktor manchmal alleine arbeitete, aber der war noch nie da. Ein Herr Benedikt Scheerhard …»

«Komischer Name», brummte Theuer, «muss ja aber nicht echt sein. Andererseits, so wie Sie den Arzt schildern, hätte der doch wohl auch noch einen Patienten genommen, der über akute Beschwerden geklagt hätte …»

«Das hätte er nicht gemacht», protestierte Böger. «Er hat immer gesagt: ‹Bögerle›, so nannte er mich, wenn wir alleine waren, ‹Bögerle, wenn ich alle nehme, kommt der Einzelne zu kurz!›»

«Ich denke, er nannte Sie bei Ihrem Vornamen», fragte Theuer verwirrt.

«Oder eben ‹Bögerle›. Gerade in den letzten Jahren …» Erneut flossen Tränen.

«Wir müssen darüber mal sprechen, nachher», sagte der allmählich überforderte Teamleiter leise zu seinem Kommissar. «Der hat eine seltsame Berufsauffassung gehabt.»

«Für Notfälle gibt es die Augenklinik», insistierte Böger. «Wir haben betreut und begleitet, waren oft Gefährten auf der Reise in die tiefe Blindheit, so hat er es ausgedrückt …»

«Moment mal», Leidig schien gar nicht zugehört zu haben. «Wie soll das gehen – einen falschen Namen beim Arzt? Die Patienten haben doch ihre codierten Kärtchen!»

«Es genügt ja, jemandem eine zu mopsen, der das gleiche Geschlecht und ungefähr das passende Alter hat. Oder noch viel einfacher – man behauptet, man ist privat versichert. Da wollte noch nie jemand meinen Ausweis sehen.»

«Das stimmt», nickte Leidig, «das ist ja eigentlich ziemlich eigenartig, geht ja schließlich um Geld … Die letzte Seite im Buch fehlt übrigens. Die hat jemand rausgerissen.»

Theuer dachte nach. «Das macht keinen Sinn oder vielleicht doch, denn dann …»

Leidig bedeutete seinem Vorgesetzten mit den Augen, dass er begann, vor den Ohren einer Zeugin, wenn nicht – jetzt erst kam es Theuer professionell in den Sinn – eventuellen Verdächtigen, über Interna zu sprechen. Warnung mit den Augen: kein sonderlich glückliches Verfahren angesichts der Tageszeit, aber der oft so stumpfe Theuer sah das Blitzen und verstand es, was ihn selbst wunderte.

Kurz wusste er überhaupt nicht, was er mit der Zeugin machen sollte. Stern und Haffner kamen zurück. Theuer sprang auf. «Ja, Frau Böger, dann gehen Sie doch mal bitte mit dem Kollegen Stern mit und machen ihm alle nötigen Angaben ...»

«Nein, ist schon recht, das mache ich», seufzte Leidig. «Einiges weiß ich ja schon. Am besten bringe ich Sie nach Hause, ich hab's ja dann auch nicht mehr weit ...»

«Wir fangen morgen um sechs an!», hörte sich Theuer sagen. Was sollte denn das? «Ich mache durch, im Büro», log er weiter und weidete sich in niveauloser Freude an den fassungslosen Gesichtern seiner Adepten. «Ich komme nicht eher aus den Schuhen, bis wir dieses Ungeheuer gefangen haben.»

«Igitt», sagte Stern leise.

«Sie sind auch so einer wie mein Chef», zirpte die Jungfer Böger, schlug die Augen nieder und ließ sich welk und demütig an Leidigs Arm zur Straße führen.

«Haben Sie Ihr Nierenmittel?», schrie der edle Hauptkommissar übertrieben laut hinterher.

Als Leidig und Böger gegangen waren, fiel Haffner hin.

«Er hat in der Gerichtsmedizin einen Schnaps gefunden, die feiern da anscheinend wilde Partys», Stern klang etwas erschöpft. «Ich glaube, da ist nicht mehr viel drin heute. Also bei Haffner. In der Flasche war gar nix mehr.»

Theuer schaute auf den Betrunkenen, seltsamerweise war es das erste Mal, dass er Mitleid empfand. «Warum will er sich umbringen?», murmelte er und richtete ihn vorsichtig auf, damit es den immer noch auf und ab hastenden Kollegen aus dem Augenwinkel so vorkommen sollte, als mache der legendäre Kollege Haffner eine seiner legendären Zigarettenpausen, eine von legendären sechzig am Tag.

«Das Blut am Schlüssel ist von Reister, weiter sind sie noch nicht.» Theuer nickte, möglichst systematisch berichtete er Stern, was sie hier herausgefunden hatten, sein Junger unterbrach ihn bald.

«Das ist eine komplizierte Geschichte, ich glaube, ich mach heute auch durch, ich sag nur schnell meiner Frau Bescheid.»

Der Teamchef schaute etwas verzweifelt drein, sagte aber nichts.

Ein müder Scherer kam die Treppe heruntergewankt. «Ihr könnt in die Praxis, aber vorsichtig, nicht in die Ecke scheißen oder so. Da wird in den nächsten Tagen noch weitergesucht. Wir schauen uns jetzt die Wohnung an, wir sagen Bescheid, wenn es da was gibt. Was macht Haffner? Ist er endlich tot?»

Zu dritt schafften sie den Schlafenden hoch und legten ihn aufs Parkett.

«Wenn dem Mörder hier Ohrenschmalz rausgerieselt ist, dann haben wir ihn jedenfalls nicht gesehen, aber fasst halt keine Instrumente an oder so, alla, bis nachher.

Fürsorglich deckte Theuer die Lederjacke über seinen wilden weichen Jungen.

Sie saßen in der stillen Praxis, wie scheu Wartende hatten sie im Behandlungszimmer auf den zwei Stühlen neben der Tür Platz genommen. Hier waren Mütter und Geschwister gesessen, wenn klein Jonas, Moritz, Leonardo, wie alle diese modernen, coolen digitalkundigen Patchworkbastarde heißen mochten, ein neues Pflaster in fröhlichen Farben aufs Schielauge bekam. Hier hatten zusammengestauchte Kinder mit den Beinen gebaumelt, während die Mutter den ersten Brechreiz beim Blick durch die Gleitsichtgläser zu unterdrücken hatte. Theuer war sehr traurig. Nach allem, was man hörte, war Tannenbach vielleicht ein schräger Vogel gewesen, bestimmt nicht halb so gut, wie ihn seine unglücklich

Liebende weichzeichnete, aber wohl doch ein einfühlsamer Augenarzt. Einer, dem es schwer fiel, schlechte Nachrichten zu übermitteln, auch wenn eine Netzhautdegeneration in den goldenen Jahren des Ärztestandes ein neues Garagendach bedeutet haben mochte.

Es war nichts Neues, die Welt war ein Schlachthaus. Woher nur immer diese kotzige Trauer, er gewöhnte sich doch sonst an alles.

Jetzt, in diesem Moment, geschah irgendwo das Schlimmste, was vorstellbar war, ja, in irgendeinem Winkel der Welt geschah mehr als das, überwanden perverse Nieten das enge Gefühl in der Brust, indem sie jede Menschlichkeit hinter sich ließen. Kein Mensch mehr sein heißt, kein Versager mehr sein. Und der Schmerz ihrer Opfer zeigt ihnen: Sie sind jetzt jenseits der Schmerzen. Ein totes Kind beweist für den Mörder auch immer, dass er lebt, länger lebt als sein Opfer, das ihn doch hätte überdauern müssen.

Wenn man so etwas sagte, dachte, war man banal.

Er hatte dennoch nie verstanden, was gut daran war, das Leid zu übergehen. Auf Partys, die er selten genug mit Hornung besuchte, in ihren akademischen Kreisen, da war er ein Tier, das man ein wenig fürchtete, ob seiner Kraft auch bewundern mochte, aber die gehören nie zu den wirklich Klugen, die wie im Kasperletheater das Krokodil jagen.

«Wir dürfen nie aufhören, das Krokodil zu jagen», flüsterte er. «Die Bestie.»

«Was?», fragte Stern verblüfft. «Welche Bestie? Was?»

«Den Hund», sagte Theuer und schämte sich.

«Ja, Hunde, die mögen Sie nicht», lachte Stern. «Der beste Freund des Menschen.»

«Eben, was für ein Umgang.»

Jetzt hatte er es wieder geschafft, dass Ruhe war, und konnte trauern wie zuvor. Das Denken taugte doch für nichts.

Ohne Arzt und Patient sahen die medizinischen Gerätschaften roboterhaft aus. Doofe unbelebte Maschinen, die einem die Wohnung saugten und die Möbel umschmissen. Die hohen ockerfarbenen Vorhänge dämpften den Lärm der Rohrbacher Straße.

Aber Theuer hörte nichts von draußen. Er fiel in seinen Leib und schnaufte gegen die Hoffnungslosigkeit seines Metiers und gleich auch jeden Menschenwerks an. Es war nicht recht, es war nicht recht, einfach jemanden – wegzutun. Dieser Gedanke hatte diese unerträglich offensichtliche Seite und eine zeitlose Allgemeingültigkeit. Dass das Wahrste blöde klingt, machte den Schweren fortdauernd ganz irr.

Thomas Tannenbach hatte noch einige Augenblicke gelebt, man sah es an den Blutspuren. Er war zur Wand getaumelt und hatte ein Poster, eine Luftansicht von Paris, von der Wand gerissen. Was wir so alles als Letztes tun.

«Wissen Sie, warum ich eigentlich kein Haus will?»

Sterns Stimme kam Theuer verzerrt und laut vor, aber er war froh über die Störung.

«Weil dein Vater unbedingt will, dass du eines kaufst, nehme ich an.»

«Oh, das ist es gar nicht.» Stern lächelte etwas bitter. «Dafür mache ich zu viel genau so, wie er sich das vor schätzungsweise dreißig Jahren überlegt hat ... Manchmal denke ich, Leidig ist nicht das einzige Söhnchen in unserem Superteam ... Wobei, das ist ja schon keine Mutter mehr, was der hat. Die ist ja ...»

Auch Theuer konnte Mutter Leidig kein Attribut zuweisen. Welche Farbe hat ein Schrei?

«Nein, ich denke oft, ich werde nicht alt und es lohnt sich nicht mit einem Haus. Komisch, oder?»

«Ich halte nichts von solchen Ahnungen», brummte der Ermittler trotzig, eine freche Lüge nach fünf Dekaden finstersten Pessimismus. «Das ist der Scheißberuf, der macht uns zu Finsterlingen.»

«Nein», Stern schüttelte trotzig den Kopf, «ich bin nicht

irgendwie so, so, miesepimpelig wie ...» Verschreckt verschluckte er das offensichtliche ‹Sie›, und auch sein Vorgesetzter unterließ die Auflösung.

«Ich leb gern und denk auch, dass alles in Ordnung ist. Ich dachte aber schon als Jugendlicher immer, wenn andere vom Älterwerden sprachen, dass mich das nichts angeht. Ich hatte keine Angst, es hat mich einfach nicht interessiert.»

Theuer schaute seinen jungen Kollegen an, seine flotte Fußballerfigur konnte nicht verschleiern, dass er sanftmütig war, vielleicht sogar auf eine wortlose Weise in Angst lebte. Der Ermittler schämte sich. Es war ihm mal wieder ganz abhanden gekommen, dass auch außerhalb seines dicken Schädels noch Trauer empfunden, Zweifel gehegt und Abschied, vielleicht zu früher Abschied von Hoffnungen genommen wurden. Er war halt der Theuer, das war das Problem. Hornung tauchte aus dem Nichts in ihm auf und war groß und fremd. Mehr um sich von seiner Egozentrik abzulenken denn aus echtem Mitgefühl fragte er: «Sprichst du mit deiner Frau darüber?»

Stern sah ihn verblüfft an: «Über so was spricht man doch nicht mit seiner Frau!»

«Ach so», der Erste Hauptkommissar nickte etwas lahm. Dann schwiegen sie wieder.

Scherer kam herein. «Das müsst ihr euch ansehen.»

Die Dachwohnung war niedrig, wohl früher teilweise Speicher gewesen, denn sie hatte noch ein Maisonette-Studio. Ein schönes Haus insgesamt, Jahrhundertwende, mit bunten Scheiben im Treppenhaus, heitere Jugendstilakkorde in trutziger Sandsteinfront, ein wertvolles, geschmackvoll saniertes, durchaus schönes, ach, prächtiges Gebäude, in dessen Oberstübchen der Wahnsinn nistete.

Tannenbachs Wohnung enthielt kaum Möbel. Ein Fernseher, ein Sessel, ein Tisch, ein Bett. Ansonsten bestand die

Wohnung aus leeren Schnapsflaschen, nicht einmal sonderlich eingestaubt. «Wir haben Kassenzettel gefunden», der freche Dicke von vorhin, den der Mord nicht sonderlich ergriffen hatte, schien nun betreten. «Er hat kürzlich in Darmstadt eingekauft, sechsunddreißig Flaschen Korn …»

«Nur Klaren hat er getrunken», Scherer kratzte sich am Kopf. «Alle Zettel aufbewahrt.»

Die Kollegin, die vorhin Böger beruhigt hatte, kam aus der Küche. «Gefressen hat er Tiefkühlgerichte, überall eingekauft, nur nie in Heidelberg. Vitamintabletten hat er auch gefressen. Und Chlorophyllkapseln, der hat bestimmt ab und zu entsorgt, es ist ja gar nicht so dreckig, trotzdem stapeln sich sogar die Dinger. Gefressen und gesoffen hat der Herr Doktor und jeden Kassenzettel, wirklich jeden aufbewahrt, chronologisch abgeheftet, die ältesten kann man gar nicht mehr lesen, so ausgebleicht sind die.

Klar, Korn macht kaum eine Fahne, und dann noch die Mittelchen, sind ja für den aprilfrischen Atem, gesoffen hat er und gefressen …», fing sie nochmal an.

«Jetzt mäßigen Sie sich!», unterbrach Theuer. «Sie sprechen über einen Verstorbenen. Er hat doch wohl ausreichend gebüßt, oder? Ist ein Schuss ins Gesicht nicht genug?»

Die Beamtin schwieg beschämt.

«Warum kann man eigentlich kein guter Augenarzt sein, auch wenn man sein Leben nicht im Griff hat oder …», er schaute sich um, «gar keines hat. Dass er nicht gerade furchtbar viel arbeiten konnte, scheint mir aber durchaus nachvollziehbar, und dass er nicht mit Laserstrahlen auf Netzhäute zielen wollte, auch. Versteht ihr? Wenn er so gewesen wäre, wie ihr jetzt denkt, dann hätte er gelasert, den Leuten ein Auge rausgebombt und sich irgendwie über die Prozesse weggerettet. Aber seine Hilfe, die Böger, hat gesagt, er hat es nicht gemacht … Ach!» Theuer schaute aus dem Fenster, weit hinten hörte man leise den Pfiff eines Zuges, und von unten brauste der Verkehr. Ganz unbeeindruckt davon feierte man auf der Dachterrasse gegenüber irgendetwas, wahrscheinlich sich selbst. Es wurde gelacht und geprostet. Eine angealterte Studenten-WG konnte es sein, eine, wo gerade das erste echte Geld floss, es gab Schampus, soweit er es erkennen konnte. Hier dürfte auch Tannenbach manchmal das Leben gesehen haben. Hier und im Dank seiner Patienten, wahrhaftig in ihren dankbaren Augen.

Scherer ging in die Küche und kam mit einer Flasche Korn zurück. «Immerhin, die Sorten hat er gewechselt, Fürst Bismarck und Nordhäuser. Das ist Nordhäuser. Doppelkorn. Stereo.» Er öffnete die Flasche und nahm einen Zug.

«Was guckst du so, Theuer? Verhalte ich mich anders, als es für die Rolle typisch ist, die ich in deinen Fällen spiele?»

«Du spielst eigentlich keine Rolle in meinen Fällen», entfuhr es dem schweren Ermittler.

«Na, also. Dann kann ich ja. Mein Gott, wie mich dieser Beruf manchmal ankotzt.»

«Spuren?», fragte Stern müde. «Wie ist es denn damit? Ich hab gedacht, so Zeug macht nur unsere Truppe. Zwischendurch einen heben, Scheiße labern.»

«Es ist nicht eingebrochen worden oder so», antwortete Scherer gleichmütig. «Mit der Tat hat die Wohnung nichts zu tun. Falls wir DNA vom Täter in der Praxis finden und hier oben auch, dann bestimmt nicht auf einer verschlossenen Schnapsflasche, die leeren werten wir ja gerne aus.»

Theuer hörte jemanden eintreten.

«Hier gibt's nichts zu …», setzte er an, aber es war Haffner, der auf wackeligen Beinen in der Tür stand, Theuers Jacke noch umgehängt, und ungläubig auf das Flaschenmeer starrte.

«Immerhin zeigen seine Einkäufe, dass er noch den Führerschein hatte, anders hätte er die Pullen ja gar nicht bewegen können, eigentlich kein Kompliment für uns», sagte der Dicke versonnen. «Was ist, Haffner? Neidisch?»

Aber in Haffners Gesicht stand das offene Entsetzen.

Theuer hatte ihn so noch nie gesehen, allenfalls Nichtrauchertische deprimierten ansonsten das Pfaffengründer Urgestein.

«Ach, so einer war das», sagte er leise. «Und stirbt noch nicht mal dran. Da schau her. Trotzdem ist er tot.» Dann machte er auf dem Absatz kehrt und rannte davon. Theuers Jacke fiel zu Boden.

«Haffner, jetzt komm», brüllte Stern. «Haffner, jetzt bleib halt …»

Aber er war weg. Der Teamleiter hob möglichst beiläufig seine Jacke auf.

«Viele fragen sich», fistelte er in einem seltsamen Falsett, «wieso trägt der Theuer bei warmem Wetter immer noch seine dicke Jacke. Die Antwort ist: Ich bin es so und nicht anders gewohnt. Wenn es richtig heiß wird, ziehe ich sie aus. Aber noch ist es nicht so heiß. Und das lässt sich durchaus auf das ganze Leben übertragen, ich möchte nicht sagen, vieler Menschen, aber doch aller, also umgekehrt. Das heißt nichts anderes», allmählich gelang schon wieder ein ganz passabler Bariton, «für uns, hier und heute, was genau genommen», er schaute zur Uhr, «durchaus noch heute ist, aber dann auch wieder nicht mehr so lange, dann ist morgen, also. Stern und ich, wir gehen jetzt und machen auf dem Revier weiter. Zusammentragen, bündeln, auswerten, bewerten, verwerfen, verwalten und operativ, investigativ, involviert und distanziert, differenziert, disziplinarisch tätig werden. Und ihr bleibt hier, denn ihr seid ihr. Schließlich ist es unser Fall und nicht eurer, sonst hieße er ja euer Fall und nicht Theuer-Fall.»

«Ich hab's gleich gedacht», schnarrte der Dicke gemütlich, «der Plasmamann ist ganz in unserer Nähe.»

«Wie war ich?», fragte Theuer auf der Treppe.

«Na ja», sagte Stern. «Was Ihnen immer so einfällt … Manchmal denke ich, es ist ein bisschen viel …»

«Was jetzt, ‹bisschen› oder ‹viel› – schon gut, ich hör jetzt auf. Wie heißt eigentlich der dicke Kollege?»

Stern antwortete nicht.

Sie fuhren Richtung Innenstadt und bogen dann links in die Kurfürstenanlage. Theuer auf dem Beifahrersitz begriff, dass die frech erfundene Nachtarbeit wahr zu werden drohte, und beschäftigte sich den Rest der Fahrt mit nützlichsten Gedanken über das Moment der kosmischen Rache im Leben.

Im Revier wartete schon Leidig. Ungewohnt offen erzählte er, seine Mutter habe jetzt doch tatsächlich versucht, ihn körperlich zu züchtigen, weil ihm entfallen war, einen Frisörtermin zu vereinbaren. Dann habe sie seinen Schlüssel an sich genommen und sich zunächst geweigert, ihn wieder herauszurücken. Danach sei sie im Sitzen eingeschlafen, der Alterszucker. Er habe ihr den Schlüssel abgenommen, die Medikamente hingelegt, dem Friseur aufs Band gesprochen und sei gegangen.

«Wie alt ist Ihre Mutter eigentlich?», fragte Theuer.

«75. Ich war ein Spätling, aber so eine alte Ostpreußin steht das durch, die Vertreibung und mich. Zum Glück kommt sie nicht aus dem Kaukasus.»

«Kaukasus?», fragte Stern.

«Da werden alle hundertdreißig.»

Dann ging die Tür auf. Haffner, ganz passabel in Form, trat ruhig und fest ins Zimmer.

«Morgen, die Herren. Um es kurz zu machen: Mit dem Taxi in den Pfaffengrund, kein Trinkgeld. Fünf Minuten Wechselduschen. Eine Kanne Schwarztee auf ex. Drei Bananen, zwei Tassen Instant-Brühe, nachgesalzen. Ein Röhrchen Traubenzucker. Eine Packung Tiefkühlpetersilie, ab und weg damit. Drei Aspirin plus C, frische Unterwäsche und ein Schnapsglas voll Rasierwasser auf die Heldenbrust. Eine Flasche Sprudel unterwegs auf dem Fahrrad. Und jetzt den Plasmaseppel an den Eiern kriegen.» Keine Fragen offen.

Der Erste Hauptkommissar starrte auf seine Notizen. Künstliches Licht brauchte er dazu nicht mehr, das hatte der Herrgott schon prima hingekriegt mit der Erdrotation. Sie wiederholten nochmal, was sie zusammengetragen hatten, und begannen mit Leidig. Theuer hangelte sich an seinen Stichworten entlang:

«Also, die Witwe von Reister gibt sich gefasst und mehr als das. Sie trauert nicht, obwohl sie weiß, in welchem Licht sie dadurch dasteht. Er hat sie und die zwei Söhne des Öfteren verprügelt. Sie kannte ihn schon aus dem Studium, da hat der Sack noch von einer Laufbahn als Schriftsteller geträumt und an einem endlosen Roman gebosselt, der bis heute nicht fertig ist. Dann hat's nur zum freien Mitarbeiter fürs Anzeigenblatt gereicht. Er war launisch und depressiv. Sie wollte ihn verlassen, aber die Wohnung war von ihren Eltern geerbt und beiden überschrieben. Dafür lässt man sich dann verhauen ... Kommt sie als Täterin in Frage, scheiß jetzt mal auf unseren tollen Augenzeugen?»

Leidig schüttelte den Kopf. «Das halte ich für ausgeschlossen. Sie hat immer sofort eine Freundin angerufen, um sich auszuheulen, wenn er zu seinen Nachtspaziergängen aufgebrochen ist. Die haben einen Anschluss mit Einzelgesprächsnachweis, weil sie ihm misstraut hat, von wegen Geliebte oder so, sie hat aber nie was feststellen können. Geht im Zeitalter des Handys auch nicht mehr so leicht. Reister hat sich jeden Abend das schnieke Neuenheim angeschaut, in das er's nie geschafft hat. Ich hab die Daten von der Telekom angefordert, über die Uhrzeit bestehen ja kaum Zweifel.»

Theuer nickte: «Trotzdem, jede Menge Motive und der praktische Plasmamann, der gar keines braucht, weil er verrückt ist. Spitze.»

«Die suchen ihn überall», nickte Stern. «Aber er ist wie weggeblasen.»

«Okay, machen wir weiter. Der zweite Tote ist Doktor

Thomas Tannenbach, Augenarzt und – wie wir jetzt wissen – barbarisch dem Alkohol verfallen. Bei der Autopsie brauchen die ein Stemmeisen, um die Leber rauszuwuchten. Keine Angehörigen, trotz oder wegen seines Lebenswandels keine ersichtlichen Feinde. Genau derselbe Modus Operandi. In der Presse stand nicht, wie der Erste erschossen wurde?»

Leidig verneinte.

«Was die beiden Männer vordergründig gemeinsam haben, ist eigentlich nur, dass hinter der anständigen Fassade noch einiges andere war. Aber ob das was hergibt, wage ich zu bezweifeln. Ich fürchte, das ist bei jedem so.»

Haffner schien nachzudenken und schüttelte dann den Kopf, was Theuer überging.

«Der Plasmamann ist verschwunden, das war er vielleicht schon öfter. Trotzdem – er ist unser einziger Verdächtiger … (Ich sehe ihn, aber nicht in Farbe.) In der Praxis war ein Mann angemeldet. Tannenbach hat nur angemeldete Patienten eingelassen, aufgebrochen wurde die Praxis nicht.»

«Und wenn bei Tannenbach eine Frau gewesen wäre und behauptet hätte, die Sprechstundenhilfe hätte sich verhört? Ich meine, es könnte doch auch eine Frau gewesen sein, es geht um Eifersucht und so …», warf Leidig wenig systematisch ein.

«Das Arschloch hat sich Benedikt Scheerhard genannt, wie soll sie sich denn da verhört haben?» Theuer seufzte. Er war allmählich zu müde, um noch irgendetwas außer der eigenen Nasenspitze zu fixieren.

«Die letzte Seite im Terminplaner war herausgerissen.» Stern sah aus, als falle er in der nächsten Sekunde krachend zu Boden, aber er beteiligte sich engagierter als früher an der Diskussion. Theuer wurde von unscharfen Das-könnte-mein-Nachfolger-werden-Visionen erhoben, was ihn am raschen Antworten hinderte, aber was, sein Nachfolger würde ein PC sein, mit Laserspeicher oder genmanipulierten Raupen, die ständig verzwicktere Schaltungen webten: «Das hat der Täter gemacht, weil so alles möglich bleibt, seiner Meinung nach. Das hab ich vorhin sagen wollen, Leidig. Er musste ja irgendeine Adresse angeben – die würden wir dann überprüfen, sie wäre falsch. Das ginge schnell. Jetzt müssen wir erst mal nach einem Benedikt Scheerhard suchen, auch nach einem mit e-h oder t oder d-t am Ende, das beschäftigt uns, denn nur wenn es den nicht gibt, sind wir sicher, dass es nicht einen Herrn Scheerhard gibt, der eben einen oder zwei Morde begangen hat. Und das kostet Zeit, Scheerhard kann ja auch ein Tourist gewesen sein. Zeit für den Mörder. Wie ich Tannenbach einschätze, war seine Praxis nicht computerisiert?»

Leidig verneinte: «Er hat übrigens nur Privatpatienten behandelt, das hat die Böger erst zum Schluss rausgelassen. So toll war das nicht mit dem Humanismus.»

Das enttäuschte Theuer.

«Und so raffiniert ist der Plasmaknaller?», fragte Haffner unschön in dieses taube Gefühl. «Das glaub ich nicht. Der spinnt doch. Ich hab das gerade gar nicht verstanden, was Sie gesagt haben, das mit dem Buch, dem Terminbuch.»

Theuer stand auf und hielt sich den Kopf: «Fassen wir's kurz zusammen. Indem wir nicht wissen, ob es einen Scheerhard gibt oder nicht, müssen wir nach zwei Varianten vorgehen, der Plus-Scheerhard- und der Minus-Scheerhard-Variante … Was heißt schon verrückt? Es hat schon Typen gegeben, die haben die brutalsten Morde präzise geplant und nebenher mit dem Erzengel Gabriel Schach gespielt. Er hat es geschafft, zig Jahre zu überleben. Er hat sogar immer gleich zerlumpt ausgesehen, gleiche Bartlänge … vielleicht eine riesengroße Inszenierung.»

Er griff nach dem Telefon und wies einige ausgeschlafene Kräfte an, sich der bundesweiten Suche nach dem Namen Scheerhard zu weihen; falls vorhanden und möglich, seien Scheerhards mit Brille gesondert aufzulisten.

«Wäre schlauer gewesen, er hätte sich Müller oder Meier genannt», sagte Leidig.

«Eben doch verrückt», knurrte Haffner.

«Was für ein goethischer Morgen, da möchte man ausrufen: ‹All Morgen ist ganz frisch und neu› ... meine Herren so früh, ich hätte wetten mögen, ich sei einer der Ersten, aber in meiner Behörde brummt es ja geradezu ...»

«Der Erste sind Sie nicht», sagte Theuer freundlich. «Aber Sie sind ganz unzweifelhaft der Herr Seltmann.»

Es gelang dem schweren Ermittler, noch einmal präzise die Lage zu skizzieren, dann wurde ihm vor Müdigkeit langsam schlecht. «Eine Mordserie ...», endete er mürbe.

«Die Serie, ich bitte Sie, missverstehen Sie das nicht als Belehrung, nennen Sie es eine Information, der Mensch ist eine, ist unter anderem mit einer vorzüglichen Matrix zur Datenverarbeitung ausgestattet – der Mensch vermag im Ungefähren zu denken, das kann kein Computer, und so behauptet sich die *Conditio humana* strahlend auch im digitalen Zeitalter. Ich habe darüber ein Buch gelesen, von ..., also eine Zusammenfassung des Buches von ... der Name, der Name, zur Hälfte gelesen.»

«Was wollten Sie sagen, Dr. Seltmann», fragte Theuer in schleppendem Ton. «Oder wissen Sie's nicht mehr? Auch nicht im Ungefähren?»

«Pfui, Herr Theuer», Seltmann stellte sich bübisch auf die Zehenspitzen. «Sie einer, Sie. Ja, sicher, ich weiß es noch: Sie sprachen von einer Mordserie, nun, und von einer Serie sprechen wir erst ab drei seriell verbundenen Entitäten.»

«Wer ist wir?», fragte Haffner trocken.

«Wir – wir wissenschaftlich denkbaren, äh ... denkenden, denkfähigen Menschen. Die *scientific community*, Weltgemeinschaft der Wissenschaftler, These, Theorie und Falsifikation.» Der Direktor entledigte sich schwungvoll seines Sakkos, als wollte er jetzt kräftig mitmischen, einsteigen, loslegen, und alles vor laufender Kamera.

«Aber Sie sind doch kein Wissenschaftler», lachte Haffner und begann – Theuer hatte schon gehofft, er hätte sich was gemerkt vom letzten Mal – heftig zu rauchen.

«Ich bin sehr wohl – ich darf das sagen – Wissenschaftler!», versetzte Seltmann indigniert. «Ich habe einen juristischen Doktorgrad über ein kriminologisches Thema erworben und ein Vordiplom in einem weiteren Fach.»

«Hahaha», lachte Haffner aus seiner zerstörten Kehle. «Wahrscheinlich über Warenhausdiebstahl promoviert!»

«Genau», sagte der Direktor kalt. «Sie haben's erraten: ‹Kavaliersdelikt Warenhausdiebstahl, ein volkswirtschaftliches Trauma›. Kippe aus.»

Haffner schüttelte lachend den Kopf und rauchte weiter. Seltmann zog seine Jacke wieder an.

«Ich fürchte», mischte sich Theuer gereizt ein, «wir müssen nicht allzu lange warten, bis wir auch in Ihrem Sinne eine Mordserie haben. Der Mörder ist geschickt, das Intervall zwischen den Taten war kurz. Wir können nur leider keine Zielgruppe ausmachen und eigentlich auch vor niemandem warnen.»

«Na, vor dem Plasmamann kann man warnen, Herr Theuer, das doch wohl auf jeden Fall, nicht wahr?»

«Ja, natürlich, vor dem schon», nickte der Kommissar ergeben. «Sicher, den müssen wir suchen.»

«Haben Sie vergessen, was?» Seltmann neigte sich Theuer gütig zu. «Habt ihr vier etwa die Nacht durchgemacht? Ihr vier? Die ganze Nacht?» Theuer nickte.

«Dann aber ins Bett die Herren, unbedingt!»

«Der Schlüssel», murmelte Theuer und fühlte den Kopf auf die Brust sacken, «der Schlüssel, den der Jogger gefunden hat, über den haben wir noch gar nicht geredet ...»

«Das hat Zeit!», schrie Seltmann. «Rufen Sie noch die Yildirim an, und dann alle nach Hause – aus. Vor heute Nachmittag um drei sehe ich Sie nicht wieder. Heute passiert nichts mehr, an so einem schönen Tag!

‹Alt Heidelberg, du feine,
du Stadt an Ehren reich,
am Neckar und am Rheine› …»

«Das geht Ihnen nicht übermäßig nahe, dass wir zwei Tote in fünf Tagen haben», sagte Theuer, dessen Körpergefühl pausenlos wechselte, jetzt war sein Kopf wie eine große Glocke, die allmählich ins Schwingen geriet, und demnächst würde es laut werden im Schädel … oder es kam gleich eine gewaltige Migräne, und er würde Seltmann auf die blitzeblanken Schuhe kotzen. Was trug man denn heute? Tatsächlich diese neuen braun-schwarz-weißen Schuhe, der Bowlingkultur entlehnt. Wann würden längs gestreifte schwarz-weiße T-Shirts, knapp auf dem Bierbauch getragen, modern? Die Migräne kam nicht, Seltmanns Schuhe blieben unversehrt.

«Herr Theuer, wir brauchen alle *distance*» – wahrhaftig, er sprach es französisch aus – «zum Geschehen. Nur so behalten wir unsere Arbeitsfähigkeit, unseren Biss. Nur so können wir angesichts dessen, was uns umgibt, ich möchte mal sagen: Ha! sagen.» Zu seinem asiatisch-rauchigen Kampfesruf vollführte der Direktor eine Art Schattenboxen. Theuer sah, dass Haffner instinktiv eine pendelnde boxerische Lauerstellung einnahm, und ergriff das Wort: «Also, dann geht ihr mal alle ins Bett, ich spreche mit der Yildirim, und dann treffen wir uns um drei wieder zur Besprechung. Ich schätze, dass man den Plasmamann bald hat.»

«Ja, aber natürlich!», rief Seltmann. «In Schichten wird der gesucht, in Schichten, twenty-four hours a day!»

«Und die ganze Nacht», nickte Haffner. «Stern, hast du Bock auf ein Weißbierfrühstück? In der Leyergasse, in der Kulturbrauerei? Die Brezeln sind nicht so besonders, aber die Brezeln kannst du ja notfalls weglassen …»

Stern schüttelte den Kopf, allgemeine Aufbruchsstimmung konnte man das nicht nennen, eher die Bereitschaft, sich die Treppe hinunterzustürzen und unten liegen zu bleiben. Ausgenommen freilich Seltmann und der – zum wie vielten Male eigentlich? – gegen alle toxikologischen Regeln auferstandene Thomas Haffner, Letzterer schon die dritte Reval in Folge anzündend, wie zur Abwechslung diesmal mit einem Streichholz, das er versehentlich an Seltmanns stramm hingebügeltes Hosenbein schnippte. «Sorry!»

PLASMA | EINSCHLUSS | LAUERSTELLUNG BELAUERT BELAGERT LAGERHAFT | ÜBER DER STADT | ÜBER DER SICH SCHWÄRZE DES EINSCHWÄRZENDEN PLASMASCHWARZEN STETS SCHIEBT | BLICK | SCHAUDER | IN DEN BLÄTTERN | IN DEN GASSEN | NAMENLOSE NACHRICHTEN | NACHT | ZWEIFACHE VERLETZUNG DER ABLÄUFE | PLASMA | WENN WIR WIEDER PLASMA WERDEN | WERDEN STETS IMMER NOCH ABLÄUFE ABLAUFEN | GIBT ES STETS REGELN UND VERLETZTE REGELN | VERLETZENDE REGELN | NISTPLÄTZE | BRUTSTATT STATT STADT | STETS NEUE ZENTREN UND NEUE ORGANISATION | RUHE | STETS ILLUSION | MÖGLICHKEIT SELBSTÄNDIGER ZURRUHESETZUNG | EIGENTRANSFORMATION IN INDIVIDUALPLASMA WEIST HELLEREN TON AUF |

TON?

RUHE?

ILLUSION?

O | HÖRT STETS DEN GESANG DER AUFZIEHENDEN SCHWÄRZE |

O |

Theuer schloss seine Haustür auf und musste mehrmals ansetzen, ein Student radelte vorbei und lachte ihn aus. Yildirim hatte aufgeregt zugehört, ihn bald unterbrochen.

«Ich muss jetzt was loswerden, es tut mir Leid, es könnte nicht unpassender sein, ich find mich selber Scheiße.»

«Das wollen Sie jetzt loswerden?»

Er hatte sie nicht ganz verstanden, aber allmählich zeichnete sich ein Gespinst für den halben Ruhetag ab. Das Gespinst formte in zarten Linien ein Wesen, das hatte dicke Backen, einen Pickel auf der Nase und selbst in Reli nur eine Drei. Babett. Ihre Mutter war seit einer Woche zurück aus dem Entzug, angeblich trocken wie ein Knäckebrot, wohnhaft jetzt in einer sanierten Sozialwohnung in der Herrenmühle. Und nun lag dieser Eilantrag beim Jugendamt vor, Anhörung der Brautleute Yildirim und Theuer, neuer Entscheid über den Verbleib der Kleinen.

«Ich konnte Sie nicht erreichen, ich weiß es selbst erst seit gestern Nachmittag, aber Sie sind ja praktisch überhaupt nicht heimgekommen …»

«Noch nicht einmal theoretisch …»

«Die wollten sogar Babett dabeihaben, das hab ich abbiegen können, aber ich will nicht, dass die wieder zu der Schönthaler …»

Dann hatte Yildirim geheult, und damit war der ohnehin nicht mehr sehr widerstandsfähige Kommissar überzeugt gewesen.

Er stand unter der Brause und dachte an Haffner, fünf Minuten Wechselduschen … Gegen elf wollten sie sich an der Heilig-Geist-Kirche treffen.

«Ich hab wegen Babett Urlaub beantragt, zum Nachthemdenkaufen. Das heißt, Momsen kriegt den Fall, ach Scheiße, Herr Theuer, das tut mir wirklich alles Leid.»

«Momsen. Wer ist Momsen?»

«Ein Pisser, ein Streber, aber den kriegt ihr schon klein.»

«Momsen ist ein Pisser?»

«Ja, sag ich doch! Sie wohnen bei mir, also, wenn die fragen, okay? Scheiße, das geht nicht gut.»

«Ich bin müde.»

«Ich weiß, verdammt.»

«Da geht nicht gut. Mir geht's nicht gut. Wie heißt der: ‹Mumps›?»

«O Gott, Sie sind ja echt am Arsch. Kriegen Sie sich irgendwie fit? Kann ich was machen?»

Zu den Klängen des nach Theuers Meinung schwer unterschätzten Electric-Light-Orchestra kleidete er sich frisch ein. Frische Unterwäsche, frische Jeans, die alten in die Korbtruhe, frisches Jeanshemd, das alte in die Korbtruhe, das zweite Paar Wildlederhalbschuhe, das andere in die Korbtruhe, dann dort wieder kopfschüttelnd herausnehmen. Zwei Henkelbecher Kaffee, und los ging's, Schlafen ist Sünde.

Gegen Viertel vor elf bog er in die Hauptstraße ein. Das Leben war schon zünftig am Brummen. Lachende Burschen mit grell in die Haarpracht einrasierten Tonsuren grüßten sich in komplizierten Choreographien, einer rauchte ungeniert einen Joint, der Polizist ging einfach vorbei. Am Theaterplatz tobten sich drei Tubabläser aus Petersburg an einer flotten Version von «Katjuscha» aus, am Uniplatz – noch hatte er etwas Zeit – ließ sich Theuer von der Sonne wärmen, zunächst ohne sich durch irgendetwas stören zu lassen, wodurch der Bus der Linie 12 eine Minute Verspätung erlitt, dann gab der Polizist den Weg frei, die Beschimpfungen des Busfahrers erreichten ihn nicht.

Ein amerikanischer Tourist fragte ihn, wo das Schloss sei, das man hinter dem Rücken des sportiv gekleideten Herrn riesig am Berg kleben sah, versehentlich antwortete Theuer in schlechtem Französisch, dann sah er einen schwarzen Lockenkopf im Meer der wogenden Köpfe und ging schneller, fiel fast ins Laufen, konnte Yildirim aber nur mit Mühe einholen.

«Gott sei Dank sind Sie da», sagte sie zwischen zwei Lungenzügen. «Ich hab Sie vorhin gesehen, Sie standen direkt vor dem Bus. Die ganze Straße war verstopft, Sie hatten die Augen geschlossen, der Fahrer hat gehupt. Ich hab mir schon überlegt, wie ich Sie entschuldigen könnte …»

Der Kommissar nahm die Welt wie durch einen Tunnel wahr, er brauchte seine ganze Kraft, wenigstens einigermaßen scharf zu sehen.

«Wo ist die Kleine jetzt?», fragte er schwerzungig.

«Die Stadt bietet so ein Ferienprogramm an, da ist sie jeden Tag von neun bis fünf. Damit konnte ich die Krafft, also das ist die Tante vom Jugendamt, heute überzeugen. Das Kind soll ja nicht auf noch mehr verzichten.»

Inzwischen waren sie im Amt angekommen. Die lustigen Spielecken und lebensbejahenden Poster standen in einem seltsamen Gegensatz zur insgesamt bedrückenden Atmosphäre.

«Hier werden Schicksale entschieden», flüsterte Yildirim.

«Und ich habe noch nie einen Gedanken daran verschwendet», ergänzte Theuer. «Wie war das noch, ich wohne also bei Ihnen?»

«Ich würde sagen, so gut wie», antwortete Yildirim, während sie schon um die letzte Ecke des langen Flurs bogen. «Sagen Sie, dass Sie noch Ihre alte Bude haben, am Ende kann sie lesen und hat ein Telefonbuch.»

«Hier kann man sich ja verirren», flüsterte Theuer. «Die müssen mehrere Altstadthäuser zusammengelegt und dann noch einen Neubau reingequetscht haben.»

«Das entspricht auch dem Konzept unserer Dame», entgegnete Yildirim. «Ein bisschen Therapie, ein bisschen Soziologie, ein bisschen Politik und viele neue Erkenntnisse aus den USA.» Sie verlangsamte den Schritt, sie waren da.

«Geht's mit der Müdigkeit?»

Theuer nickte. Tatsächlich bewirkte dieser absurde Auftritt, dass ihm wieder etwas heller im Kopf war. An der Tür klebte eine große, in ungelenken Wachsstrichen gemalte Sonnenblume.

«Die hat sie bestimmt selbst gemacht», murmelte Yildirim und klopfte.

«Herein!», klang es weich von drinnen.

Krafft trug eine Art indianisches Gewand, sie hatte im Unterschied zum letzten Mal grüne Streifen ins Haar gefärbt und thronte, sehr mit allem zufrieden, hinter ihrem Schreibtisch. Auch die Brille war neu, ein rotes Gestell, dessen Bügel einige sinnlose Schnörkel vollführten, ehe sie hinter ihren großen Ohrwascheln verschwanden. Ob sie sich alle fünf Tage neu erfand, weil es schön war, dass es sie gab?

«Guten Tag, Frau Yildirim, und das ist der Herr Theuer», mit einer herrischen Gebärde wies die Pädagogin beiden einen Platz in der Ecke zu. Da stand ein niederer Tisch mit einigen verstreuten Legosteinen, vor allem aber zwei Grundschulstühlen, in die das Paar jetzt hilflos sackte.

«Sie beneide ich nicht», sagte Krafft abwesend, während sie irgendwelche Papiere durchsah. «Die zwei Morde, so rasch hintereinander. Die armen Frauen ...»

«Es wurden zwei Männer ermordet», entgegnete Theuer milde.

«Ich weiß», sagte die Beamtin kalt, «aber ich denke eben an deren arme Frauen. Die werden ja immer vergessen. Täter gefasst, und alles ist gut. Das ist sehr traditionell gedacht. Ich habe einen systemischen Ansatz.»

Der falsche Vater nickte traurig, das war der erste Fehler gewesen.

Jetzt erhob sich die Dame und ging schweigend vor dem Fenster auf und ab, was den Raum im Rhythmus ihrer wuchtigen Schritte merklich verdunkelte.

Theuer widerstand dem Versuch, mit den Legoklötzchen zu spielen, und schaute zu Yildirim. Was er sah, erschreckte ihn. Die Staatsanwältin saß zusammengesunken und hilflos, ihr Gesicht zeigte einfach Angst. Der schwere Ermittler, schwerer noch als sonst, voll steinerner Müdigkeit, verstand das. Normalerweise kann man kämpfen, Yildirim tat es ja nicht selten, aber hier, wo es um das Liebste ging, musste man warten, was entschieden wurde, demütig. Eine absolutistische Insel inmitten des demokratischen Gewimmels: das Amt.

Theuer beschloss, die Sozialpädagogin Krafft hochgradig zu verarschen.

Er stand auf und trat zu der Mächtigen. «Frau Krafft», hauchte er mit öliger Stimme. «Was sehen Sie, wenn Sie da hinausschauen?» Die Krafft blickte ihn verblüfft an, der Kommissar spürte zusätzlich Yildirims Fassungslosigkeit im Rücken. Aber das war so recht nach dem Geschmack der Pädagogin gewesen, er lag richtig.

«Ich sehe die Rückfassade eines alten Hauses», hauchte sie.

«Aber was hinter den Mauern geschieht», sagte Theuer mit ernster Stimme. «Sehen Sie nicht.»

«Nein.»

«Was geschieht hinter den Mauern», pathetisch ging er auf und ab. «Was geschieht, wenn Frau Schönthaler nun wieder in Heidelberg ist, ihr Alkoholproblem dem Alltag aussetzen muss und Babett zu sich nimmt? Es gibt mehr als eine Mauer, die uns Menschen umgibt. Was geschieht hinter der Mauer aus Schmerz und Angst, wo dieses Mädchen eingeschlossen ist, wie oft», er begann sich zu schämen, «halte ich sie in den Armen und spüre, welcher Widerstand, welche Angst da immer noch steckt. Ist es Angst vor mir? Das habe ich mich anfangs häufig gefragt, habe mich zurückgezogen (betroffen), war froh, dass ich noch meine Junggesellenbude hatte, die ich doch eigentlich längst aufgeben wollte. Aber ich habe gespürt», dem lügenden Polizisten gelang es, seine Stimme brüchig und tränenschwer zu färben, Krafft hatte sich an ihrem Schreibtisch niedergelassen und machte sich nickend Notizen, lila Tinte auf Recyclingpapier, «… dass es nicht die Nähe war, die das Kind fürchtete, es war die Angst vor dem Verlust dieser Nähe …» Mühsam erinnerte er sich an das Gewäsch der Fernsehtherapeutin, die samstagnachts im dritten Programm fuhrwerkte. Wenn er sich richtig aufregen wollte, schaute er dieser schamlosen Hexe manchmal zu, jetzt erwies sich das als Segen. Er imitierte sogar ihre schaufelnden Gebärden, nur das Hüpfen ließ er weg. «Babett hat eine Mutter, kein Zweifel», fistelte er. «Aber …»

Krafft unterbrach ihn: «Es ist für ein Kind immer wichtig, Kontakt zu seinen leiblichen Eltern zu haben, soweit das möglich ist. Wir wissen inzwischen aus einer Vielzahl von Studien, dass Kinder in der Adoleszenz schwerste Identitätsprobleme bekommen, wenn sie nicht sehen, aha, die haben mich auf die Welt gebracht, aus denen, verstehen Sie, bin ich. Habe ich Ihnen das letztes Mal schon gesagt?», fragte sie Yildirim, die nickte.

«Zweifellos», nickte Theuer. «Ganz gewiss. Die Ahnen begleiten uns. Wir müssen das Alte ehren, aber im indischen … indianischen Matriarchat hat jedes Kind auch einen Engel …» Wie weiterlügen? So etwa: «Einen Engel, bei dem es leben kann, wenn die Eltern sterben oder sich entzweien. Der Engel ist in der Regel … eine junge Frau ohne Kinder und ohne Mann, also mit Mann, aber nicht verheiratet … Und nach Studien amerikanischer Forscherinnen von der Universität Wyoming gelingt diesen Kindern mühelos der Aufbau sozialer Beziehungen, und sie sind sogar sieben Prozent weniger gefährdet, straffällig zu werden, zwölf Prozent besser in Naturwissenschaften, die Shaolin-Indianer kennen keine Depressionen und praktizieren durchgängig das Prinzip delegierter Elternschaft … Die Leiblichkeit ist nur eine, zweifellos goldene, Säule im Haus des Lebens. Ach, möge dieses Mädchen behaust leben können.»

Krafft betrachtete ihn voller Sympathie. «Na ja, Herr Theuer», sie räusperte sich. «Es geht tatsächlich darum, wo es Babett am besten geht. Und … wir können sicher viel von den *Native Americans* lernen … Nur, es gibt eben auch Gesetze, das brauche ich Ihnen beiden ja nicht zu sagen, Ihnen habe ich es schon gesagt, wie gesagt, Frau Yildirim … Frau Yildirim, von Ihnen habe ich noch gar nichts gehört!»

Die Anklägerin nickte wieder: «Na ja, manchmal, da kann man gar nichts sagen, da fehlen einfach die Worte … da, ja, was wollen Sie, dass ich sage?»

Krafft lächelte: «Dann lassen wir das Feld sprechen. Das Beziehungsfeld ist ein wissendes Feld, wenn wir noch gar nichts wissen, das Feld …» Sie erhob sich und ging zügig zu einem großen Schrank, dem sie einen riesigen Teddy entnahm, «… das ist Babett. Das Feld weiß uns …»

Der Babett-Bär saß dumm inmitten des Raumes auf dem Boden. Theuer und Yildirim standen einander gegenüber, mit dem Rücken buchstäblich zur Wand, Krafft saß wieder am Schreibtisch und genoss ihre Macht.

«Verhalten Sie sich», sagte sie lauernd, «seien Sie Sie.»

Yildirim ging zögernd und unglücklich auf den Bären zu, setzte sich schließlich sichtlich beschämt im Schneidersitz neben den Petz und umschlang ihn mit beiden Armen. Theuer schritt mutig hinzu, fiel massig auf die Knie, segnete den Bären mit der Rechten und streichelte tupfend mit der linken Hand Yildirims gebeugten Rücken, ein Häkchen ihres BHs sprang auf, aber das andere hielt.

In stummem Selbsthass stellten sie noch einige zärtliche Posen nach, einmal lag der Ermittler auf dem Rücken und warf den Bären übermütig gegen die Decke, was Krafft ein gerührtes: «Na, na!», entlockte. Schließlich vom wissenden Feld in die schiere Genialität getrieben, setzte Theuer das Stofftier mit Blick nach außen auf die Fensterbank, zerrte Yildirim zu Boden, legte sich flach neben sie und sagte: «Wir werden sterben, Babett, mein Kind, doch du wirst frei sein, wirst auf Mauern schauen, aber auch auf den Himmel, von ganzem Herzen frei und ohne Bitterkeit, schau ins Leben, Babett, lass los, was dich leiden lässt.»

«So», die Pädagogin unterschrieb ein letztes Papier. «Wir erteilen Ihnen hiermit ein vorläufiges Sorgerecht, da Sie noch einen eigenen Wohnsitz haben, geht das jetzt formell nur auf Frau Yildirim», sie sah Theuer mitfühlend an. Der nickte freundlich, den Bären auf den Knien. «Wir müssen die weitere Entwicklung abwarten, aber erst mal muss Stabilität in die Sache. Also», sie streckte strahlend beide Hände über den Tisch, und das verlogene Paar griff herzlich zu. «Zum Wohle Babetts, alles Gute Ihnen dreien.»

Dann war es vorbei.

Theuer hätte fast den Bären mitgenommen, müde war er nicht mehr. Auf dem Marktplatz stieß Yildirim ein kehliges Siegesgebrüll aus, verfügte, sie müssten jetzt bei ihr noch einen Kaffee trinken, und spendierte ein Taxi.

So waren sie also wieder in Yildirims kleiner Küche. Das war erst zum zweiten Mal. Letztes Jahr hatten sie hier zünftig Krach wegen des ersten gemeinsamen Falls gehabt, Theuer entsann sich nostalgisch des wüsten Gebrülls der Anklägerin.

Jetzt war es um einiges inniger. Sie gefiel ihm, wie sie da erschöpft an ihrem Kühlschrank lehnte, bis zur Selbstverleugnung keusch gekleidet. Ein schwarzer Pullover, der ihre nicht wenigen Formen allenfalls andeutete. Er sah neu aus und teuer. Grauer Rock, Strumpfhose, nur bei den Schuhen hatte sie nicht ganz brav sein wollen. Glänzende Stiefeletten, die vorne in einer nadeldünnen Spitze zuliefen.

«Sie starren mich an», sagte sie und fingerte nach den Zigaretten. «Ich setz mich jetzt zu Ihnen an den Tisch, dann können Sie sich besser aufs Gespräch konzentrieren.»

«Welches Gespräch?», lachte Theuer, um seine Verlegenheit zu verbergen. «Sie reden doch gar nichts.»

«Stimmt.» Yildirim zog ihren Stuhl heran. Theuer konnte eine verwirrende Vielfalt an Wohlgerüchen wahrnehmen. Eigentlich hatte er angenommen, in der lieben Stube des

Amtes habe irgendwo eine Duftfunzel geglommen, aber das war alles die Yildirim. Sie kam ihm zum ersten Mal klein vor.

Die kleine Anklägerin nahm einen abgrundtiefen Lungenzug und musste entsetzlich husten. Es hörte gar nicht mehr auf.

«Scheiße», keuchte sie. «Ich glaub ... können Sie mir das Spray aus meiner Handtasche geben ... ich ...»

Er erschrak, erinnerte sich an ihre beiläufigen Dosen Asthmainhalat, bestimmt hatte sie in der Aufregung eine vergessen. Tapsig eilte er in den Flur. Da, neben der Eingangstür, hatte sie die Tasche abgelegt. Er nestelte aufgeregt, warf zerknüllte Tempos über die Schulter, fast hätte er nach dem Pfefferspray gegriffen und sie damit eventuell ermordet, dann fand er die kleine Pumpe. Zurück in der Küche, versuchte er zitternd, sie an ihren Mund zu führen, rasselnd fuhr sie ihn an, es genüge, wenn sie das Ding in die Hand nehmen dürfte. Als sie dann inhalierte, legte der Kommissar den Arm um ihre zuckenden Schultern. Er spürte, dass sich ihr Atem beruhigte. Und dann spürte er, irgendjemand, der überraschenderweise ebenfalls über diesen Riesenarm bestimmen durfte, legte ihn fester um die schmalen Schultern. Er fühlte die Wirbel der Frau in seinem Arm, ihre langen Haare auf seinem Handrücken und eine Hand in seinem Nacken. Logischerweise musste die zu diesem knochigen Körper gehören, der nun an ihm lehnte. Aber ganz sicher war er sich nicht, erst als spielerisch am Haaransatz gekrault und gekratzt wurde, musste es wohl so sein, bei den Riesenfingernägeln der Yildirim. Er schloss die Augen und grub sein Gesicht in die schwarzen Locken. Er musste sich eingestehen, dass er länger, als er das wahrhaben wollte, schon nachgedacht hatte, wie sie sich anfühlen mochten, diese so stark scheinenden, borstigen, exotischen schwarzen Stränge. Sie fühlten sich weich an, die ganze Frau war so viel leichter, weicher, kleiner und näher, als er das angenommen hätte, als er es eigentlich ertragen konnte. Wie schmerzhaft seufzend umarmte er sie ganz, und sie ließ es geschehen, umarmte ihn, pumpte mit Froschbewegungen den engen Rock hoch, damit sie auf seinen Schoß konnte. Sie wollte an diesen Mann heran, nur jetzt, nur zwischendurch. Kampfesmüde, müde. Sie atmeten im gleichen Takt, und das war genug für eine Zeit. Er spürte ihren Ohrring, sie merkte seine Stoppeln. Der Ohrring wanderte die Wange entlang, die Stoppeln marschierten dienstbar entgegen, ihre Gesichter lösten sich, er sah ihre Augen ganz nah und spiegelte sich darin. Da spechtete er rundheraus und ein bisschen dumm, aber was machte das? Der Spiegel verschwand, die feinsten Linien auf ihrem Lid ästelten in noch feinere, und er konnte sie sehen.

Sie wollte nicht sehen, nicht hören, sie wollte nichts bedenken, und sie wollte noch nicht einmal, dass viel geschah, wollte nur so gehalten sein. Sie blieben nahe beieinander. Ihre Lippen berührten seine, versuchend, zögernd, kurz, Klopfzeichen, ist jemand da? Ich bin die Yildirim. Ich bin nicht wirklich gefährlich. Ein kleiner wimmernder Laut, sie merkte kaum, dass er von ihr stammte.

Jetzt,
als habe man lange genug gerechnet,
gezweifelt,
verworfen,
sich gesehnt und endlich entschieden,
küsste sie den Theuer.

Total, schmatzend, hungrig, wich wieder zurück, schaute ihn verzweifelt an, aber nun war er an der Reihe, und Yildirim musste mit Resten syntaktischer Organisation im Stillen formulieren, dass er zarter vorging als sie. Sie schmusten, mussten lachen. Schließlich stand sie auf, blies die ungewohnt roten Backen auf. Und sagte zur Wand hin: «Wir haben noch Zeit, ich hab gar nicht gesagt, wann ich wieder ins Amt komme.» Sie ging, ohne sich umzusehen, aus der Küche, zog im Gehen den Pullover aus, Theuer wie auf Schienen hinterher, ein Gedanke der Art «Das macht meine Probleme nicht kleiner» stach ihn inwendig, ein zu kleiner Gewissensmoskito.

Er folgte ihren Spuren mit gesenktem Kopf, Schuh, Schuh, Rock, Strumpfhose, sie versuchte als Letztes den BH aufzunesteln, ansonsten war sie schon nackt, als sie vor ihrem Bett stand. Theuer kämpfte sich aus seinen Kleidern, kam sich vor wie eine Apfelsine, die sich selber schälen muss. Dann stand er nur als Leib da, einen Meter hinter ihr, und sah über ihre Schulter hinweg durchs Fenster den Innenhof, gegenüber hing Wäsche an einem rostigen Balkon. Sinnlos zählte er die Teile. Yildirim ging zurück, bis sie sich berührten, ganz leicht nur. Dann bückte sie sich und riss den Überwurf von ihrem Riesenbett, nahm Theuers Hand.

«Komm», sagte sie leise, ihre Stimme war tiefer, als er sie kannte, aber da er sprachlos war, musste es ihre sein. Er kroch hinter ihr unter die Decke, dann drehte sie sich um und klammerte sich mit Armen und Beinen an ihn, trommelte mit ihren Fersen über Kreuz auf seine Schenkel.

«Ich finde auch», keuchte der Kommissar, «wir sollten zum ‹Du› übergehen.»

Sie schliefen nicht ganz miteinander. Erst wandte er sich ihr zu, dann tat sie es für ihn. Schließlich lagen sie da, erschöpft, umarmt, und dass draußen der Frühsommer tobte, hatte so wenig mit ihnen zu tun, wie wenn ein symbolisch dräuender Wolkenberg sich aufgetürmt hätte. Sie waren noch zusammen eine Welt, der erste Satz würde diese Welt spalten. Der Ermittler sann nach, ob man deshalb heiratete, damit die Säze danach nicht spalten. Vermutlich war das so, und das war nicht zu teuer erkauft.

«Ich mag deine Freundin», sagte Yildirim schließlich traurig. «Ich sag das nicht nur so. Ich mag sie wirklich.»

«Ich mag dich», hörte sich Theuer sagen. «Ich weiß nicht, was sonst noch alles ist, aber ich mag dich.»

Yildirim lächelte ihn an, wie ein Mädchen, wie damals,

als sie den Sieg im Turnerfall gefeiert hatten. «Ich dich auch. Echt, ich mag dich auch. Voll. Ich hab dich lieb oder so was. Scheiße.»

Dann schloss sie die Augen, schüttelte in gespielter Verzweiflung den Kopf und sagte etwas Türkisches.

«Was heißt das?», fragte der Kommissar, gleich fürchtete er, es habe mit seinem Bauch zu tun.

«So was Ähnliches wie ‹Probleme›, aber eher schlimmer», sagte sie und wuchtete sich mit einem entschlossenen Ruck aus dem Bett. «Eigentlich heißt es ‹Scheiße gefressen›.» Sie musste aufs Klo.

Nackt durchs Zimmer zu gehen machte ihr nichts aus, aber als sie ihre Brust im Spiegel sah und einen Knutschfleck entdeckte, schämte sie sich. Dass sie sich schämte, ärgerte sie. Dass sie sich ärgerte, holte sie ins Normale zurück. Was würde sie für Babett kochen? Sie würden essen gehen, schließlich hatten sie etwas zu feiern. Das war doch die eigentliche Hauptsache dieses Tages. Sie versuchte es so zu sehen, aber sie vergaß fast zu spülen.

Als sie zurückkam, schlief der Kommissar. Sie schaute zur Uhr, es war erst eins, um drei musste er wieder loslegen. Sie stellte den Wecker auf zwei plus x, legte sich neben ihn, wickelte sich ein und schloss die Augen.

Beide träumten sie von Bären.

9

Es gelang Johannes Theuer, seinen Gefühlswirrwarr irgendwo nach hinten zu schieben. Er war trotz wenigem Schlaf erholt, sah vielleicht das allererste Mal frischer aus als alle seine Jungs. Leidig, der im Büro geruht hatte und schon länger wieder bei der Sache war, erläuterte an einer Wandkarte des Rhein-Neckar-Kreises, wo man überall nach dem Plasmamann gesucht hatte und suchte. Hinweise aus der Bevölkerung – nicht zuletzt Theuers und Yildirims Beobachtung – legten nahe, dass er sich tatsächlich irgendwo im Neuenheimer Feld versteckte.

«Die Kollegen gehen jetzt die ganzen Gärten dort durch, aber das ist gar nicht so leicht. Oft muss man erst über die Stadt rauskriegen, wem die gehören. Die Häuschen sind manchmal gesichert wie Banken, und wir können den Leuten nicht alles kurz und klein schlagen.»

Theuer nickte: «Wir müssen die Besitzer warnen, bei dem schönen Wetter gehen viele jetzt raus, er hat nichts zu verlieren.»

«Die kleben schon Plakate an die Zäune, das läuft …»

«Dann aber die Sache mit dem Schlüssel», sinnierte Theuer, «was hat der Schlüssel auf dem Heiligenberg verloren?»

«Das frag ich mich auch», Stern spielte nervös mit seinen Bleistiften. «Der Seltmann würde jetzt wahrscheinlich wieder die tolle Theorie haben, dass das nichts bedeutet, aber es ist doch komisch …»

«Wird denn im Wald auch gesucht?», fragte der Teamleiter. Leidig schaute in seine Unterlagen. «Die fahren da ein paar Wege ab, aber so richtig eigentlich nicht. Wir haben ja auch nicht unbegrenzt Leute.»

«Gut», sagte Theuer, «besser gesagt, schlecht, wenn sie die Gärten durchhaben, sollen sie in den Wald. Was ist mit Scheerhard?»

Leidig nahm ein anderes Blatt: «In dieser Schreibweise gibt es in ganz Deutschland keinen Träger des Namens, die prüfen aber auch die Schweiz, Österreich …»

«Was ist mit der DDR?», fragte Haffner, fügte aber gleich ein zahmes «Sorry» an. So ganz sicher war sich Theuer nicht, ob der vergiftete Mann gescherzt hatte.

«Also gut so weit, was haben wir über den Plasmamann? Sagt bloß nicht, jeder kennt ihn, aber keiner seinen Namen.»

Stern schüttelte lächelnd den Kopf und hielt stolz eine Fotokopie hoch. «Er ist immer mal wieder angezeigt worden, wegen Ruhestörung oder auch Hausfriedensbruch, manchmal hat er in irgendwelchen Gärten gepennt. Es kam nie zu einer Verurteilung. Er heißt Waldemar von Großreuthe, ein Adliger. Er war eine Zeit lang in der Psychiatrie in Wiesloch und wurde wieder entlassen, als geheilt wohl nicht.»

«Na, das ist doch mal was», nickte Theuer zufrieden. «Da werde ich mich demnächst mal dorthin aufmachen, um mehr zu erfahren. Der Name sagt mir auch was ... Früher gab es hier an der Uniklinik ein ganz hohes Tier, der so hieß: Professor von Großreuthe, in den frühen Siebzigern hat er aufgehört ... Die Leute haben den regelrecht verehrt ... Na ja, wir werden's bald genauer wissen.»

«Der Tannenbach-Mord ist übrigens seit zehn in den Rundfunknachrichten», steuerte Haffner bei, der demnach gar nicht geschlafen hatte und trotzdem leidlich im Bilde schien, wobei, DDR ... «Da kommen jetzt sicher bald die ersten Anrufe.»

«Na, dann holen wir mal die Hotline zu uns», brummte Theuer und sagte seltsam stolz: «Schließlich ist es unser Fall.»

Eine halbe Stunde und viele Anrufe später musste der Erste Hauptkommissar die Wieslochfahrt verschieben. Die Hotline war zum entnervten Kollegen Metzner zurückgestellt worden. Eine Frau hatte kategorisch verlangt, die ermittelnden Beamten zu sprechen, es sei wichtig, sehr wichtig. Aber es sei ihr ausschließlich im persönlichen Gespräch möglich. Und der Polizeidirektor möge, müsse auch dazukommen.

So saßen sie jetzt zu fünft im Büro des Teams und warteten. Wie angekündigt, genau um 16 Uhr fünfzehn, betrat Kirsten Ludewig den Raum. Theuer hatte nicht die geringste Ahnung, was sie sagen wollte, aber ihr stolzer Blick ließ ihn sie mustern. So schaute niemand, der ein Geständnis ablegen wollte. Sie war in den Vierzigern, schlank und gepflegt, hellblond-nordisch, groß, dezent gewellte Locken, edel, aber mit Understatement gekleidet. Ihre Nase lief spitz zu, die Lippen waren mit einem kalten Lippenstiftrot etwas vergrößert. Bar aller modischen und kosmetischen Hilfen sah sie wahrscheinlich nach gar nicht viel aus, so aber war sie durchaus beeindruckend. Auch der Polizeidirektor Seltmann war merklich entzückt.

Obwohl das eigentlich nicht üblich war im rauen Revier Mitte, stellten sich die Beamten zunächst brav der Reihe nach vor. Dann nickte Ludewig.

«Wie ich heiße, habe ich schon am Telefon gesagt. Ich bin hier, weil ich – und wahrscheinlich nur ich – einen Hinweis zu den beiden Morden geben kann. Beide getöteten Männer waren meine Liebhaber. Ich gehe davon aus, dass sie nichts voneinander wussten. Es gibt noch einen dritten Mann, mit dem ich sexuelle Beziehungen pflege. Er heißt Wolfgang Brecht und wohnt in der Plöck 56. Sie brauchen mich nicht so anzuschauen, Herr Kommissar.»

Theuer ignorierte ihre Rüge, einerseits kehrte gerade machtvoll die Müdigkeit zurück, andererseits konnte er sich auch im Zeitalter der 0190-Nummern und an diesem unfassbaren Tag, der ja immerhin einen weit gehopsten Seitensprung seinerseits aufwies, darüber wundern, wenn Sex einfach nur eine Beschäftigung war. «Frau Ludewig, ich muss Sie leider einiges fragen, auch wenn es Ihnen unangenehm ist. So etwas auszusagen fiele ja auch jemandem leicht, der uns aus irgendeinem Grund belügen will. Und natürlich machen Sie sich theoretisch verdächtig, das sollten wir möglichst schnell ausräumen.»

«Ich habe mit so etwas gerechnet. Ich habe hier meinen

Ausweis und ein Schriftstück, in dem ich die intime Anatomie der Mordopfer beschreibe. Das könnte jemand, der sich nur wichtig machen will, sicherlich nicht. Außerdem habe ich zu den Zeitpunkten beider Taten geschäftliche Gespräche geführt, die habe ich mit den Telefonnummern der Kunden ebenfalls aufgelistet.» Sie legte ein zusammengefaltetes Papier auf den Tisch. Theuer bat Haffner halblaut, er möge es in die Gerichtsmedizin geben, die sollten die Angaben überprüfen und dann auch gleich die Alibis … Haffner stand nickend auf, ging aber nicht gleich: «Warum brauchen Sie denn gleich drei?»

«Geht Sie das etwas an?»

«Uns geht alles was an, Schätzchen.»

«Bitte, Herr Haffner», schnarrte Seltmann dazwischen. «Ich finde es nicht angebracht, einer Dame, die uns hier hilft, so einen Ton entgegenzuschleudern. Und morgen um zehn kommen Sie in mein Büro, und wir sprechen über Ihr Nikotinproblem.» Haffner ging kopfschüttelnd hinaus, wodurch sich der Rauch spiralförmig kräuselte.

Das Nikotingespräch sollte niemals stattfinden.

«Danke, Herr Direktor», sagte die Ludewig und senkte mädchenhaft den Blick. Theuer wurde etwas schlecht.

«Nun, lassen wir den Umgangston des Kollegen Haffner beiseite», ergriff er das Wort. «Die Frage, mag sie auch Intimes berühren, ist dennoch berechtigt. Im Moment können wir noch nicht wählerisch sein mit dem, was wir wissen müssen.»

«Also, Herr Theuer, da will ich mich jetzt aber doch einmal einbringen. Und ich sage: Nein! Wir müssen hier nicht ins Innerste einer Zeugin dringen. Wir müssen den Plasmamann fassen. Das ist es, jawoll. Und wir müssen herausfinden, wie er von der – ich nenne das jetzt ungeschützt so – prekären, ja, peniblen, wenn nicht …»

«Pikanten», warf Leidig müde ein.

«Genau, danke, Herr Leidig, prima, wenn wenigstens einer mitdenkt. Wie konnte der Plasmamann von Frau Ludewigs pikanten Kontakten wissen? Das ist die Frage.»

Theuer schaute seinem Chef offen ins Gesicht. «Ich leite diese Untersuchung, Dr. Seltmann. Sie sind gar nicht auf dem neuesten Stand. Und jetzt würde ich das gerne mit der Zeugin alleine weiterführen.»

Seltmann wurde blass, alle außer Ludewig und Theuer selbst hielten den Atem an, aber der Polizeidirektor stand auf. «Nun denn, Herr Theuer, dann leiten Sie mal. Gnädige Frau», er verbeugte sich vor Ludewig, «Sie können nachher, wenn Sie wollen, noch in mein Büro kommen. Wenn Sie sich in irgendeiner Form nicht adäquat behandelt fühlen, dann lassen Sie mich das wissen.»

«Oberster Stock ganz hinten rechts», ergänzte Theuer entspannt. Er sah aus dem Augenwinkel, dass seine Jungs grinsten. Seltmann stapfte etwas übertrieben lässig hinaus.

«Die Polizei habe ich mir anders vorgestellt», meinte die Zeugin spitz. Theuer, der ihren Ausweis studierte, ging nicht darauf ein. «Sie wohnen Am Schlierbachhang …»

«Ganz oben, ja. Das letzte Haus vor dem Wald.»

«Teure Gegend.»

«Ich bin Immobilienmaklerin. Zurzeit ist das nicht so toll, aber die letzten Jahre waren gut, sagen Sie, kenne ich Sie nicht?»

Sie schaute zu Stern. Der nickte verdrossen: «Sie haben uns mal ein Haus gezeigt, in Sandhausen. Die Wände haben geschimmelt …»

«Ich erinnere mich, Ihr Vater schien interessiert …»

«Sie leben da alleine?», unterbrach der Erste Hauptkommissar den Exkurs.

«Nein», sagte die Zeugin, «irgendwie auch ja, aber eigentlich: Nein. Ich wohne da mit meinem Mann.»

Theuer richtete sich, wieder hellwach, auf und schaute

zu seinen Kollegen, die ebenfalls merklich aufmerksamer wurden.

«Ich weiß, was Sie denken», sie hüstelte.

Die Tür ging auf und Haffner kam herein. «Stimmt alles, die Dame hat die Geräte der Herren beschrieben, da könnte man Phantombilder draus machen. Ich hab's einem der Ärzte aufs Handy gequatscht, der hat immer nur ‹stimmt genau›, ‹stimmt genau› sagen können. Die Eier, der Stiel, alles richtig. Die Alibis hauen auch hin, eigentlich schade. Wo ist denn unser Chefchen, musste der schon ins Bett?»

Theuer informierte seinen frechen Untergebenen in wenigen Sätzen und stellte sich beklommen vor, was Ludewig nachher alles im Obergeschoss berichten würde.

Haffner war unbeeindruckt. «Na, demnach ist der Herr Gemahl ja wohl unser Mann. Müssen wir ein paar Flugblätter für den Plasmakasper abwerfen, er kann sich jetzt wieder ausbuddeln.»

«Wenn ich jetzt weiterreden dürfte», sagte Ludewig spöttisch. «Sie hätten etwas davon.»

«Sie dürfen», sagte Theuer verbindlich und ließ sie nicht aus den Augen.

«Mein Mann und ich führen seit Jahren, genauer gesagt sechs Jahren, keine echte Ehe mehr. 1996 war er mit seiner Schulklasse im Landschulheim, er war Gymnasiallehrer in Neckargemünd. Obwohl man so etwas von einem Pädagogen nicht denken sollte, hatte er damals mit einem Mädchen aus seinem Leistungskurs irgendein Techtelmechtel. Hat einen Nachtspaziergang mit der Kleinen unternommen und einen Köpfer in einen flachen Tümpel gemacht, nackt, von einem Baum aus. Vor lauter Imponiergehabe dachte er leider nicht an das Naheliegendste: dass man sich dabei das Genick brechen kann. Genau das hat er gemacht. Ganz weit oben. Er hat in seinen Armen kaum Kraft und kann schlecht etwas greifen. Er fährt mit dem Elektrorollstuhl herum, ist aber fast immer zu Hause. Selbst wenn er wollte, er könnte niemanden umbringen.»

Die Polizisten schwiegen. Theuer ergriff schließlich wieder das Wort: «Sie haben sich die Polizei anders vorgestellt. Wieso eigentlich? Wir sind nur Menschen. Ich habe mir eine erfolgreiche Immobilienmaklerin mit Schlierbacher Waldvilla und schwer behindertem Mann auch anders vorgestellt.»

«Duldsam und treu?», fragte Ludewig kalt.

«Nein, aber vielleicht geschieden. Hört mal», sagte er nach einer Denkpause. «Ihr drei fahrt mal in die Plöck und schaut euch diesen Brecht an, warnt ihn, er soll möglichst zu Hause bleiben, er kann von mir aus wissen, dass er ins Opferschema passt. Sagt aber nicht, was ihn mit den anderen zwei Männern verbindet. Wenn er sich verplappert und es schon weiß, geht er harten Zeiten entgegen.

Er soll auf jeden Fall die Klappe halten, niemandem aufmachen, den er nicht kennt und so weiter … Danach sprechen wir uns hier wieder.»

«Alle drei?», fragte Leidig ein wenig gekränkt. Theuer nickte. «Auf, kommt», sagte Haffner. «Der Chef will halt psychologisch werden, da ist man lieber allein.»

«Also», versuchte sich Theuer, als seine Jungs gegangen waren, zu sammeln und zu versenken, «drei Liebhaber. Zwei sind tot. Ihr Mann kommt als Täter Ihrer Meinung nach nicht in Frage. Aber als Auftraggeber? Ich meine, Sie beide haben viel Geld …»

«Ich habe viel Geld», sagte Ludewig. «Er hat seine Frühpension und etwas mehr, was ich ihm zukommen lasse. Einen Killer kann der nicht bezahlen, nein, falls Sie das meinen.»

«Er kann sich doch sicher nicht selbst versorgen, wer kommt zu ihm?»

Sie zuckte mit den Schultern. «Morgens und abends

kommen zwei Zivis, er kriegt gewöhnlich Essen auf Rädern. Ich habe ihm allen möglichen Schnickschnack einbauen lassen, er kann schon vieles selbst erledigen. Er ist meistens allein.»

«Hat er Freunde?»

«Nein.»

Theuer versuchte sich in diese bedrückende Villa zu denken, es fiel ihm aber nur eine Frage ein: «Was macht er?»

«Das müssen Sie ihn fragen.» Sie schaute den Kommissar herausfordernd an. «Klar. Wie kann eine Frau nur so kalt über ihren gelähmten Mann sprechen, stimmt's? Es geht Sie zwar nichts an, dabei bleibe ich, aber ein paar Dinge kann ich beisteuern. Damals, als er groß und stark war und ich nur ein blondes Ding, das ihm zuliebe hier geblieben war, na ja, Celle ist ja auch nicht der Nabel der Welt, da war ich nichts. Man wird so, wie man behandelt wird. Wenn Sie mich auf Fotos von damals sähen, dann würden Sie mich nicht wieder erkennen. Viele seiner damaligen tollen Freunde haben es bestimmt nicht begriffen, was er an mir fand. Nun, er hatte in mir jemanden gefunden, der sich anstrengte. Ich hatte nicht den Luxus, auf Verwöhnung zu hoffen. ‹So einen wie mich kriegst du nie mehr›, das hat der gesagt und geglaubt.» Die Ludewig schwieg und schien sich an der Erinnerung seltsam zu weiden. «Sie wollen mich reden lassen, weil Sie natürlich auch im Kopf haben, ich selbst könnte aus irgendeinem Grund beschlossen haben, meine Lover zu killen, stimmt's?»

Das war nur die halbe Wahrheit. Theuer wollte eigentlich wissen, ob er nun eine Geliebte hatte, und erfahren, dass er sich von jemandem unterschied, der diese Frage leichten Herzens dreifach bejahte. So das rechte Argument hatte er noch nicht, er sagte nichts.

Frau Ludewig seufzte: «Ich war hier auf der Schwesternschule. Ich habe zwar Abitur, aber so, wie ich erzogen wurde, konnte ich mich nie als Akademikerin sehen. Und dann habe ich diesen Mann kennen gelernt. Altphilologe und Sportler. Ich war ihm völlig ergeben. Er hat es verstanden, mein Selbstbewusstsein so zu zerstören, dass ich mir alles gefallen ließ.»

«So wirken Sie nicht.»

«So wirke ich nicht mehr. Wissen Sie, wir wohnten damals in der Altstadt. Schon dass wir in den Achtzigern dort eine bezahlbare große Wohnung gefunden haben, dass er eine gefunden hat, erregte Bewunderung. Und dann machte er seinen Beruf mit links, war immer präsent in den Kneipen, machte Kulturarbeit … Ich habe ihn angehimmelt. Mir fiel es nicht so leicht zu arbeiten. Ich habe in der Uniklinik im Schichtdienst geschuftet …

Er pflegte einen mondänen Lebensstil, wir brauchten das Geld. Ich wollte Kinder, aber er hat das immer verschoben. Dann kippte die ganze Sache. Schwierigkeiten im Beruf, schlampig korrigierte Arbeiten, erste Klagen über planlosen Unterricht. Außerdem war etwas mit einer Kollegin, ich habe nie genau erfahren, was. Er musste die Schule wechseln, zuerst nach Mannheim, dann nach Neckargemünd.

In der tollen Kulturszene wurde er zunehmend unbeliebt. Ein Maulheld, der Termine platzen ließ, seine Rechtschreibfehler auf Flugblättern nicht bemerkte, ganze Alternativfestivals anleierte, um dann eine Woche nach Italien zu verschwinden …»

«Was für Festivals?», fragte Theuer irritiert. «Ich bin gebürtiger Heidelberger, aber …»

«Sie haben nie von einem Impresario namens Jens Ludewig gehört.» Die Zeugin lächelte. «Ganz richtig. Das waren meistens bessere Studentenfeten im Buhl'schen Haus oder in der Triplex Mensa. Im Wesentlichen von den Leuten besucht, die sich selbst als die Avantgarde des Neckartals betrachteten. Und von mir. Ich habe versucht, mein Bild von ihm aufrechtzuerhalten, obwohl es immer schlimmer wurde. Schließlich hat er sogar Geld veruntreut. Da wandte man sich endgültig von ihm ab. Seine Freunde sind nach und nach weggezogen, in die Pfalz, nach Mannheim oder weiter. Das war dann schon Anfang der Neunziger, und dann kam noch einmal das große Ding. Er hat geerbt. Seine Eltern waren so freundlich, beide gemeinsam auf den Betonpfeiler zu fahren. Jetzt hat er sich nochmal eingebildet, er könnte durchstarten. Hat einen Stararchitekten unsere kubistische Waldvilla bauen lassen.»

«Entschuldigung, wenn ich das frage», warf Theuer ein. «Aber warum hat er Sie nicht verlassen?»

«Ich war praktisch. Ich war seine lebenslange Dienerin. Zumindest dachten wir das beide. Ansonsten tat er sich keinen Zwang an, ich dachte in der Zeit immer, dass er mich irgendwann mit Aids infiziert und dass das dann eben so ist. Wenn man es lang genug normal findet, wird alles normal, auch wenn es von außen betrachtet total verrückt ist.»

«Drei Liebhaber sind total verrückt.»

«Ja, nicht wahr? Ein bisschen wenig.»

Theuer schüttelte den Kopf und sagte nichts.

«Mein Mann war in der Reha, und ich saß alleine in diesem Luxusgrabmal am Waldrand. Und plötzlich habe ich gemerkt, dass ich jetzt machen kann, was ich will. Es war ganz eigenartig, plötzlich habe ich festgestellt, dass ich nicht zu fragen brauche. Niemanden. Ein Patient hat mir angeboten, in seinem Maklerbüro einzusteigen. Er hatte einen Tumor hinter dem Auge, ich bin eingestiegen. Er wollte mit mir ins Bett, und ich habe es gemacht. Es hat mir gefallen. Heute gehört mir die Firma. Die Leute kaufen, das habe ich von meinem Mann gelernt: wie man Menschen steuert.»

«Trotzdem», Theuer schaute auf die Tischplatte. «Sie hätten sich scheiden lassen können. Jemand Neues finden. Eine stinkreiche verheiratete Maklerin sein …»

«Da ist etwas, was Sie mir sicher nicht glauben», Frau Ludewig entnahm ihrer Handtasche eine Zigarette, ein schlankes, nobles Modell, das der Kommissar nicht kannte.

«Sie haben Hemmungen, Ihren Mann ganz zu verlassen», der Ermittler wollte es gar nicht denken, aber er wusste, so war der Mensch, schließlich war er auch einer. «Sie hassen ihn, Sie betrügen ihn, aber ihn ganz abschaffen, tilgen, das wollen Sie nicht. Doch, das glaube ich Ihnen. Ich kenne diesen Herrn ...» Er las mühsam seine Notizen. «Ich kenne diesen Herrn Brecht nicht. Tannenbach war Alkoholiker. Nicht so ein typischer, sondern ein ganz wüster und trostloser. Einer, der sich systematisch aus dem Leben gegiftet hat. Reister war eine Niete, eine noch größere, als es ihr Mann gewesen sein kann ... Gewalttätig.»

Sie schwieg. «Und doch. Die konnten Ihnen nicht gefährlich werden», antwortete er sich selbst, ohne gefragt zu haben. «Dunkel, animalisch, verworfen, aber schwach. Ich nehme an, ich möchte Herrn Brecht gar nicht kennen lernen. Und die Herren wussten sicher nichts voneinander?»

«Halte ich für ausgeschlossen.»

«Und ebenso ausgeschlossen ist es, dass Ihr Mann sich doch gerächt haben könnte ...»

«Wie gesagt, einen Auftragskiller könnte er sich wirklich nicht leisten, ich wüsste auch nicht, woher er den nehmen sollte. Und außerdem, wie sollte er die Männer überhaupt kennen? Er wohnt im Hangsouterrain, das heißt, er schaut über den Neckar, keines seiner Fenster zeigt zum Schlierbacher Wald hin. Unsere Wohnbereiche sind vollständig getrennt, der Umbau ging auf meine Rechnung. Und schließlich habe ich meistens meine Freunde besucht.»

Theuer dachte an Tannenbachs autoaggressives Laboratorium.

Die Ludewig erriet seine Gedanken.

«Thomas habe ich in der Praxis getroffen. Ich habe schon gemerkt, dass er süchtig war, aber es hat auf die Art unserer Begegnungen keinen Einfluss gehabt.»

Die wilde Nummer im Behandlungsstuhl, dem Ermittler wurde allmählich übel. «Das überzeugt mich alles nicht», entgegnete er giftig. «Sie kommen hierher. Sie beichten ohne Not Ihre erotischen Verbindungen zu zwei Mordopfern, aber das eigentlich Logische, dass Ihr Gatte – meinetwegen mit Hilfe irgendwelcher Detektive und danach mit primitiven Handlangern – sich zunächst Überblick über Ihr loses Leben verschafft und dann Rache übt, das weisen Sie weit von sich. Was ist es denn dann? Bringt der liebe Gott Ihre Männer um? Warum reden Sie denn über Ihr doppelt beschissenes Leben?»

«Komisch», sagte die Ludewig kalt. «Ich hatte den Eindruck, Sie wollten vieles über mein Leben erfahren. Habe ich mich wohl getäuscht. Brecht könnte in großer Gefahr sein. Ich mache mir Sorgen. Ich habe auch menschliche Gefühle.»

«Wie tröstlich.»

«Diesen Plasmamann, den Mörder, wann haben Sie den endlich?»

Früher Abend. Die Müdigkeit war machtvoll zurückgekehrt, die vier Superbullen saßen wie rachitische Nachkriegskinder um Seltmanns scheißiges Konferenztischchen. Und die Yildirim war da; hätte man dem Ersten Hauptkommissar das EKG abgenommen und anonym einer Nachrichtenredaktion zugespielt, es wären Erdbebenwarnungen über den Äther gegangen.

Der oberste Polizist Heidelbergs schien ungnädig gestimmt. Lange um Worte ringend, in der Schale mit den Wohlfühlsteinen buddelnd, gelang Dr. Ralf Seltmann zunächst nur dieser eine völlig wahnsinnige Satz: «Wenn der Plasmamann Anstand hätte, würde er sich stellen.»

«Er ist verrückt», sagte Haffner ungewohnt sanft.

«Wissen Sie, was ich verrückt finde!», brüllte der Direktor los. Und stand auf, stand da wie ein gespriteter Kirmesboxer. «Sie haben eine Zeugin, die den vielleicht entscheidenden Hinweis zu einer Mordserie, Entschuldigung, einem Doppelmord gegeben hat, wie ein Flittchen behandelt …»

Haffner zündete sich ungerührt eine Reval an, hielt nachdenklich inne und drückte sie dann in den mineralen Handschmeichlern aus. «Ist Ihr Büro. Kein Thema. Ich kann verzichten.»

«Frau Ludewig hat sich über Sie alle beschwert!»

«Jetzt setzen Sie sich bitte», Yildirim klang streng, aber unter dem Tisch schob sie ihren Fuß an den Theuers. Sie hatte endlich mal wieder die Schweinchenrosanen an, in denen sie der Kommissar kennen gelernt hatte. Er sah sie durch die Glasplatte, und also konnten es alle sehen.

«Es ist ein Glastisch», sagte er scheu. Yildirim lächelte und rückte einen Nanometer von ihm ab.

«Bitte?», fragte Seltmann, der plötzlich der Müdeste von allen schien. «Der Mörder ist ein Glastisch?»

«Nein, nein», murmelte Theuer. «Es ist nichts. Es ist alles so verwirrend.»

Der Direktor setzte sich. «Wir sitzen alle im selben Boot. Ich bügle das mit Frau Ludewig wieder aus … Herr Theuer, bitte, der Stand der Dinge. Und Haffner, wenn Sie unbedingt rauchen müssen, dann gehen Sie ans offene Fenster.»

Haffner nickte und zündete in blitzartiger Routine eine gute Reval an, blieb allerdings sitzen.

Theuer riss sich zusammen, besser gesagt, die auseinander driftenden Teile seiner selbst, auf einem Ozean aus Wollust und Erschöpfung konnte er sie eben noch für eine Weile festhalten, und so viel Zeit blieb ihm:

«Wir haben im Grunde eine ganze Reihe von Leuten, die als Täter in Frage kommen. Reisters Witwe hat während der Tat telefoniert, die können wir, wenn wir das Gespräch verifiziert haben, abhaken. Ein Motiv hätte sie gehabt. Dass der Plasmamann am Tatort war, ist unstrittig. Schließlich: Tannenbach hat nur Patienten mit einem fest vereinbarten Termin abends noch empfangen, und der letzte Termin des gestrigen Tages war einem Mann zugeteilt. Wir haben vorhin nochmal alles durchgeschaut. Der Name scheint falsch zu sein. Es gibt niemanden dieses Namens in Heidelberg oder Umgebung, in keiner denkbaren Schreibweise, auch in den Hotels ist niemand gemeldet gewesen. Wenn überhaupt, heißt irgendjemand im Ausland so, und warum sollte der Mörder seinen Namen angeben, so doof sein. Mich wundert nur, dass ein wahnsinniger Penner so etwas einfädeln kann … vielleicht hat sich Brecht als Plasmamann verkleidet … Natürlich käme auch Tannenbachs Sprechstundenhilfe in Betracht, es können verschiedene Täter sein …»

Leidig schüttelte den Kopf: «Wird von zwei Zeuginnen entlastet.» Der bittere Zug um seine Lippen half ahnen, wer eine der Zeuginnen war. «Er war schon nachweislich tot, als sie wiederkam, und es war noch ein Patient in der Praxis, als sie gegangen ist …»

«Na, aber», rief Theuer. «Und dieser Patient?»

«War ein elfjähriger Junge», ergänzte Stern. «Zuckerkrank, fromm und auf der Sonderschule. Den lassen wir mal weg.»

Seltmann sah kurz aus, als bedaure er das. Theuer konnte es sich denken – so ein Teufelskind, das brächte Medienpräsenz. Er hasste den Direktor, er hatte es fast vergessen.

«Also, seit heute wissen wir, was die Opfer vermutlich verbindet», nahm er den Faden wieder auf. «Frau Ludewig lebt ihre Demütigungen aus …»

«Keine Deutungen, Herr Theuer!», bellte Seltmann dazwischen. «Fakten.»

«Ich dachte, das wäre ein Faktum», fuhr der schwere Ermittler geduldig fort. «Auf jeden Fall: Brecht, der Dritte und Letzte, könnte irgendwie Wind von den anderen zwei bekommen und sie ermordet haben. Aber das ist unwahrscheinlich: Die Ludewig schließt es aus, er ist nicht vorbestraft, Typ harmloser Altstadtmaulheld, schätze ich. Dann ist da ihr Mann, den wir uns anschauen müssen. Selbst ist er körperlich nicht in der Lage, die Taten zu verüben, aber wir werden seine Konten und so weiter überprüfen müssen. Schließlich bleibt Frau Ludewig selbst, die aus irgendeinem finsteren Grund ihre Stecher umnietet.» Man sah Haffner an, dass ihm die wüste Wortwahl seines übermüdeten Chefs wohl gefiel. «Aber dann wäre es schon sehr seltsam …»

«Hallo, was ist mit mir?», fragte Seltmann abgelenkt.

«Nein», stöhnte Theuer. «Ich meinte nicht ‹Seltmann›, ‹seltsam›, es wäre komisch und mehr als das, wenn Frau Ludewig uns derartig auf die eigene Spur brächte. Ja, das ist der Stand. Der Plasmamann, Brecht, die Ludewigs oder der große Unbekannte.»

«Eines dürfen Sie nie vergessen», der Direktor klang schlau. «Der Zeuge, dem wir den Hinweis auf den Plasmamann verdanken, hat ihn schießen sehen. Und der Verdächtige ist seitdem verschwunden. Mir scheint das ziemlich eindeutig.»

Theuer nickte: «Ich werde mich morgen in Wiesloch über ihn informieren. Ich denke, ihr drei», er wandte sich an seine Jungs, «heftet euch im Schichtdienst an den Brecht, müsst mir noch erzählen, was das für einer ist, aber jetzt bin ich müde. Wer gerade nicht beschattet, trifft sich morgen Nachmittag mit mir im Büro.»

«Ich habe ab morgen Urlaub», sagte Yildirim unglücklich. «Wahrscheinlich wird sich Momsen mit Ihnen in Verbindung setzen.»

Haffner nickte traurig: «Es ist nicht dasselbe, wenn nicht alle zusammen sind.»

Zu Hause fiel Theuer wie gefällt aufs Bett. Während er einschlief, klingelte das Telefon. Hornung sprach auf den Anrufbeantworter. Sie wolle ihn sehen. Sie vermisste ihn. Es tat ihr Leid mit dem O-Saft. Sie würde alles wieder gutmachen.

Theuer träumte von einem Zauberer, der ihn unerhört züchtigte. Im Schlaf sagte er laut: «Wir haben gar nicht über den Schlüssel geredet!»

10

Der Erste Hauptkommissar Johannes Theuer vollzog seine Morgentoilette wie so oft fahrig, und wieder einmal war es das Rasieren, das er schlichtweg vergaß.

Er rief nicht bei Hornung an, belog sich, dass die ohnehin an der Hochschule sei, wobei er wusste, dass sie ihre Veranstaltungen möglichst in die frühen Abendstunden legte. Aber nein, er hatte ja Pflichten.

Wenn es keinen Sinn gibt, dann gibt es immer noch was zu tun. Manch einer würde noch die eigene Todeszelle streichen, weil man es ein bisschen nett haben will.

Er vereinbarte einen Termin in Wieslochs Psychiatrischem Landeskrankenhaus und steuerte seinen Opel eirig durch den diesig verhangenen Rhein-Neckar-Kreis. Die Sommerschwüle kündigte sich erst an, aber der Ermittler schwitzte von innen.

Er nahm nicht viel von den Klinikgebäuden wahr, durch die er gelotst wurde, beschäftigt mit Fragen, die gar nicht ganz zum Sprachlichen vordrangen. Als er gegen eine Wand lief, beruhigte ihn der Gedanke, er könnte ja gleich hier bleiben.

Schließlich stand er vor der richtigen Tür, Dr. Wieland hieß ihn eintreten.

Der Arzt sah ihn müde an, in Händen hielt er eine Akte in Telefonbuchdicke, der Plasmamann war sicher nicht das Opfer einer kurzfristigen Verstörung gewesen: «Ich kenne ihn persönlich nicht, aber die damalige Verwaltungschefin kennt ihn noch. Er ist 1983 das erste Mal bei uns gewesen. Er hatte sein Studium in Heidelberg ein Jahr vorher begonnen. Germanistik und Philosophie. Galt wohl ein wenig als Sonderling, von Anfang an. Verhinderter Dichter – aber das sind ja viele junge Leute.»

«Und die müssen nicht alle zu Ihnen», warf der Kommissar ein.

«Nein, keineswegs. Aber Herr von Großreuthe fing eben an, die Realität zu verlieren, Stück für Stück. Manchen hilft ja das Dichten zu einer eigenen Sprache, so zumindest stelle ich es mir vor. Andere verlieren die Welt. Das ist, wie wenn Sie einen Ausschlag haben, zuerst am Ellenbogen, dann am Arm, irgendwann im Gesicht, und jetzt sehen es die anderen und fangen an zu reden.»

Der Polizist dachte an seinen Zusammenbruch letztes Jahr, in einem wirklich hollywoodhaften letzten Moment war Theuer damals einem Killer entronnen und hatte die Welt wochenlang nur als einen absurden Kreisel wahrnehmen können. Er nickte.

«Großreuthe war anfangs seines Studiums noch leidlich klar, ich habe mir die Akten angesehen», fuhr der Arzt fort, «auf einer Reise nach Amsterdam hat er dann sein großes Werk begonnen: ‹Die Stadt›.»

Theuer rief sich die Deklamationen des Plasmamannes ins Gedächtnis, soweit er sie kannte.

«Er wollte ein Riesenopus verfassen, ein epochales Werk – eben eine ganze Stadt ersinnen, ihre Geschichte, Vergangenheit, Gegenwart, Zukunft. Vielleicht haben ihn die vielen Gassen und Kanäle Amsterdams dazu inspiriert, ziemlich sicher hat er kräftig aus dem dort üblichen Warensortiment konsumiert, was ihn dann aus dem Gleis warf, endgültig. Und aus seinem ambitionierten Werk, soweit wir es damals aufgezeichnet haben, wurde dann doch nur so eine paranoide Version von Heidelberg … Nichts Epochales, eher sein irres Mantra, das er in Paraphrasen wiederholte.»

«Ich hab einiges davon im Kopf», sagte Theuer, «es dreht sich immer um einen Mörder, der Buben absticht, und um einen Plasmazustand, in den alles demnächst verfallen wird. War das immer schon so?»

Wieland schaute in die Akte. Es waren vergilbte Matritzenabzüge, sie machten Theuer noch einmal ganz anders klar, wie alt die ersten Berichte über den Plasmamann waren, der einmal einen Namen gehabt hatte. Und jetzt? Der Plasmamann, eine Comicfigur, ein Monster aus einem B-Film.

«Ja, da scheint sich nicht viel geändert zu haben», nickte Wieland. «Man hat ganz wenig über ihn erfahren, woher diese Besessenheit für Kindsmord kommt – ich kann es Ihnen nicht sagen. Vielleicht ist er mal missbraucht worden, aber das war nicht so das Thema damals – und heute ist sein Gehirn eine Maschine zur Erzeugung von Wahn, da kriegen Sie nichts mehr raus. Außerdem», der Arzt schaute auf, «er war eben ein von Großreuthe. In den Siebzigern und frühen Achtzigern war das kein Halbgott in Weiß, das war schon ein ganzer. Hat der Kardiologie in Heidelberg zu neuer internationaler Reputation verholfen. Niemand wäre damals gegen diesen Kollegen aufgestanden. Wenn in dieser Familie etwas los war, wurde es nicht bekannt.»

«Lebt da noch jemand?», fragte Theuer. «Ich habe den Namen seit Jahren nicht mehr gehört.»

«Sic transit gloria mundi», grinste Wieland. Theuer, der kein Latein konnte, musste an Transitverkehr denken und sofort an Geschlechtsverkehr mit der Yildirim.

«Als Großreuthe endlich emeritierte, ging es nicht mehr lange gut. Ohne seinen Sechzehnstundentag ist er regelrecht eingegangen und doch tatsächlich an einer Herzschwäche verstorben. Bald darauf auch die Frau. Es gab noch eine Tochter. Was aus der geworden ist, weiß ich nicht. Ich war dann mit dem Studium fertig, bin ein paar Jahre ins Ausland gegangen und war daher vom hiesigen Medizinertratsch ausgeschlossen.»

«Aber dann muss er doch geerbt haben …»

«Sie sind der Polizist.»

Theuer erwog – zu seinem Schrecken sehr real –, den Arzt für diese kleine Frechheit zu treten.

«Ich kann Ihnen nur sagen, dass Waldemar von Großreuthe eine rettungslos zerstörte Persönlichkeit hat. Solche schönen Dinge festzuschreiben, darauf verstehe ich mich.»

«Ich habe ihn selbst gesehen», Theuer schaute den Arzt nicht an, er ließ das Bild verschwimmen und erinnerte sich an die hastende schwarze Gestalt. «Er war da noch nicht als Verdächtiger benannt, aber der erste Mord war schon geschehen. Alles spricht gegen ihn … eine zerstörte Person sagen Sie … Und es wird immer wahrscheinlicher, dass er es war. Aber ich sehe es nicht in Farbe … Es ist so plump, er mordet los, der erste Mord total riskant, beim zweiten macht er alles richtig …»

Wieland schaute ihn interessiert an. «Was sind das für Dinge, die Sie sehen?»

Theuer flüchtete sich in professionellen Grimm: «Ich meine nur, das ist alles nicht sehr ermutigend, wenn man bedenkt, dass er wahrscheinlich unser Täter ist.»

Der Satz war recht sinnlos, aber er rettete ihn vor der professionellen Zuwendung des Nervenarztes.

«Eines war er laut den Aufzeichnungen nie», nochmals fasste Wieland nach seinen Papieren, als unterstriche das seine Worte. «Er war nie gewalttätig. Deshalb hat ihn mein Vorgänger irgendwann, als er ein wenig stabilisiert schien, sozusagen seiner Familie übergeben.»

«Damals gab es sie noch», nickte Theuer.

«Gerade noch», sagte der Arzt. «Die Eltern waren schon

weit über sechzig, er hat wohl vor dem Studium lange gejobbt, war ja sicher von jeher das, was die Leute seltsam nennen, Jahrgang 54.»

«Gut», sagte der Erste Hauptkommissar und meinte es nicht so, «die Tatsache, dass er seit zig Jahren auf der Straße ist, spricht eher dagegen, dass da irgendwo noch die Schwester ist.» Er war im Begriff zu faseln, er suchte und wusste nicht, was: «Aber Sie sagten, die damalige Verwaltungschefin hat sich noch direkt an ihn erinnert, kann ich mit der vielleicht mal sprechen?»

Der Arzt sah ihn lächelnd an: «Ich würde Sie bitten, das nicht zu tun. Sie ist immer noch bei uns, aber als Patientin. Ihre einzige Tochter ist vor ein paar Jahren ums Leben gekommen, als so ein paar Deppen Steine von Autobahnbrücken geworfen haben. Das hat sie nicht ausgehalten. Sie hat ihre lichten Momente, aber sie dreht auch völlig fremde Runden um ganz andere Sonnen … Sie hätten wahrscheinlich nicht viel von einer Aussage.»

Theuer fuhr betrübt zurück. Kurz vor dem Heidelberger Kreuz hatte sich ein LKW hingelegt, er erinnerte ihn an ein urweltliches Meerestier, angespült und verendet. Wie eingefroren im Stau voll ungeduldiger Pendler, als Einziger regungslos verharrend, saß der schwere Ermittler da.

Regte sich nicht auf, lenkte sich nicht ab, starrte einfach auf das liegende Ungetüm.

Der Rest des Tages drang nicht mehr recht zu ihm vor, dabei gab es durchaus Entdeckungen. Familie von Großreuthe hatte in Wieblingen eine Villa am Neckar, die würden sie sich am Abend anschauen, denn zunächst war da Brecht, den sie unter die Lupe nehmen mussten. Irgendetwas hatte der vor. Er kaufte teuren Wein, Baguettes und erlesene Käsesorten. Haffner wurde bei dieser Observation von zwei italienischen Wachmännern des Kaufhofs wegen Rauchens verwarnt. Der Observierte bekam Besuch, ein smarter junger Mann, der vom Outfit nicht zu Brechts eher leger-bretonischem Seemannslook passte. Gerade noch kurz vor Schalterschluss hatte Leidig aus der Ludewig heraustelefoniert, dass ihr Gatte sein Konto bei der Badischen Beamtenbank hatte. Yildirim, für Theuer seltsam entrückt, wie hinter Glas, war mit Momsen vorbeigekommen. Der Kommissar hatte automatenhaft den Stand der Ermittlung berichtet. Sein Herz hatte geschlagen und immer schneller geschlagen. Auch als Yildirim wieder fort war. Warum hatte er sie nicht gestern angerufen? Weil es gestern erst geschehen war.

Gegen Abend hatten sie alles für einen Zugriff auf das Haus in Wieblingen geklärt, den Seltmann dann auf den nächsten Tag verschob, weil aus Gaiberg die Meldung kam, der Plasmamann sei gesehen worden. Mit großem Tatütata war man losgefahren, Theuer, angeblich unpässlich, fuhr nicht mit, hatte sich selbst zur Brecht-Beobachtung eingeteilt, stand nur so herum in der Plöck, trank Mango Lassi beim Inder. Irgendwann war der Smarte wieder gegangen, der Kommissar entschied, dass sich Brecht nicht wie ein Mörder verhielt, und übergab seine Schicht desinteressiert an eine subalterne Kraft. Dann wurde die Gaibergaktion als Flop gemeldet. Der angebliche Plasmamann war der neue Lehrvikar des evangelischen Pfarrers von Neckargemünd, die Jungs würden bald zurück sein, und dann würde es eben weitergehen mit irgendetwas anderem … Er rief Hornung an – das war es gewesen, das Flächige wölbte sich, zunächst albern, wie aus Bauklötzen gebaut, aber immerhin, die Welt erhob sich und war nicht mehr nur Horizont weit hinten.

«Hornung.»

«Ich bin's.»

«Ach, Johannes, das ist schön, dass du anrufst.»

«Ich …», sagte er. «Ich …»

«Lass uns essen gehen», Hornung klang aufgeregt. «Auch spät, wenn du noch viel zu tun hast. Ich habe wirklich nachgedacht, Theuer. Es kann schon sein, dass ich deine Arbeit nicht genug beachtet habe. Dass ich mir nicht klar gemacht habe, unter welchem Druck du da immer wieder stehst. Ich will das ändern. Ich glaube, man kann sich noch ändern. Adenauer war in unserem Alter noch längst nicht Kanzler.»

«Ich …», sagte Theuer, «Yildirim», gurgelte er hinterher. «Essen, ja, warum nicht», ergänzte er unbeholfen. «Das Zeug muss ja weg, bevor es schlecht wird. Adenauer mag ich nicht.»

Es war still am anderen Ende.

«Bist du noch da?», fragte er.

Nach nochmals langem Schweigen klang Hornung leise: «Ich weiß nicht genau. Ich nehme an, ja. Und möglicherweise habe ich ja sogar richtig verstanden, was du gerade gesagt hast und, besser gesagt, auch gleich wieder nicht gesagt hast. Komm bitte her. Tu mir das nicht an, jetzt mit allen möglichen Gefühlen zu warten, auf morgen, übermorgen, was weiß ich. Du hast ja alle Möglichkeiten dich herauszureden im Moment. Hast Glück, dass die Morde wie's Brezelbacken laufen.»

«Ich warte auf die Jungs», sagte er flehentlich. «Wir müssen einen Mann beschatten …» Er hörte, wie sie zu weinen begann. «Wir sollten heute noch in das Wieblinger Haus.»

«Ich habe mir so viel vorgenommen, du Arschloch. Warum sagst du nicht wenigstens, dass ich dich falsch verstanden habe. Sag doch: ‹Yildirim ist krank›, ‹Yildirim ist doof›, irgendwas ganz Harmloses. Ich will das hören, lass mich doch das kriegen, was ich will …»

«Ja», sagte Theuer, «ich will, dass du kriegst, was du willst, ich will …»

«Und ich will dich», schrie sie, er wandte den Hörer halb zur Seite, «dich altes, schweres Ross. Deinen Riesenarm, deine blöden Sprüche, schlechten Gesänge, deine Stoppelbacken. Du hast was mit der Yildirim.»

«Ja», hörte er sich sagen.

«Du warst mit ihr im Bett.»

«Ja.»

«Schon oft?»

«Nein.»

«Liebst du sie?»

«Ich weiß nicht.»

«Liebst du mich?»

Der Polizist antwortete nicht. Hornung seufzte tief: «Hör zu, Johannes, ich kann dich nicht zwingen, jetzt zu kommen, ich dürfte es wahrscheinlich nicht einmal versuchen. Aber ich tue es, bitte komm, wenn es geht.»

«Ich komme.»

Er nahm das größte Stück Papier, das er finden konnte, es war die Rückseite eines Fahndungsplakates nach irgendwelchen albanischen Strolchen, die Autos klauten. Mit dickem Edding schrieb er riesig ‹Migräne› auf das Blatt und zeichnete einen Pfeil, der so, wie er das Blatt dann im Rondell ihrer Schreibtische positionierte, auf seinen Stuhl deutete.

Er legte sich keine Rechenschaft darüber ab, warum er so wunderlich vorging.

Auf dem Weg nach Dossenheim verfuhr er sich. Er vergaß einfach, links abzubiegen, erst in Schriesheim fiel ihm das auf. Der Versuch zurückzufahren trieb ihn hoch in die Weinberge. Er zuckelte auf verbotenen Pfaden und kam irgendwann vor einem drohend heranrollenden Traktor zum Stehen. Der Kommissar stieg aus und zeigte seine Marke. «Es ist so, Herr Polizist», sagte der alte Bauer gemütlich. «Rechts und links sind Weinberge oder Zäune. Wenn ich mit dem Traktor fuffzig Meter zurücksetze, dauert das länger, als wenn Sie die hundert bis zur nächsten Abbiegung übernehmen.»

Theuer, dem, wiewohl er wieder leidlich mit dem Autofahren zurechtkam, nun ausgerechnet das Rückwärtslenken ein absoluter Graus war, schüttelte stumm den Kopf. Knurrend stieg der Traktorist wieder auf. «Kein Wunder, dass der Plasmamann euch verarscht.»

Irgendwann war er dann doch da. Er hatte Hunger und ein schlechtes Gewissen, Blumen auch diesmal nicht. Er klingelte, sie öffnete sofort. Oben war die Tür angelehnt, überdeutlich sah er den Türgriff, als könnte er mit diesem eine Maschine einschalten, die ihn satt, unschuldig und liebenswert machte.

Hornung stand am Fenster und schaute in den Abend. Man hörte unten Kinder spielen. Vögel schrien den Tag zu Ende, ein kleines Flugzeug kreiste, vielleicht suchte es ein kleines Hochhaus?

«Mir reicht's, Theuer», sagte sie leise. «Ich will nicht mehr.»

Der Kommissar versuchte sich anzuschleichen, aber ohne sich umzuwenden, winkte sie ihn weg.

«Wie stellst du dir jetzt unsere Beziehung vor?», fragte er so dumm wie möglich.

Hornung wandte sich um. Sie hatte nasse Augen, natürlich, was hatte er denn gedacht, dass es eine Art Vertragsauflösung wäre? Dazu hätte er wenigstens mal einen eingehen müssen.

«So stelle ich mir das vor», sie ging zum gläsernen Couchtisch, kurz fürchtete der Ermittler, es gäbe jetzt Scherben, aber sie nahm nur eine Zigarette und setzte sich scheinbar entspannt rauchend aufs Sofa.

«So stelle ich mir das vor, setz dich» – er gehorchte –, «du bist in deinen Fünfzigern und hast eine junge Exotin gevögelt. Ich bin in den Fünfzigern, und kein junger Exot hat Lust, mich zu vögeln. Du bist stolz und wirst wieder jung. Ich bin blamiert und werde alt. In zehn Jahren hat deine Türkenschnalle spätestens genug von deinem ‹Dein ist mein ganzes Herz, nur nicht gleich›, aber zehn Jahre in unserem Alter sind die letzten, bevor man alt ist. Glückwunsch, Theuer, und auch gleich Glückwünsche an die Kleine ausrichten. Wie ist sie denn auf deinen Schoß gehüpft? Die Heulnummer?»

«Sie hatte einen Asthmaanfall.»

Hornung lachte falsch und laut, Theuer hatte kurz Angst, sie würde überschnappen, aber er sah schon, dass das ganz normaler Hass war.

«Asthmaanfall, Scheiße, am Ende stimmt's ja. Ich habe keine schöne moderne Krankheit. Höchstens, dass ich übers Klimakterium nicht die Läufigkeit losgeworden bin. Was macht eine alte Schachtel dann? Sie wird geduldig, na, immerhin, da ist einer, na immerhin, manchmal ist er ja lieb, na also, gestern war er sogar leidenschaftlich, na, wir sind halt nicht mehr die Jüngsten. Na prima. Aber die Geduld ist nicht unendlich, nichts ist unendlich, noch nicht einmal, wir staunen, die Geduld einer alternden Frau.» Sie gab Theuer zwei gepfefferte Maulschellen, er gewöhnte sich allmählich daran, und sie weinte. Der Kommissar blieb lange sitzen, es war jetzt fast dunkel. Dann stand er auf und ging, ohne etwas zu sagen. Auf der Straße stolperte er über ein einsames Dreirad, mit einem kräftigen Fußtritt ließ er es in den nächsten Busch fliegen.

«He, du Arschloch», brüllte es hinter ihm. Er drehte sich um. Auf einem Balkon im ersten Stock stand ein Monstrum von Familienvater im papageienbunten Trainingsanzug und stemmte drohend seine Bierflasche.

«Des g'hert meiner Dochder, du Drecksau. Uf's Maul? Uf's Maul?»

«Komm doch runner, du Wichser», brüllte da der Staatsbeamte. «Komm her, ich stopf der de Fensel in die Ribbe.»

«Kannsch hawwe!», war unerfreulicherweise die Antwort, der Mann verschwand. Theuer rannte zum Auto und ließ zittrig an. Im Rückspiegel sah er seinen Gesprächspartner allerhand obszöne Gesten machen. Donnerstag, 23. Mai 2002. Jetzt war er allein.

Er fuhr ziellos durch die Stadt. Dann stellte er das Auto am Theaterplatz ab und ging im schnellsten Schritt durch die Hauptstraße. Wenn sie ihn sahen, würde er irgendwas erfinden, ärztliche Verordnung, gegen die Migräne anzuspazieren, oder so, aber niemand nahm ihn wahr, und also nahm er – gerade gerecht – auch niemanden mehr wahr.

Irgendwie hatte er das Gefühl, er müsste sich betrinken, lauer Abend, Liebeskummer – nur das zugehörige Bedürfnis fehlte ihm. Er war voll. Voll von lauter Zeug. Misserfolg, verquere Liebelei, Verlust und tolle Gefühle. Er ging langsamer.

Am Karlsplatz bog er rechts Richtung Schloss ab, nicht weil er wirklich hinaufwollte, es war so eine Art Heidelberger Pflicht, wenn einem wild ums Herz war. Ja, es war seine Pflicht, er war jetzt ein …, ein …, ein Romantiksoldat?

Oben angekommen, keuchend und schwitzend, stromerte er weiter. Normalerweise zogen ihn die zerstörten Teile der Anlage magisch an, aber heute suchte er die intakten Orte des Geländes, der Welt, des Universums.

Schließlich stand er vor dem Elisabethentor, dem kleinen Triumphbogen der großen Liebe Friedrichs des Fünften, 1615 in einer einzigen Nacht errichtet, so heißt es. Von wem wusste er das? Von der Hornung, durchpeitschte es ihn, er hielt verzweifelt an seinem anderen Gefühl fest, zerrte es wieder ins Zentrum seines Bewusstseins wie ein Kalb am Strick, und es gelang sogar: Er sah Füllhörner, Blumensträuße, und der verschwundene Renaissancegarten tauchte vor ihm auf. Faune umhüpften ihn und mittendrin die Yildirim, ohne Schuhe, in einem gelben Kleid. Es war in ihm Sommer geworden.

Später ging er dann doch auf «ein Bier» und suchte sich für diese ohnehin bereits im Vorsatz verlogene Unternehmung intelligenterweise die Weinstube Witter aus.

Die Wirtin, eine alte, gebeugte Frau, öffnete das Lokal

nur noch an einzelnen Abenden. Welches Museum hat keinen Ruhetag? Die Wirtschaft war so, wie sich Theuer an die Gastronomie seiner Kindheit erinnerte. Die Tischdecken, die Vorhänge, manchmal liefen sogar alte Tonbandmitschnitte längst verhallter Rundfunkprogramme. Auch kulinarisch war die alte Dame – vorsichtig formuliert – konservativ. Es gab heiße Würstchen, Käsebrot, Salzstangen, süddeutsche Weine, Sprudel, Nescafé und für die ganz Falschgewickelten Flaschenbier. Theuer, an einem solchen nuckelnd, überlegte sich, ob es einen Menschen geben konnte, der dieser freundlichen alten Frau Böses wünschen konnte, und gleich wurde er wieder dumpf: Es würde schon jemanden geben, es gab immer etwas Böses. Das Bier war leer. Er ging zu Trollinger und Salzstangen über und lehnte seinen schweren Leib an das Holzfurnier der Wand. Das Leben konnte einfach sein, das Paradies war nebenan, alles würde gut. Die Erde ist ja zweifellos eine Scheibe.

Er zahlte und ging zurück Richtung Bismarckplatz, bog nicht Richtung Neuenheim ab, sondern stapfte stur die Bergheimer Straße entlang, Revierkurs, aber nichts da, das hatte Zeit. Schließlich stand er vor Yildirims Haustür und klingelte. Dann erst schaute er auf die Uhr. Es war nach elf. Aber der Türöffner rasselte.

Behände hüpfte er die Treppen hoch. Offensichtlich hatte er sie aus dem Bett geholt, trotzdem lächelte sie, und er hätte plötzlich schreien mögen vor schierer Lebenslust, so ungewohnt war das, es tat ihm richtig weh. Sie trug ein T-Shirt und sonst nichts, wenn er richtig sah. Als sie vor ihm zurück in die Wohnung ging, konnte er aber erkennen, dass sie eine blaue Unterhose anhatte. Irgendwie beruhigte ihn das, fast hätte er sinnlos «Macht nichts!» gebrummt.

«Komm in die Küche», flüsterte sie, «Babett schläft in meinem Zimmer.»

Er nickte. Was wollte er eigentlich hier? In der Küche küsste er sie. Das war es gewesen, zum Teil.

«Oh!», sagte sie. «Moment.» Sie holte eine Flasche spanischen Brandy aus der Speisekammer, nahm einen kräftigen Schluck und küsste ihn mit offenen Augen, experimentierend. Danach nahm sie noch einen Kurzen, küsste erneut und sagte: «Jetzt geht's.»

«Meine Fahne», verstand er betreten, aber sie näselte mit ihm.

«Ins Wohnzimmer kann ich dich auch nicht bitten, stell dir vor, heute Mittag ist mein Bruder zu Besuch gekommen, ich weiß nicht, wann ich den das letzte Mal gesehen habe, er hat eine Disco in Freiburg ...»

«Dein Bruder», Theuer, eigentlich mit einer pochenden Erektion befasst, erschrak. Er hatte Angst vor türkischen Brüdern, dass er Polizist war, half da nichts.

Man musste es ihm ansehen: «Isch hol meinen Brruder, der schläggt disch, isch schwör.» Interessanterweise konnte sie keinen türkischen Akzent nachmachen. «Der hat einen Hip-Hop-Schuppen, Theuer, ich könnte mit dem ganzen Heidelberg-Achter bumsen, und er würde nicht aufwachen.» Theuer war die Vorstellung von gleich acht SS-kompatiblen nackten Germanen im Dienste an seiner, ja was war sie eigentlich? Jedenfalls, recht war ihm das nicht. Sie zog ihn auf den Boden, direkt in ihren geöffneten Schoß.

«Und wenn er aufwacht, was wirst du sagen?»

«Guten Morgen», werde ich sagen. «Es ist schon spät, und bei der Gelegenheit, dass du kleine Ratte damals mein Tagebuch gelesen hast, war nicht richtig ... Theuer, er pennt, er hat die Handwerker im Haus, nachts ist er in der Disco, und tags kann er nicht schlafen. Er hat seine Geschwisterliebe aus Müdigkeit wieder gefunden.»

«Und wer macht jetzt die Disco?», fragte der trunkene Ermittler wohlerzogen, obwohl es ihm eigentlich vollkommen gleichgültig war.

«Was weiß ich», antwortete Yildirim und begann sein Hemd aufzuknöpfen. «Irgendeiner von seinen Tresenaffen, was weiß ich … Willst du sonst noch etwas wissen, oder können wir ein Steckspiel machen.»

«Ein … ach so. Ja, sicher. Ich habe keine Kondome …»

«Ich leide nicht an Aids, Herr Theuer, ich verhindere die Ansteckung, indem ich mit niemandem schlafe. Und du?»

«Ich hab das nicht …», denn Hornung hatte nach ihrem Fehltritt letztes Jahr einen Test gemacht, und da er monogam, wenn überhaupt zu ihr gestanden hatte, schloss er sich ins Ergebnis ein. Er sagte aber nur: «Das weiß ich genau.» Dann trieben sie es ziemlich verheerend miteinander.

Morgens um vier ging der Kommissar nach Hause, erst jetzt meldete sich der Hunger wieder. Er kramte in seinem Kühlschrank nach etwas, das er nicht mit D-Mark bezahlt hatte, und linderte seine ärgste Not mit ein paar Kartoffelchips. Er fiel ungewaschen aufs Bett, im letzten Moment stellte er den Wecker vor, das Auto stand noch am Theaterplatz, das musste er vor der Arbeit holen, sonst gäbe es die Diät des vergangenen Tages aus finanziellen Gründen längere Zeit.

11

Als Theuer im Büro ankam, war es zwar erst kurz nach acht, aber das war angesichts des Falls nicht überragend früh. Es überraschte ihn also nicht, seine Jungs anzutreffen. Den Kollegen in Blau den Strafzettel auszureden hatte gedauert. Wenig entzückt sah er den kleinen Momsen, der offensichtlich die Sitzung leitete, auf seinem Stuhl lümmeln.

«Ach, der Patient. So krank gewesen, dass er weder sein Handy bedient hat noch zu Hause ans Telefon ging. Soso.»

«Guten Morgen, Herr Staatsanwalt.»

«Allerbesten guten Morgen. Setzen Sie sich.» Mit einer bei aller Frechheit doch auch wieder linkischen Gebärde wies ihm Momsen den einzigen Besucherstuhl im Raum zu.

Demonstrativ an ihm vorbeischauend, fragte Theuer Leidig: «Was ist der Stand?»

«Wir waren gestern noch in der Villa. Die steht seit Jahren leer, so lange, dass die Nachbarn sie gar nicht mehr mit den Großreuthes in Verbindung brachten, aber es war sein Versteck.»

«Dann ist er nach Hause gegangen, als ich ihn mit Yildirim gesehen habe, der ist wahrscheinlich durch den Neckar geschwommen, von hinten rein ..., ja aber, das heißt, ihr habt ihn?»

«Nein», Haffner schüttelte betrübt den Kopf, resigniert wie ein notorisch verziehender Waidmann. «Nur ein paar Spuren im Keller, das hier zum Beispiel.» Er warf einen Packen eng beschriebener Notizbücher auf den Tisch. Theuer schaute in eins hinein. In Großbuchstaben standen da die Texte des Plasmamannes. Er musste der Versuchung widerstehen, sie von A bis Z durchzulesen.

«Demnach ist die Schwester auch tot.»

«Seit fünfzehn Jahren», bestätigte Haffner. «Selbstmord, erhängt, in diesem Haus. Seitdem hat er auch keine Anzeigen für unerlaubte Nachtquartiere mehr bekommen. Wir haben das alles nur deshalb erst so spät herausfinden können, weil das Wieblinger Neckarufer hip geworden ist. Da wohnt absolut niemand Alteingessenes mehr, nur so Gelehrten- und Juristenschrott.»

Momsen zuckte.

«Der hat da vielleicht gehaust», Stern sah müde aus. «Ein rohes Huhn hat er gefressen. Keine Möbel, kein Strom. Das ganze Gelände wird jetzt natürlich bewacht. Ich denke, wir kriegen ihn bald, aber noch ist er unterwegs. Übrigens haben wir auch die Kontobewegungen von Ludewig, keine Besonderheiten zu beobachten.»

Theuer nickte abwesend, schlug die letzte Seite des Buches auf, das am neuesten aussah.

PLASMAZEIT HAT BEGONNEN | MORD IST IN OFFENSICHTLICHER VERSCHIEBUNG DER OFFENSICHTLICHKEIT AN STELLE DER REGEL JETZT REGLERSTELLE | VERSCHIEBUNG DER STELLEN REGELT ZUGLEICH | IN WECHSELNDER WECHSELSEITIGER PLASMABEDINGTHEIT | BEDINGT AUFHEBUNG DER STELLEN ZUM AUFHEBEN | TEXT AUFHEBEN DADURCH ZU AUFZUHEBENDER REGEL GEWORDEN | VERDICHTUNG DER LINIEN ZUM STRANG | STRENG ENDET ALLES | WAS NICHT PLASMA IST |

«Da hat sich niemand die Mühe gemacht, das auch einmal zu lesen?», fragte er in die Runde.

«Was wollen Sie da lesen?», fragte Momsen amüsiert. «Das sind zustandsgebundene Wortkaskaden. Die können Sie später mal der Prinzhorn-Sammlung vermachen, auf die seid ihr Heidelberger doch so stolz.»

Theuer, der sich um einen Besuch mit der interessierten Hornung dort immer herumgedrückt hatte, schlug einen möglichst hohen Ton an: «Die Prinzhorn-Sammlung ist in der Tat eine bemerkenswerte Kollektion der Kunst psychisch Kranker. Bewahrt und erforscht, weil man den Werken eben sehr wohl etwas entnehmen kann.»

Haffner schaute ihn bewundernd an, dem Ermittler war es peinlich, wenn ihn seine Jungs jetzt auch noch zum Kulturkenner überhöhten, aber immerhin, Momsen schwieg.

Dies galt es zu nutzen, weltweit wird selten geschwiegen: «Wie wär's denn einfach damit, den Text ein bisschen zu strukturieren? ‹Plasmazeit hat begonnen.› – ‹Mord ist in offensichtlicher Verschiebung der Offensichtlichkeit … an Stelle der Regel jetzt Reglerstelle …› Also, er sagt hier meines Erachtens, dass der Mord jetzt an der Stelle ist, wo vorher eine Regel galt. Allzu verrückt kann ich das nicht finden.

‹Verschiebung der Stellen regelt zugleich in wechselnder wechselseitiger Plasmabedingtheit› – Strich, also Punkt – Er fürchtete, dass diese Neuregelung auf alles Einfluss hat, dass sich alles gegenseitig bedingt. Und so macht er auch weiter: ‹Bedingt Aufhebung der Stellen zum Aufheben›, das kann heißen, dass das, was jetzt eingetreten ist, vermutlich der zweite Mord, dazu führt, dass Orte, an denen er etwas aufbewahrt, also dass sein Versteck aufgegeben, abgeschafft werden muss.» In die Befriedigung, den kruden Zeilen Sinn abzuringen, mischte sich Beklommenheit, irgendwie hatte Theuer nicht gerne Recht. «Er gibt sein Versteck auf. Wir sind zu spät.

‹Text aufheben dadurch zu aufzuhebender Regel geworden.›

Die Regel, die er sich in seinem wirren Sinn gesetzt hat, nämlich seine Texte aufzubewahren, gilt nicht mehr. Diese Texte waren sein Lebenswerk, seine Identität, er hat sie zurückgelassen. ‹Verdichtung der Linien zum Strang› – Punkt –. Er glaubt, vermutlich sieht, riecht und fühlt er es auch, dass sich irgendwelche Indizien für die aufkommende Plasmazeit, und das muss für ihn die Apokalypse sein, dass die sich zu einem Strang verdichten. Dass es losgeht …» Theuer schwieg und ahnte das Entsetzen, gegen das Großreuthe Jahrzehnte angeschwafelt hatte, erschöpft an Assoziationen geklammert. «‹Streng endet alles, was nicht Plasma ist.› Sein letzter Satz. Und vorher das Wort ‹Strang› in seinem wohl bekannten Doppelsinn. Ich könnte mir vorstellen, dass er sich irgendwo erhängt, wenn er's nicht schon getan hat. Denkt an seine Schwester.»

«Hätten Sie von Anfang an», dozierte Momsen arrogant lächelnd, wahrhaftig, der Bubi wagte es, sie zu schulmeistern, «die Suche nach diesem wahnsinnigen Plasmaschwätzer mit Volldampf betrieben, dann wäre das vermutlich in keine Mordserie ausgeartet!»

«Man spricht erst ab drei Opfern von einer Mordserie»,

sagte Haffner unschuldig. «Das ist internationale Mathematik.»

Momsen ignorierte ihn total, nur den Rauch musste er ein wenig zur Seite wedeln, er war empfindsam. «Ich habe ja viel von Ihnen gehört, aber das ist dann doch alles noch schlimmer, als ich gedacht habe! Einer der ersten Zeugen», der Bubi winkte mit den Unterlagen. «Der erste Augenzeuge hat ihn als Täter benannt. Er ist nach der Tat geflohen. Er hat sich versteckt! Er hat so viel Angst um sein irres Leben, dass er ein rohes Huhn gefressen hat ...»

«Ja, er hat Angst!», brüllte Theuer los. «Er hat schon sein ganzes Leben Angst, mehr, als Sie ertrügen. Deshalb schleimen Sie doch so herum, damit nur keiner böse wird, der Ihnen übel könnte! Vertun Sie sich nicht mit uns. Uns brauchen Sie auch, es geht nicht nur um die Hierarchien hier draußen in der Welt, lieber Studi ... Übrigens ist der Gejagte ein Mensch, er hat ein Leben, er hat einen Namen. Sie haben kein Recht, ihm das letzte bisschen Würde zu nehmen. Er ist Herr von Großreuthe, wer ihn ab jetzt noch den Plasmamann nennt, dem batsch ich eine. Lasst von mir aus das ‹von› weg.»

«So! Ich schleime also.» Momsen erhob sich und ging drei Schritte auf Theuer zu. Haffner erhob sich lässig und schleuderte den Knaben zurück auf den Stuhl.

«Das ist das Ende», hörte man Leidig sagen.

«Ich schleime», wiederholte der kindliche Ankläger wie träumend. «Da brauche ich nicht lange nachzudenken, wer Ihnen das gesagt haben dürfte. Normalerweise geht einem ein Licht auf, mir geht ein Halbmond auf ...»

«Sie sind hier quasi auf dem Dorf, da macht vieles schnell die Runde ...», versuchte es Stern verzweifelt.

«Ich führe dieses Gespräch nur in Anwesenheit von Oberstaatsanwalt Wernz und Herrn Direktor Seltmann weiter. Und wenn Sie mich noch einmal tätlich angreifen, dann rufe ich ...» Momsen brach seinen erbärmlich sinnlosen

Satz ab und schwieg. Jetzt sah er wirklich wie ein Gymnasiast aus. «Die Polizei», ergänzte Theuer verächtlich, «natürlich, machen Sie nur. 110, die Nummer kann sich auch ein Kind schon merken.»

Momsen, das hatte Theuer auch nicht anders erwartet, zog zwar tatsächlich Oberstaatsanwalt Wernz und den enormen Dr. Seltmann hinzu, aber natürlich nur, weil der Fall in einer so außerordentlich heiklen Phase stecke. Schleimer brauchen eine ganze Zeit, bis sie sich ihrer sicher genug sind, um auch noch zu petzen. Der Ankläger sagte auch sehr brav «Herr von Großreuthe» und referierte Theuers Übersetzungsarbeit, freilich als das Produkt einer gemeinsamen Anstrengung, plötzlich war man «Wir».

«Ei, was tun? Was machen wir denn jetzt?» Wernzens Glatze warf einen Sonnenreflex auf die zunehmend gelb gequalmte Tapete. Man sah Seltmann an, dass ihm seine Lieblingsantwort auf solche Fragen: «Vorläufig machen wir am besten gar nichts», auf der Zunge lag.

«Wir suchen ihn eben weiter», meinte Theuer. «Klar müssen Leute beim Haus in Wieblingen bleiben, aber andere müssen die Gegend durchkämmen, wie gehabt. Außerdem sollte jetzt auch überregional sein Bild geschaltet werden.»

«Wir haben kein Bild», sagte Leidig trocken.

«Auch wieder richtig.» Der Teamchef hatte das ungute Gefühl, dass, wie zur Strafe, heute tatsächlich eine Migräne in seinem Schädel nistete. «Es gibt doch diese Fotobände über die Altstadt, vielleicht ist er da drin.»

«Das überprüfe ich», warf Haffner verblüffend schneidig ein. «Ich habe die. Die hat man zu haben als Heidelberger.»

Tatsächlich waren in den letzten Jahren zwei großformatige Werke erschienen, in denen jede Menge Personen aus der Altstadt abgebildet waren, teilweise in natürlicher Verrichtung gut getroffen, aber eben auch bewusst Bordeaux trinkend, in ältlicher Peinlichkeit schmusend, ihre verzogene Brut hysterisch um sich hüpfen lassend. Oder einfach ein gegerbtes Original sein und stolz in die Linse blinzeln, man war schließlich wer, man war gedruckt. Das Ganze war ein großer Erfolg, natürlich, allein jeder Loser, der es so einmal zum eigenen Hochglanzportrait gebracht hatte, war auch ein Käufer, ebenso seine Frau, die bis dato enttäuschte Schwiegermutter und der Hund.

Und Haffner, der jetzt, stolz auf seinen philologischen Beitrag, schmatzend die nächste Reval anzündete.

«Jedenfalls ist jetzt sicher», sagte Momsen zufrieden, «dass Großreuthe der Mörder ist.»

Theuer schaute verblüfft auf. «Das ist jetzt sicher?»

«Allerdings. Woher bitte hätte er denn sonst die Informationen über beide Morde haben sollen, die wir seinen kranken Worten entnehmen können? Einen Fernseher hat man ja in seinem Bunker nicht gefunden, und vor dem Aushang der RNZ in der Hauptstraße herumzustehen, hat er sich wohl auch nicht getraut, oder? Ziemlich geschickt übrigens für einen harmlosen Irren, der nichts zu verbergen hat.»

Theuer wurde nachdenklich. Das war tatsächlich ein Punkt. Ihm wurde schwindelig.

«Ich würde zunächst mal fragen, ob bei den Nachbarn der Villa in letzter Zeit öfter mal die Zeitung gefehlt hat», schaltete sich Stern ein. «Vielleicht auch nach alten Zeitungen im Haus suchen, wir haben das ja noch nicht alles inventarisiert, was da an Müll herumlag.» Er schaute Momsen herausfordernd an. «Und natürlich verbirgt er sich, auch und gerade ein Wahnsinniger kann fürchten, in den Knast oder die Geschlossene zu wandern. Dass ihm niemand irgendwas glaubt, das weiß er wahrscheinlich ganz genau.»

«Touché», sagte der Staatsanwalt mit dünnem Lächeln. «Dann werden Sie sich mal auf den Weg nach Wieblingen machen, Herr Stern.»

Theuers Blutdruck bimmelte ihm in den Ohren, äußerlich blieb er ruhig, aber die Stimme bebte: «Sie sind hier zwar der Herr Staatsanwalt, trotzdem ist es nach wie vor so, dass ich bestimme, wer meiner Leute was macht. Es ist nicht üblich …»

«Üblich!», rief Seltmann verzweifelt. «Üblich gibt's nicht, Herr Theuer. Jetzt nicht mehr. Wir sind sozusagen im Krieg. Die Gesellschaft gegen ein verworfenes Individuum, das sich außerhalb unserer Wertegemeinschaft befindet. Meinetwegen aus Krankheitsgründen …»

«Wieso überprüft das nicht der Beamte, der gerade dort im Keller sitzt?», fragte Leidig mit hektischen Flecken im Gesicht. «Was soll denn das jetzt alles?»

«Niemand verlangt, dass Kommissar Stern durch den Schmutz robbt», Wernz klang gütig. «Aber er möge doch vor Ort die Sache klären. Damit wir das ausschließen, nicht wahr?»

Seltmann schüttelte traurig den Kopf. «Ach, was müssen Sie für einen Eindruck von uns gewinnen, Herr Wernz. Das geht ja wieder zu in diesem Haus!»

«Ach, lassen Sie nur, Kollege Seltmann», Wernz griff tapsig nach dem Polizisten. «Ich weiß, wie das ist. Die Auffassung von Pflicht, die wir einmal hatten, die ist eben nicht mehr selbstverständlich. Da beantragt unser türkisches Mädchen mitten in einer Untersuchung Urlaub, weil sie sich da um irgendein Kind kümmert. Ich habe den Urlaub genehmigt, was habe ich von einer Mitarbeiterin, die nicht bei der Sache ist? Es gibt aber auch andere Beispiele aus der nachwachsenden Generation.» Verliebt schaute er zu Momsen.

«Und das lässt einen durchhalten», fuhr Wernz dumm fort. «Meine Tochter hat die Windpocken, mit vierzehn! Und jetzt schauen Sie sich das an», er schob den linken Ärmel seines Jacketts hoch. «Jetzt hab sogar ich einen Anflug von Varizellen. Die Jungen würden sich da krankmelden, einer nach dem anderen. Sie hatten doch alle schon die Windpocken?» Durch diesen Einschub irgendwie friedlich gestimmt, nickte die Runde. Nur Momsen, das entging allen außer dem wachen Ersten Hauptkommissar, wurde bleich und hätte fast den Kopf geschüttelt, unterließ es aber, zu viel Individualität auf einmal.

«Wie teilen wir das jetzt ein?», fragte Seltmann offen unverschämt an seinen Kollegen vorbei in Momsens Richtung. Der schien immer noch mit trüben Gedanken befasst, sodass Theuer das Wort ergreifen konnte und, überraschend gut gelaunt, mit einem Mal eine klare Struktur für den Tag entwarf: «Teilkräfte sichern das Wieblinger Haus. Haffner prüft seine Bildbände und informiert dann mit Bild oder ohne die auswärtigen Medien. Leidig ackert zunächst die Notizbücher durch, Stern nimmt das Ludewigsche Haus in Augenschein, überprüft vor allem die Angabe zum körperlichen Leistungsvermögen des Hausherrn, dann kann er ja in Wieblingen sichten, ob da irgendetwas darauf schließen lässt, dass Großreuthe Zugang zu Informationen hatte. Leidig soll später den Jogger überprüfen, der den Schlüssel gefunden hat. Ich will den genauen Fundort auf einer Karte. Haffner, wenn du mit der Presse fertig bist, dann will ich einen Vergleich der Spuren bei Tannenbach und an diesem Schlüssel und drittens Vergleiche mit dem Großreuthe-Haus, spätestens morgen, aber eigentlich gleich. Ich mache mich mit Brecht bekannt, dann wollen wir mal sehen, was wir beisammenhaben, wenn wir uns heute Abend wieder treffen. Alles klar?»

«Na», strahlte Wernz, «seit unser Momsen auf dem Fall sitzt, ist doch da schon ein ganz anderer Zug dahinter!»

«Wenn man sich gestritten hat», rief Theuer in unfassbarer Freude, «dann muss man sich halt auch wieder vertragen!»

Ehe jemand kapieren konnte, was los war, griff der schwere Ermittler mit seinen nicht geringen Kräften nach Wernz und Momsen, hob sie aus den Stühlen und fasste sie um die Schultern. «Wir müssen zusammenhalten», keuchte er. «Die Behörden müssen zusammenhalten!» Rabiat zwang er ihre drei Köpfe zusammen, presste grob Wernzens lasche Altherrenwange direkt auf Momsens Gesicht, dabei schon unverhohlen böse schauend, mit dem Rücken zu Seltmann.

«Nicht», kreischte der junge Ankläger. «Ich hab noch nie die Windpocken gehabt!» Aber der schwere Ermittler sorgte in oberflächlicher Herzlichkeit noch für so manchen Hautkontakt und grummelte dazu verlogene Zugewandtheiten, die im mehrfachen Wiederholen der sozialen Leerformel «Ihr zwei: wir drei!» ihren Abschluss fanden.

Lädiert standen die Juristen voreinander. «Das musste mal raus», schloss Theuer milde, seine Jungs hatten es durchschaut und mussten sich schwer beherrschen. Seltmann klang berührt: «Herr Theuer, das war ein positives Signal. Sollen wir uns auch einmal in den Arm nehmen?»

Ehe es aber zum Austausch weiterer Zärtlichkeiten kommen konnte, flog die Tür des Teamzimmers auf. Der dicke Kollege, nach dessen Namen Theuer am Tannenbach-Tatort erfolglos gefragt hatte, betrat schwungvoll den Raum.

«Ah, Haffner, wo du bist, ist immer gute Luft. Und was für eine tolle Runde! Leidig, hat Ihre Mutter schon den Dienstplan unterschrieben? Na, Stern, in Wieblingen steht was leer, wie wär's?» Gegenüber den Vorgesetzten unterließ der Besucher seine Frechheiten, klang aber immer noch keck: «Hat einer der Herren die Bildzeitung schon gelesen?» Er warf die Ausgabe vor Theuer. «Da, Herr Teamleiter, vorlesen, das ist für alle interessant.»

Theuer musste seine Augen wie ein Opernglas scharf stellen, die Zeile verschwamm ihm: «‹Wolfgang Brecht: Ich habe Angst. Wird er das nächste Opfer des Plasmakillers?› So ein Arschloch. Der Bubi gestern war von der *Bild*. Mit Foto, mit Adresse.»

Der Dicke ging wieder.

«Wie heißt gleich noch dieser Kollege?», fragte Seltmann in die Runde.

Es gab keinen Grund, von Theuers Plänen abzurücken, aber der Erste Hauptkommissar fuhr um einiges emotionaler zu seinem neuen Schützling. Den Opel parkte er wütend auf dem Theaterplatz, mochte ihm doch derselbe Blaumann das mühsam abgeschwatzte Ticket wieder draufdrücken. Zahlen würde Brecht. Büffelhaft stapfte er zur Wohnung in der Plöck, gegenüber vom *Essighaus*. Theuer war da manchmal zu Gast – eines der letzten bürgerlichen Lokale in der Altstadt, in deren lauschigen Gassen es mittlerweile einfacher war, Sushi zu essen als Schnitzel. Dass er da gesessen und dem Geplapper dieses Großmauls gelauscht haben mochte, auch dafür sollte Brecht zahlen. Bestimmt führte der immer das große Wort, und bestimmt war er Stammgast, so einer konnte doch nicht kochen. Stellvertretend für alles Leid, was Theuer von Tresenstehern, Stammtischbrüdern und sonstigen trinkenden Wüterichen außer Haffner widerfahren war, würde Brecht büßen. Dass er Brecht hieß, das sollte er büßen. Theuer klingelte.

«Wer ist da?» Die Stimme, diese Stimme!

«Hauptkommissar Johannes Theuer, öffnen Sie. Sofort.»

Die Tür sprang auf.

«Ganz oben!», rief einer herunter, der bald ein ganz Leiser sein würde.

«Arschloch!», schrie Theuer hoch. «Und wenn ich nicht der Herr Kommissar wäre? Was dann? Der Killer wird sich schon was einfallen lassen, wenn er dich kriegen will! Der wird nicht sagen: ‹Hier ist der Killer!›»

Er war oben. Brecht stand grübelnd in der Tür. Verwaschene Jeans, sommerlich barfuß, ein dunkelblauer Seemannssweater ohne Unterhemd und ein keckes muselmanisches Käppi über dem gegerbten Gesicht. «Sind Sie aber schon der Kommissar?»

«Nicht einmal Deutsch kann er», bellte der Polizist außer Atem, zeigte seine Marke und stieß den Verblüfften in die Wohnung.

«Ich hab mich versprochen, wollen Sie mich foltern?»

«Allerdings!», schrie Theuer. «Sie Depp! Wissen Sie, wie viel schwieriger es wird, Sie jetzt zu schützen, wenn alle Welt weiß, wer Sie sind, wie Sie aussehen, wo Sie wohnen?»

«Ich brauch die Kohle», sagte Brecht. «Ganz einfach.»

«Hoffen wir mal», sagte Theuer, «dass Sie die wirklich noch lange brauchen. Das letzte Hemd hat keine Taschen.»

Brecht, vom fulminanten Auftritt des Ermittlers einigermaßen verstört, geizte nicht mit Angaben zur Person. Jahrgang 56, gerade zu spät für die wirklich heiße Zeit aus der Eifel in die Stadt am Neckarstrand gekommen, dennoch irgendwie politisch. Abgebrochenes Studium vieler Fächer, Jobs als Lehrer für Spätaussiedler, im Copyshop, kurz Geschäftsführer einer erfolglosen Kneipe am Marktplatz. Überall sonst eine zumindest krisenhafte Biographie, in Heidelbergs Kern eher ein Ritterschlag.

«Ich hab alles gemacht», sagte er versonnen. Sie saßen in seiner, wie Theuer zu seinem Ärger zugeben musste, gemütlichen Küche und tranken Jasmintee. Ein Angebot, das ihn verwirrte, weil er es mit keinem Vorurteil verband.

«Und dann in den Neunzigern und 2000, da hab ich mit Aktien richtig Geld gemacht. Ist alles wieder futsch.»

«Na, dann auf ein Neues», schob Theuer giftig ein. «Ein Handgeld von der *Bild* als Grundstock für den nächsten Börsengang.»

«Sie sind gut! Ich bekomme mal eben so erzählt, dass ich in Gefahr bin, das dritte Opfer dieses Irren zu werden, mir wird nicht mal gesagt, weshalb, aber ich darf damit nicht umgehen, wie es mir liegt.»

«Ihnen wurde auch gesagt, Sie sollten sich unauffällig verhalten, Sie Himbeertoni. Wie liegt es Ihnen denn, mit Dingen umzugehen?»

«Öffentlich», Brecht klang stolz. «Ich muss mich austauschen.»

«Na, das haben Sie ja getan. Mit dem ganzen Rhein-Neckar-Kreis.» Theuer verspürte das heftige Bedürfnis zu rauchen, was ihm nur noch ganz selten passierte, normalerweise gab er dann nach.

«Rauchen Sie?»

Brecht schüttelte den Kopf. «Ich bin abgestillt.»

Der Ermittler schwieg einen Moment verdrossen und besiegt. Dann sagte er: «Es gibt eine Sache, die Sie mit den anderen Opfern verbindet. Wenn wir Ihnen die nicht gleich nennen, dann haben wir unsere Gründe. Und damit Sie so viel wissen: Diese Verbindung macht Sie durchaus auch verdächtig, Sie müssen nicht das nächste Opfer sein, Sie könnten auch der sein, der zwei Menschen erschossen hat.»

Jetzt sah Brecht bestürzt aus.

«Das können Sie mir nicht anhängen. Wenn Sie's wissen wollen, ich war zur Zeit des ersten Mordes in der Kiste, und zwar nicht alleine. Das kann Ihnen die Maus bestätigen, und sie ist bestimmt auch gesehen worden, sie war bei mir.»

Theuer zuckte mit den Schultern. «Das werden wir Frau Ludewig fragen», im selben Moment schon kam er sich erbärmlich blöde vor. Was für ein Anfängerfehler.

«Woher wissen Sie, wie meine Freundin heißt? Was ist denn das für ein Scheißpolizeistaat schon wieder?»

Der Kommissar gab sich einen Ruck, wäre es im Rahmen der Naturgesetze möglich, er hätte sich selbst kräftig in den Allerwertesten getreten.

«Wenn das, was ich jetzt sage, morgen in der *Bild* steht, werde ich Sie mit der flachen Hand erschlagen», schnarrte er möglichst offensiv. «Sie sind vielleicht deshalb in Gefahr, weil die anderen beiden Mordopfer Liebhaber von Frau Ludewig waren, wie Sie.»

Brechts Gesichtszüge entgleisten sämtlich. «Scheiße», viel mehr sagte er nicht.

«Das scheint Ihnen neu zu sein», sagte Theuer kalt. «Oder Sie lügen gut. Das finden wir heraus.»

Brecht ging zum Kühlschrank und nahm sich ein Bier. «Auch eines?»

Theuer lehnte ab. «Ist doch toll, Herr Brecht. Jetzt sind Sie noch wichtiger. Sie sind der Letzte, anhand dessen Aussagen wir abgleichen können, ob uns Frau Ludewig die Wahrheit sagt, wenn Sie beiden Süßen nicht stereo lügen.»

Brecht war beschwipst: «Kirsten, die ist unglaublich. Hat mich auf der Straße angesprochen, vor drei Jahren schon. Einfach so, wie man sich das als Mann mal wünscht.»

«Ich verbiete Ihnen, sich auch nur ansatzweise in mich, und sei es in mich als ebenfalls Mann-Seienden, hineinversetzen zu wollen», attackierte der Ermittler kompliziert.

«Ist ja gut ... Seitdem kommt sie manchmal. Ruft mich an und kommt, ich hatte ja keine Ahnung.»

«Sie haben gedacht, Sie toller Altstadthengst erfüllen die alternde Maklerin. Alle drei Wochen wird ihr schon reichen», höhnte der Kommissar und verschluckte sich, für Hornung und ihn wären das gute Wochen gewesen.

Brecht schaute ihn zornig an. «Ich denk nicht groß nach. Ich lebe, falls Sie wissen, was ich meine.»

«Nein», sagte Theuer ehrlich. «Waren Sie in der Schlierbacher Villa?»

«Selten. Manchmal war Kirsten müde und hat mich zu sich gebeten, manchmal hat sie Sachen machen wollen, die bei mir nicht gehen. Vollbäder in Schampus und so, ich hab nur eine Dusche ...»

«Und dass im Stockwerk drunter ihr gelähmter Mann war, das wussten Sie.»

Brecht nickte. «Das hat sie mir gesagt, ja. Deshalb hatte sie angeblich nicht mehr Zeit. Mann. Wissen Sie, was Klasse ist?»

Theuer dachte übertrieben ehrlich nach. Was war Klasse? Spontan fielen ihm die Beatles, Suppen in der *Backmulde* und Gustav Heinemann ein.

Brecht wartete nicht auf eine Antwort: «Wenn jetzt aus irgendeinem Grund nicht weitergemordet wird, dann bin ich verdächtig. Wenn ich umgebracht werde, dann bin ich erst wirklich entlastet, das ist wirklich prima.»

«Die Story wird immer besser», erwiderte der Ermittler gallig, und keineswegs der Sache ganz sicher, fügte er hinzu: «So blöd sind wir aber nicht ... Moment! Frau Ludewig hat nicht gesagt, dass sie beim ersten Mord mit Ihnen zusammen war! Sie lügen mich an! Sie sind es!» Hysterisch sprang der Kommissar auf und fingerte nach seiner Waffe.

Brecht sah ratlos aus. «Ich hab doch auch nicht gesagt, dass ich mit Kirsten gevögelt hab. Steffi war da.»

Theuer saß wieder, folgsam notierte er die Daten von Brechts zweiter Gespielin. Sie war gerade achtzehn geworden. Manchmal fühlte sich Theuer rein körperlich zu einer sehr rigiden, konservativen Moral hingezogen.

«Mit dem Mountainbike bin ich immer nach Schlierbach gefahren, übers Schloss durch den Wald, ganz nette Strecke.»

«Jaja», nickte der Kommissar. «Alles wirklich sehr nett.»

Er griff zum Handy und bestellte einen Streifenwagen, der vor dem Haus die Präsenz der Polizei sichtbar machen sollte. «Reicht Ihnen das als Schutz?», fragte er angewidert den defensiven Liebhaber. «Oder gibt es Feuerleitern und so was?»

Brecht verneinte.

«Das war es noch nicht», sagte Theuer. «Das war es noch ganz und gar nicht.»

Im Revier trugen sie ihre Ergebnisse zusammen. Steffi gab es, und sie schwor heilige Eide auf Brechts Version. Theuer hatte so weit alles berichtet, jetzt war Leidig an der Reihe.

«Also den Wieblinger Tagebüchern kann ich nichts entnehmen, was ihn eindeutig als Mörder ausweist, und auch nichts, was das Gegenteil beweisen würde.» Leidig zuckte mit den Schultern. «Da, einer der letzten Texte, mit dem könnte er den Mord an Reister meinen, lesen Sie mal …» Theuer nahm ihm das Buch aus der Hand: «‹Der Mörder, der die Stadt seit vielen Jahren› und so weiter … ‹nun etwas anderes getan. Der Mörder hat einen der Männer, die sich beim Gämsenspeisen über die toten Knaben unterhalten … Einen dieser Männer hat er getötet … Das ist der Beginn des Plasmazeitalters … Es müssen noch mehr sterben.› Das nimmt unser Momsen als Geständnis, und vielleicht ist es eines.»

«Vielleicht kriegt der Bubi vorher die Windpocken», prustete Haffner.

«Vielleicht ist es trotzdem ein Geständnis», Theuer stützte den Kopf in die Hände. «Haken wir die anderen Sachen ab. Der Jogger?»

«Hat für beide Taten ein bombiges Alibi, ist Kellner im Europäischen Hof und von Hunderten gesehen worden. Deshalb joggt er nachts, nach der Arbeit. Den Fundort hat er mir gezeigt …» Leidig griff nach einem Plan.

«Später», wehrte Theuer ab. «Haffner?»

«Kein Bild vom Pl… von Prinz Großreuthe, aber eines von Brecht», grinsend zeigte er das Foto, das den Ludewig-Knecht in lässiger Pose vor dem *Croissant* zeigte, die Pilstulpe verwegen zwischen den Fingern, untertitelt: «Wolfgang Brecht – Liebender und Zocker».

«Flachwichser», schloss Haffner zufrieden diesen Punkt ab. «Also, morgen kommt's in allen Zeitungen von Darmstadt bis Freiburg, Hessischer Rundfunk, ganz SWR3-Land, die Privatsender, sogar die Tagesschau!»

«Die Tagesschau», echote Theuer bewundernd.

«Bin halt hartnäckig», strahlte der Belobigte seinen ganzen Schnorres entlang, entnahm seiner sommerlichen Ballonseidenjacke diesmal keine Zigaretten, sondern einen kleinen Fernet-Branca, den er genüsslich nuckelte, was keinem komisch vorkam. «Ich wollte noch einen Elsässer Sender kriegen, aber die Deppen können kein Deutsch, ah, das tut gut. Hab's manchmal mit dem Magen.»

«Und du kannst kein Französisch», ergänzte Leidig böse.

«Nee, wirklich nicht!», lachte Haffner.

«Klasse, es lebe der Pfaffengrund: Ludewigs Haus und der Hausherr?»

«Piekfein», sagte Stern beeindruckt. «Modern, mit Hängebrücken und Bullaugen und so gläsernen Giebeln … für mich wär das nichts. Ich hab Herrn Ludewig erzählt, dass wir alle behinderten Bürger warnen, weil ein Mörder unterwegs ist, klang zwar ein bisschen blöd, aber ich wollt ihm nix von seiner Frau sagen …»

Der Teamchef nickte.

«Die war nicht da. Der kann alleine keine Banane schälen.»

«Geh am Montag noch mal hin und überprüf seine Zivis, lass dir was einfallen, warum du deren Namen wissen musst. Ach ja, kann man von ihm aus die Straße sehen?»

Stern schüttelte den Kopf. «Das ginge nur, wenn er sich aus dem Seitenfenster lehnt, und das kann er nicht.»

«Gut. Also nichts. Überall nichts. Warst du auch in Wieblingen?»

Stern bejahte, und er hatte tatsächlich Zeitungen der letzten Tage gefunden, allerdings …

«Als Scheißhauspapier», ergänzte Haffner bodenständig. «Kann er vorher gelesen haben oder auch nicht.»

«Spuren?», wandte sich Theuer erschöpft an Leidig.

«Im Haus in Wieblingen kann man, wenn der … von Großreuthe gefasst ist, nachweisen, dass er dort war. Was ja kein nennenswertes Verbrechen ist, eigentlich gar keines, es gehört ihm ja. Aber sonst … Dürftig. In der Praxis war er nur ganz kurz, wenn er's war. Sie suchen noch. Am Schlüssel ist nur Reisters Blut. Was wiederum nichts bedeutet.»

Theuer nickte mehrmals, zu oft. «Also gar nichts. Wie gesagt: Nichts! Gar nichts, null! Prima. Ich schlage vor, wir gehen heim. Sieht nach einem ungestörten Wochenende aus, das wir dann trotzdem irgendwie durcharbeiten.»

Die Jungs waren schon gegangen, Theuer lüftete noch mütterlich das Büro, trödelte ein bisschen herum, überlegte sich, ob er noch zur Yildirim ginge, da klingelte das Telefon. Es war einer der Streifenbeamten vor Brechts Haus. Er klang aufgeregt: «Der hat kein Licht gemacht, dann sind wir mal hoch. Brecht ist tot! Wir waren die ganze Zeit hier, wir waren nicht weg!»

Theuer ließ den Hörer sinken. Dann legte er einfach auf. Er schaute auf den Flur. Bei Scherer wurde noch gearbeitet. Er ging hinein, ohne zu klopfen. «Wir wollten gerade gehen, Theuer, was ist? Stell dir vor, wir haben das Arschloch, der im Hasenleiser spannt, was ist …?»

«Der Dritte ist tot, dieser Brecht. Die Jungs sind schon weg. Macht ihr das? Ich komm gleich morgen früh, um fünf von mir aus. Ich kann aber jetzt nicht mehr.»

Normalerweise war das der Moment für beißenden Kollegenspott, aber Theuers erloschenes Gesicht erstickte das. «Machen wir», sagte Scherer knapp. «Geh schlafen.»

Der Ermittler fuhr nach Hause. Wieder kein Strafzettel, was war er für ein Glückskind. Eine echte, mathematische Mordserie, ein großer Fall, nichts als Glück. Er dachte, er müsste sich übergeben, aber es verging wieder.

In der Nacht träumte Johannes Theuer von anderen Sonnen, die er fremd umrundete.

12

BEOBACHTUNGEN IM PLASMAZEITALTER | NEBEN DEN BUBEN UND IHRER STETS ZWEIFACHEN FUNKTION FÜR DIE STADT | FÄLLT DURCH DAS OKULAR | DAS | INDEM ES DASJENIGE IST | WELCHES ES BEOBACHTET | DEN ZUSTAND KONSTANTER INKONSISTENZ DES PLASMAS BEREITS WIEDER VERÄNDERT | EIN MÄDCHEN MÖGLICHERWEISE KNOTENPUNKT FÜR KONTAKT |
MAN KANN MIT KINDERN OHNE SCHMERZEN REDEN | ABER WEIL DIE MENSCHEN DER STADT SEIT TAUSENDEN VON JAHREN DENKEN |
ER | DER MÖRDER |
ICH |
RENNEN KINDER STETS DAVON | ICH MUSS DAS MÄDCHEN KRIEGEN | UM ZU SPRECHEN | MUSS SPRECHEN | UM ZU KRIEGEN | SCHON WIEDER GEGENSEITIGE AUFHEBUNG | PLASMA |

Spitz und Hummel. So hießen die Unglücklichen. Es ist eine Sache, mit Namen geschlagen zu sein, die zu niveaulosen Scherzen herausfordern. Wirklich schlimm kann es werden, wenn man im Streifenwagen sitzt, um einen Mann zu bewachen, der gerade ermordet wird. Hans Spitz war nur einmal kurz im Essighaus, um auszutreten. Spitz auf dem Klo, da wurde trotz der blutigen Ereignisse im friedlichen Heidelberg dann doch gelacht. Und Bernd Hummel? Nein, Hummel hatte keine Blüten bestäubt in dieser Zeit. Er hat die Tür im Auge behalten. Sagt er, aber man fand Kippen von Hummel. Er rauchte Nil, die ovalen Orientzigaretten, die laut Haffner wie Kamelscheiße schmeckten, wer rauchte die schon. Andere Kollegen wussten beizusteuern, er tue es, um anzugeben, der Hummel sei so einer. «Plöck-abwärts», wie Momsen filigran formuliert hatte, «beim indischen Stehimbiss.»

Man durfte sich fragen, ob man die Spuren unbescholtener uniformierter Kollegen verfolgen musste, als seien sie die eigentlichen Täter. Aber, wie hatten Seltmann und Wernz, die beiden Diener Justitiae, so trefflich formuliert, auf der ersten Pressekonferenz der Heidelberger Strafverfolgungsbehörden unter ausländischer Beteiligung, ein Holländer hatte sich in den Raum verirrt: «In diesem Fall geht es nicht um falsche Kollegialität, es geht buchstäblich …» Blick Seltmanns zu Wernz, dann dieser: «… um Leben und Tod.» So war es auf einem Zettelchen notiert. Theuer, der schweigend dabeisaß, hatte es gesehen.

Es war nicht gut angekommen, erst gegen Morgen am Tatort aufzutauchen, auch die Jungs verstanden nicht, warum er sie nicht gleich geholt hatte, Samstag her oder hin. Er war es aber herzlich gewohnt, nicht gut anzukommen – es war ihm egal, und allmählich, das erschreckte ihn, war es auch egal, noch einmal ein zerstörtes Gesicht zu sehen, was heißt noch einmal, er hatte sich ja gedrückt, aber diesmal sah er es. Brecht war nicht erschossen worden, Brecht hatte einen Axthieb zwischen die Augen bekommen und verschiedene weitere Wunden in Hals, Brust und Nacken. Die Axt war am Tatort, der Täter hatte Handschuhe getragen, kein Fußabdruck trotz des ganzen Blutes, so ein Glück hat auch nur ein Verrückter.

Momsen war in der Zeitung,

Theuer stürzte durch die Tage.

Die Pfingstferien waren vorbei. Die Stadt füllte sich, die Kinder kreischten in den Straßen. Einmal sah er Babett, die ihn nicht erkannte, wie sollte sie auch, von den paar Mal, auf die Entfernung. Zweimal hatten er und Yildirim miteinander geschlafen, spätnachts, die Kleine träumte nebenan. Es war schön, aber seltsam wortlos geschehen. Ihr Bruder war wieder verschwunden, alles schien sich zu verflüchtigen.

Irgendwie grollte der antriebslose Teamleiter seiner Anklägerin Yildirim eben doch, dass sie ihn, was den Fall betraf, hatte sitzen lassen. Und gestern war keine Zeit gewesen, weil Babett so gerne ins Kino wollte und …

Er saß am Schreibtisch, Wochenende. Schönes Wetter und er im Büro, die Jungs gegangen, und er hätte auch gehen können. Der Plasmamann war die einzige Spur. Der Plasmamann war weg. Irgendwelches Pflichtgefühl hielt ihn, er brütete über einer Karte des Geländes um die Thingstätte, der Fundort des Schlüssels war rot eingezeichnet, nicht weit im Wald, ein paar Meter außerhalb der Anlage. Er kam sich bald selbst vor wie einer dieser Krimikommissare, die ihn immer so gelangweilt hatten. «Ich habe meine Kinder das letzte Mal gesehen», sprach er in den leeren Raum und legte sich einen rauchigen Bogart-Ton in die Stimme, «da hatten sie noch Milchzähne. Heute heiratet meine Tochter, aber ich bin nicht dabei. Nicht einmal damals, als mein Sohn in den Wurstkessel gefallen ist …»

Die Tür ging auf und er endete abrupt.

Leidig kam herein. «Ich habe Sie reden hören, haben Sie telefoniert?»

«Nein», der schwere Ermittler gähnte, «nur so ein bisschen gesponnen, nichts Ernstes. Ich dachte, Sie wären schon nach Hause gegangen?»

«Ich war kurz zu Hause», das musste als Antwort genügen. «Ich habe mir das nochmal überlegt. Außer Brecht wohnten in dem Haus das Ehepaar Goller im zweiten Stock, im ersten Stock ein Student, der aber nachweislich nicht da war …»

«Weil er in Lüdenscheid am selben Tag mit fünfhundert Ecstasypillen ein kleines bisschen verhaftet wurde», ergänzte Theuer.

«Und im Erdgeschoss ist ein chinesischer Laden, zur Tatzeit geschlossen. Siebenundvierzig Zeugen bestätigen den Aufenthalt des Besitzers …»

«Da er im Kirchenchor der Heilig-Geist-Kirche Alt singt», Theuer nickte verdrossen.

«Eigentlich ist Alt doch eine Frauenstimmlage», Leidig schaute aus dem Fenster, als befänden sich außen Antworten oder zumindest gute Fragen.

«Ja», sagte Theuer, «er muss eine Stimme haben wie ein Engelchen, oder vielleicht ist er eine Frau und bescheißt die ganze Welt. Aber das ist nicht das Thema.»

Wobei, was wusste man schon? Am Ende war das die Lösung, der Hinweis auf den Durchbruch ein ganz verkommener Schlamassel um einen transsexuellen Chinesen? Nein, wohl doch nicht.

«Ich hab's Ihnen noch gar nicht erzählt», Leidig ging weg vom Fenster, setzte sich an seinen Schreibtisch und legte die Beine hoch. Zum zu knappen grauen Anzug trug er braune Socken, was Theuer missbilligte.

«Aber als Sie vorhin mal auf dem Klo waren, da hat Momsen angerufen und gesagt, man habe im Wieblinger Haus zwar jede Menge verstreutes Werkzeug gefunden, aber keine Axt. Das sei ja dann immerhin etwas.»

Theuer schüttelte den Kopf. «Der Plasmamann ... guck mich nicht so an, geht halt doch schneller, ich kann mir den Namen schlecht merken, also unser Herr verlässt sein sensationell gutes Versteck, um mit einer Axt in der Hand mitten in die Altstadt zu marschieren. Er hat das sagenhafte Glück, dass Spitz brunzt und Hummel um die Ecke seine Stinkenil raucht. Dann ist auch noch irgendwie die Haustür offen, oder Brecht, gerade frisch gewarnt, macht willenlos auf. Er spaziert hoch, Brecht lässt ihn rein, weil er als alter Altstadtdesperado natürlich noch nie den Plasmamann gesehen hat, dann haut ihn ebendieser zu Brei – warum schießt er eigentlich nicht? –, geht danach seelenruhig wieder raus, Spitz und Hummel finden es nicht weiter verwunderlich, dass da der Hauptverdächtige aus dem Haus kommt, das sie bewachen. Oder noch besser, beide rauchen Nil und schauen von der Theaterstraße aus versonnen auf den Heiligenberg ... Der Plasmamann marschiert durch die

Stadt, niemand sieht ihn. Er krabbelt wieder in sein Versteck, und weg ist er. Bis Wilhelmsfeld ist der Wald durchkämmt, wo, verdammt, versteckt er sich?»

«Darf ich Sie ein bisschen quälen?», fragte Leidig höflich.

«Ich bitte darum.»

«Gut, das Versteck, das ist ein Faktor. Aber wahrscheinlich ist die Lösung irgendwann so banal, dass wir es kaum aushalten. Nehmen wir an, Großreuthe hat sich verändert. Hat sich rasiert, vielleicht sogar kahl geschoren, wir haben ja keine Haare am Tatort gefunden.»

«Doch, eines», warf Theuer ein. «Von mir. Wahrscheinlich fallen sie mir jetzt rasant aus und die Zähne auch.»

«Er trägt andere Kleidung», Leidig ignorierte seine irren Reden, so war es recht, «möglicherweise hat er ja welche. Er ist verrückt, alles ist möglich. Die Axt trug er in einem harmlosen Sack, einer blauen Ikeatasche. Und gut, der Kollege musste auf die Toilette, und der andere ist wirklich ein paar Schritte vom Wagen weg, eine rauchen. So was gibt's eben. Eine alte Tür, die Hausbewohner haben gesagt, sie schließt manchmal nicht richtig.»

«Ja», nickte Theuer. «Am Ende habe ich sie nicht richtig zugemacht. Nur weiter.»

«Er geht hoch, er hat alle seine Opfer schon lange ausgespäht. Er hat Zeit. Er klopft, Brecht macht nur einen Spaltbreit auf, das reicht, der Plasmamann reißt die Tür auf und schlägt zu, der erste Schlag sitzt, Brecht ist bewusstlos. Dann hackt er ihn zusammen. Er geht, Spitz und Hummel denken, er ist jemand aus dem Haus, oder beide qualmen gleich noch eine … Inzwischen wird es dunkel oder es ist schon dunkel, er kann ja in der Wohnung gewartet haben. Er geht ruhig und unauffällig durch die Gassen, er kennt sich aus und weiß, wo die wenigsten unterwegs sind.»

«Und was ist gleich sein Motiv?», fragte Theuer entnervt. «Und warum gerade diese drei Männer, die es alle mit derselben Frau haben?»

Leidig sah ihn ernst an. «Wer sagt, dass es bei den dreien bleibt? Oder aber – er hat diese amourösen Verbindungen ausspioniert, seit langer Zeit, und er glaubt, dass das Plasmazeitalter unter anderem dadurch gekennzeichnet ist: Jeder vögelt mit jedem, er will das verhindern und die Welt retten.»

«Warum schießt er beim dritten Mal nicht?»

«Er hat keine Munition mehr. Er kann sich schlecht welche kaufen.»

Theuer stierte auf die Tischplatte. «Das glaubst du?»

Leidig schüttelte den Kopf. «Aber Momsen wird sich demnächst eingeredet haben, dass er's glaubt. Und es bringt nicht viel, wenn wir irgendwann Recht haben und noch mehr Leute gestorben sind.»

«Es kann ja gut sein», seufzte Theuer, «dass es das war. Die Ludewig hat keine Liebhaber mehr, wer auch immer der Mörder war, hat gewonnen. Wenn er nochmal Glück hat, finden wir den Plasmamann nie. Noch besser, der echte Mörder hat ihn umgebracht und verschwinden lassen, war besser als wir und hat ihn gefunden, ist ja keine Kunst, besser zu sein als wir.»

«Das Ehepaar Goller», sagte Leidig. «Beide Spätaussiedler aus Kasachstan, gut eingelebt. Er hat einen sicheren Job als Busfahrer bei den Stadtwerken. Raucht nicht, trinkt nicht. Beide haben den ganzen Abend ferngesehen. Zu der Tat wäre ohnehin nur er in der Lage, aber seine Frau beschwört, dass er bei ihr war. Und warum sollte der seinen Nachbarn umbringen?»

Sie schwiegen. Irgendwann schaute Leidig zur Uhr und meinte, er ginge jetzt wieder.

«Ist sie jetzt im Bett?», fragte Theuer taktlos, aber Leidig war schon weg. Manchmal ging alles schnell, manchmal langsam. Nur so das richtige Tempo, das fand der schwere Ermittler nicht, und so ruckelte es ihn durchs Leben.

Er ging nach Hause. Auf der Brücke zwischen Altstadt und Neuenheim blieb er stehen und schaute auf das Schloss. Orangen bestrahlt, thronte es über dem Gewirr der Gassen. Weiter nach hinten ging sein Blick, wo der Wald mehr zu ahnen als zu sehen war. Dort in der Dunkelheit wand sich ein Sträßlein, wenn man es fuhr, konnte einen das Gefühl heimsuchen, falsch abgebogen zu sein. Aber wenn man geduldig kurvte, kam man nach Schlierbach, dessen Lichter weiter hinten den Fluss entlang grüßten. Ein seltsamer Stadtteil, eigentlich eine Ansammlung von Gebäuden ohne rechte Mitte. Ein großbürgerliches Viertel, jede Menge reiche Leute, aber doch auf der falschen Seite. Viele Häuser lagen monatelang im Schatten, manche immer. Man lebte im Wald und war dennoch dem stetigen Gerumpel der Eisenbahn, dem monotonen Dröhnen der dreispurigen Straße nach Neckargemünd ausgesetzt. Theuer fühlte sich von diesem Teil seiner Heimatstadt häufig ein wenig deprimiert, und er hätte sich kaum etwas Schlimmeres vorstellen können, als dort gelähmt, eingesperrt den eigenen Verfall abzuwarten. Die Villa am Hang, er hatte sie noch gar nicht selbst gesehen, aber er würde hingehen. Leidigs Gedankenspiel fiel ihm ein: Was, wenn er Recht hatte?

Wie ihm noch der verschattete Wald durch den Sinn geisterte, gewann darin ein ganz dicker Mann Gestalt. Fabry, sein Freund aus Kindertagen, später sein Kollege, jetzt aus dem Dienst längst ausgeschieden und im Schwarzwald den eigenen Tod durch Platzen vorbereitend. Theuer, der ja nun kein Meister in der Pflege von Kontakten war, fühlte das Bedürfnis, ihn zu sehen, mit ihm zu sprechen, endlich wieder einmal die eigenen verschränkten Gedanken einem auszusetzen, der noch verschrobener dachte, aber doch meist viel klarer aus den Wirrnissen heraustrat.

Und wenn er bereits detoniert war?

Der Kommissar ging nach Hause. Er war schon im Bett, als ihm einfiel, dass er weder Yildirim angerufen hatte noch etwas Nennenswertes gegessen, ja sogar keinen Abendschoppen genommen hatte. Alles drei war irgendwie dasselbe, bedeutete ihm momentan nicht sonderlich viel.

Der Schlaf kam. Wolken zogen in ihm, ein rasender Himmel. Es wurde ganz hell, als würde er geblendet, aber als er die Augen aufriss, war es schwarz. Irgendein Arsch warf um diese Zeit Flaschen in den Container unten, über das Klirren sackte der Kommissar wieder weg, ein Traumbild, Haffner an einem riesigen, schrillen Metallophon, wild darauf herumhämmernd, Hornung, wie sie leise seine Tür öffnete.

Zwei junge Burschen brüllten auf der Straße herum, er war wieder fast wach und überlegte, welches Geräusch er wohl zum Öffnen der Tür uminterpretiert hatte.

Schritte.

Yildirim saß mit Babett und Frau Schönthaler in ihrer Küche. Es war spät, wahnsinnig spät. Die Staatsanwältin hatte gegen ihr Hörgeräusch anzukämpfen und gegen eine Reihe nicht weniger quälender Gefühle. Mutter Schönthaler saß hoch zufrieden da, schlank war sie geworden, auf stolz und selbstbewusst trainiert, mal sehen, wie lange das anhielt, die Haare hatten sie ihr in der Kur neu und keck frisiert. Ihr Blick, dieser Blick, der Yildirim durchbohrte, Augen, die bisher doch immer verschwommen und schläfrig im Gesicht gehangen hatten, blitzten beutegierig, die rechte Braue beständig nach oben gezogen.

«Ich will nur das Beste für mein Kind. Und wenn mein Kind es besser bei Ihnen haben täte, würde ich sagen, du kannst bleiben, Babett. Aber ich sag es Ihnen, Frau Yildirim, wie ich das jetzt verwahrnehme, ist das net so.»

Babett saß unglücklich zwischen beiden Frauen. So eine Aussprache durfte man nicht verweigern, an so einer Aussprache muss man ein Kind beteiligen. Die Staatsanwältin hatte immer mehr das Gefühl, es ginge darum, sie zu erziehen, und es funktionierte.

«Das haben Sie jetzt schon ein paar Mal gesagt», erwiderte sie erschöpft. «Nur sind Sie nicht um acht gekommen, wie ausgemacht, sondern um zehn. Ihre Tochter hat zwar morgen keine Schule, aber es ist für ein Kind trotzdem zu spät. Das scheint Ihnen ziemlich egal zu sein.»

«Das Leben als Sozialhilfeempfängerin ist anderster, als wie wenn's einem einfach gut geht. In meiner neue Wohnung hat's auf einmal kein Wasser mehr gegeben, und bis der Hausmeister gekommen ist, war die Zeit dann schon auf halb neun.»

«Da kann sie, glaub ich, wirklich nichts dafür», sagte Babett unglücklich in Yildirims Richtung.

«Nein», sagte Yildirim. «Aber anrufen hätte sie können.» Sie war enttäuscht, und zugleich nahm sie sich diese Enttäuschung übel. Babett war verunsichert und nicht so loyal, wie sich die Staatsanwältin das gewünscht hätte. Da war die irgendwie natürlich doch geliebte Mutter plötzlich kein Wrack mehr. Wie sollte das auch nicht verwirren? Was hatte sie erwartet? Im Grunde waren die paar Tage Urlaub schon mühsam dem eigenen Pflichtgefühl abgerungen gewesen und vor allem lange vorbei. Jetzt bearbeitete sie ein paar Emmertsgrund-Schlägereien, nahm es der Kleinen übel, die gar nichts dafür konnte. Die gekauften Nachthemden trugen sie beide nicht. Sie waren nicht Supermutter und Supertochter, sie waren eine genervte und überforderte Alleinstehende und ein pubertierendes Mädchen mit wenig brillanter Perspektive. Das war die Wahrheit, aber die Lüge war schöner. Sie dachte an den schweren Kommissar und ihre nächtlichen Begegnungen, immer spät, wenn Babett schon schlief, immer ohne große Gespräche. Sie wiederholte für sich: Allein stehend. Allein.

Eine Stunde war Yildirim im Wohnzimmer auf und ab gegangen, Schönthaler hatte darum gebeten, mit Babett alleine sprechen zu dürfen. Und natürlich, auch das musste man gestatten. Es ist für ein Kind immer wichtig … Jetzt saßen sie zwei Stunden zu dritt herum und plänkelten so dahin. Aber irgendein Ass schien die errettete Mutter noch im Ärmel zu haben. Ihr eigenes Bild übertrieben wörtlich nehmend, starrte Yildirim auf den neuen Pullover der Besucherin, teuer, zu teuer für eine Sozialhilfeempfängerin, selbst wenn sie seit ihrer Rückkehr jede Menge Pfandflaschen abgegeben hätte.

«Wissen Sie, als ich unten meine Wohnung ausgeräumt hab, da waren Sie nie da, Frau Yildimir. Ich frag mich dann, wo mein Tochter in so einer Zeit ist.»

«Yildirim heiß ich …»

«Ich bin schon oft allein, das stimmt schon», sagte Babett.

Die Pflegemutter wünschte sich im Nebel zu sitzen, sie schwieg.

«Und dann hat mir meine Tochter was gesagt, was Sie nicht wissen, Frau Yildirim. Und das macht mich zu denken, wenn das Kind sich nicht traut, so was zu Ihnen zu sagen, Frau Yildirim.»

«Sie brauchen nicht ständig meinen Namen zu wiederholen, auch wenn Sie ihn jetzt können, ich weiß schon länger, wie ich heiße.»

«Ist sie oft so aggressiv?» Betont gütig schaute Frau Schönthaler zu Babett und legte ihr die Hand auf den Arm.

Das Mädchen schien immer kleiner zu werden, schüttelte stumm und gebeugt den Kopf.

«Ich hab mit dein Vater Kontakt», jetzt war es heraus, ein dünnes, triumphierendes Lächeln spielte um der Mama neue, gesunde Züge.

Babett schreckte hoch, die Staatsanwältin musste sich zwingen, nicht ebenfalls zu zucken.

«Du hast immer gesagt, er hat kein Interesse an mir», dem Mädchen bebte die Unterlippe.

«In der Gruppentherapie in der Klinik», ein Halbsatz ohne Grammatikfehler, wahrhaftig, sie hatte sich entwickelt, «haben mir alle gelernt, unser Leben noch einmal durchzudenke. Ich habe mich nie genug bemüht, dein Vater für dich zu gewinne, das hab ich gemerkt, als ich auf der heiße Stuhl saß.»

‹Hoffentlich hast du dir den Arsch verbrannt›, dachte die zunehmend ausgebootete Hausherrin zornig, aber mittlerweile auch schicksalsergeben. Um irgendetwas Böses zu tun, ging sie zur Speisekammer und kam mit einem großen Sherry zurück. Frau Schönthaler schien unbeeindruckt. «Und so hab ich der Kontakt aufgenommen ...»

«Was macht mein Vater?» Babetts Stimme war leise.

«Er ist in Melle bei Osnabrück, er ist Bauunternehmer», die Mutter sah aus, als sei sie plötzlich selbst im Big Business tätig. «Er will dich gerne mal kennen lerne, Kind.»

Das Mädchen hatte Tränen in den Augen. «Ich möchte schon gern bei dir bleiben», sagte sie zu Yildirim. «Aber ich hab meinen Vater noch nie gesehen ...»

Die Staatsanwältin nickte müde. Wie konnte sie der Kleinen böse sein und eigentlich auch, was brachte sie dazu, einer Frau die Tochter abzuwerben? Sie holte tief Luft.

«Es ist so, Frau Schönthaler. Babett ist eben einfach immer mehr zu mir gekommen, weil Sie sich immer weniger gekümmert haben. Sie haben Männer empfangen unten, ich sag das jetzt mal so, wie es eben ist. Und noch hat das Amt mir die Sorge für Babett übertragen, und dabei bleibt es jetzt auch. Sie muss ins Bett, es ist wirklich viel zu spät. Der Vater kann sich an mich wenden, und dann können wir über eine Umgangsregelung sprechen. Schluss für heute.»

«Er wird sich wenden», giftete Schönthaler, «das ist so sicher wie das Amen in der Kirchenmaus. Er findet es auch, dass eine Tochter zu einer Mutter gehört.»

Yildirim stand auf. «Wie gesagt, wir machen jetzt Schluss. Jetzt, nicht irgendwann. Das nächste Mal rufen Sie an, wenn Sie sich verspäten, oder das Gespräch fällt eben aus.»

«Ich würd jetzt gerne bei dir bleiben, Schatz, oder dich gleich mitnehme», Schönthaler schaute in neuer Sensibilität auf ihre erschöpfte Tochter, «aber das geht ja jetzt nicht, weil die Tante Yildirim das verbittet. Nur, Liebling, das, was du mir gesagt hast, das müssen wir jetzt auch noch der Frau Yildirim sagen, wann ich dabei bin, wird sie nicht schimpfe.»

«Dann sag's du», Babett flüsterte fast. So hatte die Anklägerin sie kennen gelernt, ganz leise, fast nicht vorhanden. Ihre Gefühle für das Kind kehrten zurück, mischten sich in den Frust.

«Weil nämlich», trumpfte die Mutter auf. «Der Mörder, der Verrückte da, der Plasmareder, den hat Babett gesehen.»

Yildirims Hörgeräusch erstarb, drehte eine wahnsinnige Runde durch ihren Leib und rauschte dann plötzlich auf der anderen Seite.

Schritte? Manchmal hörte Theuer die pensionierte Bankerin von unten, aber die war verreist. Wieder ein Laut, mehr ein gehörter Schatten, der leise Tritt auf Teppichboden. Die Tür zum Wohnzimmer war nur angelehnt. Jetzt war er wach. Wenn er sich zu rasch bewegte, würde man es rascheln hören. Ganz langsam richtete er sich auf. Sein nächtliches Schlafzimmer kam ihm auf einmal unglaublich klein vor. Er stierte durch den Schlitz der angelehnten Tür, so gut er das vom Bett aus konnte. Das Licht der Brückenstraße ließ ein Gardinennegativ auf der Wand tanzen. Nein, es war nicht wahr. Es war bestimmt nicht wahr. Warum sollte er das nächste Mordopfer sein? Und warum eigentlich nicht?

Etwas zwischen Wand und Gardine, ein Schatten. Schwärze. ‹Ich habe eine blöde Unterhose an›, dachte Theuer. Es war ein gemeißelter Gedanke in klaren Wörtern, so wie sprechen. ‹So werden sie mich finden.› Eine Hand schob sich zwischen Tür und Rahmen, mit einem Schrei, dessen Motiv unklar war, sprang Theuer aus dem Bett und warf sich mit aller Gewalt gegen die Tür. Jetzt schrie noch jemand. Er riss die Tür auf, und da, wo es vor ihm besonders dunkel war, schlug er mit aller Kraft hinein. Jetzt war Ruhe. Theuer machte keuchend das Licht an.

Vor ihm auf dem Boden lag ziemlich benommen Wolfram Ratzer, Student der Theologie seit Äonen, Seppelhosenträger, Privatmystiker, Wichtigtuer und also schon wieder Einbrecher.

Der Kommissar überlegte, ob es ein großes Risiko darstellte, rasch nach den Kleidern zu greifen, und entschied sich angesichts des keuchenden Männchens auf seinem Boden, dass dem nicht so sei.

«Sie haben mir die Finger gebrochen», japste es. «Und furchtbar auf die Brust gehauen.»

Während sich Theuer anzog, beelendete es ihn, als erfahrener Mordermittler noch nicht einmal einen Kinnhaken ins Ziel zu bringen.

Yildirim lag erschöpft in der Badewanne, Babett hockte unglücklich auf dem Klodeckel. Unscharf sah die Anklägerin ihre Brüste aus dem Wasser ragen, und sie musste todmüde an den Hit «Eine Insel mit zwei Bergen» denken.

«Warum hast du mir das nicht gesagt?» Sie versuchte freundlich zu klingen, aber es gelang ihr kaum. Sie war frustriert, gedemütigt, erschöpft. Sie war also fast eine richtige Mutter.

«Du hast so wenig Zeit», man hörte, dass das Mädchen nahe am Weinen war, und Yildirim empfand beschämt kein Mitleid. «Ich hab gedacht, du bist mir böse. Ich muss ja nach der Schule immer gleich heim, aber ich bin halt noch rumgelaufen. Ich hätt's dir morgen gesagt oder auch heute Abend, wenn meine Mutter nicht zuerst mit mir geredet hätte.»

Es stimmte ja, Yildirim hatte über Akten gebrütet, schnell ein paar Eier gebraten und dann wieder über Akten gebrütet, innerlich fast für die Verspätung der Mutter dankbar, denn so hatte sie etwas weggeschafft, bis die Schönthaler gekommen war. «Das nächste Mal brate ich die Akten und brüte die Eier, wie jedes blöde Huhn», seufzte sie. «Also nochmal. Es war gegen halb sechs, du bist noch rumgestromert, bei der Klinik.»

«Und da war er auf einmal und hat mir einen Zettel hingehalten, dann bin ich weggerannt. Heim.»

Yildirim stemmte sich fröstelnd aus der Wanne. «Ich muss den Theuer anrufen, am besten gleich. Du bist fünf Stunden in der Stadt herumgelaufen. Machst du das oft?»

«Ich vergess manchmal die Zeit, ich weiß dann gar nicht, was los ist. Ich bin dann irgendwie wie unter Wasser.»

Yildirim scheute sich, das Mädchen nackt in die Arme zu nehmen, Babett hatte diese Hemmungen nicht.

«Du denkst jetzt, ich hab dich doch nicht lieb, aber das stimmt nicht. Das stimmt wirklich nicht.»

«Nein, nein, das denke ich nicht», log die Entblößte.

Ratzer saß stöhnend auf dem Boden, der Hausherr, bewusst erhöht, im Sessel. Sicherheitshalber hatte er seine Waffe gut abschreckend auf dem Schoß liegen, aber der kühne Einbrecher hätte sich in seinem Zustand an keinem Goldfisch mehr vergehen können.

«So, Herr Ratzer», begann Theuer fester, als ihm zumute war. «Wir haben Sie letztes Jahr geschnappt, weil Sie sich ohne Not in einem Fall aufgespielt haben, Informationen zurückhielten, schließlich in eine Wohnung einbrachen, nur um von uns dort gefunden zu werden und irgendwie wichtig zu sein. Dann sind Sie aus dem Fenster gehupft, auf eine Pergola, was Ihnen Ihr doofes Leben gerettet hat. Ich gehe morgen in die Floringasse und lass den Typ, dem die Pergola gehört, verhaften. Womit kann ich denn dienen?»

«Ich habe, Sie zynischer Mensch, Informationen», mit schmerzverzerrtem Gesicht strich Ratzer über seine blauen

Finger. Noch immer trug er diesen kläglichen Knebelbart, besonders hübsch zum grünen Strickwestchen auf rotweiß kariertem Hemd, und natürlich die lederne Kniebundhose, vollendet in unfassbar dazu kombinierten ehemals weißen Stoffturnschuhen, ohne Socken.

«Über Gott?», fragte Theuer kalt.

«Über den Satan!», der Wurzelsepp erholte sich zusehends und war schon wieder am Überhöhen. «Über Brecht.»

Theuer musste ein wenig gegen das Gefühl anatmen, er sei die schizophrene Fantasie einer schwedischen Hebamme.

(«Herr Doktor Helstroem, ich bin von dem Gefühl besessen, ein schwerer deutscher Polizist zu sein, der nichts richtig kann, das verfolgt mich geradezu … und dann gibt es da einen, der furchtbar viel trinkt, und einen Zwerg, der immer einbricht, und so viele seltsame Gestalten … Ich kann mich gar nicht mehr auf meinen Beruf …») «… soso. Sie haben Informationen. Wie kommt es eigentlich, dass ein kleiner Alpenschrat in jedem großen Fall dieser Stadt seinen Auftritt hat?»

«Auch wenn es Ihnen, wie so vielen Kostgängern des Mittelmaßes, gefällt, sich an meiner Verachtung für Äußerlichkeiten zu erfreuen, werden Sie gleich erfahren, worum es geht. Es sei denn, Sie erschießen mich. Nur zu», verlogen mutig bog der Einbrecher die schmale Brust nach vorne. «Erschießen Sie mich doch!»

«Jetzt reden Sie keinen Scheiß», seufzte der Hausherr. «Oder reden Sie halt Scheiß, aber wenigstens den ganzen.»

Es befriedigte den Mystiker ungemein, nun wieder im Banne des Bösen mitmischen zu können, und fast zu Theuers Ärger war das, was er zu sagen hatte, durchaus bedeutsam. Brecht hatte nicht nur sein eigenes Geld am neuen Markt verzockt. Als Maulheld eines Börsenstammtischs im *Croissant* «immer dahinten, neben der Herrentoilette» hatte er mit seinen hundertprozentigen Tipps eine ganze Reihe von Altstadterben ruiniert. «Ich habe dreißigtausend Mark angelegt!», erklärte der Theologe betrübt. «Alles dahin. Aber am meisten hat Goller verloren.» Theuer musste sich besinnen, wer Goller war. Natürlich, der Nachbar, der unter Brecht wohnte, hatte laut Gattin ferngeschaut, den ganzen Abend. Das Telefon klingelte, der Kommissar beschloss, es zu ignorieren.

«Ich denke mir das so», über seinem Eifer vergaß der kleine Mann die Schmerzen, ja, verstieg sich sogar zu dem gewagten Einschub, es sei für Theuer eine unerhörte Gnade Gottes, ihn, Ratzer, zu kennen und dann, wo war er? Ach ja. Goller hat alles verloren. Der schlichte Busfahrer war in der Runde möglicherweise noch exotischer als der verrückte Gottesmann. Aber er hatte Brecht, als es an der Börse schon langsam bergab ging, tatsächlich das gesamte Vermögen anvertraut, das er sich strebsam seit der Übersiedlung aus Kasachstan in den späten Achtzigern zusammengespart hatte.

«Das Weib hat geputzt, er ist ständig nachts gefahren. Hat nie Urlaub gemacht, und Brecht hat ihm alles genommen. Ich finde, das ist ein Motiv, Herr Kommissar!»

Theuer dachte nach. Natürlich konnte es stimmen. Vielleicht hatte der Gedanke schon lange im Kopf des deutschen Ostmenschen geschwelt. Wenn dann die Presse so freundlich war, den Mörder schon vor dem Mord zu kennen, hat er vielleicht einfach in einer Werbepause rasch beim Nachbarn vorbeigeschaut …

«Können Sie mir sagen, Herr Ratzer, warum Sie, um das zu sagen, bei mir einbrechen müssen?»

«Haha!» Ganz offensichtlich ging es dem Zwerg längst wieder großartig. «Sie und die Ihren, ihr schafsdoofes Pack, verlacht hättet ihr mich! Sie hätten mich doch gar nicht angehört!» Dieser außerordentlich dumme Satz nahm Theuer kurz die Sprache, schließlich konnte er nur ganz schlicht sagen: «Doch. Ich hätte Sie angehört. Natürlich. Warum denn nicht?»

Nun schwieg sein Besucher verstimmt.

«Es ist etwas anderes», stöhnte der Kommissar. «Sie sind damals bei Frau Yildirim eingedrungen und haben sich an ihrer Angst geweidet, dann haben Sie in der Floringasse schon einen richtigen Bruch hinbekommen. Jetzt schaffen Sie es bei mir, Haus- und Wohnungstür zu knacken …»

«Mit der Scheckkarte», rief Ratzer stolz dazwischen.

«Na, prima, dann ist die also auch noch zu was gut gewesen», Theuer musste fast lachen. «Nein, Ratzer, Sie sind eingebrochen, weil Ihnen das Spaß macht, ein Gefühl von Wichtigkeit verleiht, wenn Sie auch sonst der totale Versager sind. Sie deprimieren mich. Sie sind ein ganz großer Depp.»

«Ach so. Soso.» Wieder schwieg der kleine Halunke, aber die selbstbewusste Maske zerbröselte, und er erinnerte an einen Jungen mit angeklebtem Bart.

«Wenn Sie ihn suchen», sagte er leise, «ich bin mit dem Bus gekommen. Am Bismarckplatz hab ich ihn gesehen, da stand er mit einem Kollegen herum, aber ich weiß nicht, ob er jetzt Feierabend hat.»

Der Kommissar nickte und griff zum Telefon.

«Ja, hier Theuer, schickt mal ein paar Leute vorbei. Bei mir wurde eingebrochen. Und einen Arzt, ich hab den Kerl niedergeschlagen. Ja, ich! Was ist denn daran so erstaunlich?»

Ratzer, letztes Jahr zu zwei Jahren auf Bewährung verurteilt, war sichtlich über den Ablauf seiner Intervention irritiert. «Ich hätte angesichts der Brisanz meiner Informationen nicht gedacht, dass Sie so kleinlich wären und auf die Bewährungsauflagen abhüben …»

Der artifizielle Konjunktiv versetzte den Kommissar augenblicklich in größten Zorn. «Da kannst du mal sehen, du Arsch mit Ohren», grollte er. «Jetzt geht's in den Bau.»

Eines musste man dem gescheiterten Gottesgelehrten lassen, er hatte seinen Einbruch mit größter Sorgfalt vorgenommen. Nachdem sich Theuer von einem Kollegen der Streife demütig hatte ausschimpfen lassen, weil seine Wohnungstür nicht abgeschlossen gewesen war, hatten sie den Mystiker mitgenommen, und nichts erinnerte mehr an den Besucher außer dem schweißigen Duft. Der Kommissar überlegte sich, ob die Überprüfung Gollers bis morgen warten könne, und entschied nach einem Blick auf die Uhr, es war inzwischen halb vier, dass er nicht noch einmal zu spät sein sollte, nicht zweimal in einer Woche. Er trommelte sein schlaftrunkenes Team zusammen. Im Pfaffengrund musste er das ganz erheblich laut und lange tun.

Wie so oft in Sterns Privatwagen fuhren sie zu dritt durch die stille Stadt. Leidig würde in der Schießtorstraße warten. «Wenn er es nicht war, muss das Momsen nicht wissen», sagte Theuer. «Und wenn er's war, ist er gefährlich.»

«Klar», murmelte Haffner, «ich bin eine große Hilfe. Ich bin so stark, ich würd keinen Elefanten auf zwei Meter treffen.»

«Es hat auch niemand gesagt, dass wir den Mann jetzt erschießen», sagte Stern genervt. «Warum nehmen wir eigentlich immer mein Auto? Hast du überhaupt eines, Haffner?»

«Mein Auto ist scheckheftgepflegt, scheckheftgepflegt», lallte der Betrunkene. «Auto Service Großmüller, das ist der Weltmeister in Sachen Auto in Heidelberg», während dieses rethorischen Kollapses rauchte Haffner seltsam verhalten, es musste ihm entsetzlich gehen. «Dieser dicke Kollege, der neulich reingekommen ist, wie heißt der?», wechselte er keuchend das Thema. Stern meinte, er wisse es nicht.

Theuers Handy klingelte. «Wer will denn jetzt was?», brummte er. «Hat Glück, dass ich das Ding überhaupt anhabe.» Zunächst war der Empfang gestört, weil sie gerade in den Gaisbergtunnel einfuhren, jetzt war wieder etwas zu verstehen … «Es ist Leidig», sagte der Erste Hauptkommissar krächzend. «Er ist im Auto von Goller. Als Geisel, sie fahren Richtung Autobahn.»

Nach diesen ersten Treffen musste er eine Zeit lang sparen. Das erniedrigte ihn, und er brachte seine Abende damit zu, dass er am großen Fenster saß, auf den nächtlichen Fluss starrte und die Frau hasste, die oben im Haus ihr wildes Leben feierte. Manchmal hörte er ihr Lachen, manchmal kam Besuch, manchmal fuhr sie spät noch weg.

Chris kam erst nach Ostern wieder. Sie erzählte ihm aufgeregt, dass sie die Walpurgisnacht auf der Thingstätte verbracht habe. Er hatte jahrelang nicht einmal an diesen seltsamen Ort gedacht.

«Das ist so verrückt, da lagern alle möglichen Leute, ganz normale Leute, aber auch so Zauberer und Druiden. Das ist ein Kraftort …» Es brach aus ihr heraus. Müll, vergorener Mist, genau das Sammelsurium, das sich findet, wenn Menschen Wissen anhäufen, ohne dafür Kategorien zu haben, was wozu gehört und was überhaupt Wissen vom Glauben, Glauben vom Hörensagen und Hören von Verstehen unterscheidet. So ziemlich alles, was er verachtete, ahnte er hinter ihren Worten, und entzückt zapfte er diesen brackigen Quell an.

Sie erzählte von Pharaonen, Geheimbünden, energetischen Steinen, der Welt als Gaia, der körperlichen Durchflutung bei tantrischer Verzückung, sprach vom dritten Auge, das jeder Mensch auf der Stirn habe und nur öffnen müsse.

Er hatte es geahnt, sie barg etwas in sich, das sie alles ertragen ließ. Wer hatte das nicht? Er hatte das nicht. Jetzt schüttete sie ihr Herz aus. Das war Rohmaterial, und er würde aus dem ganzen Müll etwas erschaffen. Sie könnte ihm dankbar sein.

Mittlerweile kam Chris schon ein Jahr zu ihm.

Es war schon spät, er hatte Rotwein kredenzt, billigen, den er in eine Karaffe umgefüllt hatte, er durfte den pseudofranzö-

sischen Namen nicht vergessen, den er vorhin weihevoll dahinimprovisiert hatte.

Sie saßen über einer Karte der Thingstätte. Die Idee war ihm nebenbei gekommen, er hatte nach einem Ort gesucht, und was lag näher, als ihren Lieblingsort zu wählen. Beim Wechseln des Katheters war es ihm eingefallen, so war das mit den Ideen. Sie musste zum dritten Mal ansetzen, um einen passablen Kreis zu ziehen.

«Den Außenkreis eines Dreiecks gewinnt man, indem man einen Kreis um den Schnittpunkt der Mittelsenkrechten schlägt», sagte er geduldig.

«Oje», sie blies sich eine Strähne aus der Stirn, «das ist ganz schön schwierig.»

Seine Stimme klang gleichbleibend geduldig. «Natürlich ist es schwierig. Wenn deine besondere Empfindungsgabe sich nicht an der Schwierigkeit geheimwissenschaftlicher Verfahren wetzt, bleibt sie stumpf …»

Sie nickte, vertrauensvoll, aber auch irgendwie kindlich froh. Wieder dachte er, sie müsste ihm dankbar sein. Wahrscheinlich war sie es längst.

«Wenn wir nun einen Kreis um das Zentrum der Kraft schlagen, und der soll ein Außenkreis für ein gleichseitiges Dreieck sein, dann müssen wir den Kreisbogen dritteln …» Sie verstand ihn nicht, aber das machte nichts, im Gegenteil. Seine Anweisungen führte sie aus, darauf kam es an. «Das gleichseitige Dreieck bündelt die Kraft», dozierte er ernsthaft weiter. «Denk an die Pyramiden …»

Das war das erste Mal, dass er fast aus der Rolle fiel, es schüttelte ihn vor verschlucktem Lachen, wenn er an den quadratischen Grundriss der ägyptischen Grabstätten dachte. Er durfte es nicht übertreiben, aber es waren nun mal nur drei. Er bedauerte es fast.

II Unsichtbar

13

Sommer 2001. Sie begann selbst zu lernen. Gierig las sie allen möglichen esoterischen Schrott, löcherte ihn mit Fragen zur Gnosis, Astrologie, zu indischen Ganzkörperorgasmen – alles Dinge, von denen er weder Ahnung hatte noch haben wollte. Es gelang ihm aber, sie auf Kurs zu halten, und wenn er einmal etwas verwechselte, bemerkte sie es nicht – noch nicht. Er musste vorwärts kommen. Sie durfte ihn nicht überholen.

«Das ergibt doch überhaupt keinen Sinn», sagte Theuer möglichst ruhig. Was will er denn?»

«Herr Goller möchte freies Geleit ins Ausland.» Es gelang Leidig gut, seine Stimme ruhig zu halten.

«Ist das eine Freisprechanlage? Gut, es ist keine, wir haben auch keine. Leidig, wir reden jetzt auf zwei Ebenen, verstehst du? Seine Statements gibst du an uns weiter, widersprich ihm nicht. Und wenn du mir etwas mitteilen willst, dann huste einmal und bau irgendwelche Sätze zusammen, von denen nur jedes dritte Wort was bedeutet. Also das dritte, dann das sechste, und so weiter, okay? Du kannst sowas, du bist doch mein Schlauer. Wunder dich nicht, wenn ich deine Sätze nachspreche, die anderen beiden sollen es ja mitkriegen.»

Stern nickte, Haffner kramte verzweifelt nach etwas.

«Knarre vergessen?»

«Nein», keuchte er. «Aber das Handy.»

«Ich hab auch keins», stöhnte Stern. «Prima.»

Theuer hörte und nickte. «So blöd ist er nicht», sagte er zu den Jungs. «Ich muss am Handy bleiben, sonst passiert was. Dass wir aber auch mehrere Handys haben könnten, daran denkt er nicht. Doch blöd. Achtung, Leidig hat gehustet: ‹Ich glaube, er ist fähig, glaubt, dass man ihm folge, sei sicher nur der Hilfe einer.› Ach du liebe Zeit …»

«Er – glaubt – ihm – folge – nur – einer», bellte Haffner präzise. «Klappt doch prima.»

Theuer sprach weiter Leidigs Sätze. Sie fuhren mit hoher Geschwindigkeit Richtung Karlsruhe. Goller wollte, dass sie allmählich zu ihm aufschlössen, immer wieder hörte Theuer die russisch gefärbten Befehle an Leidig im Hintergrund.

«Frag ihn, ob er mit mir redet. Gut, er will nicht reden. Was für ein Auto habt ihr überhaupt?» Ein schwarzer Mercedes 190, HD-Z 3173, im Gegenzug raportierte Theuer auch brav, dass sie in einem silberfarbenen Škoda dahinbrausten. «Ostauto», ergänzte Haffner von hinten verächtlich. «Von mir aus könnten sie die ganze Himmelsrichtung streichen.»

Leidig durfte noch manche Frage beantworten, Theuer referierte die Informationen seinen Kollegen. Nur einmal stockte er.

«Was ist denn los?», fragte Haffner.

Der Erste Hauptkommissar musste tief atmen: «Also. Er hat Leidig eine Klaviersaite um den Hals geschlungen, mit der Nackenstütze verbunden, und ein Holz hat er noch dazwischengesteckt, wenn er das ein paarmal dreht, zieht es die Schlinge zusammen, und Leidig wird erstickt, wie die Leute, die früher mit der Garotte hingerichtet wurden.»

«Scheiße», Stern klang heiser.

«Nur ist er dann auch tot, wenn er seinen Fahrer bei 160 erwürgt, der Russenschwanz, der soll mir in die Griffel kommen», Haffner nüchterte vor lauter Zorn rabiat aus.

«Darauf scheint's ihm nicht mehr anzukommen», murmelte Theuer. «Außerdem, wer sagt, dass er's bei 160 macht? Vielleicht will er nachher das Auto wechseln. Er lässt mich hinter ihm halten, unbewaffnet aussteigen, auf den Boden legen, zieht mir eins über und erwürgt Leidig. Dann hat er einen Wagen, nach dem erst mal nicht gefahndet wird. Wenn ein unbescholtener Esel so raffiniert ist. Was kam denn eigentlich an dem Abend von Brechts Tod im Fernsehen? Ach, egal. Selber ausgedacht hat er sich's. Killen ist einfach salonfähig geworden.»

«Weil wir in den Achtzigern alles reingelassen haben», maulte Haffner. «Statt dass die Zigeuner die Sümpfe im Osten trocken legen. Pack, das.»

«Es wird langsam hell», unterbrach Stern die niveaulose Analyse seines Kollegen. «Und ich glaub, da vorne, das könnte er sein. Ich fahre schnell auf den nächsten Parkplatz, ihr müsst beide hinten sitzen und die Köpfe runternehmen.» Theuer gab das an Leidig weiter. Auf dem Parkplatz aber, einer Bucht zwischen Bruchsal und Karlsruhe mit dem traulichen Namen «Silberbrunnen», besann er sich anders.

«Ich fahre!», brüllte er, ein verwirrter Trucker streckte sein verschlafenes Gesicht aus dem Cockpit. «Ich hab das Handy, und ich bin der Chef.»

Ehe der müde Brummipilot auch nur erwägen konnte, etwas beizusteuern, wurde er von Haffner durchs hintere Fenster derartig zusammengeteufelt, dass er lieber wieder einschlief.

Der Erste Hauptkommissar fuhr so schnell wie seit Jahrzehnten nicht, und dazu musste er das Ganze auch noch einhändig bewältigen, weiterhin das Handy ans Ohr pressen. Im Rückspiegel sah er die Haarspitzen seiner zusammengekauerten Jungs.

«Jetzt will er, dass wir aufschließen», gab er Leidigs Nachricht weiter. «Vielleicht will er in Karlsruhe von der Piste und im Dörfle in den Puff.»

Aber Goller ließ Leidig weiterbrausen. Es war zwanzig vor fünf, fast hell, und bald würde der Berufsverkehr beginnen. Was hatte er vor?

«Leidig hat gehustet», brüllte Theuer. «Genau zuhören!»

Wie ein unsicherer Abc-Schütze gab er den verschlüsselten Satz weiter: «Manch einer hat keinen einzigen Freund im Leben, in Heidelberg, Karlsruhe, Pforzheim, überall gleich, als ob keine Unterstützung nötig wäre.»

«Hat Freund in Pforzheim als Unterstützung», selektierte Haffner erneut in unfassbarer Präzision heraus. «Der Goller muss doch merken, dass Leidig Scheiße faselt.»

Sie bretterten mittlerweile den ersten steilen Anstieg Richtung Pforzheim und Stuttgart hinauf, Theuer hielt den Škoda auf einem eher vagen Kurs. «Bevor du wieder anfängst, Stern, ja, ich hafte für den Wagen.»

«Im Moment denke ich eher an den Besitzer des Fahrzeugs», kam es von unten. «Und das alles mit dem Kopf zwischen den Knien.»

«Da kannst du dir mal ansatzweise vorstellen, wie es in einem richtigen Rugbygedränge zugeht, du Pflaumenaugust», bellte Haffner. «Scheiße ist nur, dass man in der Haltung nicht rauchen kann. Niemand. Nicht einmal ich.»

«Ja, das ist wirklich unser größtes Problem», sagte Theuer, verstummte aber sofort, denn Goller hatte Leidig das Gerät entwunden.

«Treib er kein böses Spiel nicht mit mir! Sonst muss d'r Kamerad es arch büßen, Polizischt!»

«Natürlich, Herr Goller!», rief Theuer überdeutlich, damit seine Jungs die Klappe hielten. «Was Sie verlangen. Ich bin hier, um Ihnen zu helfen!»

«Dann ischs gud, wann er verschteht, wie sich fielt a Mann, der wo hat's verlore ales zweimall, beim Russ un izt bam Brecht. Ich han an Kusäng, do in Pforzheim. Un mir gehe dann auf Amerika ...»

«Ja!», schrie Theuer. «Sie wollen Ihren Cousin in Pforzheim abholen und dann mit ihm nach Amerika!»

«Ist der doof», sagte Haffner leise.

«Wos repetiert er ales, wos ich ihm sag?»

«Ich wiederhole alles, damit ich sicher bin, dass ich Sie

richtig verstanden habe, Herr Goller. Aber nach Amerika kommen Sie nicht mit dem Auto ...»

«Da sprech mer dann hernach darüber ...»

Bei Pforzheim-Zentrum fuhren sie von der Autobahn ab.

Theuer bestaunte, trotz aller nervlichen Beanspruchung, die Stadt, sein erster Besuch der Schmuck-und-Uhren-Metropole. Er wusste, dass sie im Zweiten Weltkrieg zu den am stärksten zerstörten Orten Deutschlands gehört hatte, aber was das dann wirklich bedeutete und vor allem, was man unter raschem Wiederaufbau verstehen musste, da war er als Ureinwohner des verschonten Heidelberg doch etwas naiv gewesen. Beklommen folgte er Leidig durch die allmählich erwachenden Viertel. Rechts und links standen die rasch hochgezogenen Einheiten, zum Teil fast DDR-grau, dann wieder mit kecken Anbauten, aufgepappten Erkern und poppigen Farben erst richtig deprimierend. Wie ein versteinerter Gartenschlauch hing da ohne erkennbaren Grund über einer der uniformen, breiten Straßen eine himbeerfarbene Fußgängerbrücke. Sehr nett, aber warum zwischen diesen Häusern und nicht zwischen Haffners Wohnung und der nächsten Kaschemme?

Sie überquerten einen Fluss, fuhren weiter geradeaus über einen zweiten. Links sah Theuer einen gewaltigen Kirchturm, der ihn unscharf an den berühmten venezianischen erinnerte wie ein Piktogramm an sein Symbolisiertes.

«Herr Goller», er versuchte eindringlich zu klingen. «Das sind Sie nicht. Sie bringen jetzt keinen jungen Polizisten bestialisch um. Das ist nochmal etwas anderes, als wenn Sie bei dem Brecht durchdrehen, der Ihr sauer Erspartes verzockt hat ...»

«Die Frau, sie guckt mich nicht mehr nicht an. Wie sogt se: Du hasch es ales falsch gemacht. Ich nehm sie nicht mit auf Amerika ...»

Sie waren links abgebogen und fuhren wieder eine vierspurige Straße entlang. Eine Stadt aus Autobahnen, ob der ADAC hier im Rathaus saß?

Dann wurde Theuer plötzlich wirklich klar, dass da vorne sein Leidig saß, in Todesangst. Ein schlichter und zugleich zum Äußersten entschlossener, wahrscheinlich bärenstarker Kerl hatte ihn in der Schlinge. Sie bogen halb rechts ab, und es ging bergauf, vorbei an einer Hauswand, die in voller Höhe mit einem gewaltigen Bierseidel bemalt war.

«Das isch ein Teil fun Pforzheim, der wo sich nennt ‹Haidach›, do het ich arich gern gelebt, aber die Fraa, sie hots nie nicht gewollt. Hier isch es arich schen.»

Wie man's nahm. Die Häuser lichteten sich, einige Villen tauchten auf und verschwanden wieder, erst danach war das Ziel der Fahrt erreicht. Nett im Grünen gelegen, traulich grüßte der Wald von rechts, alles wunderbar, wenn dieses Idyll nicht von planlos hingeworfenen Kuben und Quadern, Blocks und Hochhäusern übersät gewesen wäre.

«Hier lebe arich viele fun uns aus Russland, Kirgisie, Kasachstan, ale sin hir.» Es klang, als spreche Goller zu sich selbst. Theuer ahnte, dass der Entführer bis jetzt wie im Traum handelte. Wenn er aufwachte, würde es erst richtig gefährlich.

Sie hielten schließlich in einer kleinen Straße, deren Namen Theuer in der Akribie des überreizten Menschen behielt. «Marienburger Straße», fast lyrisch klang das, ganz im Gegensatz zu den Betonbrocken, die zu beiden Seiten standen. Theuer sah, wie Goller sich an Leidig zu schaffen machte. Er hatte den Nacken eines Kampfstiers. Anscheinend fesselte er Leidig die Hände, dann machte er sich an seiner Würgevorrichtung zu schaffen und zog den Polizisten schließlich aus dem Wagen. Tatsächlich, die Hände der Geisel waren mit einer Krawatte der Heidelberger Verkehrsbetriebe gefesselt.

«Jetzt hört er uns nicht», sagte der Erste Hauptkommissar leise. «Dummerweise habe ich aber momentan überhaupt keinen Plan im Kopf …»

Er brach ab, denn Goller bedeutete ihm herrisch auszusteigen. «Na gut, es geht los. Irgendwas geht los.»

Theuer musste im Abstand von etwa fünf Metern warten, sein Handy ins Gras werfen.

«Nachher besorgt er uns a Helikopter oder da Fraind isch tot, wi a Katz. Es geht arich schnell.» Goller führte Leidig zur Sprechanlage des ersten Hauses auf der linken Seite. Nach einigem Hin und Her trat schließlich ein schlaftrunkener Mann im Unterhemd auf den Erdgeschossbalkon. Da war das pralle Lebensglück so recht zu orten, sieben Geschosse und dann zehn Zentimeter über dem Boden sein Leben fristen. Theuer war sich sicher, dass seine Jungs die Szenerie vorsichtig verfolgten. Zwischen den beiden Männern entbrannte ein Streit, weitgehend auf Russisch. Der Cousin schien keineswegs an einer sofortigen Auswanderung nach Amerika interessiert zu sein.

Zwischendurch fielen deutsche Worte: «verrückt», «versprochen», «Schnaps». Theuer hörte leise das Öffnen einer Autotür. Er widerstand der Versuchung sich umzudrehen, zu leicht konnte das Goller auf ihn aufmerksam machen. Die ersten Schaulustigen traten näher, wenige bis jetzt, es war erst sechs, es musste dringend etwas passieren.

Er ging auf Goller zu: «Das ist jetzt alles Irrsinn. Das müssen Sie einsehen.» Der Kommissar sah, wie eng die Schlinge um Leidigs Hals gezogen war. Er kannte sich mit so etwas nicht aus, aber er hielt es für gut möglich, dass es dem Jungen die Kehle durchschneiden würde, wenn der Ochse zuzöge. Was konnte man tun?

«Er hat doch des g'sagt, dass er will mitgehen uf Amerika, wan ich geh!» Anklagend deutete Goller auf seinen Cousin. «Und jetzt er will nicht. Er sagt, er isch b'soffen gewes. Ich trink kain Schnaps nicht, für mich es isch arich ernscht.»

Der Cousin wandte sich an Theuer. «Sind Sie fun Polizei?» Theuer nickte. «Was erschießt's ihn nicht. In Russland, er wär tot. Verrückt is er geworde, verrückt.»

Wieder beschimpften sich die Männer. Ohne zu überlegen, rannte Theuer los. Goller fuhr herum, aber da hatte ihn der schwere Ermittler schon mit aller Wucht angesprungen. Das war die zweite körperliche Attacke innerhalb der letzten zwölf Stunden, neuer persönlicher Rekord. Röchelnd ging der Gefesselte mit zu Boden, Theuer schlug ungeschickt mit der Faust auf Gollers Kopf wie ein Debattierer auf die Tischplatte. Es machte seinem Gegner nicht viel aus. Stern kam angeflogen, und auch das steckte Goller weg, ohne Leidig loszulassen, schließlich landete Haffner mit beiden Füßen auf dem Magen des Busfahrers. Goller stieß einen Laut aus, der eher nach Verblüffung denn nach Schmerz klang, aber Leidig war frei, sofort lockerte Stern die Schlinge. Haffner allerdings war von Gollers Leib abgerutscht. Der Busfahrer sprang auf und rannte auf den Balkon zu, Theuer, der ihm folgen wollte, stolperte am Bordstein.

Der Cousin des Wahnsinnigen verschwand in Windeseile im Haus. Erstaunlich behände wuchtete sich Goller auf den Balkon, packte einen Bierkasten und begann die gläserne Balkontür zu traktieren.

«Aufhören oder ich schieße», brüllte Haffner und fuchtelte mit seiner Waffe, Goller starrte kurz auf die Polizisten, dann sprang er seitlich ab und rannte weg. Haffner war ihm am nächsten, dann kamen Stern und Theuer. Leidig blieb beim Auto und massierte sich den Hals. Die Marienburger Straße endete an drei Pfeilern, rechts stand ein brauner Wohnwürfel, aus dem Theuer zu der frühen Morgenstunde donnernd laut Bachs Brandenburgische Konzerte vernahm, links war ein eingezäunter Bolzplatz, auf dem sich tatsächlich schon die ersten Kinder tummelten. Der Flüchtende bog in ihre Richtung ab.

«Der will ein Kind als Geisel nehmen!», schrie Theuer.

«Du musst es machen!» Haffner zielte niedrig und traf Goller in der rechten Wade, sofort sackte der Getroffene zusammen.

Interessiert traten die Kinder näher.

«Was macht ihr denn schon hier?», brüllte sie Haffner an. «Es ist erst sechs! Spinnt ihr?»

Aber sie konnten nur Russisch.

Nach vielen Telefonaten mit Heidelberg und einer Reihe von Gesprächen mit den hinzugekommenen Pforzheimer Kollegen waren sie eigentlich so weit. Leidig war an Ort und Stelle untersucht worden. Er hatte nur einen leichten Bluterguss, allerdings rund um den Hals. Noch immer war er seltsam ruhig. Es war zehn.

Einer der Pforzheimer Kollegen trat zu den vier.

«Bevor ihr geht, will ich euch sagen, dass das bis Februar 45 eine wunderschöne Stadt war.»

«Lange her», sagte Haffner taktlos.

«So schlecht ist es hier nicht», ein zweiter Kollege kam. «Wir haben Theater, Stadthalle, alles.»

Das fiel Theuer nun schon seit Stunden auf: Die Pforzheimer waren ständig bemüht, ihre triste Stadt aufzuwerten. Vorhin hatte einer erzählt, dass es der FC mal fast in die Zweite Bundesliga geschafft hätte. Sie hatten erfahren, dass Pforzheim zwar keine echte Unistadt sei, aber zwei Fachhochschulen habe man immerhin. Das altsprachliche Gymnasium trage den Namen von Johannes Reuchlin, der sei von hier gewesen und weltberühmt in Fachkreisen. Schließlich: Ob sie den Maler Jörg Ratgeb kennten? Nicht? Schade, der ist in Pforzheim gevierteilt worden.

Eine weitere Absonderlichkeit: Der Hiesige entspannte sich über seinen trüben Reden mit dem Konsum unglaublicher Mengen schwarzen Kaffees in Kombination mit Laugenbrezeln, wobei dann über die unterschiedliche Qualität der einzelnen Bäcker debattiert wurde. «Kaffee trinken» wurde im groben Dialekt zu «Kaffee saufe», worüber Haffner gelacht hatte.

Als erriete er Theuers Gedanken, kam nun der Einsatzleiter. «Wollt ihr noch einen Kaffee, bevor ihr fahrt? Ihr wart doch die ganze Nacht auf! Wir können da unten ein paar Brezeln holen.» Er wies auf einen Supermarkt, eine flache Betonschachtel, wo man, nach den Kunden zu urteilen, hauptsächlich russische Produkte führte.

«Warum nicht», antwortete Theuer. «Gibt's da auch Croissants?»

So saßen sie ganz friedlich auf zwei steinernen Tischtennisplatten vor dem Bolzplatz, die vormittägliche Sonne gewann an Kraft, mittlerweile drang aus dem braunen Würfel Mozart. Die vier Heidelberger aßen süße Teilchen, die drei verbliebenen Pforzheimer kauten an ihren Brezeln. Die große Kaffeekanne hatte der dankbare Cousin Gollers spendiert. Haffner genoss einen angebotenen Piccolosekt.

«Landschaftlich ist es hier einmalig», sagte der Einsatzleiter Staib, man hatte sich bekannt gemacht. «Drei Flüsse», quakte Obermeister Bischoff dazwischen. «Wer schlau ist, geht auf die Dörfer, da finden Sie hier Bauernhäuser zu Preisen wie an der tschechischen Grenze und ...»

«Jetzt hört halt mal auf!», unterbrach Stern. «Wir haben nichts gegen eure Stadt!»

Der dritte Kollege, der den breitesten Dialekt sprach und dazu konträr Nikitopulos hieß, winkte ab: «Ach lasst nur. Niemand mag unsere Stadt. Aber wir mögen sie.»

«Hier fängt doch der Schwarzwald an?», fragte Theuer höflich und wurde augenblicklich mit einer schon fast erschütternden Fülle von Details zu diesem Weltwunder geprügelt, dachte aber an Fabry.

«Und der Name», schloss Staib schließlich, «kommt vom lateinischen ‹Portus› – der Hafen. Ich hab in der Schule noch gelernt, er käme von ‹porta› die Tür, das Tor – zum Schwarzwald dann halt.»

«Zweitausend Jahre ist die Stadt praktisch alt», ergänzte Nikitopulos offensiv, «lange bevor ihr eurem Kurfürsten einen runtergewichst habt.»

«Soso», entgegnete Haffner frech. «Wusste gar nicht, dass die Römer schon Tischtennis gespielt haben!» Er klopfte höhnisch auf ihre Sitzgelegenheit. Aus dem braunen Wohnwürfel jubelten jetzt staubige Dixieklänge. Staib nickte in Richtung des Schalls. «Da wohnt einer von der Kirche, pensioniert. Musikliebhaber. Aber sonst wohnen hier oben fast nur Spätaussiedler. In ganz Russland haben Leute Verwandte in Pforzheim.»

«Wir haben eine Friedenspartnerschaft mit Guernica», prahlte Bischoff.

Theuer entschied, dass es Zeit war zu gehen.

Leidig schwieg fast die ganz Fahrt zurück. Manchmal fasste er an seinen Hals und betastete die allmählich violette Spur der Schlinge.

«Ich hab gedacht, er macht's», murmelte er, als sie schon aufs Walldorfer Kreuz zubrausten. Das war dann das erste Mal, dass Haffner den Arm um den oft so blasierten Kollegen legte, ihm stumm eine Reval anbot.

«Ich rauche ja bekanntlich zu Hause nur heimlich», sagte er zwischen zwei tiefen Zügen. «Das wird sich jetzt ändern. Ich habe vorhin gedacht, jetzt sterbe ich, einfach so, Simon Leidig, 24. November 1967 bis 1. Juni 2002. Und ich habe noch nicht einmal eine eigene Adresse.» Dann weinte er, die Kollegen schwiegen scheu.

Erst im Revier erfuhren sie genau, wie es gekommen war. Leidig hatte in der Schießtorstraße gewartet, da war Goller die Plöck entlang nach Hause gegangen und hatte ihn gesehen. Offensichtlich wusste jeder im Umkreis, dass er Polizist war, Mutter Leidig beklagte das ja bei jedem Einkauf lautstark. Goller war ruhig zu ihm getreten und hatte gefragt, ob er wegen ihm da stehe. Leidig, in der Meinung, er könne den Mann damit einschüchtern, möglicherweise gleich zum Geständnis bringen – schließlich war ja schon die Frage fast eines –, hatte bejaht. Und schon hatte Goller die Schlinge in der Hand und über seinen Kopf gezogen. Fest im Würgegriff war Leidig mit zu Gollers Wagen in der Parkgasse vor der Musikhochschule gegangen, er hatte immerhin noch die Idee, von nur einem Kollegen zu sprechen, der bald komme, um Goller mit der Anzahl später überraschen zu können.

So weit fertig mit seinem Bericht, hatte er kurz und kalt mit seiner Mutter telefoniert und danach gebeten, gehen zu dürfen. Wenn man ihn brauche, er wohne ein paar Tage in der Pension Steiger in der Blumenstraße und ob jemand passendes Münzgeld für den Zigarettenautomaten habe. Niemand hatte welches, Haffner entschuldigte sich, er brauche die sechs Euro selbst.

Danach schilderte Theuer dem herbeigeeilten Seltmann die morgendlichen Irrsinnigkeiten.

«Das haben Sie, ich scheue mich nicht, es zu sagen, gut gemacht, Herr Kollege!» Seltmann nickte seinen eigenen Worten hinterher.

Stern kam seufzend herein. «Wir haben's so weit.

Die Gollers haben nach den üblichen Ehekrächen wegen der Börsengeschichte ganz friedlich Pro 7 geschaut. Die Frau ist ein bisschen eingenickt, es kam Werbung, da hat's bei dem Alten ausgehakt. Er ist hochgegangen und hat Brecht erschlagen. Dann ist er wieder runter, Hände waschen und weiter fernsehen. Wir leben in einer komischen Welt.»

«Woher hatte er die Klaviersaite? Wie ein Hobbypianist sah er mir nicht gerade aus, wenn man überhaupt noch aus irgendetwas irgendwelche Schlüsse ziehen kann.»

«Dieser Pessimismus bringt uns nicht weiter, mein lieber Theuer, ich …»

Stern unterbrach den Direktor: «Die hat er am nächsten

Tag gekauft, so für alle Fälle. In Kasachstan hat er so immer wilde Katzen hingemacht.»

Der Erste Hauptkommissar wand sich angeekelt im Sessel: «Bevor sie in den Vorgarten scheißen, was machen die paar Quälereien, ach Mann, mir reicht's manchmal so ...»

«Übrigens, Herr Theuer, das wird Sie aufheitern!» Seltmann spielte kokett mit der halben Lesebrille. «Herr Mommsen, der, wie ich ungeachtet dessen, was ich jetzt im Begriff bin zu formulieren, durchaus vorzüglich gearbeitet hat, ist erkrankt. Er hat sich doch tatsächlich die Windpocken geholt, Frau Yildirim hat den Fall wieder und, ach ja, das ist ja gar nicht so ohne, die kleine Ziehtochter von Frau Yildirim sagt, sie habe gestern den Plasmamann gesehen, mitten in der Stadt, und er habe ihr einen Zettel geben wollen ... angesichts unserer Präsenz scheint mir das aber vielleicht auch ein Fall kindlicher Projektion ...»

Theuer, zunächst tatsächlich hocherfreut, stürzte schon wieder aus den guten Gefühlen: «Was? Wie, Projektion?»

«Die Gute ist ganz aufgelöst, hat Sie die ganze Zeit zu erreichen versucht, aber Ihr Handy war ja mit gutem Grund belegt, na ja.»

«Ich muss mich jetzt ausruhen», sagte der schwere Ermittler roboterhaft. «Ich geh danach wieder mit Volldampf an alles. Aber ich bitte um einen Tag Urlaub. Ich bitte praktisch darum, am morgigen Sonntag Urlaub machen zu dürfen.»

Seltmann gab sich großzügig. «Machen Sie das mal, Herr Theuer. Ich schaue auch, dass ich mal rauskomme aus dem Laden! Kommen Sie übermorgen wieder. Es ist ja wirklich genug passiert und den Herrn Leidig müssen wir ja auch ausspannen lassen.»

«Haffner muss die Untersuchung abwarten, schließlich hat er geschossen, das dauert immer ewig, selbst wenn es sonnenklar aussieht», ergänzte Stern. «Das Team bin ich.»

«Sie gehen jetzt auch, Stern!» Seltmann schien rätselhaft

euphorisch. «Dann übernimmt Metzner eben für zwei Tage die Suche nach dem Plasmamann, das kristallisiert sich ja doch ganz eindeutig heraus, dass er das war.»

Theuer hatte nicht mehr die Kraft zu widersprechen.

Zu Hause, nach einer langen Dusche, rief er Yildirim an.

Er kam gegen ihren Redeschwall nicht an. Er konnte auch gar nicht mehr genau auseinander halten, wo Fall, Umgangsstreit und ihr sexuelles Miteinander ineinander übergingen.

«Ich bin einen Tag nicht im Büro», unterbrach er sie irgendwann. «Ich komm übermorgen wieder. Ich fahre weg.» Erst als er es sagte, beschloss er es auch.

«Wie? Du fährst weg? Ich hab Angst ...»

«Ich glaube nicht, dass der Plasmamann gefährlich ist.»

«Ich hab Angst, dass ich Babett verliere! Ich brauche dich!»

Theuer wusste nichts zu sagen.

«Das ist dir egal, was? Der Sex mit mir ist gut, aber bitte keine Pflichten.»

«Komm mir nicht so!», schrie der Kommissar. «Ich bin mit den Nerven am Ende. Ich will nichts mehr hören, von niemandem.»

Yildirim brüllte zurück: «Leck mich, du Ärmster. Arschloch. Fettsack!» Dann legte sie auf.

Der Gekränkte rief Hornung an. Er hätte nicht genau sagen können, warum. Sie kam, sie unterhielten sich eine Weile und ohne, dass das Thema gewesen wäre, gingen sie selbstverständlich nach nebenan und liebten sich, lange und intensiv.

Hornung zog sich an und ging. Der Erste Hauptkommissar, Moralist und Versager Johannes Theuer schlief traumlos.

14

Winter. Sie weinte, einer hatte ihr wehgetan. «Ich hasse die Männer. Ich hasse ihre hämmernden Schwänze, ihre Geilheit, wie sie mich unterwerfen wollen. Ich fühle mich wie ein Stück Dreck und sie genießen es. Seit einem Jahr suche ich meine Mitte und ich finde sie nicht …» Wieder musste er sich abwenden, dass sie ihn nicht lächeln sah, es passierte öfter und öfter. Aber der priesterliche Ton gelang ihm vorzüglich. «Deine Mitte ist inmitten der Böcke. Deine Mitte kann nur zu einer neuen Mitte werden, wenn du die Göttin in dir wachrufst …»

«Das klappt manchmal mit Ganzkörpermassagen», weinte sie, «du kannst nicht massieren …»

«Es gibt noch eine andere Möglichkeit.

Wir müssen drei Böcke opfern und du wirst, wenn der dritte Fetisch auf das Zentrum des Dreiecks und des Kreises weist, dort bei Vollmond deine Transformation in die innere Göttlichkeit erfahren …»

«So was sagen die Satanisten auch, ich habe das im Internet gelesen …» – Sie hatte also nicht gleich abgelehnt. – «Ich weiß nicht, Satan …»

«Was hat dir Gott gegeben?»

«Eine Fotze zum Reinficken …»

Theuer fuhr mit einem Gefühl tiefer Verstörung in Heidelberg ab. Er steuerte seinen alten Opel wieder ähnlich täppisch, wie vor seiner automobilen Auferstehung im letzten Jahr, nur merkte er es jetzt und wollte nicht als alter Trottel von LKWs gerammt werden, also gab er leidlich Gas. Er fuhr als ob. Er schlich schnell. Er war der Theuer und das Leben ein Abschlussball mit zu wenigen Mädchen, der nicht enden wollte, viel zu lange schon. Das Wetter war schön, mild frühlingshaft – na und?

Fabry war scheinbar wenig überrascht gewesen, dass er anrief.

«Ja, natürlich, komm du nur, ich hab immer Zeit.»

Fabry, den Theuer so gerne hatte, und auch das vergaß er immer wieder. Zugleich aber immer auch ein rätselhaft ferner Charakter, der jetzt schon zehn Jahre freiwillig nicht mehr Polizist war. Sie hatten sich schon im Grundschulalter kennen gelernt, Theuer konnte dem etwas ungelenken Jungen helfen, als ihn die anderen Kinder wegen seines alemannischen Dialekts hänselten. In Mathe und Deutsch ließ ihn Fabry dafür spicken. Während ihrer gymnasialen Zeit hatten sie sich aus den Augen verloren, aber bei der Polizei wieder gefunden. Theuer war wieder eher für das Körperliche zuständig, Fabry war nur mit viel Training in der Lage gewesen, den für die Polizeilaufbahn notwendigen Grad an körperlicher Tüchtigkeit zu erringen, aber in der Theorie half er dem nervösen Theuer.

Heute musste sich der mürbe Heidelberger tapfer eingestehen, dass es vielleicht einfach Fabrys überragende Intelligenz gewesen war, die Distanz zwischen ihnen schaffte, trotz aller gegenseitigen Sympathie und Gemeinsamkeiten. Essen, Trinken, schräge Witze machen. Beide hatten sie zugenommen mit den Jahren, nur Fabry immer doppelt so viel wie Theuer. Beim letzten Treffen war er über seine Fettleibigkeit entsetzt gewesen. Im geerbten Haus im Schwarzwald sitzen und fressen, das machte er wohl jetzt. Wie hieß er mit Vornamen? Theuer wusste es nicht mehr. Letztes Jahr hatte er eine Karte von ihm bekommen, aber nur mit F. unterschrieben. Immerhin, die Telefonnummer hatte noch gestimmt, die Adresse war die gleiche, die Stimme war müde und brüchig und so hatte sie immer geklungen – Theuer mochte vielleicht am liebsten diese kluge, resignierte Stimme, die ihm immer das Gefühl vermittelt hatte, er sei nicht so allein.

Er kam bis Karlsruhe gut durch, die dritte Spur war noch in Arbeit, aber es ging. Südlich dann, zwischen Baden-Baden und Offenburg, wurde es eng. Schließlich, auf dem serpentinenreichen Weg hoch zu Fabrys Ruhesitz, war der Kommissar dankbar, hinter lahm dahinschnaubenden Transportern zu hängen. So fiel es nicht auf, wie lahm auch ihm zumute war.

Die schwarzen Nadelhölzer bedrückten ihn, die putzigen Häuser kamen ihm modellhaft und lächerlich vor, aber alles das, was ihn am Schwarzwald von jeher kalt gelassen hatte, würde noch übertroffen werden, wenn er denn erst mal das Ziel seiner Reise erreicht hätte. Fabry wohnte in St. Georgshöfen, einer einstmals wohlhabenden Gemeinde nördlich von Villingen-Schwenningen, wo die schroffe Landschaft schon in die Bahr auslepperte und von dieser Senke keineswegs lieblich gestaltet wurde, vielmehr verflachte, endgültig jeden Funken kurpfälzer Spaßigkeit austrieb.

Mochte er Fabry lange nicht mehr gesehen haben, an den Ort erinnerte er sich genau. Als die deutschen Tüftler den Uhrenkrieg mit Japan noch nicht verloren hatten, waren im Ort renommierte Plattenspieler montiert worden, eine Firma stellte die erste Quarzuhr für jedermann her, viele Dinge, die wie am Schnürchen gehen mussten, wurden gefertigt, jetzt ging die ganze Stadt wie am Schnürchen – und zwar zu Grunde. Genauso präzise, schweigsam und lustlos, wie ihre Bewohner waren. Theuer hatte Hunger. Irgendetwas Kleines wollte er intus haben, bevor er Fabry traf, damit es nicht gleich ums Essen ging. Er hielt in der Ortsmitte.

Eben in diese Mitte hatten die Räte St. Georgshöfens, unfasslich verblendet, in den siebziger Jahren einen krakenförmigen Betonklotz gewuchtet, den man sich ohne weiteres als indisches Lepraasyl oder texanischen Todestrakt vorstellen konnte, der aber nicht ganz die Schindel- und Sandsteinhäuser ersetzte, die die Stadtmitte gewesen waren, als dies noch eine leidliche Stadt war und nicht nur der scheißige Betonklotz, umgürtet und verhöhnt von geflickten, kackbraun bemalten oder mit Eternitplatten benagelten Häusern.

Als ob alles nicht schlimm genug wäre, fächerte der multifunktionale Bunker auch noch verwirrend in graue Halbstockwerke auf, tote Pfade führten einen gegen Wände, heimtückische Stufen luden zum Sturz. In Wirklichkeit hatte Theuer vielleicht nur hier Halt gemacht, um sich zu ärgern und das klappte, ein wenig Leben kehrte in ihn zurück.

Er betrat schwungvoll eine Bäckerei, «Sonntags geöffnet» versprach ein diagonaler Papierlappen im Schaufenster, ungeschickt handbeschriftet. Das Geschäft teilte sich eine kubistische Eckenwucherung mit einem zu ihr achsengespiegelten und laut Aushang bankrotten Reisebüro. Dieses weitere Indiz für den bodenlosen Fall des Ortes freute Theuer.

«Haben Sie was Belegtes?», fragte er schneidig, ohne Grußformel. Die Verkäuferin, ein erloschene Person in den späten Fünfzigern, schaute ihn gleichmütig an.

«Nai», sagte sie.

«Das heißt, ‹nein›?», fragte der Ermittler verblüfft.

«Jo», respondierte die Alte.

«Kein Käse- oder Wurstbrot? Schlemmerzunge? Speckweck, Croissant? Laugenstange? Käse-Blätterteig-Plunder?»

«Nai», wiederholte die Verkäuferin und rührte keinen Muskel am Leib. Fast schien sie eine Puppe zu sein. «Des hen mir elles nede. Mir hen fascht nind. ’S isch Sunndig.»

Der Ermittler betrachtete das trostlose Angebot an grauen Broten und wenigen trockenen Blechkuchen.

«Wiedersehn», sagte er. «Eine Scheißbäckerei ist das. In einem Scheißhaus.»

«Wiedersehn», kam es von der Theke.

Immer noch hungrig, aber deutlich beschwingt, fuhr er bergan, zu Fabrys Haus am Rösslesberg, direkt dort, wo die Tannen schwarz und depressiv zu Tale grüßten.

Als er das Auto abstellte, fragte sich der Erste Hauptkommissar erstmals, was wäre, wenn zwischen Fabry und ihm kein Funke spränge. Das wäre doch immerhin möglich, ja, sogar wahrscheinlich nach etlichen Jahren.

Selbst, wenn man den fetten Freund als Feuerstein imaginierte, war er, der Besucher, doch eher eine Art Torfbrocken, schwer entflammbar.

Fabrys Haus der frühen Kindheit, bevor sein ehrgeiziger Vater eine Realschule in Heidelberg Rohrbach übernommen hatte, war sicher einmal schön, zumindest typisch gewesen, aber wenn auch seinen Eltern nicht viel Ruhestand geblieben war, sie hatten es noch vermocht, das Haus ins schlimme große Ganze einzufügen, die Schindeln gegen braune Platten, die Klapp- gegen Rolläden und dann dieses Leben gegen das nächste einzutauschen.

Auf der Klingel stand F. Fabry und der Name war endlich wieder da: «Friedbert», sagte Theuer laut.

Die Tür ging auf. «Persönlich und selbst.»

Er war noch dicker als beim letzten Zusammentreffen, aber nicht so rabiat angeschwollen, wie zwischen den Malen davor. Seine exponentielle Verfettung schien abzuflachen. Irgendwie enttäuschte das Theuer.

«Selbst bin ich auch persönlich hier», scherzte er bemüht. «Grüß dich, mein Lieber.» Beide deuteten eine Umarmung an, dabei stießen sie mit den Bäuchen aneinander.

Innen war Fabrys Haus ein sympathisches Junggesellenchaos, noch ohne die Spuren von Verelendung und Schmutz, die Theuer aus den Wohnungen alter Männer kannte.

Amüsiert sah der Besucher drei gewaltige Slips seines Freundes auf einem altmodischen Heizkörper trocknen. Eines der gerippten Beinkleider hätte ein Schwanennest bedeckt. Fabry führte ihn ins Wohnzimmer, dessen große Fenster zum Wald hin gingen. Ein alter Couchtisch voller Zeitungen, ein riesiges Bücherregal und ein gewaltiger Schinken über dem Sofa, der exotisch die Gorch Fock bei starkem Seegang zeigte.

«Ein Erbstück, eine meiner Großmütter kam aus dem Norden.» Es war wie früher. Fabry schien noch immer Gedanken lesen zu können. Theuers Blick fiel auf einen gewaltigen Ledersessel, der – unpassend zum sonstigen Mobiliar – relativ neu zu sein schien. Er war zum Wald hin gestellt.

«Du hast keine Glotze?»

«Hab ich abgeschafft, schon vor ein paar Jahren ... Auf, Stalin, mach Platz.» Der Erste Hauptkommissar erkannte jetzt erst, dass das, was er für ein schwarzes Kissen gehalten hatte, ein veritabler Katerkastrat war, der sich nun tapsig in den Flur verzog.

«Dein Kater heißt Stalin?» Er musste grinsen.

«Was kann man schon für seinen Namen?» Fabry zuckte mit den Schultern. «Aber er ist friedlich, höchstens, dass ich ihn verdächtige, nachts heimlich de Sade zu lesen.» Da Theuer mit dem Namen nichts anfangen konnte, wechselte er das Thema äußerst geschickt: «Wie hältst du es in diesem Scheißnest nur ohne Glotze aus?»

Fabry grinste und wies ihm einen Platz auf dem Sofa zu, während er sich mühsam den Sessel an den Tisch zog. «Ich halt's nicht aus, Theuer, alles, schon ganz lang. Und jetzt bin ich's eben gewohnt. Also was ist – was ist los? Warum wirst du so sozial und besuchst deinen ältesten Freund, obwohl es gerade mal sieben Jahre her ist, seit du das letzte Mal da warst. Ich tippe auf Schwierigkeiten ...»

Sie tranken die zweite Kanne Kaffee, höllisch starken, den Fabry mit Zimt und Salz zu einem eigenartig betörenden Metalltrunk alchimierte. Theuer hatte drei Stücke Bienenstich verschlungen und so weit alles erzählt, auch seine privaten Wirrnisse nicht verschwiegen – an dieser einzigen Stelle hatte Fabry während seiner fünf Tortenkeile herzlich gelacht – und fasste jetzt nochmals zusammen: «Also drei Morde. Der dritte aufgeklärt, Tat eines Trittbrettfahrers. Der Mann, der ein Motiv hätte, sitzt im Rollstuhl. Er kann es eigentlich nicht gewesen sein. Gewesen sein kann es ein stadtbekannter Wahnsinniger, der passenderweise auch noch verschwunden ist. Immerhin ein Augenzeuge behauptet ja, ihn beim ersten Mord gesehen zu haben. Der einzige Hinweis, den wir für den zweiten Mord bisher haben, ist ein Männername bei den Terminen des Arztes. Aber mir gefällt etwas nicht an der Sache. Mir gefällt nicht, dass der Wahnsinnige außer seinem Wahnsinn kein Motiv hat ...»

Fabry nickte und schaute in den bereits abenddunklen Wald.

«Es geht eben doch letztlich immer um das Gute und das Böse, auch wenn das nicht modern klingt ...» Er schwieg, tief in Gedanken. Theuer wagte nichts dazwischenzufragen, obwohl er den Satz großartig fand, aus dem Munde eines klugen Mannes, denn er dachte ja dasselbe. Den Ersten Hauptkommissar berauschte es, vielleicht gar nicht so dumm zu sein.

Der gewaltige Schwarzwälder brütete weiter, sein Schweigen wollte nicht enden. Unter aller Schwere sah man noch das sensible Gesicht, das Theuer mitunter so angezogen hatte, dass er sich ein wenig vor sich selbst zu fürchten begann, weil er es nicht noch komplizierter wollte. Die wachen Augen, die Nasenflügel zuckten wie früher, man hatte immer sehen können, wenn Fabry dachte, und meistens dachte er gut. Die roten Haare waren eingegraut, aber sie waren noch da, die ungewöhnlich kleinen Hände hatten Altersflecken, aber sie flatterten immer noch beim Reden. Er hatte ihn vermisst.

Der dicke Mann riss ihn aus seinen spröden Selbstdiagnosen:

«Verstehst du, ich habe hier viel Zeit, um nachzudenken. Deshalb bin ich hierher zurück. Der Ort ist Scheiße, das weiß ich, und das Schlimme ist, die Leute wissen's irgendwie auch und schämen sich. Dein Mord, die Morde sind seltsam. Ich stimme dir zu, ich würde auch nicht auf Großreuthe setzen.» Fabry schwieg erneut und schaute aus dem Fenster. Theuer bezweifelte, dass er da draußen etwas wahrnahm. «Ich lese viel, und es macht mir Spaß», fuhr er schließlich fort. «Ich habe das Gefühl, dass ich beginne zu begreifen, wie das läuft mit uns Menschen, warum es so komisch läuft. Was hältst du von Psychoanalyse?»

Theuer war über die Frage so verblüfft, dass er antwortete, was er dachte, wer macht das schon: «Ein dämonisches Handwerk», flüsterte er. «Ich verstehe zu wenig davon, aber das, was ich weiß, lässt mich Angst davor haben, so etwas zu erleben, egal, ob ich auf der Couch wäre oder dahinter säße. Ich hätte Angst vor mir und anderen.»

«Das habe ich auch und ich habe nie das Wagnis unternommen, so etwas zu versuchen. Stattdessen fresse ich mich tot …» Fabry ging mit raschen Schritten in die Küche und kam ebenso rasch wieder, ein riesiges Leberwurstbrot in der Hand, das er artistisch schnell geschmiert haben musste. Kauend fuhr er fort: «Sagen wir: Psychoanalyse kann glücken, indem sie einem Menschen eine Selbstbeschreibung ermöglicht, die ihn sich einsichtig macht. Ich weiß nicht, ob mich da ein Analytiker bestätigen würde, aber so ähnlich habe ich es bis dato verstanden. Komm, wir saufen.» Wieder stand er auf und brachte einen Arm voll Rothaus Pilsener aus der Küche.

Nach den ersten Schlucken schon schummerte das Großhirn des Heidelbergers aufs Angenehmste. «Hast du eine Frau, ein Mädchen, liebst du jemanden?», fragte er enthemmt.

Fabry lächelte: «Ich hatte nie ein Mädchen, Theuer, was wohl nur dir Eigenbrötler nicht aufgefallen ist, über mich ging immer das Gerücht, ich sei schwul. Vielleicht bin ich's ja und merke nicht einmal das.» Er trank schnell, schon das zweite Bier war halb leer. «So haben wir nie miteinander geredet, so als Bullenfreunde. Ich bin ja ganz schön gefangen in mir …», er klopfte neutral, wie einer, der eine Wand untersucht, auf seinen exorbitanten Wanst, «aber ein bisschen freier bin ich doch geworden. Du auch.»

Theuer zuckte hilflos mit den Schultern. Der Fall war ihm egal, die Weiber scherten ihn nicht. Er wollte bei Fabry und Stalin einziehen. Er nahm sich sein nächstes Bier vom Tisch.

«Also, egal, was die Befürworter und Gegner der Psychoanalyse anführen, eines ist doch erwiesen, die bessere Selbstbeschreibung kann sogar heilen, somatische Auswirkungen haben. Die Leute verlieren ihren Ausschlag, nehmen ab, träumen nicht mehr davon, ihre Mutter zu vögeln …» Fabry grinste ein wenig gezwungen zu seinen Worten. Theuer ahnte, dass sein Freund ihm zuliebe ein paar Vulgarismen einstreute und eigentlich viel gelehrter dachte. Das hätte ihn kränken können, aber er war zur Rührung entschlossen.

«Gut, das ist eine Grundannahme des Humanismus – das Wahre hilft. Aber wir beide, Johannes, wir wissen um ein Zweites. Es gibt Menschen, denen hilft das Falsche viel mehr als das Wahre. Das Wahre ertragen sie nicht. Lügner, Aufschneider, Betrüger, Serientäter, Killer. Solche, die sich lebendig und heil und ganz fühlen, wenn sie ein Mädchen geschlachtet haben. Die gibt es. Es gibt das Böse.» Theuer dachte an Duncan, der ihn im vergangenen Jahr ums Haar getötet hätte, mit allen Anzeichen der Befriedigung an der Sache selbst. Er erzählte Fabry davon und ergänzte nach einer Pause: «Aber du hast vorhin selbst gesagt, dass du auch das Wahre fürchtest und so wie du redest, gehörst du dann auch zu denen? Den Bösen?» Er hatte es eher im Scherz gemeint, aber Fabry nahm es nicht leicht, schaute ihn lange an und antwortete schließlich mit leiserer Stimme: «Erstens, lieber Johannes Theuer, hast du dich ebenfalls zu denen gezählt, die die Wahrheit fürchten, nur hat dein glückliches Naturell das schon wieder aus dem Speicher geworfen, zweitens und was mich betrifft, ja, ich gehöre auch dazu, zu ‹denen›. Du hast wohl vergessen, weshalb ich gegangen bin?»

«Ich habe es nie ganz verstanden. Du warst gut, unwahrscheinlich gut, der Beste von uns. Ich habe also noch nicht einmal verstanden, warum du zu uns gekommen bist. Aber dann, ein Ausraster in zig Jahren und die Untersuchung hat dich reingewaschen …»

«Jetzt hör mal zu», Fabry wurde lauter, «ich hab einen Dealer zusammengeschlagen, der ein bisschen frech geworden ist. Eine arme Sau ohne Chance, selber süchtig. Reingewaschen hat mich unter anderem ein gewisser Johannes Theuer, der ganz genau gesehen hat, dass mich der Kerl angegriffen und nach meiner angemessenen Abwehr immer weiter getobt hat. Wir beide wissen, der Kollege Theuer hat es durch die Wand gesehen, so begabt war er. Ein freundschaftlicher Betrug, und die meisten dachten es sich, gerade noch ein Glück, da der Typ einfach zu fertig und abgedreht war, um mich zu verklagen. Aber das war es nicht, viele rasten mal aus, ist ja auch menschlich. Ich werde nur nie vergessen, dass ich es gerne gemacht habe. Dass ich ein paar Mal aus purer Lust zugehauen, aufs Ohr gezielt habe, weil ich wusste, da kann er einen Schaden davontragen, der ihn sein ganzes Leben an mich erinnert. Macht, Theuer, ich habe sie gespürt, ich hatte Macht, ich hätte ihn manipulieren können, dazu bringen können, mir zu danken, wenn ich aufhöre, mich zu umarmen, wenn ich ihm weniger großen Schmerz, als befürchtet, zufüge. Alles das habe ich gespürt und genossen. Ich habe gemerkt, dass ich böse bin. Deshalb bin ich gegangen. Vielleicht hatte ich es schon immer gewusst und bin deshalb zu den Bullen, um es irgendwie auszugleichen – es hat nicht funktioniert. Jetzt bin ich nur noch böse zu mir und bringe mich langsam um.»

Es war Nacht geworden, in jeder Hinsicht, Theuer stand auf und machte Licht.

«Du bist zu viel allein …» fing er an und wusste noch gar nicht, wie weiter, aber es ging: «Du hast nicht Recht. Keiner will die ganze Wahrheit wissen. Und keiner lügt gar nicht.

Niemand ist nicht böse. Die Guten sind die, die ihr Böses möglichst wenig rauslassen … alles andere ist doch Seelenkitsch.»

Fabry ging schweigend in die Küche und holte Biernachschub, Theuer war ein wenig überrascht, wie gut ihm die Erwiderung gelungen war, und als sein Freund zurückkehrte und ruhig und methodisch die Bierflaschen in Reihe stellte, erweitert um eine Flasche höllenstarken Hefeschnaps, gelang dem trunkenen Ermittler noch ein unverhoffter Satz.

«Am schwersten ist es, mit seinem eigenen Willen gut sein zu wollen.»

Fabry schaute ihn verblüfft an: «Das stimmt.» Mehr kam nicht, er versank in sich.

«Also», sagte er schließlich, «Religion kann eine Hilfe sein, auf den eigenen Willen zu verzichten, und Wahnsinn auch. Schau mal, der Plasmamann hat doch schon eine Lösung, seit Jahrzehnten, selbst ich kenne den und seine wirren Reden noch. Er erschafft sich eine Stadt und eine kosmische Bedrohung und zieht warnend und predigend übers Land.

Er hat überhaupt keinen Grund zu morden, gar keinen. Aber der gehörnte Ehemann, der hat einen.»

«Der Plasmamann spricht pausenlos von Mord …», wandte der Kommissar ein.

«Und Serienkiller verlieren erst mal kein Wort über ihr zweites Leben», schnitt ihm Fabry das Wort ab.

«Der Ehemann ist gelähmt, die Hände sind in Mitleidenschaft gezogen …»

«Es hat ja wohl niemand einen Rollstuhl an den Tatorten gesehen …»

«Eben. Und sein Konto verrät nichts, was auf einen Auftragskiller hinweist. Freunde, irgendwelche dumpfen Kumpels, die es gratis machen würden, hat er nicht. Er hat seine Zivis – Zivis, Fabry, Gewaltverweigerer. Nichts hat er, gar nichts!»

«Umso mehr braucht er Macht, umso mehr muss er seine ganze Lust auf die Manipulation verlegen. Und er hat uns allen etwas voraus, Theuer. Er hat nicht den geringsten Grund gut zu sein. Niemand ist zu ihm gut, niemand scheint ihn zu lieben. Außer vielleicht einer Person, von der ihr alle nichts wisst, und die könnte es für ihn tun.»

Sie tranken den Hefe aus der Flasche. «Es kann ganz falsch sein», sagte Theuer.

Fabry nickte. «Aber es ist die schönere Theorie.»

«Der Plasmamann ist verschwunden.»

«Dann such ihn. Er ist nicht im Wald, dafür hat er zu viel Angst. Er hat doch gar nichts mit dem Wald zu tun. ‹Stadt, Fluss!› – ‹Wald› kommt nicht vor.»

«Ein Augenzeuge hat ihn schießen sehen.»

«Ein dreiviertelblindes, seniles, verstocktes Burschenschaftsarschloch war das doch? Theuer, den würd ich nicht so ernst nehmen, dem gönn ich noch lange nicht, dass er Recht hat.»

Der Besucher musste lachen. «Na ja», sagte er schließlich, «so ähnlich habe ich auch gedacht, nur halt ohne Worte. Kann ich auf dem Sofa pennen? Ich bin ziemlich voll und muss ganz früh zurück. Und kann ich ein paar Leberwurstbrote haben?»

«Wart, ich hol dir was zum Zudecken und die Brote», der Fette schien sehr erschöpft, vielleicht nicht vom Reden allein, wenn er auch das möglicherweise nicht mehr gewöhnt war. Dennoch schmierte er dem Hungrigen auf die Schnelle vier große Scheiben, verzierte sie mit Gurkenfächern, Kapern und Senftupfen.

Als Theuer später dann schon mit kindlichen Gefühlen in die Decke gerollt war, kam Fabry noch einmal herein.

«Du sagtest, er wollte mit der Tochter von deiner Flamme sprechen? Der Großreuthe?»

Halb schlafendes Nicken.

«Das ist eine Scheißstelle, Theuer. Wenn ich so was gedruckt lese, werfe ich's Stalin zum Fraß vor. Das Leben ist so dumm symbolisch, manchmal. Aber nie, wenn wir's wollen. Ich glaube nicht, das hat nichts damit zu tun, dass ihr ihn gesehen habt. Ihr seid ihm auf die Entfernung nicht aufgefallen. Es bedeutet, dass der Bezug räumlich ist. Er ist irgendwo in Bergheim, seine Lösung ist bedroht, sein Wahnsinn ist bedroht, durch etwas, er weiß etwas. Wenn es nicht grausam klänge, würde ich sagen, ihr müsst das Kind als Lockvogel verwenden. Er kann mit Kindern möglicherweise sprechen, weil er sie nicht gefährlich findet, vielleicht war ein Kind mal gut zu ihm, als einziges Wesen in seinem schrecklichen Leben.»

«Das will ich nicht», sagte Theuer, «möglicherweise sogar mit meinem eigenen Willen nicht. Außerdem bringt mich dann die Yildirim um … Wir könnten deine Hilfe brauchen, Fabry.»

«Ich trau mich nicht zu helfen. Nicht mehr. Ich trau mich nicht mehr, den guten Part zu spielen. Jetzt schon so lange nicht mehr …»

«Ach», knurrte Theuer im Wegdriften, «du traust dich auch wieder …»

«Ich könnte mir vorstellen, dass ihr ihn nicht mehr lebend findet.»

Das hörte der eingerollte Kommissar, und trotzdem blieb ihm warm und behaglich, er schlief hervorragend.

Sie frühstückten. Fabry spachtelte, als habe er seit Monaten gehungert, und Theuer tat es ihm gleich, insofern man das konnte, und hoffte so, seinen verschnapsten Bauch zu heilen.

«Weißt du», gurgelte er zwischen zwei großen Bissen von einem Milchweck mit Fleischsalat, glatter Petersilie, Zwiebelringen, «es ist so eigenartig aus dem Ruder gelaufen. Anfänglich war der Plasmamann gar nicht im Spiel. Dann hat ihn einer gesehen, der überhaupt nicht mehr richtig sehen kann, dem er sogar erst bei der zweiten Aussage eingefallen ist. Aber dann sieht ihn noch einer und vorher bin ich selbst Zeuge, wie er durchs Feld irrt, da war er auf dem Weg zur Villa, um sich zu verstecken. Die Yildirim sieht ihn in der Stadt, da will er offensichtlich aufgeregt eine Nachricht loswerden, die wir nicht kennen. Er ändert also sein jahrzehntelang geradezu verbackenes Verhalten. Die Frage ist, warum? Was er nicht ändert: Er redet und schreibt von Mord. Und er weiß über die Taten Bescheid. Es ist möglich, dass er die Zeitung liest, bevor er sie als Arschwische nimmt. Es ist aber auch möglich, bei einem Wahnsinnigen nach Meinung vieler wahrscheinlich, dass er so einen Artikel überhaupt nicht kapieren würde. Die Ärzte halten ihn für harmlos – gerade in dieser Frage haben sie sich schon oft geirrt. Er ist so ein Täter ohne echtes Gesicht, aber da der Bilderbuchverdächtige lahm und arm und letztlich unbescholten ist, redet man nur noch vom Plasmamann. Ich glaub es selbst zwischendurch …»

«Es ist ein Beispiel dafür, wie die Welt ist», dozierte Fabry und rülpste. Er verzehrte nach vielen schweren Brotaufstrichen nun abschließend und vorbildlich einen großen Haufen Müsli mit Nüssen, Waldbeeren, Rohrzucker. «Weil die Menschen nicht ertragen, dass die Wahrheit nur die Wahrheit ist und nicht mehr, haben sie schöne Theorien, machen aus einem Wahnsinnigen einen Teufel. Lieber mit dem Teufel kämpfen als sich langweilen, warten müssen …»

«Das ist so ziemlich das Gegenteil von dem, was du gestern gesagt hast.»

«Das stimmt. Aber beides ist richtig. Beides kann richtig sein. Wenn man erkennt, dass die Wahrheit dadurch schön ist, dass sie nur sie selbst ist, dann ist die Theorie, die zur Wahrheit führt, auch die schönere Theorie, wenn man das erkennt.»

«Und das tust du?», fragte Theuer etwas genervt. «Hier in deinem Esszimmer? Immer?»

«Mein Haus hat sechs Esszimmer. Ich esse nämlich überall. Soll ich uns Pfannkuchen machen?»

Der schwere, jetzt noch schwerere Ermittler Johannes Theuer kam fast pünktlich zur Arbeit. Freie Straßen und es war ihm wieder leicht gefallen zu fahren. Aber im Büro sah er sich seltsam handlungsunfähig. Einerseits wurde er von allen Seiten zur mutigen Überwältigung Gollers beglückwünscht, andererseits hörte ihm niemand zu. Leidig war krankgeschrieben, Haffner durch die Untersuchung lahm gelegt, Stern wurde geschont – gesucht wurde nach wie vor der Plasmamann.

Er sprach mit Yildirim, die ihm genervt klar machte, dass er schon sagen müsse, was man stattdessen tun solle, damit sie von Momsens Linie abwiche, da wusste er es selbst nicht so ganz. Schließlich tat er, was allmählich normal wurde, er trommelte das Team für den Abend privat zusammen, widerstrebend sagte auch Yildirim ihre Teilnahme zu.

Neun Uhr, schwül und Regen. Theuer steckte den Kopf aus der Dachluke und ließ ihn nass werden. Es klingelte, es ging los. Ohne irgendwelchen Gastgeberpflichten nachzukommen, wartete der Ermittler ungeduldig, bis alle da waren. Dann fing er an: «Ich sehe folgendes Hauptproblem. Der Plasmamann ist eventuell tot. Die Mordserie könnte beendet sein. Irgendwann wird ...», er entsann sich seiner eigenen Vorgaben, «... Großreuthe gefunden. Zwar kann man ihm die Taten nie so ganz nachweisen, aber in Ermangelung einer besseren Variante schließt man den Fall ab. Und ein zweifacher Mörder kommt davon, weil wir zu doof sind. Wir müssen nochmal ganz an den Anfang, ganz zurück ...»

Yildirim unterbrach ihn: «Ich kann's ja schon selbst nicht mehr hören, aber es ist nun mal so: Der Plasmamann ist weg, verschwunden und die Interpretation seiner seltsamen Schreibereien ...»

Bisher war es dem Gastgeber artistisch gelungen, eine direkte Anrede an die Staatsanwältin zu vermeiden. Er wusste schlichtweg nicht, ob er sie offiziell siezen oder duzen sollte.

«Wir haben gefragt, ob das ein geistig verwirrter Mörder geschrieben haben kann. Wir haben uns nicht allzu oft gefragt, ob ein von Mordphantasien Besessener so etwas schreiben würde, wenn er Zeuge einer Hinrichtung geworden ist. Und er wollte das Schriftstück einer Frau überreichen. Oder nicht?»

Die anderen erinnerten sich gar nicht mehr, also erzählte Yildirim noch einmal, wie sie nach ihrem ersten Gang aufs Jugendamt Zeugin dieser Szene geworden war.

«Ich sage nicht, dass die Frau, die er in der Stadt gesehen hat, die Mörderin ist, vielleicht hat sie gar nichts mit dem Fall zu tun, vielleicht aber doch, vielleicht ähnelt sie einer Frau, die etwas mit dem Fall zu tun hat. Das Einzige, was wir wirklich wissen, ist, dass er die Welt ganz anders wahrnimmt als unsereiner.» Der Teamleiter schlug auf den Tisch. «Wir müssten nochmal mit den Zeugen sprechen. Das ist zu schnell aufgegeben worden. Vielleicht war es doch die Schiene mit den Liebhabern …»

«Der gehörnte Ehemann», Leidig spielte albern mit seinem weinroten Binder, «der übliche Amoktäter sitzt gelähmt im Elektrorollstuhl …»

«Ich sage ja gerade», Theuer brach mitten im Satz ab, ging zornig auf seine Toilette, verklemmt lauschten seine Besucher seinem polternden Urinstrahl, danach spülte er, wusch sich die Hände und kam wieder heraus: «Vielleicht war es eine Frau.»

«Das haben Sie gar nicht gesagt», rülpste Haffner.

«Jetzt hab ich's gesagt.»

Yildirim lachte etwas unpassend: «Ich glaube, es gibt in der deutschen Rechtsgeschichte keinen Fall mit einem weiblichen Auftragsmörder, höchstens mit Gift oder so, nicht mit Knarre.»

«Wir hatten noch nie ein Schulmassaker in Deutschland. Jetzt haben wir das größte überhaupt.» Theuer war beleidigt. Aber dann fing er einen Blick Yildirims ein, mit dem sie ihn um Verzeihung bat, es wurde ihm wärmer ums Herz. Zugleich kehrte schlechtes Gewissen ein.

«Wir überprüfen morgen nochmal seine Kontobewegungen, Scheiß auf Seltmann», aus Leidigs Mund klang der Kraftausdruck nach der bemühten Sprache eines chinesischen Mediävisten. «Ich melde mich einfach gesund, das muss ja wohl akzeptiert werden.»

«Und wenn das nichts ergibt?», wandte Stern ein. «Wir haben doch die ganzen Auszüge durchgeschaut!»

«Dann frag ich ihn», schrie Haffner, «und ich frag ihn ganz privat, im Urlaub, und ich frag ihn nicht als Rolli, sondern ganz normal, dann sagt er's. Was ist, gibt's kein Bier?» Er musste so eine Frage längere Zeit erwogen haben, um sie im geeigneten Moment loswerden zu können. Ziemlich lange Zeit, wenn der geeignete Moment schließlich der war, wo er mit irgendwelchen Folterphantasien zu Wort kam. Damit es nicht zu peinlich wurde, schenkte ihm Theuer ein stummes Kopfnicken Richtung Küche. «Es muss ja nicht um Geld gehen», spann der Ermittler weiter, «es kann ihm ja eine Frau aus einem anderen Grund helfen ...»

«Haha, welche Frau ist denn einem Kerl, der keinen hochkriegt, so verfallen, dass sie zwei Morde begeht», schrie Haffner, er kam gleich mit fünf Flaschen zurück, später sollte Theuer feststellen, dass sein Junger ein sechstes Bier bereits irgendwann zwischendurch in der Küche niedergeknüppelt hatte. «Das macht doch keine für einen mit Schlauch im Schwanz, was für eine soll das denn sein?»

«Eine Hure.»

Sie hatte es ganz selbstverständlich gesagt, aber alle schauten umso verblüffter zu Yildirim.

«Eine Hure, ja», sie nickte.

Haffner hatte die Biere pro forma auf Theuers Couchtisch verteilt, aber irgendwie klumpten sie sich doch in seiner Richtung zusammen.

«Wieso das denn?», schrie er. «An so einem kann die doch nichts verdienen? Da geht doch nix!»

Fast schonend setzten ihm die anderen auseinander, dass die Bezahlung sich nach den Wünschen des Kunden richten könnte und nicht nur nach den Abläufen aus dem Biobuch. Haffner blieb trotzig: «Also, wenn ich so ab und zu und in letzter Zeit gar nicht …» Er mochte Gründe haben, nicht weiterzusprechen.

Theuer verbiss sich in die Idee. Es könnte sein. Eine Prostituierte, eine vielfach von Männern gequälte Frau, sie könnte jemand Schutzbedürftiges, Hilfloses, einen impotenten Mann – lieben. Ja, lieben.

Und was tat man nicht alles aus Liebe! Er schaute Yildirim an und erkannte in einem Moment äußersten Schmerzes, dass ein wenig dieser Wahrheit auch auf sie zutraf und sie vielleicht ihn nicht würde dauerhaft lieben können, wenn er sie begehrte. Als erriete sie seine Gedanken, schaute sie weg. Der Erste Hauptkommissar riss sich zusammen.

«Bleiben zwei Probleme», sagte er. «Der Mord an Tannenbach und der dazugehörige Name für den Termin …»

«Der ist ja wohl falsch», Haffner musste irgendwie noch Schnaps kippen, so blau war er schon, oder die Leber gab langsam auf.

«Klar ist er falsch, Thomas», es dauerte lange, bis Stern wütend wurde, aber es passierte schon. «Vor allem aber ist es ein Männername.» Haffner verstummte, sein Chef nickte dankbar und fuhr fort: «Zweitens begeht man nicht gleich mehrere Morde einfach so aus Liebe.»

«Drittens ist der Plasmamann, Entschuldigung, Herr von Großreuthe verschwunden», ergänzte Leidig kühl. «Und», fuhr er fort, «die Sprechstundenhilfe sagte, ein Mann habe den Termin ausgemacht, na ja, telefonieren kann man auch im Rollstuhl.»

Stern schüttelte den Kopf. «Und dann? Dann kommt abends statt des erwarteten Benedikt Scheerhard eine Frau, ‹mein Mann kann seinen Termin nicht wahrnehmen, aber ich sehe auch irgendwie schlecht …›, genauso etwas hat Tannenbach nicht gemacht, der hat die Leute weggeschickt.»

«Warum eigentlich nicht? Woher sollte die das überhaupt wissen?» Leidig setzte sich auf. «Oder wie wär's mit: ‹Das hat Ihre Sprechstundenhilfe falsch verstanden. Benedict Gerard, isch bin Französin.›» Theuer starrte ihn an. Dann schlug er sich an die Stirn, sagte: «Au!» Schlug gleich nochmal, griff dann nach einem von Haffners Bieren – inzwischen standen sie alle wie ängstlich aneinander gedrängt vor seinem Mitarbeiter – und saugte an der verschlossenen Flasche. «Er hat noch gelebt, als sein Mörder schon gegangen war und er hat das Parisposter von der Wand gerissen.»

«Und warum hat er nicht stattdessen das Telefon vom Tisch geangelt?», fragte Yildirim.

«Da war der Stecker rausgezogen», rief Stern aufgeregt, «das einzustöpseln, zu wählen und noch zu sprechen, hätte er nicht geschafft.»

«Und er hatte keinen Kiefer mehr», ergänzte Theuer traurig.

«Na ja», Haffner wurde von Zweifeln geplagt, das sah man, aber es konnten auch Zweifel sein, ob es wohl auffiele, wenn er noch ein Bier …, nein, es waren Professionelle. «Ich war vor ein paar Wochen beim Augenarzt, weil ich zwischendurch alles doppelt gesehen habe …»

Leidig lachte schallend auf, was ignoriert wurde. «Da hat der alles Mögliche untersucht, auch so direkt am Auge rumgepopelt und danach habe ich so eine Art Küchentuch bekommen, zum Abwischen, weil man dann heult.»

«Ach», Stern war gerührt.

«Mechanisch», bellte Haffner, «Reizung, sonst nichts.» Dann schwieg er. Theuer versuchte verzweifelt, mit Haffners Feuerzeug das Bier zu öffnen, was er nicht konnte. Noch nie hatte er das gekonnt, alle konnten es, nur er nicht. Dass ihm keiner zur Hand ging, ärgerte ihn furchtbar.

«Das ist ein wunderbarer Erlebnisbericht, junger Kollege! Aber wir befassen uns hier nicht mit allgemeinen Anekdoten zum Thema ‹Augenarzt›, sondern …»

«Warten Sie, ich mach's Ihnen», mit einem schnellen Klick öffnete Haffner die Flasche und gab sie seinem Chef, der brummte entwaffnet: «Danke schön.»

«Ich mein halt», fuhr Haffner fort, «er hätte ja einen Zettel schreiben können. Auf so ein Papier zum Beispiel. Und ein Arzt hat ja immer was zu schreiben im Kittel.»

Theuer kam schon wieder nicht zum Biertrinken. «In der Praxis hat angeblich nichts gefehlt … Hatte die Leiche denn einen Stift bei sich?» Leidig ließ es sich nicht nehmen, eine kleine philosophische Petitesse einzustreuen, wie zweifelhaft es sei, ob eine Leiche noch etwas besitzen könne, aber Stern unterbrach ihn: «Nein, ich hab's im Bericht der Spurensicherer nicht in Erinnerung, ich glaub nicht. Aber ich prüfe es morgen nach.»

Theuer fühlte etwas Heißes und brauchte ein wenig, bis er sein aufkommendes Jagdfieber erkannte: «Versteht ihr? Dem Reister wird der Schlüssel abgenommen und landet im Wald. Nicht irgendwo, bei der Thingstätte, wo alle möglichen Spinner okkultes Zeug treiben. Nun fehlt vielleicht bei Tannenbach ein Stift, wenn der dort gefunden wird, ist das ein handfester Hinweis. Die Sache bekommt einen ganz anderen Anstrich! Stern, sind eigentlich die Helfer von Ludewig überprüft? Das solltest du doch machen.»

«Vergessen», flüsterte Stern.

«Jaja, gut», der schwere Ermittler hielt mit allen Kräften die Fäden zusammen. «Ich will mir das Schlierbacher Schmuckkästchen sowieso anschauen, morgen oder so … Auf jeden Fall muss nach dem Stift gesucht werden.»

Yildirim schüttelte den Kopf: «Wir haben niemanden mehr, absolut keine Kapazitäten, um auch noch im Wald nach einem Kuli suchen zu lassen. Die Suche nach dem Plasmadichter geht ja weiter. Meine Babett haben eure Kollegen ausgequetscht, bis sie fast gekotzt hat. Jetzt glauben sie ihr immerhin und durchsuchen alle möglichen Baustellen in Bergheim – nur schade, dass gerade ein neuer Stadtteil gebaut wird. Eine Unzahl an möglichen Verstecken …»

«Bahnstadt», sagte Haffner stolz und unpräzise. «Heidelbergs neue Mitte.»

«Dann müssen wir selbst suchen», knurrte der Erste Hauptkommissar. Er ging zu seinem Bücherregal und kramte eine Zeit lang herum, schließlich hatte er es gefunden.

«Hier, Haffner, das ist eine Wanderkarte «‹Rund um den Heiligenberg› … Haben wir den genauen Fundort des Schlüssels?»

«Im Büro», antwortete Stern.

«Okay, Stern, dann nimmst du die Karte mit und morgen trägst du als Erstes den Fundort ein.

Sagt mal, weiß einer von euch noch, wie man den Mittelpunkt von einem unregelmäßigen Ding bestimmt?»

«Ding!», lachte Haffner glücklich. «Ding!»

«Einer Fläche!», schrie ihn sein Chef an. «Es reicht mir gleich!»

«Ding!», jubelte sein benebelter Schützling unverzagt.

Theuer beschloss, ihn zu ignorieren. «Ich meine, die Thingstätte ist im Grundriss eigentlich so eine Art Ei, am dicken Ende haben die Nazis rumgebrüllt und auf den Rängen gegenüber sind die anderen Nazis gesessen …»

Yildirim stand ziemlich entnervt auf. «Was soll denn das jetzt? Ich meine, sich die Thingstätte als Ei vorzustellen, da brauch ich ein Huhn aus Tschernobyl, was soll das …»

«Na ja», sagte der schwere Ermittler und fühlte sich scheißdumm dabei. «Na ja. Ich hatte da eben die Idee. Ich sag sie nicht.»

Stern erhob sich stöhnend. «Ich hol jetzt diesen Plan, und dann, Chef, dann sagen Sie es vielleicht doch, gell?»

«Vielleicht», sagte Theuer beleidigt und nahm sich eine von Haffners Zigaretten. Er wollte so, dass ihn die Yildirim anstrahlte, umarmte und küsste, dass er sie fast rausgeworfen hätte.

Zunächst hatte Leidig allerseits vergessene mathematische Bildung sehr selbstgefällig ins Gedächtnis gerufen und ein «Dreiecksnetz» auf den Grundriss der Kultstätte gezeichnet, ausgerüstet mit halbprofessionellem Material der unglücklichen Bahar Yildirim. Die hatte nämlich für Babett gerade heute Geodreieck, Zirkel, Bleistift, Spitzer und Ratzefummel erworben und in der Handtasche vergessen. So ging es jetzt also weiter mit den Fantasmen ihres Liebhabers.

«Ich hätt's euch Irren nicht sagen dürfen.»

Theuer kehrte triumphierend aus dem Flur zurück. «Zirkel, Lineal und Bleistift, aus meiner Schulzeit! Wir hätten auf jeden Fall …»

«… basteln können», ergänzte die Anklägerin. «Liebster Simon Leidig, was Sie da machen, kenne ich auch noch. Damit kann man annäherungsweise die Flächen von Staaten berechnen …»

Leidig wurde blass und ließ den Bleistift sinken.

«Gib her», knurrte Haffner. «Ich weiß da auch noch was.»

Als Erstes brach er die Spitze des Zirkels ab, schließlich kam ein marode vereinfachtes Verfahren zur Bestimmung eines Schwerpunktes heraus.

«Ich will mir die Keltenschüssel nicht an die Decke hängen», brüllte Theuer. Haffner ging stumm auf die Toilette.

Schließlich schlug die müde Yildirim vor, einen «Strich durch die breiteste Breite» und einen zweiten «durch die längste Länge zu ziehen». Den durch dieses zweifelhafte Vorgehen gefundene Punkt unterzog Theuer verschiedenen hilflosen geometrischen Proben. Schließlich spannte er den Zirkel von dort aus bis zum Schlüsselfundort und betrachtete staunend einen Kreis, der die Thingstätte an beiden schmalen Enden des Ovals beinahe berührte. Das Ganze sah irgendwie sehr planvoll aus, gleichzeitig aber auch sehr gepfuscht.

«Jetzt wissen wir», flüsterte der Erste Hauptkommissar heiser. «Nichts. Oder doch immerhin, dass der Täter auch so einen Skizze gemacht hat, aber nicht allzu viel von Mathe versteht …»

«Danke.»

«Entschuldigung, Bahar, Bahar Yildirim, Sie, Frau, Yildirim, aber vielleicht denkt der Täter, dass er viel von Mathe versteht. Oder aber, will, dass man denkt, dass er viel von Mathe versteht, oder vielleicht will er, dass jemand denkt, dass er Mathe kann und es ist ihm, dem Täter, dem Kreiszeichner egal, ob noch mehr denken, dass er denkt, dass er, das … kann …» Seine Augen traten hervor, er war müde und irgendwie löste sich jetzt alles auf. Oder dachte er nur, dass sich alles auflöste, wollte er, dass man … «Großreuthe hat doch nie von Kreisen gesprochen, das hat er nie gemacht …»

«Manchmal hätte ich gerne mehr Befehle», lallte Haffner. «Geile, scharfe Befehle. ‹Geh da rein, hol ihn raus, halt ihn fest, lass ihn los› …»

«Gib Pfötchen», schlug Leidig vor.

«Soso, Befehle, kannst du haben, Haffner …» Theuer wischte sich Schweiß von der Stirn. «Du hast Urlaub, dann gehst du morgen wandern. Lauf einmal um die Thingstätte herum, genau im Abstand des Schlüssels, das geht nicht auf den Zentimeter, aber es ist eine Chance, du musst unseren Kreis um diese keltische Latrine ziehen, verstanden?»

Haffner nickte militärisch: «Keltenkreis. Der Keltenkreis. Logisch.»

«Sehr logisch», nickte Leidig. «Wie alles, was wir tun.»

«Und für uns drei heißt das, morgen geht's erst zur Bank und dann in den Puff», schloss Theuer euphorisch.

«Sinnige Reihenfolge», sagte Yildirim trocken.

Als alle gegangen waren, verstohlen hatte ihm die Staatsanwältin den Po gezwickt, aber dabei sehr ernst an ihm vorbeigeschaut, gelang es dem Kommissar nur schlecht, ein spätes großes Geschäft wegzuspülen. Als er irgendwann fluchend den Toilettenkasten öffnete, trieb darin ein kleiner Weizenkornflachmann, ein zweiter hatte sich zwischen Schwimmer und Rückwand geklemmt, sodass nicht genug Wasser nachfließen konnte. Eine solche Reparatur bewältigte der Hausherr gerade noch.

Na also, Haffners Leber war in Ordnung.

Er saß auf seinem Sofa, eine Flasche italienischer Rotwein, den er wegen der Traubensorte «Primitivo» erworben hatte, war geöffnet und er lauschte dem tropischen Rauschen des Regens.

Jetzt begann etwas Neues, auf allen Ebenen, er spürte es mehr, als dass er es wusste. Die letzten Tage hatten ein derartiges Tempo gehabt, dass seine Gedanken noch in den einzelnen Stationen hingen wie verwehte Plastiktüten in blattlosen Baumkronen.

Jemand klingelte. Wenn es eine Frau war, wusste er noch nicht einmal, welche. Seufzend erhob er sich und drückte ohne zu fragen auf den Türöffner. Sollten sie ihn doch beide vögeln.

Es war Yildirim.

«Ich bin eine Runde am Fluss entlanggelaufen. Hab deinen Jungs gesagt, mein Auto stünde da. Keiner von den Deppen hat noch gewusst, dass ich gar keines habe.»

Sie setzte sich zu ihm, hielt aber Abstand.

«Warum nimmst du nicht das Fahrrad?», fragte Theuer lahm.

«Babetts Vater ist in der Stadt. Ein absolutes Arschloch, er hat mich heute angerufen. Er möchte Kontakt zu Babett, stellt aber die Bedingung, dass sie bei ihrer Mutter wohnt.»

«Wie kann denn der Bedingungen stellen? Der hat sich doch nie gekümmert!»

«Ich hab mit ein paar Studienfreundinnen telefoniert, die sich auf Familienrecht spezialisiert haben. Die Väter haben die derben Rechte. Die können ziemlich schalten und walten, da haben genug Arschlöcher Lobbyarbeit geleistet.» Sie zündete sich eine Zigarette an. «1998 hat der Bundestag das neue Umgangsrecht beschlossen. Ich wüsste gerne mal, wie viele geschiedene Böcke da abgestimmt haben, die es ihrer Alten zeigen wollten.»

Theuer nahm sich eine von ihren Zigaretten.

«Es kann in nächster Zeit eine Verhandlung vor dem Familiengericht geben. Ich wäre dir dankbar, wenn du mitgingst.» Die Anklägerin lächelte müde. «Noch ein Auftritt, dann geb ich's auf. Komm, tun wir heute nochmal so, als hätten wir eine Zukunft.»

«Warum haben wir keine?»

Yildirim trat sich aus den nassen Schuhen, sie zog die Knie ans Kinn und umarmte ihre harten Schienbeine. Ja, warum hatten sie keine? Sie schaute aus dem Fenster, man sah kaum etwas von den Häusern gegenüber. Sie wollte nicht der Stolz eines alternden Mannes sein, zum Beispiel. Und den alten Bullen da kränken, das wollte sie irgendwie auch wieder nicht.

«Nun», fragte Theuer, «keine Antwort?»

«Wie ist das jetzt mit deiner Freundin? Ist da wirklich nichts mehr?»

«Sie hat mit mir Schluss gemacht», antwortete Theuer diplomatisch. «Es ist jetzt endgültig aus.» ‹Aha›, dachte er.

Yildirim lehnte sich an ihn, ihre nassen Haare ließen ihn schaudern, sie schnippte ein paar Fusseln von seinem strammen Jeansschenkel. «Ich habe für Babett die Verantwortung übernommen. Was ich mache, wenn sie sie mir wegnehmen, weiß ich nicht. Aber wenn sie bleibt, wird sie irgendwann auch zu dir eine Verbindung aufbauen. Willst du das?» Theuer schwieg und sie stellte fest, dass sie das erleichterte.

«Man kann mit ihr nicht nochmal spielen. Wir können nicht einfach ein Paar sein, das nach zwei Jahren dann sagt: ‹Wir haben's uns anders überlegt›. Das geht nicht, das mach ich nicht.»

«Demnach müssten wir heiraten», sagte Theuer und schaute an die Zimmerdecke. «Oder zumindest so tun, als ob.»

Yildirim fing an zu frieren. «Nein, keine weiteren Komödien mehr, nicht als-ob.»

«Mein ganzes Leben ist als-ob.»

Yildirim streckte sich, gähnte in sich hinein. «Meines vielleicht auch, aber für Babett würde ich mir etwas anderes wünschen. Oder ich denke auch nur, ich müsste mir das wünschen, aber das ist egal.»

«Ich war verheiratet.»

«Ich weiß, vor hundert Jahren.»

«Meine Frau ist gestorben.»

«Weiß ich auch, jeder weiß es.»

«Ich denke erst seit einem Jahr nicht mehr ständig daran. Wenn ich heirate, denke ich wieder daran. Und übrigens, jetzt noch einmal so zu tun, als ob wir eine Zukunft hätten, das passt dann auch nicht mehr.» Er brach erbittert ab. Dann schaute er sie ängstlich an. «War es das schon wieder?»

Yildirim antwortete nicht, nach einiger Zeit meinte sie, sie sei müde, und ging.

Mit schweren Beinen fiel er ins Bett, als sei er eine riesige Strecke gewandert. Er dachte noch, er könnte nicht schlafen, da schlief er schon.

15

Frühling. Es war alles ausgespäht. Er war ruhig, aber nicht ohne Sorgen. Wie er nicht anders erwartete, entglitt sie ihm, kam mit immer neuem Stumpfsinn, machte Ausflüge mit esoterischen Zirkeln. Er hatte nicht die geringste Lust, ihre ganze Erziehung in den Wind zu schreiben, weil sie beim Opfern der Nachbarskatze verhaftet wurde. Nun, was blieb ihm übrig? Er träumte wieder von Laurent.

Er sah ihn in einem Land ohne Bäume einen Weg entlanggehen, alt, im Anzug, gebeugt wie ein Witwer auf dem Weg zur Grabpflege.

Dann begegnete er ihm am Meer, Laurent war wieder ein Kind.

Er ging am Strand entlang. Laurent saß im Sand, ganz alleine. Beim näheren Hinsehen erschrak er. Laurent war ein Gnom. Auf dem nur scheinbar knabenhaften Körper saß ein kantiger Schädel mit kahlen Stellen im verfilzten, eher gelben als blonden Haar.

Laurent schaute misstrauisch aus den Augenwinkeln wie ein Straßenköter und hoppelte davon, als er sich näher träumte, ein Bein der Kreatur war nur ein Stumpf.

Er blieb neben der Stelle am Strand sitzen und ließ sich von der Sonne quälen.

Die zweite Sicht auf Ludewigs Kontobewegungen war im neuen Blickwinkel erstaunlich ergiebig, eigentlich hatten sie alle damit gerechnet, dass alles nur immer wirrer würde, wie gewohnt.

«Wir haben das im falschen Licht gesehen», kommentierte Leidig schlau.

Nach wie vor sprach keine Transaktion für die Beschäftigung eines Killers. Wenn der Gehörnte keine anderen Konten unterhielt. Da er aber sämtliche üblichen Bankgeschäfte bei seiner Hausbank ablaufen ließ und diese sich rühmen durfte, die einzige weit und breit zu sein, die Schwerbehinderten (allerdings nur verbeamteten) Abhebungen mit einem Bankboten zu Hause ermöglichte, stuften die Ermittler das als unwahrscheinlich ein. Zu wenig Bewegung für einen Killer, aber es fiel auf, dass Ludewig fast über das ganze Jahr 2000 plötzlich umgerechnet 150 bis 180 Euro mehr pro Woche ausgegeben hatte, im Jahr 2001 war diese Summe dann nicht mehr vonnöten, seit einigen Wochen waren seine Ausgaben wieder angestiegen. Neuerdings hatte er einen solchen Betrag auch zweimal überwiesen.

«Und jetzt kommt es», sagte Theuer, der bis dahin all das leidlich stringent seinem Vorgesetzten Dr. Ralf Seltmann mitgeteilt hatte. «Wir glauben, dass er zur Tarnung jetzt planlos Prostituierte bucht …»

Der Direktor schien eigenartig desinteressiert an den Ausführungen. Sie saßen in der pastellenen Sitzgruppe im Chefzimmer, die Schale mit den Wohlfühlsteinen stand wie immer nutzlos auf dem Tisch und über den Bildschirm von Seltmanns PC, gut zu sehen vom Sofa, hüpfte aufgeregt die Zeile «Carpe diem».

«Herr Theuer, das scheint mir, wie soll ich sagen, ja, ich weiß, Sie sagten, ‹jetzt kommt's›, aber egal, was jetzt kommt, ich finde, Sie versteigen sich. Was ist mit diesem Plasmamann? Der ist nach wie vor als Schütze benannt …»

«Dieser Zeuge ist mit Abstand der älteste», unterbrach Theuer, «dreiundachtzig, Druck in der Blutbahn wie ein Schnellkochtopf unterm Deckel, Diabetes, der hat wahrscheinlich eine Netzhaut, die zur Hälfte aus Weltkriegserinnerungen besteht.»

«Wie reden Sie über einen älteren Mitbürger!», brüllte Seltmann los. «Entschuldigen Sie, Herr Theuer, verzeihen Sie, es ist … Katze aus dem Sack, nicht hinter dem Tisch halten, Katze auf den Tisch, Herr Theuer, das Innenministerium regt an, unsere Teamstruktur hier aufzulösen. Aus. Es gibt neue Studien aus Amerika, woher dieses Modell ja stammt, wie Sie sicher wissen …»

«Weiß ich nicht», sagte Theuer böse, «Sie hatten es immer als Ihre Idee …»

«Ja, mein Gott», Seltmann schien den Tränen nahe, «wir stehen alle in den Fußspuren anderer und diese sind wiederum auf den Schultern von nochmals anderen, das kann man ja nicht immer dazu sagen. Der Transfer ist von mir. Das ja. Das nehme ich als Kappe auf mich, so möchte ich es ausdrücken, zu weiten Teilen zumindest. Herr Theuer, beschäftigt Sie, was ich sage?»

«Es geht», sagte der schwere Ermittler. «Bis jetzt weiß ich nicht genau, was Sie sagen.»

«In den USA», Seltmann stand auf und ging mit auf dem Rücken verschränkten Händen heroisch auf und ab, «ist die Aufklärungsquote in den Städten mit polizeilichen Teamstrukturen bei Tötungsdelikten um 0,3 Prozent gesunken.»

«Da wir in Heidelberg nur einen Mord pro Jahr haben, durchschnittlich», warf Theuer ein, er fühlte sich über das Geplapper seines Herren müde und depressiv werden, «heißt das, dass uns in dreihundert Jahren einer durch die Lappen geht. Die Amis sind doch die allergrößten Deppen.»

«Sagen Sie das nicht», Seltmanns Stimme hatte einen sakralen Beiklang, er setzte sich gemessen, aber unpassend nahe neben Theuer. «Reden Sie in dieser Zeit nicht so. Denken Sie an die lodernden Türme. Nie da gewesenes Leid. Und was wir den Amerikanern verdanken. Denken Sie an jedes Einzelne, was wir den Amerikanern verdanken, es ist unendlich viel.»

«Wie viel Zeit habe ich dafür?»

Seltmann schwieg ergriffen.

«Also, wie geht es jetzt weiter?», fragte Theuer leise. «Sie wissen, ich habe mit den Jungs mittlerweile ein enges Verhältnis.»

Seltmann hob traurig die Hände. «Das muss hintanstehen, mein lieber Herr Theuer. Das kann ich Ihnen nicht versprechen, dass man als Ermittlungsbehörde darauf Rücksicht nehmen kann … Wie Sie wissen, bin ich von Haus aus Jurist, was Sie nicht wissen, ist, dass ich auch einmal ein paar Semester Pädagogik studiert habe, sicher, das hilft mir, lassen Sie mich kurz unbescheiden sein, das hilft, ein guter Leitwolf, wie sagt man, Leithammel, Alphahammel zu sein …»

Theuer schaute zur Seite.

«Die Kontakte aus der damaligen Zeit, allerdings … das Leben ist Veränderung, Herr Theuer.» Das Gesicht des Direktors leuchtete, irgendeine solche Veränderung musste ihm höchstes Vergnügen bereiten.

«Ich weiß, Herr Dr. Seltmann, es ist nur ein Unterschied, ob man erfolgreich und gut zusammenarbeitet, dann einfach auseinander gerissen wird oder ob man ein paar Bekanntschaften aus einem Zweitstudium einbüßt.»

Seltmanns Blick verriet ihm, dass er an eine Wunde rührte. Demnach hatte der Polizeidirektor einst eine Pädagogin geliebt. Theuer wollte etwas in der Art: ‹Sieht ihm ähnlich.› denken, dachte es aber nur halb, Hornungs Profession fiel ihm ein.

«Also, Herr Theuer, das steht jetzt eben fest, erst mal, die Teams gibt es nicht mehr. Ich kann den Innenminister nicht ignorieren, wo denken Sie hin. Der Mann ist Profi, so wie Sie ein Profi sind, ich sowieso. Ich appelliere an Ihre Professionalität, wir müssen professionell arbeiten und mit uns, unseren Verletzungen, mit allem, was da kommt, umgehen und … bei der Gelegenheit: Der Herr Haffner ist von aufmerksamen Bürgern beobachtet worden, wie er im Umfeld der Thingstätte investigativ, wie soll ich sagen, tätig war, im Gebüsch. Aber seine Pflichten ruhen, bis die Überprüfung seines Schusswaffengebrauchs in …»

«Pforzheim», sagte Theuer müde. «Gar nicht so schlecht dort.»

«Gewiss, Gold, Uhren, Golduhren … also dem teilen wir mit, dass er das lassen soll, dem Haffner. Und dass der Herr Leidig nach so einem traumatischen, albtraumatischen, möchte man fast sagen, Erlebnis, wenn das noch ein Erlebnis war …»

«Was denn sonst?»

«Also, der bleibt jetzt auch einmal zu Hause, eine Woche und dann schicken wir den zum Psychologen, heute hat die Mutter angerufen und gefragt, warum er diese Verwundung hat, er spricht nicht darüber, dabei ist es doch so immens wichtig, dass man miteinander spricht? Gell? Ans Licht mit den Traumata, Traumatas (?), offener, professioneller Umgang mit … allem!»

«Sie schießen uns ganz gut aus allem raus.»

«So dürfen Sie das nicht sehen, Herr Theuer. Nein, gar nicht. Wettstreit der Ideen. Ich bleibe dabei, der Plasmamann ist der Mann, also unserer. Und Sie tragen heute Abend Ihre Überlegungen vor. Ganz offen vor den Kollegen, *survival of the fittest*, lieber Kollege.»

Und so geschah es, Leidig wurde nach Hause geschickt, und zwar ganz, die Pension war für einen Kongress gebucht, Haffner wurde von einem Streifenbeamten verwarnt, auch, weil er eine Pfandflasche im Gehölz weggeworfen hatte. Es gab das Team nicht mehr, Theuer wurde schwindelig und er saß mit einem schweigsamen Stern im Ex-Büro, verzweifelt auf der Suche nach Worten für den Abend.

Schließlich gegen sechs Uhr, müde und mit Anflügen einer Migräne, erläuterte er einem ungewohnt großen Plenum den Stand der Dinge. Da saßen die Haudegen, Metzner, Scherer, wie sie alle heißen mochten, die letzten 18 Monate hatte er manche kaum gesehen. Er versuchte sich einzureden, es sei ja auch ganz nett, so wie früher in wechselnd großen Gruppen verschiedene Sachen auf einmal abzugrasen, aber er hatte nicht die allergeringste Lust dazu.

«Also, es ist zu konstatieren, an unserer Vermutung könnte was dran sein. Ludewig hat nämlich», endlich war er wieder da, wo er vor Stunden bei Seltmann unterbrochen worden war, «in letzter Zeit an Modellagenturen überwiesen. Angesichts der ähnlichen anderen Beträge liegt der Verdacht nahe, dass er regelmäßig Prostituierte empfängt.»

Ein Kollege meldete sich: «Punkt eins: Das ist nicht strafbar. Zweitens: Was macht er dann mit den Damen? Halma spielen? Drittens, warum braucht ihr eine Woche, um ein paar Kontoauszüge zu studieren?»

«Wir haben noch mehr gemacht», Theuer wurde zornig, «wir haben nochmals mit der Sprechstundenhilfe von dem ermordeten Augenarzt gesprochen. Er trug tatsächlich immer einen teuren Kugelschreiber bei sich und er hatte ihn nicht mehr, als er ermordet gefunden wurde, man könnte jetzt die Thingstätte nach diesem Gegenstand absuchen. Wir haben eine geometrische … Sache entdeckt. Wenn er sich dort fände, der Kuli, dann würde das die Vermutung stützen, dass wirklich irgendeine Art von Fetischkult getrieben wird. Haffner hat schon gesucht …»

Jemand lachte. Ein anderer rief: «Dann gibt's jetzt also demnächst auch noch einen Waldbrand.»

«Lass nur!», brüllte der namenlose Dicke von hinten. «Der hat was zum Löschen dabei.»

«Wie heißen Sie, Sie mein' ich, den Dicken!», schrie Theuer.

«Was hat das mit der Beamtenbank oder den Nutten zu tun?», fragte Scherer dazwischen.

«Ja, einerseits nichts und andererseits vielleicht doch …» Der Kommissar sah Blitze. Die Migräne kam.

«Haffner hat noch nichts gefunden, aber wir bleiben dran, der Keltenkreis …»

«Du lieber Gott», sagte einer.

«Okkultismus, wenn Leute drauf reinfallen, machen sie alles, legen sich zu Leichen», rief Theuer, während er über wogenden Schmerzattacken erblindete. Wieder wurde gelacht. Er hätte sich jetzt so gerne in die Arme einer Frau sinken lassen, aber er konnte sich noch nicht einmal entscheiden, welche ihn fangen sollte. Sein überfordertes, pulsendes Hirn sandte ihm Montagen, Yildirim mit Hornungs Brille, Yildirim im Kleid seiner toten Frau, Hornung mit Babett, am Ende sogar das Mädchen, nackt in weiblichen Formen.

«Der Haffner hat doch Urlaub. Der hat doch einen abgeknallt.»

«Notwehr ...»

«Warum habt ihr den Plasmamann im Wald gesucht?»

«Den haben wir nicht im Wald gesucht ...»

«Vielleicht ist er im Wald ...» – («Der Theuer ist gaga, volles Rohr ...») – «Plasmatheuer ...» – «Hahaha ...» – «Was ist jetzt mit Spitz und Hummel?»

«Spitz ist Spitz und Hummel ist Hummel ...»

«Gaga, gagagaga ...» – «Der Zeuge, der Zeuge Rampe hat's doch gesehen ...»

Theuer verlor das Bewusstsein.

Allmählich war er wieder klar, so klar er halt war, wenn er klar war. Er lag in der Kopfklinik. Er trug eines dieser hinten offenen Krankenhausnachthemden und fühlte sich schon dadurch reichlich entehrt. Weiterhin wusste er nur zu gut, dass er eine Schwäche gezeigt hatte, die seine Theorien vorerst erledigt haben dürfte. Jetzt würde einer der Kraftmeier, ein ganz normaler Familienvater mit Reihenhaus, Hip-Hop-Sohn, Promenadenmischung und dummer Frau, den Fall koordinieren, so wie es schon vor der Teambildung immer gewesen war. Einer, der Melancholie für eine Schokoladensorte hielt.

Im Bett neben ihm lag ein schlafender Greis, mit seinen vielen Schläuchen wirkte er wie eine abgelegte Marionette.

Theuer nickte ein und träumte, er sei eine Marionette, als alle Fäden rissen, erwachte er, hörte sein Herz pochen, sank wieder weg.

Jetzt ging die Tür auf. Ein junger Assistenzarzt kam herein, Theuer entsann sich, ihn schon vorhin – wann war vorhin? –, noch reichlich benommen, gesehen zu haben.

«Herr Theuer! Wie geht es Ihnen?» Betont human setzte sich der Jüngling auf seine Bettkante.

«Gut, ganz gut. Es war wohl meine Migräne, aber so heftig habe ich sie noch nie erlebt ...»

«Sie waren über Stunden immer wieder bewusstlos. Unsere Tests haben aber zum Glück nichts Auffälliges ergeben ...»

«Na, dann ist es ja gut», stöhnte der Kommissar, «dann geben Sie mir doch bitte meine Hose. Irgendeine Hose. Ich nehme auch Ihre.»

«Ha, ha, ha», lachte der Medicus, «nanana. So schnell geht das nicht! Wir müssen doch herausfinden, was da los ist!» Unsanft klopfte er gegen Theuers Stirn.»

«Da war noch nie so besonders viel los», entgegnete der Patient ergeben. «Sie sagten doch, die Tests waren in Ordnung?»

«Ja, gut», kaum verhohlen schaute der Arzt zur Uhr, «aber wir wollen doch sicherstellen, dass sie nicht noch einmal umfallen. Sie zeigen zwar nicht die typischen Krampfsymptome einer Epilepsie, aber jeder Mensch ist anders ... Stellen Sie sich vor, Sie regeln den Verkehr und plötzlich ...»

Theuer wurde zornig. «Ich bin Erster Hauptkommissar der Kriminalpolizei, Gewaltdelikte. Ich regle keinen Verkehr. Wenn neben mir ein Bus in ein Loch fällt, schau ich gar nicht hinein, so wenig geht mich das an. Und bleiben Sie mir weg mit Ihren Unterschieden, die Menschen sind alle gleich.»

Er ließ sich ins Kissen fallen. «Kann Stress so einen Migräneschub auslösen, wenn man außerdem aus Gründen der seelischen Verwirrung das Essen vergisst, nicht aber das Trinken? Und schlafen, schlafen ist auch so ein Hobby von mir, aber es gibt Zeiten, da kommt man einfach nicht zu seinen Hobbies.»

«Könnte schon sein … Wie viel trinken Sie?»

Eine kalte Manschette schloss sich um seinen linken Arm.

«Was soll denn das schon wieder?»

«Ich möchte Ihren Blutdruck messen, Sie scheinen sehr aufgebracht.»

«Ich habe eine Kontaktallergie gegen diese Manschetten», log Theuer. «Ich trinke nur Cola, ich habe Cola gemeint.»

«Oh, Verzeihung … Vielleicht sollten Sie auf mit Mineralwasser verdünnte Obstsäfte und Früchtetees umsteigen. Die Ernährung umstellen. Auf salzlose Ernährung umstellen. Es gibt Gruppen, die gemeinsam kochen. Sie könnten Freundschaften schließen.» Der Arzt öffnete den Klettverschluss und Theuer schüttelte das Ding ab.

«Ich suche keine salzarmen Freundschaften.»

Jetzt hing der Kopf des Arztes über ihm.

«Vergessen Sie öfters etwas?»

«Meine gute Erziehung, jetzt gleich.»

«Sie scheinen etwas verwahrlost.»

«Jetzt reichts aber!», brüllte der Ermittler und richtete sich so autoritär auf, wie das mit nacktem Arsch möglich ist.

«Sie haben seit Tagen vergessen, sich zu rasieren», japste der Arzt zurückweichend.

«Ich vergesse seit dreißig Jahren, mich zu rasieren. Da haben Sie es leichter, Sie müssen wahrscheinlich noch nicht.»

«Das stimmt», räumte der junge Doktor ein. «Ich denke manchmal, eine Pigmentstörung, etwas Hormonelles …» Er griff sich tastend an die rosige Wange und sah plötzlich klein und verloren aus.

«Ach was», Theuer entstieg jetzt ruhig seinem Bett, er hatte auf einem Hocker bei der Tür seine Kleidung entdeckt. «Das kommt schon. Sie reduzieren den Menschen auf chemische Abläufe und glauben dann an das Individuelle, Sie sind vielleicht eine arme Sau.»

Von dem Wortgefecht war der Greis erwacht. Mit wirren Mäuseaugen suchte er den Raum ab, nach irgendetwas, was da noch klar sein könnte. Weil dem offensichtlich nicht so war, griff er zum historischen Ankerpunkt seiner Generation. «Heil Hitler!», fiepte es durchs Zimmer. Schäbiges Chaosfraktal eines verlöschenden Bewusstseins.

«Meinen Sie wirklich, ich würde hier genesen?», fragte Theuer den Arzt.

«Nein», kam die Antwort leise, «aber wenn Sie jetzt gehen, kann ich Ihnen nur dringend empfehlen, am Montag in die Privatsprechstunde von Professor Theuer ...»

«Was?», fragte Theuer, «zu wem? Wie heißt der?»

«Ja, Theuer, so wie Sie. Sind Sie verwandt?»

«Ich bin mit niemandem verwandt. Auch mit ‹t-h›?»

«Jaja, aber das macht dann ja nichts.»

«Nein, es ist nur ungewohnt. Manche stört so was, aber mich nicht.

Warum soll ich da hin, Sie sagten doch die Tests ... oder werden da andere Tests gemacht?»

«Nein, aber ich empfehle Ihnen dringend ...»

Theuer war fertig mit Anziehen, jetzt noch die Schuhe, er bekam den linken Schlupf nicht auf. Sie mussten ihm grob die Schuhe entwunden haben, die Säcke.

«Zu meinem Namensvetter zu gehen. Ich hab's schon verstanden. Dann krieg ich so eine Art Gelee auf die Birne und es kommen Kurven raus. Eventuell darf ich in einem großen Rohr liegen, in dem es wummert wie beim Wäscheschleudern. Zum Schluss sehe ich mein Gehirn in lauter Scheiben geschnitten, habe ich wegen meiner Migräne alles schon mal gemacht. Seitdem mag ich keinen Blumenkohl mehr.»

«Kaffee meiden, Rotwein, Schokolade. Keine Gummibärchen, Verzicht auf heiße Vollbäder. Bewegung schadet nicht, zu viel Bewegung schadet doch … Nicht rauchen, bloß nicht …»

«Und das wollte ich grade wieder anfangen», Theuer konnte den Schuh endlich zubinden.

«Trotzdem sollten Sie ein Gespräch mit Professor Theuer führen, wir können Sie zwischendurch reinnehmen …»

«Sie müssen das sagen, stimmts? Weil Sie ein ganz kleines Licht sind, gell? Absichern, Milchbart, stimmts?»

Es kam keine Antwort. Stattdessen jaulte ihm der Arzt hinterher, als er schon munter den Flur abschritt, er schreibe ihn sofort eine Woche dienstunfähig und das ginge direkt an den Arbeitgeber.

Der Kommissar verließ das Gebäude federnden Schrittes. Solche Alltagssiege waren ihm selten vergönnt.

Er genoss, durch den kühlen Abend nach Hause zu gehen. Hindurch das Neuenheimer Feld, mit seiner Miniskyline angestaubt-utopischer Universitätsgebäude, durch die anfänglich bescheidenen Einfamilienhäuser, hin zu den Prachtvillen, an denen vorbei, nach Hause. Dabei würde er mehrfach Wege kreuzen, die Reister zu Lebzeiten gegangen war. Mit dem war es losgegangen, Tannenbach, Brecht, der Plasmamann war weg, Goller hinter Schloss und Riegel, Ratzer dito, wo war die Hornung, wer war der Theuer, weh mir, die Yildirim. Zikaden morsten das Leben und der Himmel war schwarz und weit weg. Wenn die Jungs mitmachten, würde er noch ein bisschen für seine Sicht der Dinge eintreten. Nur so ein bisschen. Und jetzt würde er einen Umweg machen, nur einen klitzekleinen.

Er suchte die Klingelschilder ab. Dr. Giesbert Rampe. Kraftvoll drückte er, einmal, zweimal, fünfmal. Schließlich schnarrte es herrisch: «Ja, bitte? Es ist Viertel vor zehn!»

Theuer entschied sich für das klassische «Polizei! Öffnen Sie!». Der Soldat gehorchte.

Die Wohnung war ziemlich eingestaubt. «Seit meine Frau nicht mehr lebt, muss ich alles selbst machen. So gut ich eben kann. Was wünschen Sie?»

«Sie verfügen doch über so einen braven Anwalt», Theuer suchte sich eine möglichst saubere Sitzgelegenheit. «Der könnte doch auch mal durchwischen.»

Rampe schaute drein, als habe er so einen absurden Auftrag ernstlich erwogen, aber als sinnlos verworfen. «Diese jungen Leute, die leben doch am liebsten in einem Schweinestall, das wäre keine Hilfe. Also, was wollen Sie?»

«Sie haben nicht gesehen, dass der Mann geschossen hat», sagte Theuer scharf. «Sie sind über die Brücke gekommen, haben vielleicht einen Knall gehört und dann ist Ihnen der Plasmamann begegnet. Genau so einer, den Sie alter Kommiskopf am liebsten zu Seife verarbeiten würden. Vielleicht ist es Ihnen auch gar nicht später eingefallen, dass er es war, denn so gut sehen Sie nicht. Wahrscheinlich wurde im Café schon darüber geredet. Der andere, der ihn benannt hat, wohnt ja auch hier irgendwo.» Rampe sagte nichts.

«Was nimmt man denn gerne: Kaffee Hag?»

«Eierlikör», grunzte Rampe düster. «Streuselkuchen.»

«Wissen Sie, dass durch Ihre Aussage eine Unzahl von Polizeibeamten der falschen Spur hinterherermitteln? Wissen Sie, was Sie angerichtet haben? Und es hat, meiner Meinung nach, funktioniert. Ich glaube, Waldemar von Großreuthe, den alle den Plasmamann genannt haben, hat sich umgebracht, ist tot. Nach so vielen Jahren nochmal unwertes Leben vernichtet, gut, was?»

Unmerklich nickte Rampe, Theuer musste der Versuchung widerstehen, den Alten zu verdreschen.

«Am liebsten brächte ich Sie in den Knast», sagte er stattdessen, «aber Sie sind bestimmt viel zu krank. Wie viele halte ich hoch?» Er spreizte drei Finger ab.

Rampe antwortete nicht.

«Ziehen Sie Ihre Aussage zurück?»

«Gesindel», stieß der Alte hasserfüllt hervor. «Wer soll es denn sonst gewesen sein. Ich halte meine Aussage aufrecht.»

«Ich schick dich zum Sehtest, dich lassen wir vereidigen, du altes Schwein.» Theuer stand auf. «Für heute weiß ich genug.»

«Das ist der automatische Anrufervernichter von Thomas Haffner. Nach dem Pfeifton bekommen Sie AIDS. Piep.»

«Sehr witzig, Haffner. Wir treffen uns um elf am Parkplatz an der Thingstätte. Wenn du zufällig ein paar Promille zu viel hast, komm mit dem Taxi, ich zahl's auch. Bring die Karte mit, die mit dem Keltenkreis …» Theuer legte auf und stopfte seine Utensilien in eine Pennytüte. Eine Taschenlampe, seinen Zirkel, einen Stift, ein Lineal, für den Fall, dass ihnen neue Erkenntnisse euklidischer Art gelingen sollten, und einen Heidelberger Spätburgunder vom Wein-Alex aus der Märzgasse. Den hatte er im letzten Herbst gewonnen, weil er die Anzahl der Flaschen im Laden nur um eine zu viel schätzte. (Im Stillen war der Ermittler überzeugt, sich mitgezählt zu haben.)

Stern hatte er vorher schon erreicht, der war unterwegs, um ihn abzuholen, angesichts der leicht schwirrenden Gefühle, die er nach jeder Migräne noch halbbewusst ein paar Stunden in sich trug, war ihm das nicht unrecht.

Blieb noch ein Anruf.

«Frau Leidig, ich möchte bitte Ihren Sohn sprechen. Es ist dienstlich.»

«Um diese Zeit? Aber trotzdem gut, dass ich mit Ihnen mal ein Wort wechseln kann, Herr Kommissar. Mein Sohn wird in letzter Zeit derartig aufsässig, dass er …»

«Es ist wichtig.»

«Ich habe diese Arthrose und da zieht er ein paar Tage in eine Pension, was das kostet!»

«Er verdient ganz ordentlich …»

«Ich kann mich nicht mehr bücken, können Sie sich vorstellen, wie das ist, wenn man sich nicht bücken kann?»

«Ja, man kann sich dann nicht mehr bücken, Ihren Sohn, bitte …»

«Und dann sag ich, Simon, die Fußpflege ist so teuer, die Kassen zahlen gar nichts mehr, du kannst mir doch die Fußnägel schneiden, das ist doch nicht zu viel verlangt … Wissen Sie, früher hat er immer gesagt: ‹Ich bin dein Baby und bleibe dein Baby›, so ein lieber Junge ist er gewesen. Da waren die anderen schon im Fußballclub, da haben wir zwei noch zusammen gebadet …»

Bis er Leidig dann endlich informieren konnte, war es Theuer ein wenig schlecht geworden.

Nun suchten sie auf dem nächtlichen Heiligenberg. Der Mond tauchte das gewaltige Steintheater in ein unirdisches Licht. Plötzlich dachte der Erste Hauptkommissar, er sei auf einem anderen Planeten. Er ersann Seen aus Grafitstaub, auf denen man treiben konnte, auf sanften Wogen, die an ihrem Scheitelpunkt in Staubkaskaden zerbarsten. Fremd mochte man sich fühlen, aber in großen Entdeckungen geborgen. Er würde abends in der Offiziersmesse schwereloses Billard spielen. Er wäre ein massiger, schwebender Offizier.

Trotz solch kosmischer Gedanken leuchtete er wie die anderen tapfer im Gebüsch herum.

«Sie haben Gründe, Chef, dass wir das nachts machen müssen?», knurrte Haffner.

«Keine Sau unterstützt uns», entgegnete Theuer. «Mich schreibt der doofe Doktor krank. Leidig soll pausieren, ob er will oder nicht, du darfst auch nichts Dienstliches machen, die Streife hat dich verwarnt, Stern lassen sie nicht aus dem Büro. Wir sind eigentlich gar nicht mehr vorhanden. Reicht das? Wenn der alte Scheißkerl seine Aussage zurückgezogen hätte … aber so müssen wir was finden.»

«Einen Lamykuli, ich hab mir die Typenbezeichnung notiert», Stern half, während er redete, dezent dem gestrauchelten Haffner auf die Beine.

«Ich habe daheim nochmal ins Lexikon geschaut», hörte man Leidig. «Eigentlich ist das meiste hier oben heiße Luft. Es gab einen keltischen Ringwall …»

«Der Keltenkreis», lallte Haffner dazwischen.

«Und die Nazis haben dann das Ding, die Thingstätte, gebaut. Der Thing war ein Versammlungsort der Germanen, dabei sieht das hier eher nach einem antiken griechischen Theater aus. Die wollten so Blut-und-Boden-Spiele machen, weil Baden an Frankreich grenzt und die Menschen als ideologisch gefährdet galten …»

Hätten Sie doch Kondome und Bierdosen gesucht, dann wären sie längst fertig gewesen.

«Und 36 haben Sie's dann schon wieder eingemottet, weil es so oft geregnet hat.»

«Das passt gut zu dem Fall, wie ich ihn mir langsam vorzustellen wage», sagte Theuer. «Ich glaube, Ludewig hat irgendeine arme Nutte mit irgendwelchem magischen Gebrabbel dazu gebracht, für ihn zu morden. Vielleicht glaubt er selber dran. Vielleicht nicht einmal. Scheiße ist das, gar nichts stimmt und das ist dann die Wahrheit.»

«Apropos», schaltete sich Stern ein. «Als Sie, ja, also, bewusstlos waren, habe ich endlich mal den Ludewig telefonisch nach seinen Helfern gefragt …»

«Ich weiß nicht, ob das jetzt gerade klug war», wandte Leidig ein.

«Ich denke, ich habe das ganz geschickt verbrämt», Stern klang genervt. «Ich habe gesagt, wir vermuteten die Täter im Umfeld Zivildienstleistender. Ich war verdammt nochmal allein. Alle werden nervös, weil der Plasmamann verschwunden ist, die sind uns böse.»

Theuer musste Leidig im Stillen Recht geben. Aber was hatte es schon für einen tiefen Sinn, jetzt den anständigen

Stern zu kränken. Ein Käuzchen schrie. Er erschrak. «Und was sagt er?»

«Er war freundlich, hat mir gleich die Namen genannt. Scheinen zwei nette Burschen zu sein, die kommen nicht von hier und wohnen deshalb in einer städtischen Zivi-Wohnung auf dem Emmertsgrund. Am 16. haben sie zusammen Badminton in Nussloch gespielt, in dem Rackettcenter, bis elf, dafür gibt's Zeugen. Und am 21. war abends Zivifete, ebenfalls zig Zeugen.»

«Was hat es denn mit den tollen Daten auf sich?», fragte Haffner dumm dazwischen.

«Die ersten beiden Morde, du Esel», entfuhr es Leidig.

«Wartet mal», sagte Stern. «Ich seh da was ...»

Es war der Kuli. Aufgeregt trugen sie den Fundort auf der Karte ein, er lag auf dem imaginären Kreis um das Zentrum des verlogenen Kultortes. Ein Drittel, auf die Kreisbogenlänge gerechnet, weiter.

Der Spätburgunder wurde geöffnet.

«Die inszenieren hier einen Kult, das ist kein Zufall», redete Theuer aufgeregt los. «Genau ein Drittel Kreisstrecke weiter.»

«Und den letzten Mord hat ihnen Goller vermasselt», rief Leidig dazwischen. «Es passt alles.»

«Warum haben wir eigentlich nur eine Flasche dabei?», fragte Haffner fröhlich.

16

April. Sie hatten alles besprochen, alles durchdacht, es war der reine Irrsinn und doch beruhigte ihn, dass es nun bald passieren würde, dass irgendetwas passieren würde.

Am Mittwoch, dem 8. 6. 2002, wandelte sich der Raum. Nicht gerade der ganze, aber immerhin derjenige, welcher normalerweise als Johannes Theuers Wohnzimmer fungierte. Der recht unbelebte Ort eines trägen Menschen wurde die inoffizielle Dependance des Reviers Mitte. Die drei ausgeschalteten Kommissare Leidig, Haffner und der Hausherr selbst trafen sich dort zur üblichen Dienstzeit, in häufigem Telefonkontakt mit dem einsamen Stern im Revier, der eigentlich nur berichten konnte, dass der eifrige Arzt bereits Theuers Dienstunfähigkeit zugefaxt hatte. Ausgerüstet war die Aussenstelle mit Tageszeitungen, Leidigs PC und einem nagelneuen Internetmodem. So suchten sie nach möglichst allen Heidelberger Prostituierten. Seltsam vergnügt dabei, wie Lausbuben – zunächst. Dann immer beklommener: Es gab unzählige.

«Ich stelle mir das so vor», sagte Theuer gegen Mittag. Haffner hatte Pizzen im *Da Claudia* geholt, die sie aus dem Karton aßen, mochten die anderen an ihren Colaflaschen nuckeln, er genoss sein kühles Pils. «Dass er in letzter Zeit verschiedene Damen kommen lässt, denkt an die Agenturen, das macht er, damit wir von der einen abgelenkt werden, die er manipuliert hat. Die hat er 2000 kennen gelernt, ab 2001 musste er nichts mehr zahlen, seitdem liebt sie ihn. Wir machen eine möglichst vollständige Liste. An das offizielle Verzeichnis im Gesundheitsamt kommen wir nicht ran. Und dann klappern wir die eben ab …»

«Hähä», Haffner freute sich. Leidig schien mit ambivalenteren Gefühlen geschlagen.

«Klappern Sie ab, verdammt nochmal. Alibis prüfen und so, nach Hinweisen, irgendwas Esoterischem Ausschau halten, was Besseres weiß ich nicht. Wenn wir Glück haben, dann ist eine dabei, die ihr ganzes Studio mit Keltensymbolen gepflastert hat.» Stecknadel im Heuhaufen, Theuer wollte es nicht sagen und nicht denken, aber er ahnte, er würde es denken müssen. Dass man denken muss, machte ihn manchmal ganz erbittert. Er war doch nicht dumm genug.

Noch schwieriger: Entweder die Damen hatten nur ein Infoband laufen oder die Namen entpuppten sich als Platzhalter für ganze Bordelle. Die Liste wurde immer länger. Eine kleine Freude hatten sie aber doch: Frau Schönthaler inserierte als «Mandy», erbot Dienste aller Art einer erfahrenen «Kurtisane». Die Stimme und die Sprache auf dem Band waren unverkennbar.

Gegen Abend rief Yildirim an. «Was machst du? Wenn du schwarz an dem Fall herumbosselst, spreng ich dich in die Luft, mein Stand im Amt ist beschissen genug.»

«Ach, der Haffner und der Leidig und ich, wir sind ja alle sozusagen im Urlaub. Und da machen wir einen Herrenabend … so mit allem Drum und Dran …»

«Terfelden heißt er, Babetts Vater, kann nur noch bis zum Wochenende bleiben, behauptet er. Jetzt gibt es eine Eilverhandlung auf dem Familiengericht, am Freitagmorgen.

Bitte mach noch einmal mit, du bist geladen, sie haben dich unter meiner Adresse angeschrieben.»

«Das ist doch eine Komödie. Was war das gleich mit Komödien?»

«Ich weiß auch nicht. Ich will wenigstens nicht, dass rauskommt, dass das mit dir ein Schwindel war …»

«Soso, Schwindel.»

«Ach, nein. Ach Scheiße!»

«Also gut», seufzte der Hauptkommissar. «Wann am Freitag?»

«Um halb zehn. Am besten treffen wir uns gleich im Gericht, da sind Stühle im Flur, du musst nicht stehen.»

«Was soll das, ich kann stehen.»

«Ja, gut, also bis dann. Scheiße. Und ihr macht nichts nebenher, ja?»

Am Donnerstag gingen sie die ersten Adressen ab. Theuer schämte sich und wusste nicht recht, was er sagen sollte.

Mit klopfendem Herzen stand er vor einem Haus, rechts davon eine Autowerkstatt, links die ersten wilden Holunderbüsche, mit denen die Deutsche Bahn anscheinend einen Exklusivvertrag hatte. Ihm war heiß, zwar brannte die Sonne, aber das war es nicht alleine.

«Ich habe keine Zeit», schnarrte eine genervte Stimme durch die Gegensprechanlage. «In einer halben Stunde.»

Gesenkten Kopfes ging der Ermittler die Straße auf und ab, wähnte alle Blicke der ölverschmierten KFZler auf seinem Rücken. Schließlich verließ ein pickeliger Mann mit fettigen Haaren das Haus. Diesmal öffnete man sofort.

«Was willst du?» Die Frau rauchte, sie war stark geschminkt, steckte in einem schwarzen Spitzenfummel, die strohblonden Haare sahen nach einer Perücke aus. Theuer speicherte träge, dass Prostituierte auch Meisterinnen der Maskerade sein konnten.

«Ich will mit Ihnen reden.»

«Bulle?»

«Ja.»

«Bei mir ist alles in Ordnung, willst du meinen Bockschein sehen?»

Das Zimmer war zugequalmt, auf dem Bett lag in Lendenhöhe ein Handtuch. Eine blöde Clownsfigur saß auf dem Fensterbrett.

«Haben Sie auch behinderte Klienten?»

«Was fehlt denn?», lachte sie. Ihre Fußsohlen waren schwarz, der Teppichboden war farblich nicht einzuordnen. Sie steckte sich die nächste Kippe an und hob dann Theuers Kinn in routinierter Laszivität an, sodass er sie anschauen musste.

«Hast du 'nen Klumpfuß? Stört mich nicht. Aber lass das, du bist kein Bulle.»

«Warum nicht?»

«Du siehst nicht so aus.

Oder ist der Schniedel weg? Ich mach keine Analmassagen, ich hab auch keinen Umschnalldildo im Schrank. Ich bin Naturfreundin.»

«Auch Naturreligionen?», fragte Theuer dümmlich, das mit dem Umschnalldildo hatte er nicht gekannt. Er schämte sich dafür. Und er schämte sich dafür, dass er es jetzt kannte.

«Das ist es», sagte sie und stand auf. «Du bist Pfarrer. Verpiss dich.»

So erfolgreich ging es weiter. Die Frauen reagierten abweisend, genervt, aggressiv, bestenfalls amüsiert. Gar nichts kam heraus.

Sie trafen sich mittags im *Krokodil* in der Weststadt.

«Dass es so viele sind, hätte ich nicht gedacht», stöhnte Haffner. «Ich hab eine Schulkameradin getroffen. Ich weiß nicht, ich mach das nicht gerne …»

Leidig bestellte sich ein Glas Sekt.

«Was hast du gerade gemacht?» Haffner war total verblüfft, brauchte gar zwei Sekunden, bis er der Bedienung «Ich trink einen mit! Ich würd einen mittrinken!» hinterhergerufen hatte.

Auch Theuer betrachtete seinen braven Kommissar überrascht. Der schien sich ständig das Lachen verbeißen zu müssen.

Haffner verstand es als Erster. «Du hast's gemacht, stimmt's? Hä? Du bist mir einer, du hast's gemacht.»

Der unbotmäßige Sohn senkte errötend den Blick.

«Er war in einer drin», erklärte der sensible Pfaffengründer Kriminalist in Theuers Richtung, ungehemmt von der Kellnerin, die zwei Sektflöten und Kaffee für den alten Analdildoignoranten auftrug. «Ich schätze, zum ersten Mal.»

Abends berichtete Stern, dass er nicht einmal zu Seltmann vorgedrungen war, geschweige denn, dass ihre Ergebnisse sonst jemanden interessierten. Man suchte den Plasmamann jetzt mit Infrarotsensoren. Man hatte eine verirrte Wildsau gefunden, so weit zogen die jetzt in die Stadt. Was es nicht alles gab.

Freitagmorgen: «Stehst du das durch? Nur diesmal noch? Dann kommt ein fliegender Teppich und schippert mich direkt in die Hölle.»

Yildirim war nicht so aufgedonnert wie neulich beim Jugendamt, die Kampfkraft ließ nach.

«Da drüben ist mein Büro», nervös wies sie auf eine Tür, eine wie alle anderen. Was hatte Theuer gedacht? Ein Fahndungsplakat mit seinem Dummkopf darauf?

«Ich bin ja sozusagen ausgelagert, weil wir zu wenig Platz haben. Trotzdem habe ich das Gefühl, ich wäre das erste Mal da. Ist vielleicht nicht schlecht, wenn man mal merkt, um was es für die Leute hier geht. Und ich hab mich immer lustig darüber gemacht.

Alle sagen, ich sollte mir anwaltlichen Beistand nehmen, aber mir kommt das echt so absurd vor, wenn ich einen Anwalt habe, als ob sich das gegenseitig aufhebt.»

Von unten kam der Fahrstuhl. Ein Dreigestirn des schieren Grauens entstieg ihm.

Die stolze Kurtisane Schönthaler, wieder teuer, aber etwas geschmacklos gekleidet. Dann war da eine blonde Matrone im blauen Blazer, schließlich entstieg dem Lift ein hagerer großer Mann mit blödem Faconschnitt, Pilotenbrille, vor allem aber einem fluchwürdigen Schnurrbart, dessen Enden hochgezwirbelt waren. Theuer erfasste automatisch, beinahe schon blöde, eine große Abneigung gegen alle drei.

«Na, sieh mal einer an», knödelte der Vater in unangenehm schneidendem nordischen Ton los. «Das ist also das Mädchen, das Mutter spielen will. Und Sie sind der Anwalt?»

«Der Partner», korrigierte der Ermittler hölzern. «Theuer ist meine Name.»

«Arne Terfelden», sie tauschten einen ruppigen Händedruck.

«Also ich muss schon sagen», gesellte sich selbstbewusst die Anwältin hinzu. «In meinen langen Berufsjahren ist mir das noch nicht begegnet. Eine junge Frau schnappt so eben mal der leiblichen Mutter das Kind weg und selbst das Jugendamt spielt mit. Frau …»

«Yildirim», half die Staatsanwältin zornbebend. «Und Ihr Name?»

«Beutelsbacher. Verzeihung, soviel Zeit muss sein.» Strahlend gab sie beiden die Hand. «Ich darf Ihnen gleich ankündigen, dass ich erwäge, Gutachten über Ihre generelle Erziehungsfähigkeit anzufordern …»

«Ich darf Ihnen gleich ankündigen», hörte sich Theuer sagen. «Dass ich nachher kontrollieren werde, ob Ihr Auto rechtens geparkt ist. Wenn nicht, ist es weg. Die Nummer?»

«Ich bin mit dem Öffentlichen Nahverkehr unterwegs», antwortete die Advokatin brav.

«Das ist diese Art von solchen Leuten», schaltete sich Kurtisane Schönthaler ein. «Ich hab Sie ja verwarnt.»

So waren die Fronten schon sehr klar, als sie in den kargen Raum der Familienrichterin Meisenburg gebeten wurden, die vorläufig letzte Instanz, die über Yildirims Leben entschied.

Die Anklägerin betrachtete die kleine grauhaarige Frau, wie man eine fremde Spezies betrachtet.

Am Anfang, damals saß Babett oft im Treppenhaus. Sie hatte sie mit in die Wohnung genommen. Es war kalt. Sie hatte mit ihr geredet. Vieles war schön mit der Kleinen. Und nun saß sie hier als eine Art Angeklagte oder als was?

Sie erhielt das Wort: Davon erzählte sie und von Frau Schönthalers häufigen Abstürzen in den Vollsuff, dabei musste sie bei der Sache bleiben, denn angesichts des Augenarztes Tannenbach und ja auch des tapferen Haffner, schien es ihr angebracht, darüber nachzudenken, warum man sich im wohlhabenden Mitteleuropa so freimütig den Schnaps gab. Das wäre ihr sinniger erschienen, als hier zu verteidigen, sich um ein Kind gekümmert zu haben, für das niemand sonst da war. Alles kam ihr unwirklich vor.

«Ja, dass Sie zeitweise für die Birgit gesorgt haben, das wirft Ihnen niemand vor!» Die Stimme der Richterin war zwitschernd fröhlich, ganz entgegen der Situation im Raum.

«Aber daraus leiten sich offensichtlich keinerlei Rechte ab», ergänzte Yildirim bitter.

«Das wollen wir ja jetzt klären.»

«Meine Mandantin war krank», warf die Anwältin Beutelschneider ein. «Da hat die Frau Yildirim sich reingeschoben in die Beziehung, möchte ich mal sagen. Der normale Weg wäre ja wohl gewesen, das Jugendamt einzuschalten.»

«Das wäre der normale Weg gewesen?» In Yildirims Kopf pulste das Geräusch. «Es wäre also normal, ein Kind im Treppenhaus sitzen lassen, samstagabends im Winter und dann am Montag zu telefonieren?»

«Jetzt seien Sie mal nicht so pathetisch», die Beutelsbacher lehnte sich blasiert zurück. «Ich habe selbst zwei Kinder, die sind nicht aus Zucker.»

«Was ist das hier eigentlich?» Die Staatsanwältin spürte, wie ihre Stimme zitterte. «Da sitzt ein Mann, der schon im Flur frech geworden ist, der sich nie um Babett gekümmert hat, kein einziges Mal in ihrem Leben, und ich muss mich verteidigen. Sie lebt seit einem Jahr bei mir, er hat sie wahrscheinlich noch nie gesehen.» Es wurde nur immer unwirklicher, denn niemand schien sich so recht mit diesem Argument befassen zu wollen. Sie war nicht leiblich, allmählich hatte sie das Gefühl sich aufzulösen. Sie war ein Gespenst in einer Familie, die es zwar eigentlich gar nicht gab, aber dennoch bis zu dem Moment zurückzuverfolgen war, als eine selbstbewusst dahinfröschelnde Spermatozoe den Hohlkopf in ein dickes Ei gerammt hatte. Das war also Gerechtigkeit im 21. Jahrhundert. Ihr war ein Satzanfang der Richterin entgangen.

«... sehr erfreulich, Herr Terfelden. Für das Kind ist das ein ganz großer Schritt, wenn Sie als der Vater sich da ein bisschen stärker einbringen. Sie wohnen in ...?»

«Melle bei Osnabrück.» Warum sagte der Theuer nichts? Sie schaute zu ihm, er schien fast zu schlafen – kein Wunder bei den Wochen, die er hinter sich hatte, nicht zuletzt durch sie.

«Ja, und aufgrund meiner beruflichen Tätigkeit kann ich natürlich nicht in dem Maße für mein Kind da sein, wie ich das gerne wollte, aber jetzt, wo ich sehe, da ist was schiefgelaufen, da stehe ich dann schon meinen Mann. Ich meine, eine Möglichkeit wäre ja, dass sie in den Schulferien zu mir kommt, wenn ich es einrichten kann und ...»

«Also, so weit sind wir jetzt noch nicht!», unterbrach die Richterin fröhlich. «Ach, gut, dass Sie kommen.»

Erstaunlich behände war die Sozialpädagogin Krafft ins Zimmer gehuscht.

«Entschuldigen Sie, Frau Meisenburger, aber ich hatte es mit einem schwierigen Fall zu tun, das muss am Wetter liegen ...»

Die Damen kicherten.

Yildirim nutzte die Pause: «Theuer, ich brauche dich jetzt. Du bist kein Fettsack. Es tut mir alles Leid, und vielleicht haben wir eine Zukunft. Vielleicht ist es schon eine Zukunft, nicht so zu werden wie die. Nie so einen Wichsschnurrbart zu haben. Nie mehr zu wichsen, zumindest nicht ausschließlich. Bitte, Jockel. Nennt man dich Jockel?»

Der Kommissar nickte kaum merklich, änderte nichts an seinem depressiven Ausdruck. Yildirim zog sich in sich zurück.

Jetzt sprach die Schönthalerin, holperig, herzlich dumm, aber sichtlich wohlpräpariert. Zu manchen ihrer Sätze nickte ihre Anwältin, wie eine Lehrerin, die ein Gedicht abhört.

Es ging um die üblichen Dinge: besser schlechte Eltern, als gar keine, Identitätsbildung, gemeinsames Wohl fürs Kind, neuer Anfang, neue Wohnung …

Yildirim dachte an Babett, sah sie weggehen und eine verkommene kleine Altstadtbraut werden.

Jetzt war die Sozialpädagogin Krafft an der Reihe. Auch sie begrüßte erstmal sehr die Hinwendung zur Vernunft beider Babetteltern. Gerade dem Vater sei zu danken, dass er sich nun einen Ruck gegeben habe! Bescheiden nickend nahm Terfelden das Lob entgegen und ließ sich auch durchaus die freundliche, lächelnd vorgebrachte Ergänzung gefallen, ein wenig spät sei es jetzt schon, nach zwölf Jahren, aber besser, viel besser, als die Väter, die gar nichts täten.

Dann aber hob die, allein von der Erinnerung bewegte Pädagogin auf die Rolle des Johannes Theuer im Spannungs- und Kraftfeld dieser Familie ab. Seine warme Art, die manches von der Schroffheit der Frau Yildirim kompensiere … Die Staatsanwältin konnte sich nicht so recht über diese Wendung zu ihren Gunsten freuen.

«Ja, von Ihnen haben wir ja noch gar nichts gehört!», strahlte die Richterin. «Herr Theuer. Berichten Sie doch einmal über Ihr Verhältnis zu Birgit.»

Man konnte tatsächlich den Eindruck gewinnen, der Kommissar erwache aus tiefem Schlaf, aber es war eher eine Meditation, die all seine Gedanken auf einen kleinen Bereich der sprachlichen Konzentration verdichtet hatte.

«Ich werde nichts berichten», sagte er ruhig. «Ich unterwerfe mich diesem Spektakel nicht.» Yildirim senkte die Augen und bedauerte, dass die Natur solches für die Ohren versagte.

«Ich werde nur einige Fragen stellen. Das gehört zu meinem Beruf und darauf verstehe ich mich. Erstens, Frau Richterin. Wie heißt das Mädchen, über das heute verhandelt wird, mit Vornamen? Sie haben einen falschen Namen verwendet.»

Meisenburger schaute verwundert auf. «Birgit oder? Oder Bärbel, nein», sie suchte in ihren Papieren. «Da, Babett heißt sie.»

«Zweitens, Herr Terfelden, Sie hatten aus beruflichen Gründen keine Zeit, sich um Babett zu kümmern. Das heißt also, dass Sie in den letzten zwölf Jahren immer gearbeitet haben. An allen Sonntagen, Samstagen, an Weihnachten, Ostern, Pfingsten, den ganzen Sommer?»

Terfelden schüttelte spöttisch den Kopf, antwortete nicht.

«Drittens. Frau Schönthaler, Sie beziehen Sozialhilfe. Wie finanzieren Sie diesen Pullover? Früher gingen Sie anschaffen oder machen Sie's immer noch? Vielleicht weiß ich ja, dass Sie's noch machen?» Verzweifelt wurde ihm klar, dass er nicht deutlicher werden durfte, da ja ausgerechnet Yildirim von ihren Parallelermittlungen nichts wissen sollte.

Im Raum wurde es turbulent. Aber Theuer schob äußerlich ungerührt die Frage nach, ob im Rahmen dieser Tätigkeit Babett gezeugt worden sei.

«Und wenn es so wäre!», schrie Terfelden. «Geht's dich nichts an.»

«Ich beantrage daher, dass zunächst einmal die Vaterschaft dieses Herren bewiesen wird!», schrie Theuer zurück.

Dann war es vorbei, indem es natürlich doch wieder nicht vorbei war. Theuers kühner Vorstoß hatte immerhin bewirkt, dass Herrn Terfelden der Nachweis seiner Vaterschaft auferlegt wurde, aber ansonsten war diesmal kein Grund zum Feiern. Man würde sich dann im Herbst treffen und alles noch einmal besprechen und bis dahin solle Babett eben bleiben, wo sie war.

«Ich beantrage», keifte Beutelsbacher im Gehen, «angesichts der weltweiten Vorgänge, dass Frau Yildirim auf ihre Verfassungstreue überprüft wird, damit Babett nicht irgendwann einen Schleier trägt, wenn sie dann endlich zu ihrer Mutter …»

Theuer hielt Yildirim fest und schob sie hinaus.

Im Freien rauchten sie beide – zunächst schweigend.

«Mit dem Bären war ich besser», sagte Theuer schließlich.

Yildirim nickte. «Ich war beide Male nicht gut. Was machst du heute noch?»

In allem Leid kam die Lust zurück. Der Polizist allerdings antwortete, zu angekotzt, um wieder eine Ausrede zu erfinden, er werde sich Ludewig vorknöpfen. «Ich setze alles auf eine Karte. Ich muss ihn weich klopfen, das hätte schon lange geschehen müssen.»

«Du bist nicht im Dienst.»

«Das weiß er nicht.»

«Aber ich weiß es», schrie sie. «Und ich leite letztlich die Ermittlung, falls du das vergessen hast.»

«Ich fahre hin.»

Dann gingen sie, jeder in seine Richtung. Er hatte Urlaub und ging arbeiten, sie war im Dienst und ging heim, auseinander, bald gegenseitig nicht mehr auszumachen im regen Gewimmel der Kurfürstenanlage. Zwei Punkte.

17

«Es ist ganz früher Morgen, kaum dass vollends die Nacht den frühlingsfrischen Griff vom Wipfel hoher Bäume ließ. Der letzte Frost steht längst nicht mehr im Gras, doch winkt er noch in frühstem Morgen. Ich seh sein graues Tuch im Walde, wenn der Plebs noch schläft.

Drauß' vor dem Fenster pfeift emsig eine Amsel. Ihr kleines Lied, zunächst berührt es mich … Dann schau ich sie an.

Schwarz-dumpfes Federkleid, tumbe Knöpfe als Augen, ein Blick so leer wie ein geschlüpftes Ei, am rechten Flügel schimmert rosa Haut, ein weißer Fleck am Schnabel. Als hätt sie Kot gepickt. Der Archeopterix lässt grüßen. Ein Saurier mit Lust auf Würmer, ein ekliges Verkleidetes, das hockt vor mir, grad, dass uns eine Glashaut trennt. Da kommt die Nachbarskatze samten angepfotet und schleicht sich an, als wär es schweben. Mit einem leichten Tatzenhieb wischt sie das Vieh vom Brett. Dann hört man klägliches Piepsen und wohliges Maunzen.

Wenn ich mich ganz versenke und den Sinnen traue, könnt gar ein Knirschen zu mir dringen oder ist's die Antizipation des Endes, spielt meine Fantasie mir einen Streich? Vorfreude? Das war der Morgen vor der ersten Nacht. Das Kille war stark und tapfer, sie hat's getan …

Als angepflockt ich lag, da dacht ich immer, ich hörte mich zerbrechen. Was sollte mich am Bersten meiner Feinde dann entsetzen?

Skiásònar ánthropos. Der Mensch ist das Traumbild eines Schatten.»

«Du kannst so wunderbar mit Worten umgehen …» Sie hielt seinen Kopf in beiden Händen, er genoss die Berührung. «Wann hast du das geschrieben, mein Meister?»

«Gleich nach der ersten Tat, du hilfst mir erst zu Worten …»

Ja, ihm gefiel es auch, doch, es gefiel ihm.

Wie es Theuer nicht anders erwartet hatte, bedrückte ihn das Schlierbacher Haus. Ein modernes, zweigeschossiges Edelteil, mit teuren Holzelementen in der Fassade, aber kalt an den Berg konstruiert. Ein prächtiges Grabmal. Wie Stern schon berichtet hatte, lugten kubistisch-fremde Erker da und dort aus der Wand, glotzten Bullaugen ins Gehölz, über eine kecke Brücke gelangte man zur stählernen Tür der späten Nymphe.

Die Stockwerke waren versetzt am Hang, sodass das untere wie eine aufgezogene Schublade wirkte. Das Haus lag direkt am Wald. Man konnte es von der Heidelberger Seite nur durch die Bäume sehen. Es war unwahrscheinlich, dass Ludewig irgendeinen Besucher seiner Frau identifiziert haben könnte, wenn er nicht eine andere Möglichkeit dazu hätte.

Der Kommissar überlegte nochmals, wie sie denn eigentlich dastanden. Man konnte noch eine Menge tun. Die Modelagenturen befragen, zum Beispiel, mit vereinten Kräften des Reviers wären auch alle Prostituierten im Umkreis zu erfassen und zu überprüfen. Aber jetzt, lahmgelegt, mal wieder, blieb ihm nur das persönliche Gespräch. Die Sonne kam heraus. Das Haus blieb im Schatten.

Zunächst läutete Theuer oben. Frau Ludewig war zu Hause, sie öffnete im Morgenmantel. Der schwere Ermittler wich vor dem läufigen Weib zurück, als könnte sie ihn fressen.

«Frau Ludewig, ich habe vor, mit Ihrem Mann zu sprechen. Ich weiß, dass Sie diese Möglichkeit ausschließen, aber ich möchte nicht verhehlen, dass wir ihn verdächtigen, hinter den Morden zu stecken.»

Amüsiert schüttelte die Maklerin den Kopf.

«Ich bitte Sie, sich in Acht zu nehmen, das ist alles», fauchte Theuer. «Was Sie mit diesem Ratschlag anfangen, ist Ihre Sache. In Trauer um Ihre drei Süßen scheinen Sie nicht gerade zu vergehen.»

«Sie schauen nicht in mich hinein, Herr Theuer ...»

«Dafür haben Sie ein wenig zu viel an, aber nur ein wenig ...»

«... aber natürlich waren es Liebhaber, keine drei großen Lieben. Wäre doch auch ein bisschen viel.»

«Das war's schon, gnädige Frau, jetzt können Sie sich wieder anziehen.» Er fühlte sich an ihrer statt schäbig.

«Ich war im Bad, ich habe nachher noch ein Kundengespräch. Was Sie aber auch denken, Herr Kommissar.»

«Wiedersehen.»

Das meiste des Gartens war einem betonierten Serpentinenweg für Ludewigs Feuerstuhl geopfert worden. Theuer folgte den vielen Kurven, übersah die Treppe direkt an der Hauswand. Der Eingang zum Herrentrakt war auf der Rückseite, zum Fluss hin.

Die Tür schwang automatisch auf. Theuer trat ein.

Im Wesentlichen bestand dieser Teil des Hauses aus einem großen Raum. Hinter einer spanischen Wand erkannte Theuer ein Krankenhausbett, zum Wald hin lag eine große Küchenzeile, weit auseinander gezogen und niedrig, alles vorbildlich an die Einschränkungen eines Rollstuhlfahrers angepasst. Jede Menge elektronisches Spielzeug war im Raum verteilt, Kameras, Computer, nach links gingen zwei Türen, wahrscheinlich Keller und Bad und, fast hätte er ihn übersehen, hinter einem modernen Flachbildschirm saß der Hausherr selbst. Surrend fuhr er auf Theuer zu. Ludewigs Kopf war schmal, er hatte große Augen, schüttere blonde Haare, die Hände waren mit Ledermanschetten stabilisiert, der Körper lag S-förmig im Elektrorollstuhl, wie dekorativ drapiert. Theuer musste sich zwingen, nicht auf dem Absatz kehrtzumachen. So sah kein Mörder aus.

«Lassen Sie mich raten.» Eine dünne Stimme, brüchig und hoch. «Polizei. Ihr junger Kollege hat derartig dürftige Begründungen für seine Kontaktnahmen mit mir geliefert, dass ich jetzt hoffe, zu erfahren, was mir die seltsame Aufmerksamkeit verschafft? Setzen Sie sich, ich habe Stühle. Lustig, was?» Er wies auf einen Klapphocker, der an der Wand lehnte.

Theuer nahm ihn und hockte etwas zusammengeklemmt inmitten des Raumes, trotz des warmen Wetters war geheizt.

«Ich habe mich noch gar nicht vorgestellt. Johannes Theuer. Sie haben Recht, ich bin von der Polizei.»

«Es tut mir Leid, dass Sie schwitzen müssen. Aber so

ganz ohne Bewegung wird es schnell kalt oder anders gesagt, in der Hölle ist es immer heiß.»

Theuer bemühte sich, an seinem Verdacht festzuhalten, er hatte ja keinen anderen. So sagte er ohne rechte Überzeugung: «Herr Ludewig, ich will ganz offen sein. Wenn es nach mir ginge, würden Sie verhaftet.»

«Demnach geht es nicht nach Ihnen?» Der Gelähmte lächelte dünn.

«Noch nicht wieder ganz», haspelte der Ermittler. Er war unglücklich über seinen Gesprächseinstieg, er durfte jetzt nicht wegdriften. «Aber das heißt nicht, dass es für Sie vorbei ist, ganz und gar nicht. Es fängt erst an. Sie interessieren sich nicht zufällig für Esoterik?»

«Ich habe viele Steckenpferde.» Ludewig setzte mit einer kleinen Bewegung der athrophierten rechten Hand den Rollstuhl in Bewegung und fuhr zum Fenster, blickte auf den Fluss. «Ich interessiere mich unter anderem auch für Esoterik, Kulte und Geheimwissenschaften aller Art. Meines Wissens nicht strafbar.»

Er schien nicht im Geringsten besorgt zu sein, was sollte das? Der Kommissar sah ein kompliziertes optisches Instrument in einem Regal liegen.

«Sternenkundler sind Sie auch?»

«Das ist ein Nachtsichtgerät. Ich habe meine Gründe, manchmal Beobachtungen anzustellen.»

Wenn er jetzt gleich gestand, wäre Theuer enttäuscht gewesen. Das war mal wieder dumm, und er wurde wütend.

«Würde ich bei Ihnen auch etwas über die alten Kelten finden? Den Ringwall auf dem Heiligenberg zum Beispiel?»

«Wer weiß?» Ludewig drehte den Rollstuhl auf der Stelle. «Ich kann Ihnen so schlecht beim Suchen helfen, aber wenn Sie so ein entsprechendes Papier haben … Jedoch sagten Sie selbst, dass es nicht nach Ihnen gehe in Ihrer Behörde? Ach, wie gut ich das verstehen kann! Auf mich hört man auch nicht besonders. Wie Sie schwitzen!»

«Ich bin in den Wechseljahren», Theuer hätte den Lahmen gerne aus dem Fenster gekippt.

Er zog stattdessen die Jacke aus: «Erzählen Sie mir mehr.»

«Was möchten Sie hören?»

«Der Lehrer sind Sie.»

Ludewig schwieg überlegen grinsend.

«Und die Thingstätte, hat die eine Bedeutung, die wir vielleicht Ihnen verdanken. Sie schwitziger Stubenhocker!»

«Die Thingstätte? Ich war schon lange nicht mehr wandern … Ein schönes Gespräch, Herr Theuer, aber das ist doch kein Grund, sich hierher ins Vage zu bemühen. Neulich hat mir ein nahe stehender Mensch etwas erzählt: In der ägyptischen Religion ging man von einem Urgewässer aus, dem Nun, Nun und Finsternis, die Urgründe des Sein, kein Boden, nichts. Das hat mir gefallen, denn das lebe ich hier. Ganz friedlich.»

«Mit ein paar Nutten.»

«Na, bravo. Sie wissen ja auch was! Sehen gar nicht danach aus.»

Theuer deutete auf die Videokamera. «Was werden wir denn sehen, wenn wir Ihre Schränke ausräumen?»

Ludewig schien nach wie vor nicht im Mindesten beeindruckt.

«Sie sehen nackte Weiber, die für mich tanzen. Weiber, die am Boden kriechen wie Schlangen, die ich mit Unrat begieße, lauter Dinge, die Sie abstoßen, aber dafür kommt man nicht in den Kerker.»

Theuer ging zu den Seitenfenstern, es stimmte, man konnte die Straße nicht sehen, aber ein Detail war Stern entgangen. Er drückte einen unscheinbaren Knopf auf dem Fensterbrett, außen klappte ein zweckentfremdeter LKW-Außenspiegel auf, jetzt sah man die wenigen Meter zwischen Wald und Haus.

«Sie sind fixer als Ihr junger Kollege. Manchmal, in den

häufigen Zeiten der Abwesenheit der größten Hure von allen, die sich hartnäckig meine Frau nennt, erlaube ich mir, kleine Annehmlichkeiten an meiner Gruft anbringen zu lassen, die muss sie nicht alle kennen. Wir Männer haben eben auch unsere kleinen Geheimnisse.»

«Und so sehen Sie, wer kommt und wer geht. Warum nennen Sie Ihre Frau eine Hure?»

«Ist sie keine? Wie weit sind Sie in Ihren Forschungen?»

Theuer zog die Jacke an. «Noch nicht weit genug. Aber weiter als vor einer halben Stunde. Ich glaube, dass Sie eine Prostituierte dazu gebracht haben, an Ihrer statt zu morden. Ich werde sie finden und Sie kommen ins Gefängnis, die eventuell nötige Rampe geht auf uns, ich spendiere persönlich einen Suppenlöffel zum Anschnallen. Heute kann ich nichts mehr tun.»

«Sehen Sie?», lachte Ludewig. «Da haben wir etwas gemeinsam. Ins Gefängnis also, wie schrecklich. Was glauben Sie, was das hier ist?»

Theuer starrte das Bündel von Mensch zornig an: «Oh, ein paar Runden im Garten sind doch drin, oder? Ich bin Ihre Kinderpassstraße abgegangen.»

«Ja, ich habe meine kleinen Reisen, manchmal bringt mich ein Taxi, so ein großes sargförmiges …»

«Sie meinen einen Kleinbus, lassen Sie das Brimborium …»

«… an Orte der Zerstreuung und der Kraft, nichts was Sie interessieren dürfte. Aber meistens bin ich hier, die Hure hält mich kurz.»

«Ich kriege Sie», sagte Theuer. «Schneller als Sie denken. Und dann werden Sie merken, dass es verschiedene Stufen der Hölle gibt. Ohne Spielzeug, ohne schweinische Besuche. Einfach Knast.»

«Bin für alles offen», lächelte Ludewig. «Jetzt kommt bald mein Zivildienstleistender und räumt meinen lahmen Darm aus. Wollen Sie zuschauen?»

Er rechnete anscheinend damit, dass sie ihn bald hatten und es war ihm egal. Theuer hätte etwas darum gegeben, die nächsten Pläne des Lahmen zu kennen, er war sich sicher, es gab welche.

Der Polizist war zu Hause. Ihm war schlecht, er wusste nicht, wie er seinen großen Worten die nächsten Taten folgen lassen sollte. Er telefonierte mit den Jungs. Nichts war herausgekommen, gar nichts, Leidig schämte sich, nicht einmal das war neu, nur der Anlass.

Seufzend wählte der Erste Hauptkommissar die Privatnummer seines Vorgesetzten.

«Herr Seltmann, das ist mein letzter Versuch. Bitte verfügen Sie morgen die Verhaftung von Herrn Ludewig oder lassen Sie wenigstens das Haus observieren. Ich kann Ihnen auch gerne erklären, warum …»

«Es reicht mir mit Ihnen!», brüllte der Chef los, wütend wie selten, das erstaunte den Kommissar dann doch. «Jetzt ist Wochenende und Sie sind krankgeschrieben, noch lange, hoffe ich. Ich beende das Gespräch! Es reicht, rufen Sie nicht mehr an. Ich schalte den Apparat aus!»

«Dann kann ich ja ruhig nochmal anrufen.»

Schon war die Leitung tot. Theuer verstand nichts mehr. Er setzte sich vor den Fernseher und trank rasch einen Liter Wein. Dann ging er ins Bett, wusste nicht mehr, was er gesehen hatte, schlief ein und träumte nichts, das aber sehr.

Er wachte früh auf, machte sich Kaffee, mischte sich sogar ein Müsli zusammen, defäkierte und duschte, zog sich an und saß dann gänzlich uninspiriert auf dem Sofa.

Im Grunde hatte er sein Pulver verschossen. Es half nichts, dass er den Keltenkreis, wenn er denn so heißen sollte, gefunden hatte. Zwar glaubte er an Ludewigs Schuld, auch dass man ihn schnappen würde, aber seine Ergebnisse würden es nicht sein, die dazu führten. Und das war ja auch egal. Aber wenn gar nichts mehr geschah, schnappte man ihn vielleicht auch nicht. Das war nicht egal. Oder es wurde noch jemand ermordet. Das war auch nicht egal. Was, wenn Ludewig sich umbrachte? Das durfte ihm auch nicht egal sein. Der Kult war von Goller unterbrochen worden. Würde das den oder die Täter noch einmal aktiv werden lassen? War ein dritter Fetisch nötig, damit Ludewigs manipulierte Helferin, wenn es sie denn gab, das Werk als beendet betrachtete? Und wenn da schon ein dritter Fetisch lag?

Theuer gab seinem Opel die Sporen, hupte reiche Kinder von der Bergstraße, schlitterte ins Mühltal, bog rechts ab, tötete einen Hasen und rannte schließlich, ohne das Auto abzuschließen, zum dritten Punkt auf dem Keltenkreis. Und da lag es. Ein Schmuckstück, vorsichtig, mit dem Taschentuch hob er es hoch. Jetzt mussten sie ihn anhören. Das hatte jemand getragen und die Leute würden sich erinnern, wenn es in der Zeitung abgebildet war. Irgendjemand würde sich erinnern. Ja, irgendjemand, in diesem Fall er. Pfeifend ließ er Luft ab.

«Was ist denn das für ein interessanter Schmuck?»

«Das ist ein Glücksbringer, ein Kraftsymbol.»

«Ach so, aha, ach was.»

Die Zeugin Kielmann ganz zu Anfang.

Eine gedemütigte Frau hatten sie gesucht und die ganze Zeit sogar die Adresse gehabt.

Er fuhr zurück, nahm drei Stufen auf einmal. Die Liste, wo war sie? Da, während er sie ausbreitete, rief er Stern an.

«Ich muss wissen, welche Mobilfunknummer auf Christiane Kielmann, Am Rohrbach 25, in Heidelberg, eingetragen ist, sofort!», schrie er den Armen aus dem Schlaf. «Du bist der Einzige, der im Revier was erfährt, sag halt, es geht um irgendwas Banales, Handydiebstahl … mach, Stern, los geht's …»

«Die Zeugin? Aber die … gut, ich bin schon unterwegs.»

Wenig später gab Stern die Nummer durch. Theuers Finger hüpfte durch die vielen Angebote der Lust. Da: «Chris. Extrem devote Verwandlungskünstlerin, aber auf Wunsch auch streng, Rollenspiele aller Art. Natursekt, Kaviar aktiv und passiv, nur Haus- und Hotelbesuche.» Kielmanns Nummer. Theuer wählte sie, aber es meldete sich der Anrufbeantworter:

«Hallo, mein Süßer, du hast richtig gewählt …»

«Kielmann heißt als Hure Chris. Devot, auf Wunsch auch streng. Spezialität Verwandlungsspiele, nur Haus- und Hotelbesuche. Ich hab noch gedacht, eine gedemütigte Frau und wir suchen eine gedemütigte Frau …»

«Dann hat die sich nur zugeschminkt gehabt. Und klar, mal rothaarig, mal blond … aber warum ist die zu uns gekommen?», rief Leidig verzweifelt in den Hörer.

«Später», heulte Theuer, der genau das auch nicht verstand. «Sag dem Haffner Bescheid, wir treffen uns dort.»

Als er eintraf, standen seine Jungs schon vor der Eingangstür. Einerseits berührte es ihn, wie sie da so treu warteten, andererseits, daran war nichts zu rütteln, musste Kielmann, alias Chris nur aus dem Fenster schauen, um ein neues Teil für ihren Keltenkreis auszusuchen. Leidigs gebügeltes Taschentuch, Haffners Aspirin – Direkt Familienpackung, Sterns … bei Stern fiel ihm nichts ein. Schwungvoll wuchtete der Ermittler seinen Kadett auf den Bordstein. «Warum malt ihr euch nicht ein paar Zielscheiben auf den Rücken?», grüßte er seine Jungs gallig.

«Wir sind schon doof», sagte Stern höflich und fing sich

einen gekränkten Blick von Leidig ein. «Aber so doof dann auch wieder nicht.»

«Die Schießmaus ist nicht da», ergänzte Haffner grimmig, Verschlusslaute wollten ihm an diesem Samstagvormittag noch nicht so recht gelingen.

Die Tür stand offen. «Wissen Sie, wer uns aufgemacht hat?», Leidig schien verwirrt. «Dieser Baby Hübner, der gegenüber von Willy gewohnt hat, die Turnergeschichte, der ist hier rausgezogen …»

Theuer nahm schweigend zwei Treppenstufen auf einmal, verfiel aber bald in ein herzschonendes, tippelndes Ersteigen. Es war ja klar, warum Leidig immer so hysterisch schien, wenn andere Leute umzogen. Und von den bübischen Plänen, öffentlich zu rauchen, war nicht mehr die Rede.

Im dritten Stock dann die geborstene Tür.

«Ein alter Rugbymann», knurrte Haffner stolz, «muss das können.»

Sein Chef überlegte sich, warum nur alles so egal war: Er war krankgeschrieben, Leidig ebenfalls, Haffner war im Zwangsurlaub, Stern im Wochenende, offiziell waren sie ohnehin kein Team mehr. Es war keineswegs mehr ihr Fall. Mit der Staatsanwältin hatte er sich nicht abgesprochen, aber gevögelt und betrogen hatte er sie. Er hatte einen Hauptverdächtigen, dem dieser Verdacht wurst war. Eine weitere Hauptverdächtige: Anscheinend ohne Not bei ihnen als Zeugin erschienen. Und da gab es noch den vielfach gesuchten Plasmamann, den es nicht mehr gab. Vielleicht sollte er eine Geschlechtsumwandlung in Betracht ziehen? Stimmte dann wieder alles, wenn nichts mehr stimmte? Denn immerhin: Sie drangen gerade mit roher Gewalt in diese Wohnung ein. Falls Kielmann doch unschuldig sein sollte, hatten sie mal wieder ein paar kleinere Probleme, solche, wie zum Beispiel der Theologe Ratzer. Der war eingebrochen und wurde dafür eingesperrt. Ein paar Naturgesetze galten noch, ansonsten brach unzweifelhaft das Plasmazeitalter an.

Von oben klangen Schritte, Baby Hübner kam herunter.

«Hier gibt's nichts zu sehen», bellte Theuer.

«Aber gewiss doch nicht», erwiderte der freche Jazztrompeter. «Vier Bullen stehen vor einer aufgebrochenen Nuttenwohnung. Der schiere Alltag. Aber ich möchte wirklich nur durch. Rennradwetter. Kleine Odenwaldtour.»

In der Tat trug der Bohemien einen adretten Renndress des ehemals glanzvollen Rennstalls der deutschen Telekom.

«Ganz ohne Fahrrad?», schrie Haffner, den eine alte Bitterkeit mit dem Freizeitsportler verband. «Und woher weißt du eigentlich, was die Dame gemacht hat, du Schweinepriester?»

«Das Rad steht im Keller, du Ochsenkopf. Ich nehm's nicht mit ins Bett. Und was die gute Kielmann macht, weiß jeder im Viertel, nur offensichtlich unsere brave Polizei nicht.»

An den Wänden Bilder von Hieroglyphen, keltischen Symbolen, germanischen Runen, chinesischen Schriftzeichen, ein Bild von Rasputin, Drucke indischer Liebesstellungen, Fantasyplakate irgendwelcher Satanisten, ein Kruzifix, ein persischer Pantoffel, der indische Gott Krischna in Bonbonfarben, alles, was irgendwie Bedeutsamkeit ausstrahlen könnte, war da und bedeutete in der Summe gar nichts mehr.

Und Potenz der Sinnferne: Ansonsten war alles kleinbürgerlich und penibel in Ordnung gehalten. Theuer ging ratlos durch die Zweizimmerwohnung.

«Also, wir wissen, dass sie kein Studio oder so was unterhielt?», fragte Leidig.

«Sie wirbt damit, dass sie nur Besuche macht», sagte der erste Hauptkommissar ein wenig verzagt.

«Das weiß ich schon, aber wissen wir, dass sie nicht doch eines hat? Von früher her oder für ganz harte, privat abgesprochene Sachen?» Das Team schwieg.

«Scheiße!», mehr sagte auch der Teamleiter nicht.

«Warum sollte das ein Problem sein», machte Haffner einen fröhlichen Vorstoß, «wenn sie in einer Kellerwohnung irgendeinem Priester den Schniedel piercт?»

Stern schaute Haffner auf den Schnauzer: «Weil sie sich dort auch verstecken könnte. Das musst du doch kapieren!»

«Tu ich auch», sagte Haffner gekränkt. «Ab jetzt halt.»

«Also gut», seufzte Theuer. «Nehmen wir an, die Priester der Region sind sexuell leidlich im Lot und sie ist einfach weggegangen. Wahrscheinlich macht sie einen Besuch, aber falls nicht, machen wir einfach mal alles, was wir gelernt haben, um herauszufinden, wohin sie gegangen sein könnte. Aber vorsichtig, damit uns die von der Spurensicherung später nicht totfoltern.»

Während sie mit spitzen Fingern in schweigender Routine die Wohnung durchsuchten, wurde der schwere Ermittler von einer dummen Zwangsphantasie gebeutelt. Angenommen, die Kollegen von der Spurensicherung brächten sie vier tatsächlich um, wer würde in so einem Fall dann die Spuren sichern? Eine Escherschleife ohne den geringsten Sinn. Er rief mit dem Handy nochmals Kielmanns Nummer an und hörte die Ansage zu Ende:

«Ich bin ab Montag wieder für euch da …»

«Kein Besuch, kein kommerzieller», brüllte der Teamchef viel zu laut, denn es gab ja kein Team mehr.

Sie fanden nichts. «Die kann überall sein», Theuer blies die Backen auf. «Wenn ich mir sicher wäre, dass die Mordserie beendet ist, könnten wir uns zurücklehnen, denn irgendwann schnappt man sie natürlich. Aber ich bin mir nicht sicher. Auf jeden Fall kassieren wir jetzt mal den Studienrat. Das riskier ich nach dem Fetischfund.»

«Kann doch sein, dass sie mit Ludewig abgehauen ist», warf Leidig ein.

«Das sehen wir dann ja, wenn wir dort sind.» Theuer schaute zur Uhr. «Gleich Mittag. Ihr müsst sie zur Fahndung rausgeben. Ich mach's nicht, ich habe den schlechtesten Ruf.»

Haffner akzeptierte die feige Begründung, schnappte sich, suspendiert wie er war, selbstverständlich Kielmanns Telefon. Immerhin hatte er einen Handschuh übergezogen.

«Drück doch mal spaßeshalber die Wiederwahltaste, wen sie zuletzt angebimmelt hat», rief Stern aus dem Flur.

Haffner tat, wie geheißen, nur nahm er dazu die andere Hand und an der trug er keinen Handschuh.

«Ludewig», sagte er grinsend. «Bingo. Allerdings auch nur sein Anrufbeantworter. Der hat eine Scheißstimme.»

«Möglicherweise sind die wirklich zu zweit los», sinnierte Theuer. «Probier mal die Nummer von Frau Ludewig, vielleicht hat sie ja was mitbekommen.»

Aber auch Frau Ludewig nahm nicht ab. «Na, dann», seufzte Leidig. «Sollen wir würfeln, wer den Kollegen erzählt, dass wir's mal wieder ein bisschen übertrieben haben, die Sache aber keinen Aufschub duldet? Oder soll's Stern einfach machen, weil er der einzige im Dienst ist?»

«Würfeln», sagte Stern unglücklich.

«Da wir keinen Würfel dabei haben, schlage ich vor, dass wir uns Zahlen denken. Wer die niederste denkt, ruft an. Ich habe eine Sechs.»

«Dann habe ich eine Fünf!», krähte Haffner triumphierend.

«Ich hab auch eine Sechs», Stern klang nach stiller Freude. Sie mussten, bis auf Haffner, herzlich lachen. Mürrisch griff er wieder nach dem Hörer.

«Wartet mal», meinte er dann ungewohnt gedankenvoll. «Da neben dem Telefon ihr Notizblock. Wir könnten doch den alten Trick versuchen – der Ludewig hat sie ja sicher nicht zu sich bestellt. Der muss ja noch hoffen, dass wir die Verbindung zwischen ihnen nicht kennen und er könnte fürchten, dass ihm seine Alte nicht traut …»

«Das sind Stellen in Krimis, die ich nicht mag», seufzte Theuer. «Da stehen jetzt Flugdaten nach Kreta und wir holen sie mit wehenden Mantelschößen vom Rollfeld. Aber probier's halt.»

Also schraffierte Haffner geduldig das oberste weiße Blatt des Blocks mit einem Bleistift. Wenn Chris etwas Wichtiges zuletzt notiert hätte, würde es jetzt im Negativ auftauchen. Allerdings nur dann, wenn sie dazu freundlicherweise einen Kugelschreiber benützt und am besten beim Schreiben einen Handstand gemacht hätte, damit auch ein bisschen Druck dahinter war.

Was schließlich tatsächlich auftauchte, waren doofe pseudokeltische Zeichen und die kryptische Buchstaben-Zeichenfolge H. D. S. S. 10.

«Sehr schön, sie kritzelt beim Telefonieren», sagte Theuer dumpf. Ha – de – es – es – 10, was weiß ich, wahrscheinlich ein Freier, oder irgendein Onlinecode, wo sie ihre Masomieder kauft ... Jetzt müssen wir uns melden.»

Ritterlich übernahm Haffner den Job, ungeachtet des dubiosen Losverfahrens. Er schlug sich dabei ganz tapfer, aber es war schwer. Seltmann war nicht zu erreichen. Unter den anderen Kollegen, bei denen er vorsprach, war niemand, den es so recht vom Sockel riss, dass eine Prostituierte verreist war, und sosehr sich Haffner auch mühte, zu erklären, es sei nicht irgendeine Prostituierte gewesen, sondern nach Meinung des Theuerteams die gesuchte Doppelmörderin ..., nein, der Plasmamann nicht ..., ja, natürlich, das Theuerteam gebe es nicht mehr, aber gäbe es es noch, wären sie also inoffiziell der Meinung, ja, aber klar, er habe gerade selbst inoffiziell gesagt, aber so inoffiziell sei es ja nun auch wieder nicht ... Ja, gut, er sei schon im Urlaub. Die Staatsanwaltschaft anrufen, ja, logisch, die Staatsanwaltschaft. Das Gespräch endete mit Haffners wenig gelungener Formulierung: «Wenn eine eingeschlagene Tür das Problem ist, dann schlag ich noch eine ein.

Dann hast du Arschloch zwei Probleme. Für beide Hirnzellen!» Wutschnaubend beendete er das Gespräch und fingerte dann ganz offen und unkommentiert einen Underberg aus der Jeansjacke.

«Läuft prima», Theuer schaute trübsinnig aus dem Fenster. «Dieser Momsen ist zwar ein Arsch, aber ich wünschte ihm von Herzen, er wäre wieder gesund. Jetzt müssen wir's der Yildirim sagen.»

«Ich kann mir ungefähr vorstellen, was da abgehen wird», sagte Stern verzweifelt. Er sollte sich irren.

«Ihr seid vier Stück Scheiße», brüllte Yildirim und schlug so heftig auf Theuers Couchtisch, dass die Tassen tanzten. Der Gastgeber, der gerade Kaffee einschenkte, fragte höflich, ob sie Milch oder Zucker wünschte.

«Nein», sagte Yildirim ruhig, «weder noch.» Aber schon gings wieder los. «Ihr fünf Arschlöcher», schrie sie weiter, «fünf! Denn du, Theuer, du zählst doppelt!»

Der Doppelte bemerkte die fragenden Blicke seiner Leute und faselte, ja, es sei schon richtig, sie seien per Du. «Aber das hilft ja jetzt auch nichts.»

Yildirims Zornesausbruch dauerte etwa eine Viertelstunde, bis Babett zum zweiten Mal aus Theuers notdürftig in Ordnung gebrachtem Schlafzimmer kam und bat, sie möge leiser schreien, man könne sich kaum auf die Vokabeln konzentrieren.

«Tun Sie's für das Kind», flehte Stern. «Wir wissen auch so, wie's um uns steht.»

Die Staatsanwältin lächelte verbittert. «Warum bin ich an euch geraten? Was habe ich getan? Weil ich Schweinefleisch esse, Alkohol trinke, rauche und bumse? Ist es das? Dann lass' ich das jetzt alles, aber bitte, Herr im Himmel, schaff diese Geister weg.

Ihr seid noch da? Dann also sachlich. Ihr wollt, dass ich jetzt, als Krankheitsvertreterin für den Arschkriecher die ganze bisherige Fahndungsstrategie über den Haufen werfe und diese Kielmann suchen lasse. Samstag nachmittags, der zuständige Polizeidirektor ist leider nicht erreichbar … Ich bin wegen der Turnergeschichte letztes Jahr fast geflogen.»

«Ja», seufzte Theuer, «es stimmt ja alles. Aber was sollen wir machen, was hätten wir anders machen können?»

«Den Plasmamann suchen und finden, das wäre doch mal was», bemerkte die Anklägerin trocken. «So ein bisschen dienstlichen Gehorsam üben, nur mal zwischendurch.»

«Aber er war's nicht», sagte Theuer, selbst erstaunt über die Festigkeit seiner Stimme. Und endlich sahen sie sich einmal direkt in die Augen. Wie verletzt, wie traurig und verzweifelt, am Ende über sich selbst sie war. Oder spiegelten ihre Augen nur die seinen, sah er sich in ihrem Gesicht? Schaut man immer sich an, wenn man die Geliebte anschaut und nicht wirklich lieben kann?

«Ich liebe dich», sagte er und heulte los.

«Ich hab's immer gewusst», sagte Haffner und nickte zufrieden. «Wir haben alle die Daumen gedrückt.»

Stern lächelte und schüttelte gütig den Kopf, Leidig brachte Yildirim ein Glas Wasser. Die Juristin war zunächst rot geworden, dann blass, jetzt war sie seltsam gefleckt. Der Kommissar trocknete mühsam seine Tränen und schämte sich fürchterlich.

«Die Hornung kriegt wieder einen», tröstete Haffner. «Einen Studierten, passt sowieso besser. Mit dem kann sie dann reden.»

Theuer steckte auch diese ungewollte Kränkung in seiner üblichen Manier weg. Er vergaß sie sofort und dachte stattdessen etwas Groteskes, in diesem Fall, dass ein Zwerg unter dem Sofa säße und alles aufschriebe, es zu Hause den anderen Zwergen in ihrem Wurzelversteck vorläse und dass die Zwerge ihn mögen und ihm eine rote Mütze schenken würden. Zwar war kein Zwerg zugegen, aber die Szenerie bekam den letzten Pfiff durch Babetts neugieriges Gesicht hinter der behutsam geöffneten Schlafzimmertür.

«Lern weiter», rief Yildirim müde, «lern so viel du kannst. Damit du was wirst, sonst endest du vielleicht auch als Staatsanwältin. Wirf dein Leben nicht weg.»

Theuer schaute in die Runde. Sie waren an einen Punkt gekommen, von wo aus es keinen Weg in irgendeine Normalität mehr zu geben schien. Er hatte seinem Ex-Team heulend fast alles erzählt, zum Glück nur nicht seinen Rückfall mit Hornung. Selbst, dass er den Bären warf, gestand er. «Nein», hatte die deutsche Türkin gerufen, «nicht das», aber er hatte weitererzählt, obwohl es eigentlich gar nichts mehr zu erzählen gab, und nun war er furchtbar beschämt, müde und doch auch irgendwie geläutert, frei im Kopf und im Leib.

«Wir machen jetzt Folgendes», hörte er sich sagen. «Haffner hat mich eigentlich draufgebracht, mit dem Notizzettel. Prima, Haffner. Aber jeder hier hat seine Stärken, auch Babett. Ich nicht. Wir brauchen den gar nicht, den Zettel, schließlich lässt sich das Ziel unserer Zwei auch über Ludewig herausfinden. Und dann schnappen wir sie – ohne Rückendeckung. Und dann wird alles gut.»

«Was machen wir?», fragte Leidig verwirrt. «Was?»

«Ach, so», sagte Theuer. «Also, wir stellen fest, wo Ludewig hin ist. Er ist schließlich Taxi gefahren, das macht er immer, hat er mir gesagt, ich war dabei, als er's mir gesagt hat. Und er hat sich wahrscheinlich nicht irgendwo absetzen lassen, wo ihn Chris aufgabelt, die hat bestimmt kein behindertengerechtes Auto. Bin gespannt, wo er hin ist. Ich will's wissen und wir kriegen's raus. Wir rufen alle Taxiunternehmen an und fragen nach den heutigen Fahrten. Es geht ja nur mit so einem speziell ausgerüsteten Kleinbus, das kriegen wir raus, wenigstens das kriegen wir raus. Und da fahren wir dann hin, wo der hingefahren ist.»

Es war tatsächlich in allem großen Durcheinander ein recht plausibler Vorschlag, die Gesichter entspannten sich, Haffner stand sogar der Mund etwas offen.

Yildirim dachte angestrengt nach. «Eine Sache gefällt mir überhaupt nicht. Diese Kielmann hat sich also als gepeinigte Hausfrau ausgegeben und sie hat ausgesagt, richtig?»

«Richtig», nickte Leidig. «Wenn sie den Plasmamann gleich genannt hätte, dann wäre sie die wichtigste Zeugin gewesen. Man hätte sich intensiv mit ihr befasst, das wollte sie nicht riskieren.»

«Schon gut. Wunderbar. Aber warum hat sie überhaupt ausgesagt? Warum ist sie dieses Risiko eingegangen?»

Theuer hatte die Frage befürchtet, sie fiel ja nicht zum ersten Mal, verdrängt hatte er sie mit aller Macht, doch jetzt war sie da, er fühlte den Boden ins Nichts entweichen und auch auf den Gesichtern seiner Jungs sah er keine Hilfe.

«Also gut», sagte er schließlich leise. «Jagen wir den Plasmamann. Scheiße.»

«Nein, das machen wir nicht.»

Stern saß bolzengerade auf seinem Stuhl.

18

MORD | MORDGESCHEHEN DEUTET AUF UMSCHLAG DER VERHÄLTNISSE | DU | DIE DUS TATEST | ERBARME DICH UNSER UND GEHE NICHT WEITER INS VERDICHTEN DES BÖSEN | DENN DAS BÖSE ENDET IM GANZ DICHTEN | OHNE ENTRINNEN |
STETS MORD |
ERBARME DICH MÖRDERIN |

«Warum zeigst du mir das jetzt erst?»

«Es ist doch alles so gelaufen, wie du wolltest.»

«Du hast mir nichts von dem Mann erzählt, du hast mir nicht erzählt, was du dir da an Eigenmächtigkeiten geleistet hast. Was, wenn man dich gesehen hat? Ich meine, ein Irrer händigt dir diesen Zettel aus und du verschweigst mir das einfach.»

«Es war Zufall, er ist gerade vorbeigekommen. Und dann hatte ich die Idee, ihn als Köder zu benutzen und wenn du Zeitung liest, kannst du ja wohl zugeben, dass es eine gute Idee war. Alle suchen ihn. Das mit diesem Zettel ist doch egal. Das ist niemandem aufgefallen und weißt du warum?»

«Nein, erklär's mir. Neuerdings erklärst du mir eine ganze Menge …»

«Ich war unsichtbar. Ich war der Welt ganz enthoben. Ich war schon direkt danach unsichtbar. Direkt nach dem Schuss. Ich bin zum Bahnhof gegangen und habe gedacht, es kann nicht anhalten, aber es blieb einfach. Ein kühles Gefühl auf der Haut, es war … Ich bin hingegangen und habe mich als Zeugin zur Verfügung gestellt …»

«Du hast was gemacht?»

«Beruhig dich, es ist genauso gewesen, wie du es vorhergesehen hast … Es ist nichts Irdisches, ich spüre eine ganz alte Kraft …, ich fühle etwas Geheimes in mir wachsen …»

Ihm fiel nichts zu entgegnen ein. Er schwieg, nicht als schweigender Weiser, als sprachloses Bündel. Gestern Nachmittag war er eingeschlafen, ein Bein war von der Fußstütze gerutscht und er hatte sich an der Heizung eine handtellergroße Brandwunde geholt. Er spürte die Verletzung nicht, aber er spürte, dass sein Körper beschädigt war, schwitzte und fröstelte. Er war ein Tier in der Fußangel, das nicht versteht, woher der Schmerz kommt. Was hatte er erwartet? Er hatte zwei Jahre darauf verwandt, ihr den hellen Wahnsinn schmackhaft zu machen. Und nun war sie wahnsinnig. Wie stand es um ihn?

«Ich wollte sehen, ob es stimmt, was du mich gelehrt hast. Dass man über die Welt hinauswächst …»

«Und?»

«Es stimmt. Es wundert mich nur …»

«Was wundert dich?»

«Dass es bei dir nicht funktioniert. Vielleicht bist du nur ein Medium … vielleicht ist es Zeit, dass ich meinen Erfahrungen vertraue … Ich gehorche schon wieder, weißt du?»

Ihr beginnender Ungehorsam würde sie beide vernichten, dachte er, ohne Emotionen. Denn die eigene Vernichtung passte zu keiner Rolle.

«Herr Theuer, das geht so nicht. Sie können uns nicht immer wieder zu irgendwelchen Wahnsinnsaktionen verführen und dann aufgeben. Ich kann mir sehr gut vorstellen, warum sie das gemacht hat. Und es reicht, wenn wir es uns vorstellen können. Es reicht oft, wenn man sich nur vorstellen kann, dass es ginge, dann kann es auch gehen.»

«Was ist denn das jetzt», fragte Leidig perplex. «Machst du eine Therapie?»

«Ich bin ja nicht verrückt.»

«Und man kann auch verrückt sein und keine Therapie machen», ergänzte der Chef. «Jetzt red, Stern. Gib's mir, heute ist mein großer Tag.»

«Ich meine», fuhr Stern fort. «Ich meine, Menschen sind so. Sie hat es gemacht, und wir nehmen an, dass sie es gemacht hat, weil Ludewig sie mit irgendwelchem Aberglauben aufgepumpt hat. So zu denken, habe ich von Ihnen gelernt, Herr Theuer, Sie brauchen gar nicht so zu kucken … Also hat sie sich stark gefühlt. Und dann kam da zufällig der Plasmamann vorbei, Herr Großreuthe, Entschuldigung, und sie schaltet schnell – das ist ein prima Verdächtiger und umgekehrt ein Augenzeuge, den niemand ernst nimmt. Und sie schießt trotzdem, schnappt sich den Schlüssel und geht zum Bahnhof. Es muss wie Schweben sein …»

«Ja», sagte Theuer leise. Er ‹sah› wieder, er war dort, wo seine Fähigkeiten groß waren und er es nach Jahrzehnten im Dienst noch immer selbst nicht wusste. «Sie schwebt, sie geht über den Boden, sie spürt den Asphalt durch die Sohlen, aber zugleich ist sie ganz woanders. Sie hat die Regeln durchbrochen und merkt, dass ihr das gefällt. Etwas in ihr hat es gewusst, sonst hätte Ludewig sie nicht benutzen können, mit allem Brimborium nicht. Jetzt ist es geschehen – sie geht zunächst Richtung Bahnhof, die ersten Leute schreien, weil da ein Toter liegt. Sie spürt seinen Schlüssel in der Hand. Vielleicht reißt sie sich rasch die Perücke herunter, im Schatten zwischen zwei Laternen. Und sie geht zurück. Denn niemand sieht sie. Sie ist wie unsichtbar, sie ist ein Teil der Masse und zugleich jetzt schon etwas Höheres, Erhabenes, Anderes. Sie spürt: Ihr lahmer Meister hat Recht, sie werden Pharaonen oder was er auch versprochen hat. Die Polizei kommt und drängt die Leute zurück und sie spielt, spielt das Spiel weiter. So viele Mörder drücken sich am Tatort herum, helfen der Polizei, machen sich wichtig, verraten sich, weil sie weiter spielen wollen. Und so lässt sie sich nicht abdrängen, sie nicht … Sie geht hin und sagt, dass sie etwas gesehen hat. Sie legt sich nicht fest. Ein Spiel! Es ist verrückt! Wenn es irgendwelche Zeugen gibt, dann werden die sie erkennen und gleich wird sie verhaftet, aber sie hat ja andere Haare und wer glaubt schon, dass sie es sein könnte. Sie hat den Mantel ausgezogen, ganz beiläufig, das Futter nach außen. Sie geht ein wenig auf den Zehenspitzen. Wenn sie den Männern, die sie hasst, ihren Leib verkauft, wollen die sie auf hohen Hacken, sie ist es gewohnt, in flachen Schuhen schmerzen ihr die Sehnen, und jetzt ist er zu etwas gut, dieser und der ganze Schmerz …» Theuer sprach weiter, während er Chris sah, unbeteiligt, kühl, groß, eine reife Frau mit angenehmen Zügen, Herrin über die Männer, über alles. Sie geht zu einem Beamten, man sieht ihn im Stakkato des Blaulichts. Er hört die zwei nicht sprechen. Warum nicht? Aber ja, es ist zu laut. Alle reden durcheinander. Aber er sieht, was sie sagt, der Beamte schreibt ihren Namen auf. Die Waffe steckt in ihrer Handtasche, vielleicht ist der Lauf noch warm. Die Gefühle, die sich Ludewig ersehnt hat, die hat jetzt sie. Jetzt, jeden Moment, muss doch jemand auf sie zeigen, aber niemand tut es. Die Menschen weichen erschreckt zurück, sie hat es gesehen, sie ist die einzige, sie hat es getan, sie ist einzig. Und die Verwirrung der kleinen Geister um sie erfüllt sie mit einem irrsinnigen Gefühl der Überlegenheit, ein langsamer Todesorgasmus. Nein, sie sagt nicht, dass es der Plasmamann war, sie deutet nur an. Sollen sie suchen, sollen sie sich freuen, wenn sie ihn finden. Dann hat sie ihn eben nicht gekannt. Wird in der Rolle der Unschuld und des Opfers sagen, was sie weiß, nur nicht alles. Eine milde Nacht, Verheißung in der Luft. Das Jahr beginnt jetzt erst, wo die Kälte geht. Ihr Jahr beginnt. Und sie beendet es, wartet nicht auf den Weg um die Sonne, sie legt den Keltenkreis. Und in ihrem Hochmut legt sie als Letztes dort ab, wonach der Polizist sie gefragt hat. Hochmut, der vielleicht nur der umgestülpte Wunsch war, aus dem Irrsinn herauszukommen, der Wunsch des Täters nach Entlarvung, wie stark musste der bei einer Masochistin sein.

«Ja, wirklich», endete er seine Beschreibung. «Sie hat Ludewigs Triumph gespürt, an seiner statt, er ist in seiner Wohnung gehockt und hat gewartet, wie immer. Möglicherweise ist ihm das allmählich aufgegangen. Und möglicherweise heißt das, dass die sich inzwischen hassen.»

«Sie haben uns den Dritten geraubt!» Das Kille-Kille, so nannte er sie im Stillen nicht erst seit seinem enormen poetischen Erguss, war völlig außer sich. «Jetzt kann es nicht gelingen …», sie trat wütend gegen die Wand. «Alles umsonst …»

«Wir finden eine Lösung», er konnte nicht anders als genervt klingen. «Verdammt, immerhin ist er tot.»

«Es geht doch nicht darum!» Ihr Gesicht war violett angelaufen. Er fürchtete sie.

«Es geht doch nicht darum! Was wird aus meiner Transformation …»

«Ja, was wird nur daraus», diesmal musste er lachen, weniger über sie, sondern, weil er erkannte, dass er im Grunde selbst auf irgendeine Veränderung wartete, eine große Genugtuung, irgendetwas Außergewöhnliches, aber er empfand nichts.

«Du lässt mich hängen, dann werde ich eben selbst den Kreis schließen … Dann werde ich es selbst tun …»

«Bleib stehen, was hast du vor, bleib hier …»

War es ihm auch gegeben, sich ganz und gar in jemanden hineinzuversetzen, so war es ihm leider versagt, die Tür zuzuhalten.

Beim dritten Taxiunternehmen hatten sie Glück. Ja, Behindertenfahrt heute Morgen um zehn von Schlierbach nach Hundsbach im Odenwald, da ist so ein Schloss, wo ein paar Spinner ein «Haus der Sinne» eingerichtet haben, keine Ahnung, was das ist.

«H-d-S-S-10», sagte Leidig, während sie zusammenpackten.

«Haus der Sinne, Samstag um zehn.»

Noch einmal telefonierte Theuer. Nannte sich selbstmörderisch Seltmann, spickte seine Rede mit Füllwörtern. Die Fragen seines Teams schüttelte er ab, wie nasse Hunde das Fell schütteln.

Schließlich erwischte er den Rohrbacher Kollegen, der bei Kielmann in Sachen Plasmamann noch einmal vorgesprochen hatte. Nein, kein Pflaster im Gesicht, keine blauen Flecke. Rosig habe sie ausgesehen.

«Sie hat sich bei uns zugeschmiert, falls andere Zeugen sie gesehen hätten. Das war schlau. Sie hat die Maske nicht aufrecht erhalten, reines Glück, dass keiner von uns sie nochmal befragt hat. Das war dumm. Sie hat die Männer ganz cool ermordet und ganz doof ihren Anhänger abgelegt.

Jetzt klappt es vielleicht nicht mehr mit ihrem Herrn und Meister, eine kluge Lösung gibt es da nicht, aber viele dumme. Vielleicht will sie ihn ummachen.»

«Willkommen in Hessen», grüßte ein fleckiges Schild die Beamten auf der Autobahn.

«Also bis Bensheim und dann rechts hoch in den Odenwald», Leidigs Anweisungen nach langem Kartenstudium musste man dürftig nennen, aber Stern, der missmutig wieder einmal sein Auto für eine Dienstfahrt, wenn es denn eine war, zur Verfügung gestellt hatte, murrte nicht. Im Moment war es verlockend genug, angesichts der vielen Baustellen Richtung Frankfurt, querfeldein zu hoppeln, um etwas besser voranzukommen.

Theuer und Haffner saßen hinten. Der Erste Hauptkommissar hatte sein Handy an und hielt es wie ein Mikrophon vor sich, um ja nicht Yildirims Anruf zu verpassen. Aber sie rief bislang nicht an, und das hieß, sie würden die Sache ohne hessische Amtshilfe bewältigen müssen.

«Es ist gefährlich», hörte er sich sagen. «Wenn Chris wirklich was vorhat, dann hat sie irgendwas Gefährliches bei sich. Wenn die Hessen nicht mitmachen, gehe ich alleine rein.»

«Ein krankgeschriebener Polizist», höhnte Haffner. «Das fehlt wirklich noch. Quatsch. Sie haben wahrscheinlich nicht einmal Ihre Waffe bei sich.»

Das musste Theuer bestätigen. Als er gerade nach Gründen suchte, warum er trotzdem absolut Herr der Lage wäre, Gründe, die sich nicht aufdrängten, jodelte das Handy.

«Ganz blöd», sagte Yildirim ohne weitere Grußformel. «Die zuständigen Leute in Darmstadt wollen alles Mögliche wissen, vor allem mit Herrn Seltmann sprechen, bevor sie loslegen. Und Seltmann ist einfach nicht zu kriegen. Ich habe nochmal nachgefragt, der hatte heute Bereitschaft, daher ist keine Stellvertretung organisiert, und der gute Mann ist abgetaucht. Sein Handy ist an, aber da schaltet sich immer nur die Mailbox ein. Seine Frau hat keine Ahnung, wo er ist. Er hat ihr gesagt, er müsste ins Büro. Die macht sich Sorgen. Ich habe auch versucht, mit Momsen zu reden, aber der Bubi will gar nichts von der Welt wissen, solange er seine schlimmen Windpocken hat. Wernz ist auch nicht da.»

«Frühsommer, schönes Wetter», sagte Theuer. «Die Menschen haben anscheinend gewaltige Sehnsucht.» Er überlegte, nach was, denn die Sonne alleine war es ja nicht und auch er, sogar er kannte dieses Gefühl, wenn es warm wurde: Raus, draußen ist was, drinnen ist nix, wir wissen es. «Der Mensch bei sich allein ist nichts», flüsterte er.

«Was?»

«Nichts. Ich meine, bisher haben wir noch nichts feststellen können.»

«Auf der Autobahn sollte ja auch eigentlich nichts sein.»

«Na, eben. Also wirklich. Sososo.»

«Theuer», die Stimme der Anklägerin wurde privat. «Ich habe nichts zurückzunehmen, glaube ich, höchstens das doppelte Arschloch. Aber, wenn das alles klappen sollte, können wir ja nochmal reden. Wenn das jetzt ein Desaster gibt, wovon ich mal ausgehe, wenn Haffner einen Hessen erschießt, der zufällig auch im Rollstuhl oder einfach nur in einem Stuhl sitzt oder so – wenn ihr Privatdetektive werdet, dann braucht ihr doch bestimmt eine Tippse?»

«Auf jeden Fall», sagte Theuer weich, «mit familienfreundlichen Arbeitszeiten. Und fünf Pausen am Tag, für Gebete gen Mekka.»

«Depp», sagte Yildirim, aber es klang nach Lachen.

Im Flecken Hundsbach wies eine hölzernes grobes Schild, in spinnigen Farben bemalt, den Weg in den Wald.

«Für einen Puff wirbt man so nicht», sagte Haffner und schleuderte lässig eine Kippe ins trockene Unterholz. «Es sei denn, es ist ein Puff für Kinder.»

Sie schwiegen zu Haffners geschmackloser Assoziation,

bis sie an Ort und Stelle waren. Theuer spürte, dass sein Nervenkostüm nun einer langwierigen Systemüberlastung zum Opfer fallen würde, jetzt im schlechtesten Moment. Mit weit aufgerissenen Augen starrte er das Haus der Sinne an:

«Auf den ersten Blick ist es nichts weiter als ein Jagdschlösschen aus dem Barock, rosa.» Er stieg taumelnd aus: «Ich stelle mir vor, dass irgendein hessischer Drittliga-Adliger die Bauern angebrüllt hat, während ihm Gänse zwischen den fleckigen Gamaschen herumirrten. Im 19. Jahrhundert war es Zwischenlager für Melkschemel! Versteht ihr?»

«Nein», sagte Leidig und fasste scheu nach dem Arm seines Chefs.

«Adel bedeutete keineswegs immer Glanz und Ruhm, denkt an Großplasma von Waldemar ... höchstens ein beschissenes bisschen Macht. Einfach ein bisschen dummes Unrecht, drei klamme Odenwaldnester so lange schröpfen, bis man sich so ein Schlösschen zusammengegaunert hat. Bestimmt hat ein schwachsinniger Knecht aus Hundsbach es den hohen Herren mal zeigen wollen und wurde dann zusammen mit einem zufällig aufgegriffenen Zigeunerkind gehenkt. Kinder haben sie aufgehängt, früher, Scheiße, und wir jagen einen Krüppel ... Irgendein fetter Nazihesse hat hier den dicken Max gemimt, rauschende Äppelwoi-Abende, dann hat er sich an den schwammigen Mauern ein Rheuma geholt und ist verbittert ins so unerklärlich leer stehende Bürgerhaus der Familie Birnbaum in Birkenau gezogen, niemand hat's gewusst. Das hat alles mit allem zu tun ... Jedes alte Stück Holz erzählt die Geschichte von Unrecht, wer sind wir denn ...»

Sein Team umringte den dem Schloss zustolpernden Ermittler: «Ihr würdet mich auffangen», lachte er melancholisch, «... nach dem Krieg waren die Amis mit ihren Dixiescheiben da und haben das Taubenhaus vom Ständer geschossen, im Bourbonrausch. Bestimmt stand es dann leer, das tolle Schloss, der letzte aus dem Adelsgeschlecht im

Eimer, die Melkschemelindustrie im Eimer, das historische Bewusstsein im Eimer … Nach dem Wirtschaftswunder, als man Scheiße in Gold, Gold in Beton und Beton dann wieder in Scheiße verwandelt hat, als gäbe es nichts anderes und es gibt ja auch nichts anderes, es gibt ja nie mehr als die Pläne einer Generation, die sich später als falsch erweisen …»

«Wir wollen Mörder fangen», brüllte Stern. «Lassen Sie doch jetzt den Scheiß!»

«Für das Schloss muss man was tun, das muss erhalten werden», äffte Theuer unbeeindruckt einen herbeiphantasierten Birkenstockstudienrat nach: «Da steckt unsere Geschichte drin … Fürwahr, sie tut es, sie steckt drinnen wie die Klistierspritze im Ort ihrer Bestimmung.»

«Ich find's hübsch so, bis jetzt», sagte Haffner.

«Ich will mit dir reden, an einem heiligen Ort.»

«Was soll das? Bist du verrückt geworden?»

«Du wirst mir gehorchen, wie ich dir gehorcht habe …»

«Chris, was soll das? Warum willst du uns in Gefahr bringen? Sie werden alles auf den Wahnsinnigen schieben …»

«Nun und Finsternis waren im alten Ägypten die Urorte der Schöpfung … Und weißt du, es wird keine Zeugen geben, schon gar keine Augenzeugen …» Warum lachte sie? «Thot ist Hermes Trismegistos … es gibt keinen Nachbarsjungen, der Laurent heißt. Und es hat auch nie einen gegeben. Ich habe herumgefragt.»

«Wer hat dir das erlaubt?»

«Mir muss niemand mehr etwas erlauben, kleiner Mann. Niemand mehr.»

Zunächst war die Szenerie unübersichtlich. Um das eher baufällige Schlösschen war ein Park angelegt, in dem handbeschriebene Schilder irgendwelche Stationen benannten. Auf den ersten Blick erinnerten sie Theuer an die Trimm-dich-Pfade vergangener Tage. Vor dem ersten Schild blieben sie stehen. Aber es ging um sichtlich mehr als körperliche Ertüchtigung.

Leidig las vor:

«‹Das erkennende Ich konzentriert sich in einem Akt der Egoität immer mehr, um zuletzt in der Erleuchtung punkthaft, zeit- und raumlos nichts mehr zu sein.› Das verstehe ich nicht.»

«Sag bloß, du willst so einen Scheiß verstehen», knurrte Haffner. «So einen absoluten Quatsch.»

«Wenigstens wissen wir jetzt ungefähr, wo wir hier sind», sagte Theuer. «Ich hatte Recht. Gell, ich hatte Recht?»

«Also bitte», Stern klang genervt. «Wir sind dienstlich hierher gekommen, da finde ich es einigermaßen fahrlässig, ins Spintisieren zu verfallen ... Ich meine das nicht böse oder so.» Im Lauf seiner strengen Rede hatte der gute Mann aus Handschuhsheim schon wieder rote Ohren bekommen.

Theuer war insgeheim für die Erdung dankbar, tat aber aus Gründen der Autorität doch etwas streng: «Jetzt vergiss mal nicht, unter was für hervorragenden juristischen Begleitumständen wir hier sind. Wir müssen uns erstmal orientieren und die Zeit haben wir auch. Ich sehe nicht, wie die sich bei diesem Betrieb hier umbringen könnte ...»

In der Tat, man sah viele entrückte Menschen in seltsamen Tätigkeiten. Dem Schloss weiter näher kommend, beobachteten sie, wie eine barfüßige Frau im Spätherbst des Lebens unter Schmerzen auf knotigen Baumstämmen balancierte. Mehrfach warf das Gehölz sie ab, einmal fiel sie sogar richtig in den Matsch. Vor ihr, eine Hürde weiter, tippelte ein weißfüßiger Bioaktivist mit Baskenmütze und grauem Knebelbart hysterisch kichernd über spitze Kiesel.

«Am Schluss laufen sie wahrscheinlich über Rasierklingen und das bringt's dann», knurrte Haffner, «Leute, ich glaub, ich hab sowas mal in der Abendschau gesehen. Das ist so was zum Bewusstseinserweitern hier. Passt zu dem Scheiß-

Ludewig. Trotzdem, Chef, irgendwie verhalten wir uns wie der Seltmann, mir liegt dieses Abwarten nicht. Holen wir uns doch die Nutte und diesen Rollmops raus und Schluss!»

«Also, du würdest jetzt mit gezückter Marke da reinmarschiern und den wilden Mann geben?», fragte Theuer genervt. Haffner nickte mit allen Anzeichen kindlicher Vorfreude.

«Und was machen wir, wenn wir ihn, sagen wir mal, gar nicht finden? Vielleicht haben die sich hier nur getroffen und sind schon woanders, was dann?»

Haffner schwieg verdrossen.

«Bis wir ihn sehen, sind wir Besucher. Schluss jetzt.»

Während sie irgendwie entmutigt weiter auf das Schloss zugingen, sahen sie rechter Hand zwei Erwachsene auf einer seltsam zusammengeknoteten Doppelschaukel kräftig pendeln. Eine staunende Gruppe umstand sie und ein junger Mann in Kleidern sichtlich eigener Fabrikation erklärte, diese Schaukel bewirke, dass man sich gegenseitig wiege, sie zeige den Menschen als auf den Menschen angewiesen.

Theuer sah, von Leidig stumm darauf aufmerksam gemacht, drei Frauen, die seltsam entrückt einen Stein streichelten, neben ihnen saß ein dicker Mann im Schneidersitz auf einer Holzpanele und ließ seufzend Sand durch seine Finger rieseln. Noch einen Meter weiter pieselte Wasser aus einem rostigen Hahn und eine furchtbar dünne junge Frau hatte die Hände zum Kelch geformt, fing und entließ das Nass in einem pathetischen Rhythmus.

«Was ist dann erst da drin?», fragte Haffner hasserfüllt. «Müssen wir uns ausziehen oder sowas?»

Aber noch waren sie nicht im Schloss. Noch galt es einem seltsamen Pfad zu folgen, der in wirren Schlingungen um grobe Holzschilder mit Zitaten des Denkers Rudolf Steiner führte. Keiner der Beamten wusste mehr über die Anthroposophie, als dass die Heidelberger Waldorfschule in sinnreicher Nähe zum Recyclinghof zugestunken wurde, aber die mehrfache Erwähnung des Begriffs «Empfindungsseele» löste einen Widerwillen in Theuer aus, wie er sonst nur bei der Begegnung mit realen Menschen in ihm aufstieg. Er spürte nur zu genau, dass der Wahnsinn noch nicht herausgeknüppelt war. Also brüllte er gleich wieder los: «Warum folgen wir eigentlich derartig schafsdoof diesem Pfad?»

Haffner drückte seine Reval auf einem geschnitzten «Th» des hymnisch hervorgehobenen Wortes «Theosophie» auf dem letzten Schild aus und sagte, es sei jetzt mal gut. Leidig ergänzte, wenn sie sich als normale Besucher ausgeben sollten, dann wäre es hilfreich, nicht herumzutoben.

«Ihr werdet ganz schön frech», sagte Theuer traurig und einverstanden. «Die Liebe ist das Wichtigste. Das ist mal richtig sicher. So richtig scheiß-sicher.» Er ließ sich auf ein bronzenes Objekt sinken, stand aber flott wieder auf, denn es war ein Sonnenuhr mit aggressiv abgespreiztem Zeiger.

«Hallo, ihr wilden Männer!»

Theuer fuhr herum. Vor ihm stand ein struppig-rothaariger Bursche in bunter, zu großer Kleidung und lächelte sie an, wie das nur Menschen können, die die ganz große Wahrheit gefunden haben: Kirchentagsbesucher, Ufologen, Islamisten, Hausgeburtler.

«Du», lispelte der junge Mann und legte Theuer die Hand auf die Schulter, «das hat mir gefallen, was du gerade gesagt hast. Zorn muss auch sein. Zorn ist komplementär zur Ruhe. Wir denken hier komplementär. Das hat mir gefallen, was du gesagt hast.»

«Mir nicht», entgegnete der Belobigte erschöpft.

«Mir auch nicht», ergänzte Stern verdrossen.

«Seid ihr eine Gruppe, seid ihr angemeldet?»

«Muss man angemeldet sein?», fragte der Erste Hauptkommissar kaum noch professionell.

«Ja, wir sind hier kein Kino oder so, wir wollen unsere Besucher steuern. Erfahrung statt Konsum. Wahrnehmung. Alle Sinne.»

Theuer blickte zurück auf den gewundenen Pfad, der ihn rasend gemacht hatte, und nickte stumm.

«Wir sind angemeldet», log Leidig kalt. «Schon lang.»

«Na, dann kommt mal mit», der Jüngling tänzelte die Stufen zum Schlossportal hoch. «Ich bin Mathias.»

Oben stand eine abgestoßene Schultafel, auf der in ambitionierter Künstlerschrift die Besuchergruppen für den heutigen Tag notiert waren.

14 Uhr: Kollegium der Waldorfschule Mannheim

«Mannheimer», murmelte Haffner knirschend. «Es wird ja immer besser.»

15 Uhr: Freizeit- und Seniorenyogagruppe Bad Wimpfen

«Das sind wir, die Yogagruppe», sagte Theuer nach einem schnellen Blick zur Uhr. «Wir sind früher dran.»

Mathias sah ein wenig unsicher aus, was bei Erleuchteten dann mangels Übung immer besonders erbärmlich aussieht: «Senioren? Ihr seht noch ganz frisch aus, vor allem ihr drei ...»

«Das kommt vom Yoga», sagte Leidig freundlich. «Der reinste Jungbrunnen.»

Sie traten ins Treppenhaus des Schlosses. Es empfing sie ein Lärm und Durcheinander, das die angebliche Regulierung der Besucherströme als Lachnummer entlarvte. Seltsam verzückte Menschen jeglichen Alters plapperten und kicherten in der hallenden Akustik durcheinander. Den größten Radau machten zwei riesige, wassergefüllte Kessel mit wurstdicken Griffen, die von nasshändigen Theosophen gerubbelt wurden, wie manches Geschlechtsteil nicht in vielen Dekaden der Brunft. Von der emsigen Behandlung wurden die Zuber in eine satanische Schwingung versetzt, die ein fürchterliches, markerschütterndes Brummen erzeugte. Einen Kessel bewichsten jetzt filzige Kinder in Batik-T-Shirts. Eines von ihnen schaute den um Fassung ringenden Ersten

Hauptkommissar keck an: «Da musst du dir was wünschen, wenn das brummt.»

«Ich wünsch mir, dass du aufhörst.»

«Hört mal», zischte Stern, ihr Führer, war gerade an einem zweckentfremdeten Biertisch mit dem Ausfüllen einiger grauen Papiere bezüglich ihres Besuchs beschäftigt. «Warum sagen wir nicht doch einfach, wer wir sind? Was soll denn die Komödie?»

«Wenn wir sie sehen, okay», verfügte Theuer mit fester Stimme und bangem Sinn. «Dann sofort.»

Angespannt ließen sie sich die spinnige Örtlichkeit vorführen.

Der Knabe hieß sie große Holzräder drehen, was optische Täuschungen in Gang setzte, die allen seit frühen Schultagen geläufig waren. In einem staubigen Kellergewölbe malträtierte ihr verzückter Führer mit einem Kontrabassbogen die Kanten von einfüßigen Metalltischchen, die er vorher mit Sand bestreut hatte. Das bewirkte grauenhaft schrille Töne und geometrische Staubverwerfungen auf den Metallflächen, höchst gewöhnlich von der Schwingung erzeugt, Theuer entsann sich Fotos aus dem Physikbuch, Mathias erklärte es dennoch zum Weltwunder. «Wir experimentieren mit verschiedenen Metallen und unterschiedlicher Körnung», jubelte er. Leidig massierte sich das Ohrläppchen und fragte, was sie damit herausfinden wollten. Die Frage wurde übergangen.

Wieder ging es nach oben, aus dem Augenwinkel sah Theuer eine Gruppe heftig gestikulierender Greise und einen kopfschüttelnden Jünger des Hauses. Eine aus der Gruppe sank mit triumphierendem Zorn im Gesicht in den Lotossitz. Er schaute auf die Uhr, es war drei.

«Was zeigen Sie uns denn sonst noch alles?», fragte er aufgeregt, mitten in einen wirren Vortrag des Jungen hinein.

«Immer langsam, wir arbeiten hier schön alle Stationen ab!», beschied der ihn knapp.

«Es ist», sagte Theuer verzweifelt, «weil ich so begeistert bin!»

Da hatte er in aller Primitivität ganz genau das Richtige gesagt.

Der Führer nickte. «Das geht eigentlich allen so. Manchmal setze ich mich in unsere Unsichtbar und höre zu, was die Leute so innerlich mitnehmen, das ist eigentlich der schönste Teil der Arbeit hier. Die Ernte.» Gestrafft ging er weiter voran.

Man hätte das nicht unbedingt erwartet, aber schließlich saß der brave Hobbyfußballer und bemühte Polizist Werner Stern in einer tibetischen Tempelglocke, einer Art Kannibalenkessel, der von Mathias mit einem großen, kochlöffelähnlichen Klöppel kreisförmig bestrichen wurde und dadurch in eine immense, jaulende Vibration geriet.

«Alle deine Zellen werden jetzt mit dieser Welle aufgeladen!», schrie Mathias über den Donner hinweg.

«Und wer sagt, dass das gut ist?», brüllte Stern und stand auf.

«Du musst sitzen bleiben», keifte Mathias. «Setzen! Du unterbrichst den Energiefluss!»

Mit zwei raschen Schritten war Theuer bei ihm und packte ihn am Schlawittchen.

«So, Bubi, jetzt reichts. Folgendes: Wir sind keine Yogatruppe, wir sind von der Polizei. Und wir suchen einen Mann im Elektrorollstuhl, und eine Dame, die jedes Mal anders aussieht, ich gebe zu, dass das keine gute Beschreibung ist.»

Haffner sah sehr erleichtert aus.

«Ich weiß nicht, ob ihr das Recht habt, hier einfach Leute zu suchen!» Mathias schaltete sofort auf offensichtlich vielfach trainierten, anlasslos abrufbaren passiven Widerstand um, ja, er hängte sich bei Theuer und Stern ein und ließ sich schwer in die Knie sacken.

«Wenn die Polizei nicht dieses Recht hat, wer denn bitte dann?» Für seine Verhältnisse klang Leidig zornig.

«Ich sage nichts.»

Haffner gab ihm eine klatschende Ohrfeige.

«Prima, Haffner, wenn's jetzt schief geht, können wir wirklich mit Kneifzangen Zigarettenkippen sammeln.» Theuer versuchte, sich Mathiasens Arm zu entwinden, was kaum gelingen wollte.

«Keine Gewalt!», rief es von hinten. Ältere, zum Heldentod entschlossene Männer drängten in den Raum. «Finger weg von dem jungen Mann! Pfui!»

«Polizei», kreischte Haffner und zeigte seine Marke.

«Bevor ich nicht erfahre, was hier diesem fabelhaften jungen Menschen vorgeworfen wird, gebe ich den Ausgang nicht frei!», rief ein athletischer Greis und klemmte sich tapfer in die Tür. «Wir sind eine Anti-Tierversuch Gruppe aus Frankfurt», stellte er sich ungefragt vor. «Wir kennen uns mit den so genannten Ordnungsmächten aus.»

Nun war es aber so, dass das Glockenzimmer einen zweiten Ausgang auf der den Spontanblockierern gegenüberliegenden Seite hatte. Den nahmen die Polizisten mit Mathias, von Haffner mehr oder weniger unter den Arm geklemmt, und ließen die enttäuschten Tierfreunde zurück. «Halt!», rief ein Alter hinterher, aber sie hielten nicht.

«Die Unsichtbar!», schrie Theuer, während sie durch einen schmutzigen Kellergang stolperten, von dessen Wänden dilettantisch gepinselte Engelswesen grinsten. «Was ist das? Ich könnte mir vorstellen, dass Unsichtbar-sein unserer Chris ganz gut passen könnte ...»

«Die Unsichtbar», japste Mathias in Haffners Schwitzkasten, «ist eine vollständig abgedunkelte Bar, die unser blinder Barkeeper Erwin betreibt. Dort kann man sein Gehör und seinen Geschmackssinn schärfen ...»

«Und Lobhudeleien belauschen …» ergänzte der schwere Chef verächtlich. «Die ist doch sicher behindertengerecht? Gibt's da eine aus Heidelberg, die da gerne mal reingeht? Sag's jetzt, Bubi, oder mein Kollege macht Ernst.»

Haffner spielte mit der freien linken Hand fast versonnen am Ohrläppchen des Sinnesschärfers, den er ansonsten im brachialen Würgegriff behielt.

«Ich weiß nicht», sagte Mathias dumpf. «Viele gehen da hin. Aber in letzter Zeit haben wir eine ganz besonders begeisterte Freundin unseres Hauses. Die kommt aber nicht aus Heidelberg …»

«Lügenbalg, das», stöhnte Theuer. «War nicht zufällig trotzdem mit einer Heidelberger Gruppe da, beim ersten Mal?»

«Doch schon, ich hab die geführt, sie hat gesagt, sie wäre auf Besuch … Ich ersticke jetzt aber bald.»

Haffner ließ ihn widerstrebend los. «Bring uns da jetzt hin», raunte er finster. «Sofort.»

Der etwas gebeugt vor ihnen hertaumelnde Mathias jaulte noch, «Benedict», die Hausfreundin, sei gerade in letzter Zeit so oft gekommen, die gehöre praktisch dazu und könne einfach den Hintereingang verwenden. Ihr Haus baue auf Vertrauen auf. Haffner trat ihn. Danach ermöglichte ihnen der verschreckte Führer relativ reibungslos die erneut entgegenströmenden alten Tierschützer zu passieren, und nach zwei weiteren irren Kehrtwendungen und einem wackeligen Gang über eine Hängebrücke kamen sie an. Mathias massierte sich das rote Genick. «Erwin, was machst du denn hier draußen?»

19

Das Gespräch war vorbei. Noch einmal versenkte er sich ganz in sie. Schlimmer als der Gedanke an jede Bestrafung war ihm die Vorstellung, ganz kläglich entdeckt zu werden. Wenn man das Ganze als einen dummen Budenzauber enttarnen würde, wer sähe seine Meisterschaft?

Er schlief nicht in dieser Nacht, und als es Morgen wurde tat ihm kein Vogel den Gefallen, etwas Symbolisches vorzuführen. Der Kult war das Einzige, was ihm Bedeutung verlieh. War das schon Glauben? Er hatte Angst. Wenn er sich zum Gläubigen machte, hatte er keine mehr. Man würde sich fragen, so hoffte er, immerhin fragen, ob es ihm mit all seinen Theorien am Ende ernst war. Er betrachtete sein Gesicht in der Fensterscheibe. Vielleicht schriebe man ein Buch über ihn? Er, als einer dieser beunruhigenden neuen Menschen, denen nichts etwas bedeutet, denen das Nichts etwas bedeutet – einer von denen, die sich furcht- und skrupellos den finstersten Konstrukten verschrieben. Wenn er nichts täte, wäre er nur ein schlauer, mieser Krüppel.

Es war so oder so zu Ende. Deshalb wurde Jens Ludewig ein gläubiger Mensch, mit allem, was dazugehört: Sinn, Mut, Beruhigung und dem beglückenden Gefühl, den Tod als besonderes Ereignis zu feiern und nicht zu fürchten. Zumindest wenn er sich ganz und gar in den hineinbegab, den er zu diesem Zweck erschaffen hatte.

Vor einer mit schwarzem Tuch verhängten Türfüllung stand ein etwas formloser Mann mittleren Alters und hielt einen entspannten Plausch mit zwei Damen, die sich jünger fühlten, als sie waren und das durch Lebensfreude zum Ausdruck brachten. In lebensfrohen wollenen Säcken unter lebensfrohen Hennamänen, mit lebensfrohen, bunten Füßen in gesunden Schlappen, mit denen sich froh vom Tangokurs in die kleine Scheidungswohnung stapfen lässt, ein Mantra auf den Lippen, ein Karma im Ranzen, buddhistische Leere im Schädel.

Sie bewunderten Erwin, weil er nicht sehen konnte.

Nicht nur die ziellos wandernden Augen verwiesen auf das Handikap des Kellergastronomen, sein himmelblaues, knappes Sweat-Shirt, der ungeschickte Topfschnitt seiner Haare, die hellbraunen orthopädischen Schuhe zur dunkelgrünen Hochwassercordhose machten ihn so recht zum Blinden. Ansonsten war er vergnügt und sprach lautstark, unverkennbar im nölig gurgelnden Sound des verschärften Rheinlandes. Theuer mochte ihn gleich nicht leiden.

«Heute ist bei mir geschlossen, grüß dich, Mathias.»

«So schade», sagte eine der Hennaroten, «Erwin, wenn's mir schlecht geht und seit der Trennung von Ali kommt das öfters vor, dann trinke ich einen Birnensaft und schließe die Augen! Dann fühle ich mich wie in deiner gemütlichen Höhle!»

Erwin nickte grinsend: «Müsst halt wiederkommen, meine Süßen!» Verfehlend griff er nach der Hand der Roten. Ihre Begleiterin fragte vorsichtig, wer ihm denn die Kleidung aussuche.

«Das macht das Team!» Erwin wedelte in Richtung Mathias. «Die achten darauf, dass ich nicht wie ein Höhlenmensch aussehe, obwohl ich ja eigentlich einer bin, haha!»

Etwas peinlich berührt, unterbrach ihn der Führer: «Du hast doch sonst immer offen? Was ist denn los?» Unsicher lächelnd schaute er die Polizisten an und fragte: «Ja, was ist denn eigentlich heute los? Was ist denn nur los hier?»

Erwin grinste in einer Weise in sich hinein, die Theuer Übles ahnen ließ.

«Technische Probleme. In ein paar Stunden mach ich wieder auf.»

«Geht das Licht nicht?», rief Haffner frech und rauchte aggressiv los.

«Erwin, mein Name ist Theuer. Mit mir sind noch Herr Haffner, Herr Leidig und Herr Stern hier. Wir sind von der Kriminalpolizei. Und es geht um etwas Ernstes. Also bitte. Da drinnen in Ihrer Bar ist jetzt niemand?»

Erwin wandte sein Gesicht zur Decke. «Ich sag doch, ich habe geschlossen, wer raucht hier? Aufhören!»

«Dürfen wir bitte einen Blick hineinwerfen», flötete Theuer angespannt.

«Dürfen Sie nicht», entgegnete Erwin selbstbewusst. «Darf ich ja auch nicht. Außerdem ist's dunkel.»

Haffner nahm sein Feuerzeug heraus. «Wir wissen uns schon zu helfen, du Tresenkasper. Auf, Jungs, gehen wir rein.»

«Von wegen!», schrie Erwin und nahm eine kämpferische Position an, das linke Ohr scharf in Richtung der Polizisten gekehrt. «Ich war nicht immer blind und damals war ich im Judo.»

Seufzend trat Haffner ihm ans Schienbein und schob den daraufhin wehklagend auf einem Bein Hüpfenden entnervt zur Seite. Im Nu war eine Traube aus couragiert kratzenden schwarzen Damennägeln, fliegenden Hennahaaren, Erwins kräftig patschenden Armen, dem sich passiv-hindernd dazwischen hängenden Mathias und vier Polizisten entstanden, die sich in den Vorhang drängten, hinter dem gleich ein weiteres, schweres Textil hing, das eine schwarze Sperrholzplatte verdeckte, die schräg in den Raum leitete. Haffners Kippe flog einer der Frauen ins Gesicht, die kreischend abließ, der anderen trat Theuer beschämt und trotzdem hart ans Knie, sodass sie gleich heulte, aber Erwin und Mathias hatten sich in alle vier geknotet, Theuers Handy fiel zu Boden, er fiel selbst, Stern keuchte noch, er könne keinen Blinden schlagen, das könne er nicht, woraufhin Haffner anbot, das zu übernehmen, der Kollege möchte dann aber doch bitte Mathias versohlen. Mehr der Schwerkraft gehorchend als planvoll, stürzten sie in weitere Vorhänge. Sie waren drin und es war stockdunkel.

«Seid ihr da?», rief Theuer. «Haffner?»

«Ja, das Arschloch hat mir das Feuerzeug aus der Hand geschlagen.

«Stern?»

«Ja, aber ich weiß nicht … Ich find den Ausgang nicht …»

«Ich bin auch da», Leidigs Stimme kam aus einer anderen Richtung. «Erwin hat mich gerade noch herumgeschoben, der ist also auch da.»

«Mathias?», rief Theuer.

«Ich glaube, der ist draußen, der hat sich herausgewurstelt», das war Stern.

«Der bewaffnet jetzt wahrscheinlich seine Nachwuchsdruiden mit geweihten Knüppeln», stöhnte Theuer.

«Leidig, hat dir Erwin die Brustwarze verdreht?», kam Haffners Stimme von hinten.

«Ja. Hat höllisch gebrannt.»

«Das war ich, sorry, ich dachte, du bist Erwin. Der Blindgänger hockt wahrscheinlich doch draußen und lässt sich von den notgeilen Hexen bespringen.»

Mochten sich hier oftmals Menschen im Dunkeln versammeln und auf ihre Dünste wittern, auf ihren Blödsinn lauschen – für Theuer war es ein Ort des Grauens.

«Herr Ludewig und Frau Kielmann. Wir sind von der Polizei. Wir wissen, was Sie getan haben. Wir möchten mit Ihnen reden. Es muss jetzt aufhören, es ist genug geschehen. Sie haben ihre Macht gezeigt …» Furcht machte sich in dem schweren Ermittler breit, züngelte ihm in alle Winkel, aber es war ein schwarzer Brand, ein kaltes Feuer aus Nichts. «Reden Sie mit mir, die wir versammelt sind in der Finsternis und im ‹Nun› … Ich habe den Keltenkreis erkannt. Ich habe das Feld der Kraft gespürt. Ich bin es wert!»

Leise drang die Stimme Ludewigs zu ihm: «Herr Kommissar, es geht doch nicht um den Wert! Es gibt keinen Wert außer der Tat. Es gibt nur die hermetische Selbsterschaffung …» Wo war er? Verzweifelt versuchte Theuer der Stimme eine Richtung zuzuweisen, er glaubte, leise Schritte zu hören. Er musste sich darauf verlassen, dass seine Jungs sich anpirschten, und entschied sich zu bleiben, Ludewig zum Reden zu bringen, um den anderen die Ortung zu erleichtern.

«Worum geht es? Herr Ludewig, das wollen Sie doch gerne sagen … Sie wollen doch, dass wir Sie verstehen. Sie sind doch kein normaler, vulgärer Mörder, Sie nicht und ihre Begleiterin – Frau Kielmann, sind Sie da?»

«Oh, das Kille Kille …»

Der Ort der Stimme war ein anderer, Theuer schien es, als ob Ludewig sich auskannte. Aber wie konnte er das? Der Erste Hauptkommissar zitterte.

Er schien näher gekommen zu sein. Irgendein Heizungsrohr rauschte. Hörte er das Surren des Rollstuhls oder war es eine Frequenz des Rohres?

«Lassen Sie Ihren Geist schweifen, Herr Theuer», wieder woanders, irgendwo rechts war jetzt, links und etliche Meter weg hörte man Stern fluchen.

«Scheiße, hingefallen.»

Vor Theuer hustete jemand gegen sein Kilo Teer in der Lunge an, plötzliche metallenen Klänge von hinten.

«Was ist denn das?» Leidigs Stimme war schrill, kaum verhohlen panisch.

«Es ist ganz früher Morgen», fuhr Ludewig fort, die Stimme schien den Kommissar jetzt zu umkreisen, «kaum dass vollends die Nacht den frühlingsfrischen Griff vom Wipfel hoher Bäume ließ. Der letzte Frost steht längst nicht mehr im Gras, doch winkt er noch in frühstem Morgen. Ich seh' sein graues Tuch im Walde, wenn die Plebs noch schläft.

Drauß' vor dem Fenster pfeift emsig eine Amsel. Ihr kleines Lied, zunächst berührt es mich …»

Theuer sah durch ein Fester in den Schlierbacher Forst, sah die Amsel auf der Fensterbank.

«Dann schau ich sie an. Schwarz-dumpfes Federkleid, tumbe Knöpfe als Augen, ein Blick so leer wie ein geschlüpftes Ei, am rechten Flügel schimmert rosa Haut, ein weißer Fleck am Schnabel. Als hätt' sie Kot gepickt. Der Archeopterix lässt grüßen. Ein Saurier mit Lust auf Würmer, ein ekliges Verkleidetes, das hockt vor mir, grad, dass uns eine Glashaut trennt. Da kommt die Nachbarskatze samten angepfotet und schleicht sich an, als wär es Schweben.» Die Stimme schien auf einmal schnell und direkt auf ihn zuzukommen. Theuer sprang ein paar Schritte zur Seite, verhedderte sich und ging dann zusammen mit einem schweren Barhocker hart zu Boden, stieß sich den Kopf an einer Wand.

«Mit einem leichten Tatzenhieb wischt sie das Vieh vom Brett. Dann hört man klägliches Piepsen und wohliges Maunzen.»

Theuer hörte Schritte, einer der Jungs könnte Ludewig von hinten erwischen, schoss ihm als kleine rote Hoffnung durch den schwarzen, dumpf-benommenen Kopf, Ludewigs Stimme entfernte sich nach links.

«Wenn ich mich ganz versenke und den Sinnen traue, könnt' gar ein Knirschen zu mir dringen oder ist's die Antizipation des Endes, spielt meine Fantasie mir einen Streich? Vorfreude? Das war der Morgen vor der ersten Nacht. Das Kille war stark und tapfer, sie hat's getan …»

«Der sieht was», schrie Theuer, «jetzt weiß ich's, ich hab's bei ihm gesehen, ein Nachtsichtgerät … passt auf, vielleicht hat der die Knarre. Passt auf …»

«Der kriegt doch den Auslöser nicht gedrückt», höhnte Haffner von irgendwo. «Ludewig, wenn ich dich habe, hast du keine Nase mehr für deine Killerbrille.» Haffners Mut tröstete den liegenden Kommissar. Etwas lief warm über seine Wange, Blut, er kroch am Boden entlang, vielleicht war er ja gegen den Tresen gefallen und der verbarg ihn nun.

«Als angepflockt ich lag, da dacht ich immer, ich hörte mich zerbrechen. Was sollte mich am Bersten meiner Feinde dann entsetzen? Skiás ònar ánthropos. Der Mensch ist das Traumbild eines Schatten.»

Die Stimme war jetzt ganz nah. Theuer warf sich herum und trat mit beiden Füßen mit aller Kraft in Richtung der Stimme. Er traf Ludewig und spürte ihn zurückweichen. Auf allen vieren kroch er in die entgegengesetzte Richtung.

«Hier bin ich und hier ist er auch!», rief Theuer. «Geht meiner Stimme nach!»

«Nur zu, die Herren ...», die Stimme entfernte sich wieder. «Welche Gnade, das Dunkel des Todes sehen zu dürfen, bevor es einen umhüllt, das Laken der Medusa ...»

«Laken der Medusa, so ein Quatsch!», schrie Theuer. «Ihre gelehrten Bilder sind schief, Herr Studienrat.»

Wieder hörte man jemanden klatschend zu Boden gehen. «Über wen bin ich gefallen?» rief Leidig.

«Über mich nicht.»

«Mich auch nicht.»

«Mich auch nicht.»

«Vielleicht ist es Erwin? Der hat eventuell was abgekriegt, als wir reingekommen sind, versuch ihn zu wecken», Haffners Stimme klang angesichts ihrer apokalyptischen Lage immer noch bewundernswert sachlich.

Leidig wurstelte in der Finsternis herum und gab schließlich kleine Ohrfeigen: «Aufwachen, Erwin ...» Theuer nahm nicht mehr allzu viel um sich wahr. Er erhob sich mühsam. Ja, es musste der Tresen sein, tastend fuhr seine Hand über eine Fläche.

«Warum, Herr Ludewig?», fragte er. «Am Anfang war es Rache. Am Anfang haben Sie das alles inszeniert, um ein anfälliges, zerschundenes Weib zu Ihrem Werkzeug zu machen. Aber jetzt, da kommen Sie doch nicht heraus, das wissen Sie doch. Selbst, wenn Sie uns umbringen, kommen Sie doch da nicht mehr heraus ... Haben Sie es bei ihr schon getan? Haben Sie Chris getötet? Haben Sie ihr wehgetan? Dann bin ich auch schuld, wissen Sie? Die Jungs wollten schneller machen und ich wollte nicht ... Da waren Sie schon hier unten? Wollen Sie nicht herauskommen? Sollen wir nicht im Licht miteinander reden? Was ist so schön an der Finsternis?»

Er versuchte nicht mehr zu orten, woher Ludewigs Stimme kam, der Raum löste sich auf.

«Ganz recht, Herr Kommissar. Es kann nicht gut gehen. Das habe ich erkannt, und das war der Fehler gewesen, zu denken, man hört, wenn der dritte Bock geschlachtet ist ... Die Kille-Kille ist groß geworden! Und, übrigens, sie hat mir wehtun wollen, sie mir, ich habe mich nur gewehrt.»

«Sie hat dich ernst genommen!», brüllte Theuer. «Sie hat dir geglaubt. Sie hat sich eingeredet, was du ihr eingeredet hast und selbst dafür hattest du sie nicht vorgesehen. Du wolltest ein Werkzeug, einfach etwas, was du fernbedienen kannst ...»

«Transformation. Man verändert sich im Tun.»

«Und jetzt bin ich dein Werkzeug!», schrie der Hauptkommissar in maßlosem Zorn. «Das bringt's doch jetzt erst richtig. Ein Massaker zum Schluss in schwärzester Nacht! Aber es ist alles viel alberner. Das ist nichts als ein bisschen billiges Disneyworld für Körnerfresser. Das ist keine große ägyptische Götterschlacht, wir sind ein paar kurpfälzer Polizisten und du Arschloch hast kein kleines zusätzliches Recht, weil du im Rollstuhl sitzt!»

«Schweigen Sie!»

Jetzt war die Stimme wieder ganz nah und kam näher.

«Na, dann bring mich doch um, du bleibst trotzdem der gehörnte Esel, der du warst. Du hast kein bisschen Würde gewonnen, weil du so schön böse geworden bist. Alles Quatsch: Kelten, Ägypter, Griechensprüche, großes Latinum und nichts in der Hose.»

Schrill und schmerzhaft wurde es hell, Theuer sah Ludewig mit fratzenhaft verzerrtem Blick ihm gegenüber, die

Beine des Barhockers, über den er vorhin gestürzt war, hatten sich irgendwie in die Räder des Rollstuhls verkeilt, der Hohepriester saß fest, tatsächlich lag ein Nachtsichtgerät neben ihm auf dem Boden. So war er also zum Schluss selbst blind gewesen und dann macht ja die ganze Finsternis nur noch halb so viel Spaß. Auf dem Schoß des Lahmen lag ein riesiges Designerküchenmesser. Der Raum war kahl und schmutzig, ein großer U-förmiger Tresen machte fast die Hälfte aus, ganz an seinem Rand hing eine Frau leblos über einer Blutpfütze. Leidig war schon dort.

«Sie lebt noch», sagte er leise.

Erwin stand verwirrt unter einem übermannshoch an der Wand befestigten Drehschalter. «Gott sei Dank, hab ich mir mal gemerkt, wo die das Licht anmachen. Das Licht ist doch an oder?»

Es hatte einige Zeit gedauert, den hessischen Kollegen das ganze Durcheinander zu schildern, aber schließlich war für den Moment alles so weit.

Die schwer verletzte Kielmann war nach Bensheim ins Krankenhaus gebracht worden, der Notarzt meinte, sie käme durch. Ludewig saß zum Abtransport bereit. Theuer hatte ein schmuckes weißes Pflaster auf der Stirn.

«So, Erwin», sagte er versöhnlich. «Jetzt müssen hier die Spurensicherer noch eine Weile tätig sein und dann machen wir auch wieder das Licht aus.» Erwins tote Augen rollten wie Kutschenräder: «Ich hab nicht gewusst, dass die hier etwas Böses tun wollte. Mir hat sie erzählt, sie wollte die besondere Atmosphäre meiner Bar für eine Aussprache nutzen.»

Haffner betrachtete den Blinden mitleidlos: «Eine Bar würde ich diesen Kellerkindergarten nicht nennen.» Er nahm die Getränke in Augenschein, «Birnensaft, Pfirsichsaft, Apfelsaft, Brottrunk, schimmelt übrigens zünftig ...»

«Da kann ich nichts dafür», wurde Erwin eifrig, mit fliegenden Händen suchte er einen Lappen, um irgendeine

Klebrigkeit seines verbackenen Tresens zu verwischen. «Ich würde hier Alkohol ausschenken, so richtig schönes Pils und alles. Aber die Spinner da oben wollen das nicht.»

Leidig schaute unter den Tresen und beförderte einige schmuddelige Kartons zutage: «Und abgelaufener Tütencappuccino vom Aldi, da stehen die Andros drauf?»

«Ich kann ja wohl das Verfallsdatum nicht lesen», krähte der Barmann frech. «Krieg ich eine Anzeige?» Dieser zweite Satz kam schon manierlicher.

Theuer schaute sich um. Ein Heizungskeller konnte nicht schäbiger aussehen. Das, was Leidig vorhin so erschreckt hatte, waren Klavierseiten gewesen, die irgendeiner der überforderten Weltdeuter aus der Crew in die Wand gedübelt hatte, am Ende Erwin? Fette Staubflocken hatten sich in der kümmerlichen Dekoration verfangen.

«Macht hier eigentlich mal einer sauber?», fragte er müde.

«Die sagen, sie machen's. Deshalb gibt es ja Licht hier unten.» Erwin legte den Kopf lauernd schief. «Haben Sie Beanstandungen?»

Stern schaute traurig auf den fleckigen Steinboden. Theuer folgte seinem Blick, Ölflecken, zertretene Kaugummis, zwei relativ frische Revalkippen, Haffner hatte nicht geruht, bis er draußen sein Feuerzeug wiedergefunden hatte. Allerhand Undefinierbares lag noch herum, ein paar verschimmelte Kekse. «Die putzen nicht», sagte er. «Aber Blinde können doch selbst sauber machen?»

«Ich sehe das überhaupt nicht ein …», Haffner lachte blöd dazwischen, aber Erwin ließ sich nicht beirren und schlug mit seinem versifften Lappen mehrmals auf die Theke. «Ich bin der Betreiber dieses Lokals. Ich bin der Hausherr. Ich schwinge hier nicht den Besen.»

«Na, um Ihre Frage zu beantworten», Theuer wandte sich angewidert ab, «wegen des Mordversuchs, falls nicht noch ein Mord daraus wird, weiß ich noch nicht, ob Ihnen was droht, aber das hier melden wir dem Wirtschaftskontrolldienst. Obwohl, vielleicht auch nicht. Wer hier herkommt, ist eh selber schuld.» Sie gingen.

Während sie müde durch den immer noch mild besonnten Park nach draußen schlenderten, versuchte Theuer sich an einem Widerspruch. Danach wollte er dann ein Bier trinken.

«Wenn er's geschafft hat, mit dem Messer die Kielmann niederzustechen, dann hätte er doch vielleicht auch ohne Sie sein Racheprogramm durchziehen können …»

«Wahrscheinlich hat er sich für noch schwächer gehalten, als er war. Und hat im Laufe der Taten an Selbstbewusstsein zugelegt», Leidig zuckte mit den Schultern. «Ein Scheiß ist das.» Diesmal gelang ihm der Kraftausdruck mühelos.

Der Teamchef focht weiter mit unguten Anwandlungen, es war noch nicht alles heraus, er war sich sicher. Gerade passierten sie die improvisierte Wagenburg der hessischen Kollegen. Sie hatten Ludewig noch nicht weggebracht, er saß im vergitterten Kleinbus, aber eben holte einer den Autoschlüssel aus der Tasche.

«Einen Moment noch!», rief Theuer und riss die Schiebetür des Wagens auf. «Herr Ludewig? Seit wann können Sie denn so gut mit einem Messer umgehen?»

Ludewig schien durch ihn hindurchzuschauen.

«Komisch ist», sagte einer der örtlichen Kollegen. «Wir haben das da bei ihm gefunden.» Er zeigte Theuer ein braunes Fläschchen. «Zyankali, soweit ich das abschätzen kann, der hätte die doch auch vergiften können in der Dunkelheit … Wo der sowas her hat?»

«Als Behinderter kriegen Sie das von manch einer modernen Sterbehilfeagentur per Internet», ließ sich Ludewig höhnisch vernehmen. «Nur kräftig zahlen müssen Sie.»

«Sie wollten sie vergiften oder sich?», Theuer versuchte

ihn zu fixieren, aber dann bekam er doch ein wenig Kopfschmerzen.

Wieder setzte Ludewig diesen laienhaft gespielten Ausdruck weltabgewandter Entrückung auf.

«Gestern Abend hatte sich die Hure, die andere, die, die sich meine Frau nannte, doch bis zu den Tatsachen vorgekämpft … Ist ganz böse geworden und wollte mich …» Jetzt brach seine Stimme und fassungslos weinerlich sagte er: «Sie wollte mich schlagen. Verspottet hat sie mich. Ja, ich habe es nicht geahnt, aber meine Kraft hat gereicht, das Messer zu führen. Und heute, ich dachte schon, es sei der Taxifahrer, an der falschen Klingel, da kam noch einer ihrer Böcke. Einer, den ich nicht gekannt habe. Und wieder reichte meine Kraft. Fahren Sie mit Ihren albernen Knaben zurück, Herr Kommissar. Sie finden weitere Leichen. Es ist wahr, ich hatte die Kraft. Ich bin jetzt nicht mehr erduldendes Selbst, sondern tatkräftiges Ego.»

«Ein Arschloch sind Sie», sagte Theuer leise. «Und übrigens, Teil Ihres dummen Planes war es ja wohl, selbst den Abgang zu machen. Wozu denn sonst das Gift, wenn Sie jetzt so ein Messerheld sind. Dazu waren Sie allerdings zu feige.»

Etwas zuckte in Ludewigs Gesicht.

Theuer griff nach dem Handy.

Sie entschieden sich fürs Schnellfahren. Trotzdem lag schon ein Hauch von Abend über der Villa am Waldrand. Auf der Fahrt hatten sie nicht viel gesprochen. Es war diesmal entschieden zu viel getötet worden, um noch irgendeine Befriedigung zu spüren – so etwa dachte Theuer, wissend wie absurd das war, zwischen viel und wenig Tod zu scheiden, hatte er dennoch keine anderen Worte mehr. Ludewig hatte nicht gewonnen, aber der Tod hatte gewonnen, das änderte sich nicht mehr, wenn man jetzt den Lahmen einsperrte.

Schon hundert Meter vor dem Haus war abgesperrt, man erkannte sie und ließ sie passieren.

«Ich hab keine Kippen mehr», sagte Haffner angespannt. «Das ist mir seit Jahren nicht mehr passiert. Dabei konnt ich in der Bar doch stundenlang nicht rauchen …»

«Zwanzig Minuten», sagte Stern. «Dass die nicht nachgekommen sind.»

«Mathias und die Weiber waren einfach zu erschüttert», lachte Leidig böse. «Wahrscheinlich haben wir so gefährlich gewirkt, dass die gar nicht auf die Idee gekommen sind, wir könnten Hilfe brauchen.»

Die Kollegen am Haus sahen unverhältnismäßig entsetzt drein, als sie ausstiegen.

«Stimmt es?», fragte Theuer bedrückt. «Eine Frau und ein Mann?»

Scherer trat zu ihm und nahm ihn zur Seite: «Die Frau ist tot, der Mann ganz schwer verletzt, fraglich, ob er durchkommt. Und es ist Seltmann.»

Der Erste Hauptkommissar Johannes Theuer setzte sich auf den blanken Boden.

20

Es stimmte. Seltmann war der letzte Liebhaber der Ludewig gewesen. Schon deshalb hatte er so heftig gegen die Observation des Hauses gewettert. Wie ihm das beruflich bekommen würde, war unklar.

Der festgenommene Mörder war nach ein paar Tagen gezierter Geheimniskrämerei ganz wild aufs Aussagen geworden und zusammen mit den Angaben von Kielmann alias Chris ergab sich schnell ein einigermaßen vollständiges Bild.

Theuer und seine Leute hatten Recht gehabt, was ihnen neuen Respekt eintrug.

Am Abend des 14. Juni, also schon am Freitag vor Hundsbach, hatten die Eheleute Ludewig das letzte ihrer seltenen Gespräche geführt. Ludewig behauptete, seine Frau sei spontan zu ihm heruntergekommen, Theuer konnte sich auch vorstellen, dass er sie gebeten hatte. Nach seiner Erfahrung unterschätzten viele Täter das zunehmende Bedürfnis zu reden.

Ludewig änderte in den Vernehmungen allmählich seine ursprüngliche Version ab. Jetzt hieß es, seine Frau habe sich, nach ein paar Andeutungen seinerseits, schließlich könne sich ja auch er, ihr scheinbar so kraftloser Mann für die vielen Jahre der Demütigung gerächt haben, vor Lachen ausgeschüttet. Weiter habe er nicht gehen wollen, beteuerte der Mörder später, er habe nur diesen Gedanken gehabt, einmal auf ihrem selbstbewussten Gesicht die Angst zu sehen, das hätte ihm genügt, er habe erwartet, dass mit dem Ausflug am nächsten Tag alles endete.

Ihr Spott war maßlos, und da lag dieses Messer, Teil seiner perfekten, behindertengerechten Küche, die er so gut wie nie benutzte, mit seinen schwachen Händen kaum benutzen konnte. Weil das für die Anklage nicht unerheblich war, wurde beträchtlicher Eifer darauf verwendet, herauszubekommen, warum das Messer bereitlag. Schließlich war am wahrscheinlichsten, dass Ludewig einen Brief damit geöffnet hatte, vielleicht schon Tage vorher.

Jetzt, unter ihrem Hohngelächter, nahm er es in beide Hände, in einer hätte er es gar nicht halten können, und fuhr auf seine Frau zu, die selbst das allenfalls so ernst nahm, wie wenn eine Wespe zum Angriff ansetzt und man sich nach einer Zeitung umschaut, um sie zu vertreiben.

Und da habe er in ihren Bauch gestochen. Die Gerichtsmedizin stellte fest, dass Ludewig mit einem «gewissen Anfängerdusel», wie sich der berichtende Arzt abgebrüht ausdrückte, die Bauchschlagader glatt durchtrennt hatte. Kirsten Ludewig sei ein paar Schritte zurückgetaumelt und dann zusammengebrochen. Als der Blutstrom versiegt war, habe er das Messer herausgezogen und vorsichtig gewaschen. Selbst bekam er keinen Spritzer Blut ab – ein Zeichen. An den Reifen des Rollstuhls ließen sich aber Spuren sicherstellen, das ganze Zimmer war voller Blut – auch ein Zeichen, kein kosmisches, nur Blut einer toten Frau. Erst nach der Tötung seiner Frau sei er darauf verfallen, das Messer und das Nachtsichtgerät mit ins Haus der Sinne zu nehmen. Er habe nicht genau gewusst, um was für einen Ort es sich handelte, aber aus Kielmanns Äußerungen entnommen, dass es da irgendwie dunkel sei. Er bestellte die Zivis ab, er wartete.

Kielmann gab unumwunden zu, dass sie ihn hatte ermorden wollen. Sie machte einen eigenartigen Eindruck – einerseits klar, selbstbewusst, wie jemand, der nach langer Unterwürfigkeit den aufrechten Gang gerade erst erlernt hat – andererseits redete sie wirres Zeug, sprach von Opfern, Göttlichkeit, Blutzoll. Sie erklärte motiviert die Symbolik der Fetische und ihrer Platzierung, heraus kam aber ein herzlich dummes, vages Konstrukt. Die Unsichtbar allerdings war nicht nur kultisch gewählter Ort – wären die Theuers nicht gekommen, vor allem, hätte Ludewig nicht die Kunst des Messerkampfes als neue Fähigkeit entdeckt – es hätte gelingen können. Nur Erwin war teilweise eingeweiht, kannte sie unter ihren falschen Namen, ihre Stimme hatte sie, die erprobte Rollenspielerin, verstellt. Um Lärm zu vermeiden, wollte sie Ludewig erdrosseln. Ein dafür gedachter Gürtel fand sich in ihrer Handtasche. Im Trubel der irren Einrichtung wäre sie danach einfach gegangen. Durch den Behindertenzugang hinten am Schloss, die Staatsanwältin kannte sich aus. Dorthin war auch Ludewig bestellt gewesen. Von den Ermittlern darauf angesprochen, dass sie mit ihrer ersatzweisen Vollendung des Kreises doch alle Spuren auf sich gelenkt hatte, wurde sie erst überheblich und dann kleinlaut. Sie hatte es Theuer nicht zugetraut, sich daran zu erinnern. Das Übliche: Schlauheit bei sonstiger Dummheit, ein großer Glaube, ja, eine private Mission, ein vorher schon zerstörtes Leben. Das Rezept für Mord.

Ein sehr zerknirschter Polizeidirektor Seltmann gab zu, bereits seit Tagen ein Schäferstündchen mit Kirsten Ludewig vereinbart zu haben, mit der er seit ihrer Aussage immer häufiger, immer weniger losen Kontakt gepflegt habe. Das Verruchte, jaja, das zöge ihn schon an. Aber das Äußerste sei nicht geschehen, je, nun, wie soll man sagen, kaum sei es geschehen, kaum. Zwar habe ihn ihr Verstummen seit Freitagabend ein wenig verstört, trotzdem sei er am Samstag zur vereinbarten Stunde gekommen. Da niemand öffnete, sei er eben zur Wohnung des Mannes gegangen, gegen den er persönlich ja keinerlei Verdacht hegte und ja, das sei blauäugig gewesen, da doch einer seiner Besten, der hervorragende Theuer, in dieser Richtung Bedenken geäußert hatte, aber ach, die Liebe, die Himmelsmacht. Und jetzt, er wolle es so sagen, bedürfe er trotz allem ein wenig der kollegialen und allgemeinen menschlichen Schonung, denn er stehe ja nun, obwohl er zum Liegen gezwungen sei, vor den Trümmern seiner Existenz in zweifacher Hinsicht, beruflich und, was war noch das zweite? Ach, ja, privat.

Theuer war seltsam zumute, den Vorgesetzten zu verhören. Noch vor Wochen hätte ihn der Gedanke elektrisiert, aber jetzt war es doch zu kläglich.

«Wissen Sie, mein lieber Theuer», bleich, aber schon recht erholt fingerte der Direktor vom Krankenbett aus nach des Ersten Hauptkommissars totenstarrer Rechten, sie wegzuziehen wäre doch ein ziemlicher Affront gewesen.

«Wenn Sie dem Tod ins Auge geblickt hätten, sähen Sie manches anders … Vieles ist nicht mehr so wichtig. Vieles ist dagegen von einer unmittelbaren Köstlichkeit, ja, das Leben ist geradezu lecker, es liegt mir auf der Zunge, also, was soll ich sagen …»

«Letztes Jahr», sagte Theuer bedächtig, «bin ich um Haaresbreite einer Exekution entgangen. Und diesmal war es wieder knapp, zumindest musste es mir so vorkommen. Ich hatte beinahe schon abgeschlossen, würde ich gerne sagen, aber nichts war abgeschlossen. Es war beide Male eher die Angst da, dass da nichts ist, was sich rundet. Auflösung, Sturz, die ganze Welt als Unsichtbar. Wir sind wohl sehr verschieden, Herr Direktor.»

«Angst ist mir nicht fremd!», schnarrte Seltmann heiter. «Wie es beruflich bei mir weitergeht, wer weiß das schon ...»

«Ach Gott, ein bisschen peinlich wär's mir», seufzte Theuer, «aber die feuern Sie schon nicht. Sie haben ja nichts verbrochen. Vielleicht werden Sie versetzt, privat stelle ich mir's schwieriger vor.»

«Die Kinder sind aus dem Haus!», beschied ihn Seltmann knapp, als sei das das Zweitbeste, nach dem, dass es sie gar nicht gäbe. «Und meine Frau ist wirklich ein zähes Luder, die packt das schon ...»

Theuer erhob sich müde und nahm den gerade mitgebrachten Sommerstrauß wieder aus der Vase.

«Sie sind richtig geil auf alles, das was hermacht, und wenn's der eigene Abgang ist. Ich kann Sie nicht leiden, Seltmann, trotzdem gute Besserung ...»

Der verblüffte Kranke schwieg und Theuer schlurfte missmutig aus dem Zimmer.

«Sie tropfen uns ja den ganzen Boden voll!»

–

«Das geht so nicht, hier laufen gebrechliche Menschen!»

–

«Wo haben Sie den Blumenstrauß überhaupt her?»

–

«Wer sind Sie überhaupt?»

–

«Jetzt ist er weg. Depp.»

Es war Ludewig nicht schwer gefallen, den minnenden Seltmann einzuordnen, der verwegene Look, der riesige Rosenstrauß sprachen für sich.

Ehe der in ein unerhörtes Hawaiihemd gehüllte Polizeidirektor recht begreifen konnte, wie ihm geschah, hatte Ludewig auf ihn eingestochen. Im Grunde, wenn das nicht zu obszön klänge, hatten sie beide Glück gehabt. Der Lahme hatte es mit seinem schwächlichen Angriff zum zweiten Mal vermocht, einen Menschen kampfunfähig zu machen, Seltmann war am Leben geblieben. Seine nicht sonderlich angenehme Fähigkeit, Erlittenes zu Bedeutendem zu transformieren, mochte es ihm erleichtern, acht hilflose Stunden in einer wachsenden Blutlache, zehn Meter vom rettenden Handy auf dem Beifahrersitz seines Wagens zu verarbeiten, zumal er ohnehin die meiste Zeit bewusstlos gewesen war.

(Theuer korrespondierte mehrfach mit der aufgebrachten Yogagruppe und schickte Pralinen von der Konditorei Schafheutle, schließlich eine Brausetorte aus dem Zuckerladen.)

Draußen grölte der Sommer. Theuer hatte keine Ahnung, ob sie zu Hause war.

Sie war, die Tage, Bauchweh, außerdem Tinnitusattacke, schon wieder besser? Ein bisschen …

«Was willst du? Die Blumen standen doch schon im Wasser? Danke trotzdem …»

Yildirim trug einen gelben Bikini und war von einigen Freibadschichten mit Babett zünftig gebräunt. Der Kommissar wurde von heilloser Erregung geschüttelt, aber am Küchentisch saß die Kleine in Spaghettiträgern und mühte sich am Bruchrechnen.

Schon deshalb ging ja nix und überhaupt …

«Was ich trotz allem nicht vergessen kann», Yildirim schaute zur Wand, «ich meine, die Schönthaler ist eine Scheißlady, aber sie wollte Babett zurück. Sie hätte es ohne sie ja leichter. Ich sage mir, dass sie es für ihr Selbstbild tut, aber vielleicht ist es Liebe oder ist beides das Gleiche?» Sie traten näher an die emsig Rechnende heran. Die Kleine hatte sich gestreckt, war nicht mehr so teigig und verloren.

«Sie bleibt nicht sitzen!», flüsterte die Pflegemutter. «Und wenn sie morgen mindestens eine 2,5 schreibt, kriegt sie sogar eine Drei in Mathe. Ich bin voll stolz.»

«Was macht Terfelden?»

«Terror macht er», Yildirim fasste sich sofort ans rechte Ohr. «Jetzt hat er völlig utopische Besuchsregeln vorgeschlagen, über die Beutelsbacher, die Dreckschlampe aus Plankstatt.»

«Deppenkaff!», bestätigte Theuer solidarisch. «Da müssen wir was unternehmen.»

«Wer ist ‹wir›?»

Es sah nach Gewitter aus. Der Sommer taugte insgesamt nicht viel, nach den heißen Tagen war es jetzt schon lange regnerisch. Aufgrund von Seltmanns Ausfall hatte man die Rückstrukturierungsmaßnahmen so weit umstrukturiert, dass man nun wieder zu den Neustrukturierungen des Vorjahres zurückgekehrt war und alle vorerst wieder in ihren Teams saßen. Leidig telefonierte, jeder hatte etwas zu bosseln, also Theuer und Stern saßen an Berichten. Haffner versuchte zitternd ein Aspirin plus C aus der Folie zu pfriemeln.

«Sie haben den Plasmamann gefunden», sagte Leidig. «Er hat sich erhängt. Auf dem Gelände der Krehl-Klinik, die hat er aus Kindertagen bestimmt gekannt. Da war er, nachdem Wieblingen entdeckt war. Von wegen im Wald.»

«Wie?», fragte Theuer ungläubig. «Hat er Herzen transplantiert?»

«Das Gelände ist das reinste Labyrinth. Und da gibt es auch Gärtnerschuppen, Heizungskeller, zum Teil auch irgendwelche Baracken, die man nicht mehr braucht, die aber noch nicht abgerissen sind. Da hat er gehaust. Hätte er sich nicht erhängt, wäre er verhungert.»

«Und da haben wir nicht gesucht?»

«Nicht besonders gründlich.»

«Und warum nicht?»

«Weiß ich nicht. Weil's ein Krankenhaus ist, glaube ich.»

«Wir sind Deppen, was?»

«Ja. Wir sind Deppen.»

MÖGLICHERWEISE WEISE MÖGLICHKEIT | ZULETZT DES MÖRDERS MORDTAT DURCH SELBSTMORD SELBST MORDEN GEMORDETER MÖRDER UND EINE STADT OHNE ANGST |
PLASMA?
ZUNEHMENDER VERDICHTUNG DURCH AUSDÜNNUNG BEGEGNEN | AUSDICHTEN DER DICHTUNG |
ABSCHIED |
ANSTAND |
VERDÜNNUNG VON LEBEN ZU LEBENSSPUR | JE WENIGER LEBEN | DESTO | JA | WENIGER LEBEN | PLASMA NUR IN VERHANDENHEIT MÖGLICHKEIT | LÖSUNG VERDÜNNTE LÖSUNG AUFLÖSUNG | LÖSUNG |
VON WO AUS ZÜGE IN ALLE DENKBAREN WELTEN FAHREN |
KEINE RÜCKKEHR |
DAS MÄDCHEN VERSCHLOSSEN | DIE KNABEN TOT | ES WAR DIE FRAU | DIE FRAU | DIE MÖRDERFRAU | KNABENTÖTER |
KNABENSEELE TUT WEH WIE HUNGER IST SCHMERZ UND LÖST SICH IM PLASMA |
BLICK ÜBER DIE STADT |
KEIN HIMMEL MEHR |
KEIN |
HIMMEL |
MEHR |

Johannes Theuer rätselte über dem letzten Plasmatext, angeschimmelt unter der Leiche gefunden, die Untersuchungen waren abgeschlossen, kurz nach seinem Zusammentreffen mit Yildirim musste er es schon getan haben, keine äußere Gewalt zu erkennen.

Ob er Babett diesen oder einen anderen Text überreichen wollte, würden sie nie erfahren. Natürlich nicht, das meiste erfährt man ja nicht. Die Leben spulen sich ab und sind geheimnisvoll, nur deshalb, weil kaum die Zeit bleibt, von sich wirklich zu berichten, schon ist es vorbei.

Wenigstens den kranken Unschuldigen hätte er gerne bewahrt, erfüllte es den melancholischen Ermittler traurig, immer wieder in seltsamen, kreisenden Denkbewegungen.

Hornung rief an. Es war spät, es regnete, auch in Heidelberg, ohne dass es dort das Land wegriss wie in anderen Teilen der Republik. Nur ein ganz kleines Stück löste sich auf, immer gerade das, wo der Erste Hauptkommissar festen Stand erhoffte.

«Na, Theuer? Hast es geschafft? Bist ja ein richtiger Held zurzeit …»

«Na ja, was man so schaffen nennt.»

«Ich hab gelesen, dass der unschuldige Irre gefunden wurde.»

«Ja, schlimm, er hing schon lange. Die Vögel sind an ihn ran …» Theuer dachte: Der Archeopterix lässt grüßen. Ein Saurier mit Lust auf Würmer, ein ekliges Verkleidetes.

«Auf die Details bin ich nicht so scharf. Hast du mehr über seine komische Familie rausgekriegt, als in der Zeitung steht?»

«Ich hab weder Zeit noch Lust … es gibt so viele schmutzige Geheimnisse, wie es Leute gibt. Ungefähr wissen wir, dass der große Chirurg zu Hause ein Schwein war. Möglicherweise hat er die Kinder misshandelt, und nur die Schwester war für den Jungen ein Stück weit da, seine Hoffnung, mit einem Mädchen zu sprechen, könnte da herrühren.»

«Du bist jedenfalls nicht mein schmutziges Geheimnis.

Wir sind nicht unseres. So sehe ich es nicht, Johannes. So will ich es nie sehen.»

«Nein, natürlich nicht, aber warum sagst du das so …»

«Ich hab mich beworben, Theuer, und es sieht so aus, als würden sie mich nehmen. Wenn es klappt, bin ich im Wintersemester schon in Rostock.»

Theuer war über die Nachricht dann doch erschüttert und über die Erschütterung nochmals erschüttert.

«Dann ist jetzt alles endgültig?», fragte er leise. «Da gibt's Skinheads, pro Bierdose einer.»

«Ach, was ist schon endgültig … ich ruf dich an, wenn ich Bescheid weiß. Billardschädel und Bierdosen gibt's überall.»

«Mach das. Ruf an. Schön, dass du angerufen hast. War doch vieles schön.»

«Tschüss, Theuer.»

… die Kielmann ist tatsächlich selbstbewusst geworden durch die Taten, initiativ, fast kreativ auf eine perverse und arme Weise.

Sie hat die Männer für ihn ausgespäht. Hat Reisters Abendspaziergänge beobachtet, ist unter ihrem echten Namen und unverkleidet mehrmals zu Tannenbach in die Praxis, bis sie seine Gepflogenheiten kannte. Sie wusste sogar schon, dass Brechts Haustür manchmal nicht schloss.

Wir waren in der Zeitung. Ich gelte jetzt als richtig harter Cop. Ludewig sagt, wenn wir nicht gekommen wären, hätte er das Zyankali genommen. Sie wäre bald verblutet gewesen. Warum er sich nicht einfach hat umbringen lassen, sagte er nicht. Wie im Fußball: Ich hab zwar verloren, aber ich trete noch einen um.

Ach ja, Erwins Bar ist jetzt Kult, er kann sich vor Besuchern nicht retten.

Das war der Keltenkreis, ein gewaltiger Unfug aus Pseudoklugheit, Wollust, Rache, Unterwerfung und vor allem viel zu viel Blut. Fabry, das ist nicht der einzige Grund, warum ich dir schreibe, aber jetzt habe ich gar keine Lust mehr, den anderen zu nennen, ich glaube es ist besser, ich komme nochmal vorbei. Somit ist der ganze Brief überflüssig …

Theuer warf ihn weg.

Anfang September. Der Erste Hauptkommissar rupfte das Unkraut vom Grab seiner Frau. Es war vernachlässigt, er schämte sich. Er wollte ein Teelicht auf die geschmacklose Granitplatte stellen, die er sich von ihrem Bruder damals hatte aufschwatzen lassen, zum Glück war der Arsch tot. Der Ermittler musste feststellen, dass er kein Feuer hatte.

Ende September war Haffner endlich voll und ganz rehabilitiert, ja belobigt und in der Presse gefeiert. Er verkniff sich daraufhin volle vierzig Stunden das Saufen und bekam sofort eine Mittelohrentzündung. Dr. Zuber, ein Ohrenarzt, den ihm Theuer empfohlen hatte, verhalf zu einer vollständigen Genesung, aber Haffner blieb dabei: Ohne «zünftig» Grog «statt essen» wäre das nicht so glatt gegangen.

Leidig nahm ganz vorsichtig Kontakt mit Altersheimen auf.

Stern kündigte heimlich alle Bausparverträge.

Der dicke Kollege hieß Senf.

Epilog

Theuer fuhr gegen 12 Uhr nach Beuzeville und kaufte ein. Die Plastiktüten schnitten ihm in die Handflächen. Seine Haut war trocken und es zeigten sich ein paar Pusteln. Wahrscheinlich würde er nun doch noch ein richtiger Mensch der modernen Zeit, jetzt, da er Allergiker wurde. Gegen was mochte seine Abwehr rebellieren? Gegen Hefe, Haselnüsse, nächtliche Selbstgespräche auf einer klammen Außentreppe?

Er hoppelte kräftig den Weg ans Gatter, gab seinem Wagen die Sporen. Gerade ein Jahr, dass er sich wieder traute zu fahren und nun war es schon fast rallyehaftes Schlittern, was er draufhatte. Er stoppte die Zeit und brauchte für die achthundert Meter drei Minuten, was er, auf der befestigten Landstraße angekommen, überschlägig auf km/h umrechnete. Etwa sechzehn Stundenkilometer, vielleicht war das mit der Rallye ein bisschen übertrieben.

Draußen hocken, wenn es Nacht ist und den Kopf schmerzhaft wenden nach den Lichtern von Le Havre. Ein wenig mehr wusste er, da er nun in den letzten Oktobertagen des Jahres ein zweites Mal die Normandie bereiste.

Er war im selben Haus wie mit Hornung abgestiegen, stur, er wollte es spüren, dass er sie verloren hatte. Es gelang gar nicht so schlecht zu trauern, lebenslang Künste der Ablenkung vom Ärgsten hielten sich mit echter Melancholie in der Waage. Man musste nur so ab und an was in die eine oder andere Schale tröpfeln.

Aber heute war er vor allem aufgeregt. Fahrig erledigte er seinen Einkauf. Eine 1,5 Liter Magnum Cremand, falls alles klappte, Gänseleberpastete, Stangenweißbrot, fertige Schokomousse. An der Kasse fiel ihm ein, dass es hier keine Zigaretten im Supermarkt gab.

«Ihr habt's nötig», grummelte er in Richtung eines anderen Einkäufers, der aussah, als sei er einer Schimmelkäsewerbung der 70er entsprungen, vom Baskenmützchen bis zum gallischen Schnorres.

«Wie bitte? Meinen Sie mich?», fragte der mit dem Schnauzer.

Theuer wedelte hysterisch ab. «Es ist nichts», hörte er sich sagen. «Ich habe mich verwählt.»

Auch eine Methode, für Ruhe zu sorgen.

Schnell in den Ort, um Zigaretten zu holen, bereits dilettantisch über dem eigenen Zeitrahmen und das, wo er doch Nichtraucher war, nur bei Siegesfeiern rauchte und also wirklich Nichtraucher war.

Nun tatsächlich ziemlich schnell, fuhr er zurück zum Haus. Selbst der Kauf war missglückt. In seinem verschütteten Schulfranzösisch hatte er «eine große Kiste Gitanes, die mit Filter» verlangt, schließlich eine Stange genommen, wo es doch eine Schachtel mit 25 Stück werden sollte.

Als das Fachwerk hinter den Bäumen auftauchte, war es kurz vor eins, um 13 Uhr war er verabredet. Hektisch die Einkaufstaschen nach oben wuchtend, redete er sich zum wiederholten Male, sozusagen zur Sicherheit ein letztes Mal ein, dass es für sein zweites Vorhaben dieser Fahrt, für das ohne Melancholie, keinen besseren Ort geben könnte. Aber das war Quatsch und er wusste es. Natürlich war das Haus einsam gelegen, natürlich waren es die Bauern wegen der deutschen Besitzer und der Feriengäste gewöhnt, dass immer mal wieder Autos mit dem fetten D auf der Arschbacke vorbeikamen und achteten nicht weiter darauf – es war dennoch nicht zwingend.

Nein, er war hier, um den Helden zu spielen. Weil er sich hier die Triumphgefühle nach vollbrachter Tat besonders lauschig zu zelebrieren vorstellte. Aber wer sagte eigentlich, dass es klappte?

Er vermisste seine Frau, er vermisste die Hornung, ihren Biss, ihre Geduld, die Yildirim und ihr Feuer, ihren Po.

Immerhin war der Drecksack auf die Sache eingegangen – natürlich nur, weil er ohnehin in der Gegend zu tun habe. Gelogen war das, gleich musste er kommen.

So in Gedanken, dabei unbequem vor dem kleinen Kühlschrank kniend, um Sekt und Speisen zu verstauen, hätte er den Wagen kaum gehört. Er konnte sich gerade noch aus seiner demütigen Position hochwuchten, als schon stramme Schritte auf der Treppe erklangen. Er fühlte nach seiner Waffe.

«Man darf eintreten?»

«Nur zu, Herr Terfelden.»

Der Besucher flegelte sich auf das kleine Sofa unter dem Fachwerkbalken, dem Theuer nun schon eine zweistellige Zahl Zellen seines Schläfenlappens geopfert hatte.

«Sie können sich vielleicht denken, was ich will, sonst wären Sie nicht gekommen.» Der Ermittler setzte sich an den Tisch gegenüber, die Hand in der Jackentasche. Er war höher positioniert als sein Gegner.

«Sagen wir mal so», Terfeldens ölige Intonation widerte den Kommissar ausreichend an, um stark zu sein, «ich habe in Melle ein paar Leute, die mir eine Menge erzählen, unter anderem, dass da ein saumäßig fetter Typ in Sachen meiner Wenigkeit mächtigen Wirbel gemacht hat. Und dann erhalte ich von einer Pfeife wie Ihnen eine Vorladung in die Normandie, die ich dem kettenrauchenden Wrack, das sie morgens um zwei ausgeliefert hat, sofort wieder hinter die verspiegelte Sonnenbrille stecken musste, nachdem ich sie folgsam wie ein Hündchen abgeschrieben und beantwortet habe. Ich musste sogar ein dämliches Blatt signieren, ‹Ich komme zum vereinbarten Zeitpunkt›. Ich bin aber kein Hündchen, zumindest nicht sehr lange …»

«Was auch immer Sie sind, Sie sind gekommen und Sie sind so gut wie pleite. Als mein Freund durch ihr scheißiges Emsland marschiert ist, hat er sich mit Finanzbeamten angefreundet, die keine siebzehn Pils nach der ersten Begegnung dann das ein oder andere über den Baulöwen berichten konnten, den sie nun bald am Haken hätten ...» Im Stillen musste er wieder einmal voller Neid Fabrys überragende Fähigkeiten anerkennen, Leute in ein Gespräch zu verwickeln. «Herr Schönthaler, wenn Sie den Auftrag für die neue Verwaltungshochschule nicht kriegen, sind Sie im Eimer. Und ich weiß es. Zurzeit aber hilft Ihnen Frau Schönthaler finanziell aus. Sie schafft an, sogar ohne Bockschein. Wir haben das herausgefunden. Dafür, dass Sie plötzlich den interessierten Vater mimen, kriegen Sie Kohle, ganz banal Kohle. Sie Drecksack.»

Terfelden sah ihn mit merklich verblassten Augen an. Das Grinsen war weg. Theuer setzte sich aufrechter.

«Übrigens: Den Auftrag kriegen Sie nicht. Der Konkurrent aus den Niederlanden wird's machen. Scheiß EU, was?»

«Sie haben mich nicht hierher bestellt, um mir das zu erzählen», Babetts Erzeuger schaute sich um, als wäre ein Raum mit Deckenbalken kein Ort für ein Gespräch unter Männern. «Sie wollen mir was anbieten und ich nehme an, es hat etwas mit der blöden Schmerhüfte zu tun, die ja wohl leider zur Hälfte aus meinem Paul in die Asbachtante gehupft ist.»

Der Kommissar brauchte einen Moment Übersetzungsarbeit, um zu begreifen, dass da gerade Babetts Zeugung beschrieben worden war.

«Es hat vom Sommer bis jetzt gedauert, aber dann hat mein Freund das Gremium, das über die Vergabe zu entscheiden hat, gehabt. Alle. In diesem Umschlag ...», lauter werdend hob Theuer ein prall gefülltes Din-A4-Kuvert in die Höhe, «ist belastendes Material über jeden einzelnen der Herren. Der eine, wie er aus dem Puff kommt, der Nächste beim Blumendiebstahl auf dem Friedhof, der Dritte hat an eine Synagoge gepisst … Wir haben die Kerle im Schwitzkasten, Herr Terfelden!»

«Sie sehen zu viele Krimis», Terfelden entzündete sich lässig eine Zigarette, «wenn Sie glauben, dass ich auf so …»

«Das ist eine Nichtraucherwohnung!», bellte Theuer. «Und ich schaue überhaupt keine Krimis, Sie Kerl!»

«Auf dem Tisch liegt eine Stange Zigaretten!», schrie Terfelden zurück.

«Was auf diesem Tisch liegt, ist Privatsache! Ich warne Sie!»

«Sie spinnen», sagte der Besucher sachlich und trat somit einer Gruppe hierin Einiger bei, deren Anzahl die Heidelberger Stadthalle gesprengt hätte. Aber er löschte folgsam seine Kippe am Schuhabsatz.

«Jedenfalls kenne ich das aus dem Fernsehen: ‹In diesem Umschlag sind hunderttausend Dollar in Bündeln zu jeweils hundert Fünfernoten …›»

«Da merkt man, was für ein Esel Sie sind», höhnte Theuer, zu seiner eigenen Überraschung kalt und kraftvoll, «das wären dann zweihundert Bündel, den Umschlag zeigen Sie mir mal, Herr Terfehler!» Also war er auch noch gedankenschnell, so flott hatte er nicht mehr multipliziert, seit ihn die Kollegen seinerzeit zwischen Hirschhorn und Kleingemünd ins Röhrchen blasen ließen. Hatte er versehentlich gekokst? Aber die Hand, mit der er das oberste Blatt aus dem Umschlag nahm, war ruhig.

«Den kennen Sie, nehme ich an?»

Er reichte seinem Opponenten ein ziemlich grobkörniges Schwarzweißfoto.

«Den kenne ich», nickte Terfelden grinsend. Man sah einen glatzköpfigen Mann ertappt über die Schulter ins Bild schauen. Hinter ihm ein Haus, dessen sämtliche Fenster mit Neonherzen geschmückt waren.

«Soso, der Herr Bürgermeister … und die anderen?»

«Nicht Sie diktieren hier die Bedingungen!» Es gelang Theuer so zu klingen, wie er es sich vorgenommen hatte, wie die Matrone von der Sparkasse, wenn man über dem Dispo war.

Terfelden schaute nun wesentlich freundlicher. «Okay. Was wollen Sie dafür?»

«Oh!», Theuer lachte und es klang ein wenig irr. «Sie haben es schon!»

«Ich verstehe nicht …»

«Da drin», der Kommissar schwenkte erneut den braunen Umschlag und riss mit der anderen Hand das Foto wieder an sich. «Haben wir wunderbares Material. Ihre ganzen Erpressungsschreiben an die Herren. Sogar ein Übergabeangebot, das Sie unterschrieben haben. ‹Ich werde zum vereinbarten Zeitpunkt kommen›, der Rest gedruckt auf einem Laserprinter, wie Sie ihn in ihrem kontinuierlich schrumpfenden Büro benutzten, jetzt ist er Ihnen übrigens gestohlen worden. Letzte Nacht, als Sie Ihre gefalteten Socken in den Koffer gelegt haben. Und nur der Drucker ist weg. Ihre Hustlersammlung, das Portokässchen, die Halbnackige von Bruni, alles ist noch da – das stinkt doch zum Himmel oder? Da will doch einer Beweismaterial verschwinden lassen, indem er einen Einbruch bei sich selbst vortäuscht …»

Terfelden stand der Mund offen.

Ein müder Leidig hatte das vereinbarte «Ich schau heute nach deinen Geranien» auf die Mailbox gesprochen und dann unprofessionell «ich hätte nie gedacht, dass ich mal einen Bruch mache» hinterhergeseufzt. Sei's drum.

«Alles das», Theuer zitterte unter Fluten von Adrenalin, «landet beim Staatsanwalt, wenn Sie nicht hier und heute einen rührenden Brief an das Heidelberger Familiengericht schreiben, des Inhalts, dass Sie aus geschäftlichen Gründen das Land verlassen müssen …»

«Moment, Arschloch!», fuhr Terfelden dazwischen.

«Und es», inzwischen schrie Theuer wieder ganz beträchtlich, «Ihr ausdrücklicher Wunsch ist, Ihre zärtlich geliebte Babett in der Obhut von Bahar Yildirim …»

«Arschloch! Die tollen Auftraggeber werden alle aussagen, dass es nie einen Erpressungsversuch gegeben hat …»

«Und man wird ihnen nicht glauben, nicht nach dem Material, das wir präsentieren. Aber vielleicht ja doch, das ist Ihre winzige Chance und wir wollen sie vermeiden. In diesem Umschlag sind ein Ticket auf die Falklands und ein fetter Stapel Euroscheine …» Gekonnt riss er ein kleineres, fies-gelbes Kuvert aus der Innentasche seiner Jacke.

«Falklands», wiederholte Terfelden und sah dabei aus, als durchlebte er gerade die letzten Kolbenhübe einer scharfgewürzten Darmspülung.

«Kein Visum nötig», kam es huldvoll über des schweren Jungen Lippen und mit zunehmender Freude an dieser Scharade zog er seine Waffe. «Dort kann aus einem mit Kohle noch was werden, mit, sagen wir, 50 Prozent Chancen, hier, also in Deutschland», er deutete vage in die Richtung, in der sich in Wirklichkeit das Meer und Großbritannien befanden, «wandern Sie zu 90 Prozent in den Bau. Denken Sie mal schön logisch, auch wenn es Ihnen nicht der naheliegendste Zeitvertreib ist.

Noch eine kleine Information. Ihr holländischer Konkurrent ist an einer Übernahme Ihres maroden Ladens interessiert. Da er wirklich ein erfolgreicher Unternehmer ist, hat er demnächst auch in Argentinien zu tun. Er wird Sie besuchen und ein paar Papiere mitbringen. Die unterschreiben Sie dann und alles ist vorbei. Viel wird er Ihnen nicht zahlen.»

«Wenn Sie schon so toll wissen, was ich alles unterschreibe: Wer ist so dämlich und signiert ein Erpressungsschreiben?»

«Einer, der sich seiner Sache ganz sicher ist und das auch zeigt. Einer wie Sie. Und außerdem: Alle Kriminellen machen mal was Dämliches», Theuer musste sich eingestehen, dass ihm bei dieser oft geäußerten Meinung diesmal etwas kalt wurde. «Denken Sie an diese schreckliche Entführung, wo die Erpresser die Erpressungsschreiben von der Festplatte gelöscht haben und nicht bedacht haben, dass ein Hacker der Kreisklasse sowas wieder hochholen kann. Denken Sie an den Karlsruher Irren, der dieselbe Riesenbohrmaschine an zwei verschiedene Kunden verkauft hat. Oder der Abgeordnete Möllemann neulich vor der Wahl. Kann ja eigentlich nicht gut gehen, macht man doch. Warum nicht unterschreiben, wenn man seine Ernsthaftigkeit dokumentieren will? Die Leute unterschreiben auch wieder ihre Hetzbriefe an Juden. Und außerdem sind Sie ein Vollidiot, ich hab's ja schon gesagt und Sie kapieren es nicht, schamlos, wie Sie sind, kapieren Sie es nicht. Schließlich: So wie Sie auftreten, mit diesem beschissenen Schnurrbart, da wundert sich keiner, wenn Sie auch noch unterschreiben, was Sie Mieses tun. Niemand schämt sich heutzutage noch für irgendwas ...»

«Hohe Worte für einen korrupten Polizisten», keifte Terfelden. «Scham ist Ihnen fremd.»

Theuer ließ die Maske fallen: «Und ob ich mich schäme. Ganz gewaltig.»

Aber das machte nichts, er hatte gewonnen, das spürte er und dieser Gedanke war so unfassbar, dass er den letzten Teil der Rolle uninspiriert wie ein gymnasialer Hamlet herunterspulte. Das Kuvert mit den Beweisen natürlich noch heute nach Deutschland per Post (Briefmarke zeigen / Postfach als Adresse) – sicherer Ort – Mitwisser instruiert – vorwärts jetzt – rabimmel, rabammel, rabumm.

Um 14 Uhr war der Spuk vorbei. Ein zertrümmerter Terfelden schaute einer ungewissen Reise entgegen. «Falklands, Schafe, Sturm», murmelte der Unternehmer noch ein letztes Mal, als er in unsicheren Schritten die Treppe hinabwankte. Theuer adressierte den Babettbrief wie vereinbart an Stern, der würde ihn auf dem Rathaus fürs Jugendamt einwerfen. Dann entnahm er dem Kuvert die fünf alten Mickymaushefte und las sie während einer nervösen Durchfallattacke gedankenlos alle. Was war echt gewesen? Das Blatt mit der Unterschrift, Fabrys Kneipenrecherche und der Druckerdiebstahl. Es gab echte Nachtsessions des braven Stern am PC, aus zwei Fotos mach eines. Und echt war auch der verblüffte Blick des Bürgermeisters von Melle, aber wer schaute anders, wenn der dicke Fabry, «Überfall, Hosen runter!», brüllte. Dass die Jungs das mit durchgezogen hatten. Dass er es angeleiert, geschafft hatte. Ein möglicherweise perfektes Verbrechen, er: Ein besserer Gauner als Polizist.

Ach, ja – so gut wie pleite war man jetzt auch.

(«Sie wollen Ihr gesamtes Guthaben abheben, Herr Theuer, alles?»)

Was sollte er als Nächstes tun?

Er beschloss, nochmals nach Beuzeville zu fahren, um die Post einzuwerfen, für den Fall, dass Terfelden ihn in letzten Zweifeln beobachtete.

Aber der war weg. Auf den Falklands. Theuer dachte an Duncan, den rätselhaften Killer, der Heidelberg im letzten Jahr heimgesucht hatte, hinter dem angeblich ein Auftraggeber stand, über den die Polizei trotz internationaler Bemühungen bis jetzt nichts wusste. Nun war er selbst so eine Allmachtsgestalt gewesen – mit Hilfe des Photoshop im PC und Comicheften. Vielleicht war der unbekannte Turner-Sammler ja auch nur eine reichlich aufgepumpte Figur?

Er warf die Briefe ein.

Nach dieser letzten Finte steuerte er wie sterbend die nächste Bar an.

Es war mild und windig, milder, als man das an der Nordsee im November erwartete. Die Pusteln an seinen Händen waren verschwunden. Er war halt doch nicht modern. Vier Uhr, er hatte einen Schwips, aber es würde noch hinkommen, Fabry um sechs in Pont l'Evêque vom Zug abzuholen. Hoffentlich kam der Freund überhaupt die Treppe hoch.

Sonst bauen wir halt ein dickes Haus nahe am Boden.

Über dem zweiten Bier fiel ihm ein Gedicht ein, das er in fernen Schulzeiten gelernt hatte. Es fiel ihm einfach vorne in den Kopf, wie Marmeladengläser beim Erdbeben aus den Regalen purzeln. Es war alles durcheinander, mochte es so sein, aber wollte nicht alleine bleiben.

Was unterscheidet
Götter von Menschen?
Dass viele Wellen vor jenen wandeln,
ein ewiger Strom:
Uns hebt die Welle,
verschlingt die Welle,
und wir versinken.
Ein kleiner Ring
begrenzt unser Leben,
und viele Geschlechter
reiben sich dauernd
an ihres Daseins
unendlicher Kette.

Wolf Haas

«Wolf Haas schreibt die komischsten und geistreichsten Kriminalromane.» Die Welt

Auferstehung der Toten
Roman
«Ein erstaunliches Debüt. Vielleicht der beste deutschsprachige Kriminalroman des Jahres.» (FAZ) Ausgezeichnet mit dem Deutschen Krimi-Preis '97.
3-499-22831-9

Der Knochenmann
Roman
Wieder ein Fall für den unnachahmlichen Privatdetektiv Brenner.
3-499-22832-7

Komm, süßer Tod
Roman
Ausgezeichnet mit dem Deutschen Krimi-Preis '99, erfolgreich verfilmt.
3-499-22814-9

Silentium!
Roman
Ausgezeichnet mit dem Deutschen Krimi-Preis 2000. 3-499-22830-0

Ausgebremst
Der Roman zur Formel 1
3-499-22868-8

Wie die Tiere
Roman
Der beste Freund des Hundes ist der Pensionist – und das Kleinkind sein natürlicher Feind ... «So wunderbar, dass wir beim Finale weinen müssten, hätten wir nicht schon alle Tränen vorher beim Lachen verbraucht.» (Die Zeit)

3-499-23331-2

B 13/1

Tony Hillerman

Der unbestrittene Meister des Ethno-Thrillers:
«Tony Hillerman ist ein wunderbarer Erzähler.»
The New York Times Book Review

Die Romane mit den Navajo-Cops Jim Chee und Joe Leaphorn in chronologischer Folge:

Wolf ohne Fährte
3-499-23041-0

Tod der Maulwürfe
3-499-23049-6

Der Wind des Bösen
3-499-22864-5

Das Tabu der Totengeister
3-499-23080-1

Wer die Vergangenheit stiehlt
3-499-23048-8

Die sprechende Maske
3-499-22869-6

Der Kojote wartet
3-499-23079-8

Tod am heiligen Berg
3-499-23111-5

Die Spur des Adlers
3-499-23078-X

Dachsjagd
3-499-23332-0

Das Goldene Kalb
Der junge Neffe des Sheriffs in dem verlassenen Pick-up ist nicht betrunken. Officer Bernadette Manuelito von der Navajo Tribal Police fühlt seinen Puls und weiß sofort: Dieser Mann wird nie mehr aufwachen.

3-499-23355-X